STAR WARS™

A RESISTÊNCIA RENASCE

Universo dos Livros Editora Ltda.
Rua do Bosque, 1589 – Bloco 2 – Conj. 603/606
CEP 01136-001 – Barra Funda – São Paulo/SP
Telefone/Fax: (11) 3392-3336
www.universodoslivros.com.br
e-mail: editor@universodoslivros.com.br
Siga-nos no Twitter: @univdoslivros

JORNADA PARA **STAR WARS: A ASCENSÃO SKYWALKER**

REBECCA ROANHORSE

STAR WARS™

A RESISTÊNCIA RENASCE

São Paulo

2019

Grupo Editorial
UNIVERSO DOS LIVROS

Star Wars: Resistance Reborn

Published in the United States by Del Rey, an imprint of Random House, a division of Penguin Randon House LLC.

Star Wars: Resistance Reborn é uma obra de ficção. Nomes, lugares e situações são ou produtos da imaginação da autora ou empregados em prol da ficção. Qualquer semelhança com eventos, locais e pessoas, vivas ou mortas, é mera coincidência.

Diretor editorial
Luis Matos

Gerente editorial
Marcia Batista

Assistentes editoriais
Letícia Nakamura
Raquel F. Abranches

Tradução
Guilherme Summa

Preparação
Alexander Barutti

Revisão
Tássia Carvalho
Juliana Gregolin

Arte e adaptação de capa
Valdinei Gomes

Diagramação
Aline Maria

Dados Internacionais de Catalogação na Publicação (CIP (Câmara Brasileira do Livro, SP, Brasil)
Angélica Ilacqua CRB-8/7057

R543s

Roanhorse, Rebecca

Star Wars: a resistência renasce / Rebecca Roanhorse; tradução de Guilherme Summa. – São Paulo: Universo dos Livros, 2019.

368 p.

ISBN: 978-85-503-0473-1

Título original: Star Wars – Resistance reborn

1. Literatura norte-americana 2. Ficção científica I. Título II. Summa, Guilherme

19-2269 CDD 813.6

Ao meu irmão mais velho, Tony, que deixava sua irritante irmãzinha brincar com seus bonecos colecionáveis (inclusive o Boba Fett) e raramente reclamava. Olha o que você começou!

Há muito tempo, em uma galáxia muito, muito distante…

PRÓLOGO

O CAÇA TIE CRUZOU O CÉU Corelliano, as labaredas lambendo as laterais da nave e a espessa e ondulante fumaça escapando de seu casco em chamas. A nave guinchou alto enquanto ameaçava se despedaçar em pleno ar, o lamento moribundo de um pássaro de metal. Abaixo, os cidadãos da cidade de Coronet se detiveram em seu retorno noturno do trabalho para contemplar a nave condenada. Nos últimos tempos, não era tão incomum ver um caça estelar da Primeira Ordem sobrevoando rápido a cidade. A Primeira Ordem havia ordenado que os estaleiros da capital construíssem suas máquinas de guerra, e às vezes essas máquinas sofriam panes, produzindo um caos flamejante. Mas essa nave era diferente; estava sendo perseguida por outro caça TIE.

Se os habitantes da capital tivessem olhado mais de perto o TIE agonizante, alguns teriam notado que a nave em dificuldades era de um modelo mais antigo que o de seus agressores, o que significava que não poderia ser um protótipo em teste. O que eles não conseguiam ver era que a pilota do caça TIE condenado era uma filha nativa, uma Corelliana que cresceu na cidade montanhosa de Doaba Guerfel, não muito longe da capital. Uma pilota que havia sonhado sob a bandeira da Nova República quando criança e, quando a Primeira Ordem viera – e grande parte de Corellia tinha se negado a aceitar, mas, mais cedo ou mais tarde, dobrara-se à ocupação da Primeira Ordem –, a pilota resistiu. Só que agora seus dias de luta estavam rapidamente chegando ao fim.

– *Mayday, mayday*, conseguem me ouvir? – a pilota gritou em seu comunicador. Ela piscou para limpar as lágrimas de frustração nos olhos, sentiu o gosto do sangue na boca. Sua cabeça latejava no ponto onde momentos antes recebera um golpe, durante o combate. – Alguém consegue me ouvir? – ela voltou a gritar.

A pilota percorreu desesperadamente os canais seguros que a Resistência havia lhe fornecido quando assumira a missão, mas ninguém respondeu. Tentou contatar a *Raddus* novamente, certa de que alguém a ouviria, mas, mais uma vez, nada. Ou o ataque à sua nave havia danificado o módulo de comunicações, ou os canais estavam bloqueados.

Ela começou a chorar quando o TIE roubado tremeu e sacudiu sob seus pés. Podia sentir o calor em suas costas, o cheiro acre da fumaça do motor à medida que tomava a cabine. Sabia que lhe restavam apenas alguns segundos de vida e não queria que sua missão falhasse.

Sua tarefa após a destruição de Hosnian Prime era ajudar a assegurar que a construção de uma destruidora de planetas jamais ocorresse em segredo novamente, e a pilota tinha certeza de que havia encontrado algo que ajudaria a derrotar a Primeira Ordem na chave de criptografia roubada que agora estava em sua posse. Mas o precioso decodificador morreria com ela se não conseguisse passá-lo adiante. Com a mão trêmula, rapidamente enfiou o pequeno chip de dados na porta logo abaixo do visor holográfico arruinado e prendeu a respiração até que o painel de controle reconhecesse que tinha lido e carregado o arquivo.

Permitiu-se um leve e triste sorriso. Ela não falharia. Se não podia entrar em contato com a Resistência, talvez houvesse outra maneira. Outra maneira relacionada ao seu passado. Agarrou brevemente o pequeno pingente de pássaro estelar que sempre usava no pescoço, murmurou uma súplica aos deuses e depois, de memória, teclou o sinal de rádio ilegal que contataria a única pessoa em quem ainda confiava em seu mundo natal.

Prendeu a respiração e aguardou.

Mas ninguém respondeu, e já era tarde demais. Não podia aguardar para confirmar a conexão. Só podia ter esperança.

Pressionou o comando para transmitir, sabendo que o envio da chave os colocava em perigo. Se alguém descobrisse, todos virariam alvo da Primeira Ordem. Mas ela não tinha escolha.

Uma luz verde e piscante lhe mostrou que a transferência estava concluída justo quando um brilho ofuscante a cercou. Ela abriu a boca, mas não teve tempo de gritar antes que seu mundo se desintegrasse à sua volta.

Os cidadãos da cidade de Coronet observaram o TIE se consumir numa explosão. Alguns estavam curiosos, a maioria, apática. E, então, continuaram seu caminho para suas casas, para as famílias e animais de estimação que os aguardavam, para beber algo com os amigos ou para milhares de outros lugares sob o sol poente. A explosão do TIE nem sequer foi mencionada nos noticiários da noite e, na manhã seguinte, praticamente havia sido esquecida.

CAPÍTULO 1

LEIA DESPERTOU SOBRESSALTADA, sua nuca colidindo contra o tecido áspero do apoio para a cabeça. Suas mãos buscaram apoio na cadeira sem braços enquanto tentava evitar que caísse. Soltou um grito, um breve resfolegar de susto na sala vazia, enquanto seus dedos se agarravam na borda do console. Levou um momento para que seus sentidos lhe retornassem e lembrasse onde estava. O zumbido baixo do maquinário e o barulho distante de alguém realizando reparos, mesmo tão tarde, diziam-lhe que estava na *Millennium Falcon*. Não na *Raddus*, durante o ataque da Primeira Ordem, quando sentiu a presença de seu filho. Não na fria escuridão do espaço em que fora lançada logo em seguida.

Estivera sonhando havia pouco. O mesmo sonho que a vinha atormentando desde que aquilo acontecera. Estava sozinha, com frio, perdendo as forças e se entregando, rodeada pelo imenso vazio do espaço. Na vida real ela acordara, e a Força se inflamara nela, ardente e viva. E a trouxera de volta, guiando-a para a segurança. Mas, no sonho, ficara suspensa no vácuo. Decepcionando seus amigos, sua família e as pessoas que prometera solenemente liderar. Decepcionando sobretudo seu filho. Todos que amava haviam partido.

– Quando foi que fiquei tão mórbida? – murmurou para si mesma, forçando-se a endireitar o corpo dolorido na cadeira. Ela sabia quando. Desde que morrera. Bem, desde que *quase* morrera. Escapara por um triz várias vezes em outros momentos da vida. O bombardeio de Hosnian Prime lá atrás, durante sua época no Senado. A sessão de tortura com Vader, que, mesmo agora, décadas depois, provocava-lhe picos de adrenalina e a deixava com os nervos à flor da pele até mesmo quando a menor sugestão daquela lembrança emergia. Um milhão de vezes escapara por pouco com Han, na época da Rebelião. Mas nada se comparava a ser arremessada para fora daquela nave pela explosão, vagando sozinha pelo espaço.

Esfregou a mão cansada sobre o rosto, olhando à sua volta. Parecia ter acontecido havia muito tempo, mas fazia apenas uns poucos dias que Chewie e Rey apareceram em Crait para resgatá-los da Primeira Ordem. Desde que vira seu irmão novamente e o perdera com a mesma rapidez. Perguntou-se o quanto deveria sofrer em uma única vida, o quanto exatamente uma pessoa poderia aguentar. Mas então afastou aquele indulgente momento de autocomiseração. Havia trabalho a fazer.

O console de comunicações da *Millennium Falcon* estava diante de Leia, silencioso como o próprio espaço. Quando ela pedira ajuda em Crait, enviando seu sinal de socorro para seus aliados, tinha certeza de que alguém responderia. Mas ninguém respondeu, e isso ainda a abalava. Será que estavam vivos? O sinal dela estava sendo bloqueado? Ou – a resposta que menos queria considerar – simplesmente não se importavam?

Não, ela não acreditava nisso. Não podia. Havia acontecido alguma coisa que impediu seu sinal de alcançar ouvidos aliados. Isso fazia mais sentido do que acreditar que ela e a Resistência tinham sido abandonadas de tal forma. Ela descobriria o que dera errado e, até lá, continuaria tentando.

Bem na hora em que estendeu a mão para o equipamento de comunicação, os fones zumbiram e uma luz verde piscou, indicando que uma transmissão estava aguardando. Seu coração acelerou de expectativa. Alguém tentava se comunicar com a *Millennium Falcon*. Leia colocou os fones, deslizando-os sobre a cabeça, e ajustou o microfone enquanto a estática interferia na conexão. Sem a antena de radar, o sinal de rádio subespacial da *Falcon* estava, na melhor das hipóteses, ruidoso.

Digitou o código criptografado, abrindo o canal para quem quer que estivesse do outro lado e também conhecesse o código.

– Olá? – ela sussurrou ansiosamente no microfone. – Quem está falando?

No início, tudo o que obteve de retorno foi mais estática, mas então a voz surgiu de vez, fraca a princípio, mas ficando mais forte.

– ... Zay com Shriv... missão... lembra-se de mim?

Uma leve sensação de derrota invadiu o estômago de Leia. Ela esperava que fosse um dos aliados da Resistência, um governo poderoso oferecendo refúgio ou naves ou outra ajuda qualquer. Mas era a garota que conhecera logo após a destruição da Base Starkiller, filha de Iden Versio e Del Meeko. Lembrava-se bem de Zay. Seus pais eram ex-Imperiais que haviam se tornado rebeldes, e seu avô, o notório Almirante Garrick Versio. A garota havia perdido os pais, já passara por tanta coisa sendo ainda tão jovem. Bem, e todos não haviam passado? Leia certamente sim. Era da natureza da guerra fazer seus filhos passarem por um inferno, matar seus pais.

– Pare! – disse alto para si mesma, a voz ecoando pela sala.

– O quê? – Zay perguntou, através da estática.

– Não você – Leia apressou-se em dizer. – Não era com você. – Que embaraçoso. Leia afastou o mal-estar e pressionou o fone de ouvido contra a orelha, aproximando o microfone da boca. – Fale de novo, Zay. Estou com problemas para ouvi-la. Sua voz está falhando.

– Oh. – E então, mais alto e mais devagar: – SHRIVE E EU... CONSEGUIMOS... ALGUMAS PISTAS PROMISSORAS...?

Leia sorriu amavelmente com a correção exagerada da garota.

– Posso ouvi-la bem agora. Fale normalmente.

– Ah, é? Então, rastreamos alguns antigos amigos da minha mãe que eram Imperiais, mas que desertaram e não nutrem simpatia alguma pela Primeira Ordem. Nós vamos visitá-los, se estiver tudo bem para você. Levará mais três ou quatro dias-padrão, pelo menos.

– O que aconteceu com os aliados da Resistência que pedi para você encontrar?

– Essa é a parte perturbadora – contou Zay. – Todos eles se foram.

– Se foram?

– Ou pelo menos não estão onde deveriam estar. Buscamos por mais da metade dos nomes e não encontramos nada. Em alguns casos, lares inteiros foram simplesmente abandonados.

– Talvez eles tenham se escondido. – Ou coisa pior.

– Seja o que for, General, algo ruim está acontecendo.

Leia esfregou o pescoço, sentindo a tensão acumular-se nos músculos. Mais aliados fora de alcance. Zay estava certa. Algo estava acontecendo, e isso assustava Leia também.

– Zay, quero que continue procurando. Descubra o que puder.

– Entendido. E quanto aos ex-Imperiais?

Leia não havia imaginado que ex-Imperiais seriam os aliados de que precisava, mas parecia que as opções estavam diminuindo. Quem sabe? A mãe de Zay era prova de que alguns dos mais ferozes combatentes da Resistência já tinham estado do outro lado. As pessoas são complexas e, se havia uma coisa na qual o Império tinha sido bom era em oferecer às pessoas o que elas achavam que precisavam – apenas para descobrirem que a paz e a ordem que desejavam vinha com um preço muito alto a se pagar. Leia jamais usaria o passado contra quem quer que fosse. Ela própria tinha demônios suficientes em sua árvore genealógica para assegurar que não devia ser ela a julgar.

Do outro lado do comunicador, Leia ouviu murmúrios e uma discussão sendo abafada, como se alguém tivesse colocado a mão sobre o microfone. Pouco depois, Zay retornou.

– Shriv está dizendo que você deveria confiar em nós. Afinal, o que poderia dar errado?

O quê, de fato?

– Tudo bem, se Shriv concordar que as pistas para os ex-Imperiais são sólidas, vão em frente e estendam sua missão. Mas tenham cuidado. Há... Não é seguro enfrentar a Primeira Ordem. – Como se a garota cuja mãe morrera não soubesse disso.

– Sem problemas, General. Vamos tomar cuidado.

Mais murmúrios abafados.

– Ah, e Shriv está dizendo que "*Cuidado*" é o seu nome do meio. Além disso, ele ainda não está morto, então alguém ou alguma coisa lá fora deve estar procurando por nós.

– Sim – Leia disse em voz baixa para si mesma, e então para o microfone: – Que a Força esteja com você, Esquadrão Inferno.

– O mesmo para você. Câmbio e desligo!

Leia apertou o botão para encerrar sua conexão e recostou-se. Esperava que não tivesse dado à garota muita responsabilidade cedo demais. Zay não deveria ter muito mais do que dezesseis anos, mas aos dezesseis Leia já estava promovendo a Rebelião. Se havia alguém que sabia que a juventude pode ser subestimada, esse alguém era ela. Não, Zay era forte, inteligente. Competente. E, com Shriv como uma força estabilizadora, ela acreditava que completariam a missão.

Uma dor aguda na têmpora cortou subitamente os pensamentos de Leia. Apertou os olhos numa agonia repentina. Essas dores de cabeça eram um efeito colateral do processo de cura, dissera o droide médico. Ela esperava que durassem algumas semanas, mas, entre as dores de cabeça, os pesadelos de estar perdida no espaço e o pesar pela perda de amigos, Leia estava exaurida. O que ela não daria por apenas um momento de relaxamento, ou de segurança; alguns dias ou até mesmo um punhado de horas sabendo que tudo ficaria bem.

– General Organa?

A voz veio de trás dela e Leia se virou, deparando com Rey parada em pé, à porta. A garota usava uma versão da mesma indumentária de catadora de sucata que vestia quando Leia a vira no dia anterior, só que agora Leia reconhecia toques da influência Jedi em seu conjunto. *Ela está mudando*, Leia pensou, *mas ainda há resquícios de Jakku que ela não abandonou*. Mas talvez isso não fosse justo. Talvez Rey estivesse apenas se agarrando às coisas simples que conhecia naquele mar de caos, da mesma forma como todos faziam. Falando em coisas simples, Rey segurava uma xícara fumegante em suas mãos e, quando viu Leia notá-la, adiantou-se para oferecê-la.

– Trouxe uma xícara de chá Gatalentano – disse Rey.

Leia sorriu.

– Você lê mentes?

– Como assim? Como um Jedi? Eu... Eu não sou...

– Eu estava aqui pensando justamente em como adoraria uma xícara de chá – Leia explicou, salvando Rey de seu balbuciar embaraçado. – Não há nada de Jedi nisso. É apenas – ela gesticulou para Rey se aproximar – uma surpresa bem-vinda. Obrigada. E, por favor, me chame de Leia.

Rey assentiu, parecendo aliviada, e apressou-se em sua direção. Leia pegou o chá das mãos dela. A fragrância imediatamente invadiu seu nariz, e ela pôde sentir os músculos dos ombros se soltarem.

– Posso lhe trazer algo mais forte, se você quiser – sugeriu Rey, apontando de volta para a cozinha de onde obviamente viera. – Acho que Chewbacca tem um pouco de caf por lá.

Leia soprou a bebida quente, fazendo pequenas espirais de vapor flutuarem no ar.

– Estou surpresa que ele tenha isso aqui. – Ah, mas provavelmente não era Chewbacca quem mantinha um estoque de chá Gatalentano na *Millennium Falcon*, mas Han. Oh, Han. Também havia partido.

– E eu a deixei triste – observou Rey, notando a expressão no rosto de Leia.

– Você não – Leia a corrigiu. – A vida. Esta guerra. Você é uma luz na escuridão. – Ela apontou para o assento à sua frente.

– Eu não pretendia ficar. Só ouvi sua voz aqui e pensei que você poderia precisar do chá.

– Bem, você estava certa, e insisto que fique. Preciso de companhia, e você está me deixando nervosa parada aí em pé. Por favor. – Ela gesticulou em direção ao assento novamente e dessa vez Rey se sentou, deslizando as mãos sob as coxas e sorrindo sem jeito. – Pronto – Leia disse, pacientemente, na esperança de deixar a garota à vontade –, não é melhor assim?

Rey assentiu. As duas permaneceram sentadas em silêncio enquanto Leia sorvia seu chá e Rey espiava ostensivamente ao redor da sala, seu olhar pairando sobre o painel de comunicações. Leia acompanhou sua contemplação errante.

– Por que não está dormindo como todos os outros? – perguntou.

– Ah, eu? Não tenho dormido muito nesses últimos dias – respondeu Rey em voz baixa. – Coisas demais na minha cabeça.

– Conheço essa sensação.

Rey mudou de posição na cadeira, os olhos ainda se detendo em tudo, exceto em Leia. Puxa, mas essa garota estava mesmo nervosa. Ela não parecia assim tão nervosa quando tinham se conhecido. Mas tanta coisa havia acontecido desde então, ou talvez ela tivesse algo para dizer.

– Rey… – Leia começou.

– Ouvi você falando com alguém – Rey apressou-se em comentar. – Finalmente conseguiu se comunicar com alguém?

– Ainda não – confessou Leia. – Essa comunicação foi de uma dupla de pilotos que enviei para fazer reconhecimento, mas, e espero que não me entenda mal, precisamos de mais do que apenas pilotos. Precisamos de liderança. Os pilotos são essenciais, mas a Primeira Ordem levou Holdo, Ackbar, outros. – Ela suspirou, a dor pesada em seus ossos. Chamara-os de líderes, sim, mas também de amigos. Pessoas que conhecera a maior parte de sua vida agora haviam partido. – Precisamos de estrategistas, pensadores, pessoas com os meios e a vontade para nos conduzir e liderar. Para inspirar os outros a fazer o mesmo.

– Eu não os conhecia – admitiu Rey. – Sinto muito pela sua perda.

Leia assentiu.

– Todos nós sofremos perdas.

Rey, por fim, encarou-a, um questionamento espreitando em sua expressão. *Talvez ela queira falar sobre Luke*, Leia supôs. *Conversamos sobre ele, mas brevemente. Apenas um reconhecimento de que ele estava em paz no final.* Mas, então, Rey disse...

– Kylo Ren – ela disse num rompante. – Quero dizer, Ben... ele é seu filho...

Ah. Leia assentiu e bebeu de sua xícara, que agora estava esfriando. Rey contorceu-se desconfortável em seu assento.

– O que aconteceu com ele? – por fim, perguntou. – Quero dizer, como ele se voltou para o lado sombrio? Ele começou na luz, não foi? Ele me contou uma história sobre Luke, sobre seu treinamento. – Ela suspirou. – Acho que só quero entender.

– Eu também.

– Então você não sabe?

– Acho que você teria de perguntar a Ben o que aconteceu com ele.

– Ele queria que eu me juntasse a ele, sabe, mas não pude. Pensei que poderia ajudá-lo, mas ele só queria que eu me tornasse igual a ele.

O rosto de Rey assumiu uma expressão de tristeza e Leia pôde ver a dor estampada ali. A garota se importava com Ben e ele a desapontara.

– Ben fez suas escolhas – Leia observou. – Ninguém pode salvar Ben senão ele próprio. E não sei se é isso que ele quer.

Rey assentiu com a cabeça, baixando o queixo enfaticamente.

– Sei disso. Quero dizer, sei racionalmente, mas acho que tinha esperança.

– Esperança é bom – disse Leia, com um tom de voz gentil e compreensivo. – Esperança é importante e às vezes é tudo o que temos. Mas – acrescentou, sorrindo – o que esperança tem a ver com ser racional? – Ela estendeu a mão e Rey se inclinou para a frente e a pegou, pressionando sua palma contra a de Leia e apertando-a.

– Não sei como vou fazer isso – Rey sussurrou baixinho.

– Mas vai fazer – assegurou Leia, sua voz um pouco mais alta, carregada com um pouco mais de determinação. – E não estará sozinha. Estaremos aqui com você.

Rey pareceu sentir-se mais confiante, e um sorriso brotou por um momento em seus lábios, o primeiro desde que chegara.

Um zumbido no console fez Leia se virar, surpresa.

– Olá? – ela falou no microfone. – Identifique-se.

– General Organa! É o Poe!

– Poe. – Ela se virou ligeiramente para longe de Rey. – Onde você está? Qual é a sua posição?

– Ikkrukk. Sim. Foi por pouco, mas o Esquadrão Negro resistiu. Sem baixas, embora Jess e Suralinda tenham ficado bastante machucadas. Mas posso informar que a cidade de Grail está protegida. Botamos a Primeira Ordem para correr.

Finalmente, um pouquinho de boas notícias.

– Maravilhoso, Poe. E a Primeira-Ministra Grist? Ela está bem?

Seguiu-se um momento de estática e então Poe estava de volta.

– Posso confirmar que sim, a Primeira-Ministra Grist sobreviveu. E ela nos convidou para uma festa.

Leia trocou um olhar com Rey, que lhe lançou um leve sorriso.

– Poe, pode fazer algo por mim?

– Qualquer coisa, General.

– Vá à festa de Grist e me diga qual é a postura entre os convidados sobre a Primeira Ordem.

– Bem, considerando que a Primeira Ordem os atacou, imagino que não estão muito felizes agora.

– Talvez não publicamente. Mas precisará ver além das aparências, Poe. Fique atento às coisas mais sutis. Observe quem ainda não critica a Primeira Ordem, ou quem critica com veemência demais, como se quisesse provar sua lealdade. Observe quem não está na festa. Alguém se declarou abertamente com a facção separatista?

Seguiu-se outro momento em que Poe estava claramente falando com outra pessoa e, então, disse:

– Não posso confirmar. Mas vou ficar de olho.

– Faça isso. E veja o que Grist está disposta a comprometer com a Resistência. Essa foi a razão pela qual o Esquadrão Negro estava lá, para começo de conversa. Seu *timing* acabou sendo providencial, então vamos ver se tiramos algum proveito disso.

– Ok. Mais alguma coisa, General?

– Sim. Divirta-se. Você sobreviveu à batalha e ainda está vivo para mais um dia. Certifique-se de aproveitá-lo.

– Pilotar é toda a alegria de que preciso, mas vou seguir seu conselho, General. Entendido.

– E notifique-me aonde o Esquadrão Negro irá em seguida. Grail é uma boa vitória, mas temos que ir muito além.

– Entendido – ele repetiu. – Ok, Poe desligando.

A transmissão se encerrou e Leia recostou-se, a frágil cadeira rangendo sob seu peso.

– Bem, isso é bom – comentou Rey, surpreendendo Leia. Ela havia se esquecido de que a garota estava ali, já que estava tão quieta.

– Sim, é – Leia concordou. – Mas é apenas uma gota no oceano do que precisamos.

– Mas cada gota conta, certo? Uma gota aqui e outra ali e, antes que percebamos, teremos um oceano.

Um oceano. O que uma garota que crescera em Jakku sabia sobre oceanos? Entretanto, Leia disse:

– Gosto do jeito como pensa, Rey. Sim, você está certa. Não há necessidade de minimizar o que Poe e seu Esquadrão Negro realizaram. Agora, por que não descansa um pouco?

Como se fosse uma deixa, a mandíbula de Rey escancarou-se com um bocejo.

– Sim, talvez eu deva. Estava trabalhando no compressor. A umidade de Ahch-To fez a condensação se acumular na fuselagem. Preciso limpá-la, encontrar o vazamento e selar... – Ela apertou os lábios. – Tenho certeza de que você não se importa. – Ela se levantou.

– Pelo contrário, fico feliz que esteja cuidando tão bem da nave de Han. – Leia levantou a xícara. – Obrigada novamente pelo chá.

Rey assentiu com a cabeça e saiu.

Ahch-To. Claro. Foi lá que Rey encontrou Luke. Talvez a garota soubesse algo sobre oceanos, afinal. E talvez Leia tirasse uma lição disso também.

Ela balançou a cabeça, com pesar, e voltou para o console de comunicações. Mais uma tentativa, disse a si mesma, e então seguiria o conselho que dera a Rey e tentaria dormir um pouco. Hoje eram gotas, ela pensou, e amanhã seria um rio. E talvez, eventualmente, um mar poderoso que pudesse lutar contra a Primeira Ordem. Parecia improvável, mas o improvável era tudo o que tinha.

Ela percorreu sua lista de aliados, começando pelo primeiro nome.

CAPÍTULO 2

SURALINDA JAVOS ESTAVA bêbada. Ou, pelo menos, Poe estava bastante certo de que a pilota Squamatana do Esquadrão Negro estava bêbada. Por que outra razão ela estaria naquele palco fazendo...? Bem, ele não tinha certeza do que exatamente ela estava fazendo. Poe balançou a cabeça. Ele amava o Esquadrão Negro. Morreria por qualquer um de seus pilotos. Mas às vezes ele se admirava.

Quando a Primeira-Ministra Grist convidou o Esquadrão Negro para uma festinha para brindar sua vitória na defesa de Grail contra a Primeira Ordem, aceitar era uma questão política. Ele sabia que estava ali em parte como piloto, em parte como diplomata, e qualquer coisa que pudesse fazer para garantir o apoio de Ikkrukk à Resistência era algo que precisava fazer.

– Não deveriam se dar por satisfeitos por termos salvado a pele deles dos bandidos? – Jess Pava resmungou quando Poe disse ao Esquadrão Negro que eles iriam a uma festa.

– Você não curte uma festinha, Jess? – perguntou Suralinda, rindo. – Isto é, não consigo pensar em um motivo melhor para comemorar com uma bebida do que sobreviver. Além disso, eu adoraria receber um discurso ou algo assim da primeira-ministra, algo que eu possa usar para fazer a história realmente bombar.

– Você está escrevendo uma matéria? – Poe perguntou surpreso.

– É claro que estou escrevendo uma matéria – disse a pilota que virou jornalista e voltou a ser pilota. Ela balançou a cabeça, seus olhos castanhos fingindo decepção. – Quando você vai pegar o jeito desse lance de relações públicas, Poe? Minhas habilidades jornalísticas são um trunfo para a Resistência, mas só se conseguirmos divulgar nossa história. E que história esplêndida será, com Grist elogiando nosso heterogêneo grupo de heróis, que a salvou, bem como o planeta todo, da maldita Primeira Ordem!

Heterogêneo? Depois de Crait, isso era mais próximo da realidade do que Poe queria admitir.

– Não é uma história. É a verdade – disse Jess. Poe olhou para ela rispidamente, imaginando se ela sabia o quanto as coisas estavam ruins para a Resistência, mas sua colega pilota era inocente.

– Claro que é verdade – disse Suralinda, parecendo irritada. – Eu não minto, Jess. Apenas – Suralinda gesticulou com a mão, como se estivesse conjurando algo do nada – embelezo.

Jess cruzou os braços sobre o peito e deixou seus longos cabelos negros caírem pelo rosto, sem se impressionar. Poe notou que a relação entre ela e Suralinda muitas vezes era tensa, mas, se pensasse bem sobre isso, não era mais contenciosa do que a relação de qualquer pessoa com Suralinda. Ela era uma velha amiga de Poe dos tempos da marinha, mas era difícil de prever, mesmo nos dias bons. Suas lealdades pareciam mudar e, no fim das contas, parecia que Suralinda só prestava contas a si própria, mas ele não podia negar que ela sempre estava lá por ele e pelo Esquadrão Negro quando mais precisavam dela, inclusive ali em Grail. Jess não teria recuperado o sistema de defesa sem a ajuda de Suralinda, e era bom que todos se lembrassem disso. Mesmo que Suralinda parecesse egoísta agora, Poe sabia que poderiam contar com ela sempre que as coisas ficassem feias, e era isso que importava.

– Então – disse ela, com as mãos nos quadris. – Quem está a fim de uma festinha?

– Tô fora – Jess respondeu, virando-se. – Quero checar meu astromecânico. Depois do que fiz o carinha passar...

Suralinda resmungou em desaprovação.

– Poe? Com certeza você vem.

– Meio que preciso ir. Seria rude não ir...

– Exatamente! – Ela deslizou o braço em volta de Poe e o puxou antes de olhar por cima do ombro para os outros dois membros do Esquadrão Negro. – Karé? Snap? Querem se juntar a nós?

Temmin Wexley, que todos chamavam de Snap, pegou a mão de sua esposa, Karé Kun, e gesticulou para Poe e Suralinda seguirem em frente.

– Vamos com vocês. Eu não me importaria de beber. E ouvi dizer que Ikkrukk faz uma ótima cerveja.

– Tome uma bebida – disse Poe –, mas preciso que todos mantenham os olhos e ouvidos atentos. Qualquer coisa que vocês descobrirem pode ser útil. – Fez uma pausa, olhando por cima do ombro. – BB-8, você vem ou fica?

O pequeno droide emitiu um bipe em resposta e Poe assentiu.

– Fique de olho nas naves para nós, então. E ajude Jess se ela pedir.

BB-8 girou, parecendo aflito.

– Não vou machucá-lo – protestou Jess, soando ofendida. Poe esforçou-se para conter um sorriso. Ele sabia que os droides chamavam Jess de *A Destruidora*, por causa da grande quantidade de astromecânicos que ela mandara para o ferro-velho, mas confiava nela com o BB-8. Contanto que ficassem no chão.

– Divirtam-se – Jess disse suspirando, com as mãos nos quadris e os olhos no astromecânico que agora estava conversando com o BB-8.

– Vamos! – disse Suralinda, sorrindo o suficiente para mostrar seus dentes afiados, que eram parte de sua herança Squamatana tanto quanto sua pele azul e unhas em forma de garras. – Vamos nos divertir e obter algumas informações. Unir o útil ao agradável.

Jess acenou para eles por cima do ombro, já focada nos droides, e os quatro foram para o palácio onde a Primeira-Ministra Grist de Ikkrukk os aguardava.

Isso fora uma hora atrás.

Poe bebericou educadamente uma cerveja Ikkrukk durante essa hora. Tomou um gole sob o olhar atento da primeira-ministra. A bebida amarga e escura parecia combustível de motor em sua língua, mas ele conseguiu engoli-la sem uma careta denunciadora. Passou a circular pela festa, conversando com os convidados, procurando os sinais que Leia dissera que revelariam lealdades e motivações. Fez anotações mentais enquanto se deslocava entre os líderes civis e políticos, e o que viu o preocupou. Havia dúvidas ali, medo de que talvez o fato de terem revidado apenas tivesse condenado Ikkrukk a uma invasão mais brutal no futuro. Que talvez a ocupação da Primeira Ordem não fosse tão terrível, que a cooperação fosse uma estratégia mais viável do que a guerra e que talvez houvesse até lucro financeiro ao se juntarem à Primeira Ordem.

Poe segurou a língua enquanto ouvia tudo isso, mas por dentro sua vontade era gritar. O Esquadrão Negro havia arriscado suas vidas para salvar aquela cidade, aquele planeta, e agora a cidade de Grail estava questionando se fora a coisa certa a fazer. Queria gritar que eles eram covardes, todos eles, prontos para se curvar à Primeira Ordem para salvar o próprio traseiro e encher ainda mais seus bolsos já recheados, sem se preocupar com o que a ocupação faria ao cidadão comum na rua. Queria avisá-los de que a ocupação poderia parecer razoável agora, mas, se permitissem que a Primeira Ordem se estabelecesse no planeta, o aperto que começava frouxo inevitavelmente aumentaria até que Ikkrukk estivesse sufocando.

Mas ele não o fez. Em vez disso, circulou de volta até a primeira-ministra.

– Você está gostando da festa? – perguntou educadamente a Primeira-Ministra Grist, com um olhar severo sobre a cerveja quase intocada de Poe.

Poe desistiu de fingir que estava bebendo, entregando o copo a um garçom que passava.

– Esperava que pudéssemos conversar sobre a promessa de Ikkrukk de ajudar a Resistência.

– Promessa? – Grist disse, a voz tremulando de angústia. – Não me recordo de nenhuma promessa.

Poe apertou os lábios. Quando conversou pela primeira vez com Grist, após o Esquadrão Negro derrubar a nave da Primeira Ordem que ameaçava destruir Grail, ela realmente prometera fazer o que pudesse para ajudar a Resistência. Mas, agora, algumas horas depois, e com sua cidade fora de perigo imediato, parecia que sua memória estava convenientemente falhando.

– Não é que não queiramos ajudar – disse Grist, parecendo arrependida. – Somos gratos e desejamos poder fazer mais para mostrar nosso apreço por sua causa. Mas meus engenheiros relataram danos substanciais não apenas em nosso sistema de defesa, mas também dentro da própria cidade. Parece que os simpatizantes da Primeira Ordem tentaram destruir o maior número possível de centros culturais antes de serem derrotados. É imperativo que reconstruamos tudo imediatamente, para que as pessoas entendam que a Primeira Ordem não pode nos vencer. Você entende.

– Acho que não – respondeu Poe, com uma pontinha de raiva em sua voz. Ele se perguntou se deveria mencionar que a remoção de simpatizantes da Primeira Ordem talvez precisasse continuar dentro de seu próprio gabinete, mas decidiu que isso não lhe valeria pontos. Estava tentando ser diplomático. Bem, o mais diplomático possível. Tato nunca fora o seu forte.

Os olhos dourados da primeira-ministra se reviraram.

– Oh, céus.

– Não é que eu não compreenda a sua situação – disse Poe, fazendo o possível para conter sua irritação. – Mas você precisa entender a urgência da *nossa*.

– É claro que entendo e posso prometer a você que a Primeira Ordem não conseguirá nenhuma adesão aqui.

– Tem certeza disso? – ele disse antes que pudesse se conter.

Grist piscou. Ela se deteve um momento, como se para restabelecer o próprio controle, antes de dizer:

– Sim, tenho certeza. Mas simplesmente não podemos apoiar ativamente a Resistência. Já somos um alvo para a ocupação da Primeira Ordem. Não ouso dar a eles mais motivos para voltarem. No entanto, em agradecimento por seus esforços em nosso nome, ficarei feliz em fornecer combustível e comida, o suficiente para vê-los seguir seu caminho. – O sorriso estudado de Grist era frágil.

Então era isso. Estavam sendo despachados. Poe reconhecia uma causa perdida quando via uma e, embora geralmente assumisse mais do que sua parcela de causas perdidas, Ikkrukk não lhe parecia uma pela qual estava disposto a lutar. Agradeceu vagamente e tratou de pedir licença e deixar aquela conversa sem futuro, mais perturbado do que demonstrava. Não pôde deixar de se preocupar. Se um planeta recém-saído de um ataque da Primeira Ordem estava tão relutante em ter a chance de ajudar a Resistência de Leia, o que pensaria um planeta que não tivesse visto a violência de perto? Talvez Suralinda e sua história de heróis heterogêneos tivessem alguma razão de ser além de embaraçar a todos eles. Teria de conversar mais com ela sobre isso, ver como poderiam divulgar as notícias nas transmissões holográficas, burlando a censura política e alcançando os olhos e os corações das pessoas comuns. Mas, antes, ele tinha suas próprias notícias para compartilhar com seu esquadrão. Já adiara isso por tempo demais.

Encontrou Snap e Karé encolhidos em um canto, suas cabeças tão próximas que quase se tocavam enquanto conversavam; a pele bronzeada de Karé contrastava com o tom mais pálido de Snap, seus cabelos louros contra os cabelos castanhos dele. Os dois podiam ser fisicamente opostos de várias maneiras, mas eram um dos casais mais harmoniosos que Poe conhecia. O relacionamento deles sempre o impressionava.

– Estou interrompendo? – perguntou.

– É claro que não – respondeu Karé, abrindo espaço para ele. – Junte-se a nós.

Poe sentou no banco baixo em frente ao casal, afundando nas fofas almofadas. Deslocou seu peso para a frente e para trás num esforço de se sentir confortável, mas apenas conseguiu se afundar ainda mais no assento molenga.

– Eles curtem uma boa almofada por aqui – disse Snap, rindo. Todos os móveis do palácio-caverna da primeira-ministra eram esculpidos na mesma rocha que as paredes que os cercavam, dos bancos baixos e planos às mesas igualmente baixas. Parecia ser a moda ali amolecer toda aquela dureza com finos tecidos, de modo que o palácio era adornado com grandes faixas de seda cintilante bordadas e pinturas loucamente coloridas executadas diretamente nas paredes de pedra. Almofadas multicoloridas empilhavam-se em cada assento.

– Sem brincadeira – disse Poe. – Sinto como se estivesse afundando.

– É bom depois de ficar sentado no assento de piloto o tempo todo – retorquiu Karé. – Ninguém projetou um X-wing para ser confortável, pode ter certeza.

Frustrado, Poe puxou a almofada do banco e a jogou no chão a seus pés, revelando a pedra dura embaixo. Ele se sentou na pedra nua.

– Assim está melhor.

Snap e Karé riram e Poe sorriu de volta. Ele olhou para os amigos com um profundo carinho.

– Que bom que vocês dois estão aqui – disse, com voz séria. – Quero dizer. Foi por pouco, lá...

– Sempre é – disse Karé.

– Como foi a conversa com a primeira-ministra? – perguntou Snap.

– Pior que o esperado – ele admitiu. – Não acho que a Resistência encontrará apoio aqui.

– Mesmo depois de os salvarmos?

Poe deu de ombros, uma onda de resignação envolvendo-o.

– Nem todo mundo vê as coisas dessa maneira.

– Eles estão com medo – disse Karé – da Primeira Ordem.

– Estamos todos assustados – observou Snap, com brandura. – Mas nós lutamos, mesmo assim.

Poe apertou uma mão contra a outra, sentindo-se subitamente nervoso. Sabia que tinha de contar a Snap, Karé e ao resto do Esquadrão Negro o que havia acontecido em Crait, o que restava da Resistência e o papel que ele havia desempenhado em tudo aquilo, mas não estava ansioso para fazer isso.

– Há algo que precisamos lhe contar, Poe – disse Snap, antes que Poe pudesse falar. Ele olhou para sua esposa Karé, que assentiu de maneira encorajadora. – As coisas não saíram muito bem em Pastoria, o primeiro planeta em nossa missão. Não gostaria de admitir que fomos enganados por um idiota sem escrúpulos para fazer o trabalho sujo, mas… – Ele abriu as mãos num gesto de desamparo.

– Achávamos que estávamos fazendo a coisa certa. – Karé pousou a mão no joelho do marido; seu tom era suave.

– É – disse Poe –, Jess enviou uma transmissão enquanto ela e Suralinda tentavam restaurar o sistema de defesa planetário aqui. Ela estava com medo de não conseguir e queria que alguém soubesse o que havia acontecido, só por precaução.

Os ombros de Snap ficaram tensos.

– Mentiram para nós, claro, mas isso não muda o fato de que escolhemos o lado errado em uma guerra civil. Que diabos, não deveríamos ter de escolher lados, para começo de conversa.

– Pensávamos estar protegendo o governo, mas apenas ajudamos a derrubar o partido da oposição – explicou Karé. – Foi um desastre.

– Foi uma mancada de proporções épicas – concordou Snap.

– Acredite, tenho minha própria mancada para lhes contar e ela faz com que a de vocês pareça razoável. – Respirou fundo e exalou lentamente. Olhou nos olhos de ambos os amigos, sem saber como receberiam as notícias, mas sabendo que era mais importante do que nunca que eles entendessem o que estavam enfrentando. O que todos estavam enfrentando. – Vocês sabem quem é a Vice-Almirante Holdo, certo? Bem...

Um som agudo que sacudiu as paredes o deteve. Os três se viraram para ver Suralinda adiante, no centro, em um estrado elevado que funcionava como um palco. Fora nele que a primeira-ministra havia proferido um discurso razoavelmente elogioso sobre o resgate da cidade de Grail pelo Esquadrão Negro quando eles chegaram e depois cedera o espaço a uma banda de três integrantes. Eles haviam ficado tocando um tipo de música de fundo inócua a noite toda, até agora. Um baixo forte pulsava de um instrumento plano, uma espécie de bateria, em que o músico batia com o pé, e um sonoro instrumento de sopro esquisito se juntou, amarrando a melodia em torno da batida pesada. E depois... Suralinda.

– Que raio de barulho é esse? – Snap perguntou.

Karé protegeu os ouvidos instintivamente com as mãos.

– Acho que ela está... cantando?

Eles ouviram um pouco mais e, com certeza, Poe conseguiu distinguir as palavras entre os sons estridentes e os ruídos. Poe tinha visitado muitos mundos e visto muitas coisas desagradáveis, até mesmo feito algumas, mas ver Suralinda cantando aquela música a plenos pulmões com certeza era a pior.

– Ela está bêbada? – perguntou a quem estivesse ouvindo. – Quero dizer, ela só pode estar bêbada.

Karé balançou a cabeça.

– Não, acho que a voz dela é assim mesmo. A musicalidade não é o forte dos Squamatanos.

Suralinda levantou as mãos e chutou com a longa perna. Balançou os quadris para um lado e para o outro e depois ficou na ponta dos pés.

– Nem a dança – acrescentou Karé secamente.

– E essa é a nossa deixa – Poe se levantou. – Hora de o Esquadrão Negro ir embora. Temos outra missão que não envolve participar dessa festa nem, felizmente, Suralinda cantando e dançando. Vocês dois estão prontos para sair daqui?

Snap e Karé puseram-se de pé imediatamente.

– Tá brincando, Poe? – disse Snap. – Já não era sem tempo.

Esperaram até Suralinda terminar sua versão misericordiosamente curta de fosse qual fosse aquela música que ela estava cantando para saírem. O Esquadrão Negro se retirou debaixo de uma salva de palmas surpreendentemente entusiasmada, fosse por seu heroísmo, fosse por remover Suralinda do palco, Poe não tinha certeza, mas respirou fundo o ar fresco e revigorante uma vez fora do palácio.

– Não é a sua praia? – Snap perguntou, parado ao lado de seu comandante.

Poe estremeceu. Fazia frio ali nas montanhas rochosas depois do pôr do sol. Diante deles, descortinava-se uma vasta extensão de céu estrelado. Em algum lugar lá fora estava Leia e o que restava da Resistência, e todos contavam com ele.

– Adoro uma festa – respondeu Poe, dando um tapa no ombro de Snap –, mas temos trabalho a fazer. Vamos voltar para Jess e as naves e contarei as novidades para todos.

Snap assentiu e todos refizeram seu trajeto, descendo pelo caminho sinuoso da montanha até as naves. Suralinda estava de bom humor e continuou conversando com Karé, que parecia aproveitar a noite. Ao redor deles, a cidade de Grail festejava, e música e risadas enchiam a noite. Luzes coloridas projetavam-se das janelas e o cheiro de carne assada pairava, deixando-os com água na boca.

– É um bom lugar – disse Snap calmamente. – Estou feliz por podermos ajudá-los.

– Sim – disse Poe, mas ele se perguntou quanto tempo Grail continuaria sendo um bom lugar e quanto tempo levaria até a Primeira Ordem tentar novamente. E, se tentasse, se Grail os combateria ou lhes daria boas-vindas. Ele pensou em insistir, até mesmo em tentar pressionar Grist pelo bem de sua própria cidade. Mas ele sabia aonde esse caminho provavelmente levaria, e não faria isso de novo. Poe estremeceu involuntariamente. Bem, agora era problema da Primeira--Ministra Grist. Ele só esperava que ela estivesse à altura do desafio.

Os X-wings, o A-wing de Suralinda e a nave de Poe emprestada de Grakkus, o Hutt, agrupavam-se na pista de pouso aberta, volumes sombrios na escuridão crescente. Os olhos aguçados de Poe examinaram a área, procurando por Jess. Ele a localizou, aparentemente dormindo, entre as caixas de ração e combustível que o pessoal da Primeira-Ministra Grist já havia entregado. *Bem, pelo menos os Ikkrukk mantiveram a palavra deles*, pensou ele, *e rápido*. Grist realmente queria que eles se fossem.

– Ei, Jess – ele chamou, enquanto se aproximava.

Sem resposta, ele bateu em uma caixa próxima com o pé.

– Acorde, Pava, temos uma breve missão.

Os olhos de Jess se abriram e, por um momento, ela pareceu aterrorizada. Poe deu um passo para trás, surpreso.

– Você está bem?

– Oh. – Ela sentou-se, sacudindo-se para espantar o resto de sono. – Sim, tive um pesadelo, só isso. Pensei por um minuto que estava de volta… Bem, deixa pra lá.

Poe se agachou ao lado dela.

– Você anda tendo pesadelos? Algo que eu deveria saber?

– O quê? Não. – Ela corou e esfregou inconscientemente o pescoço. – Quero dizer, não mais do que o habitual.

– Certo. – Poe estendeu a mão e a ajudou a se levantar. – Eu diria para você se reportar a um médico para uma avaliação, mas…

Ela fez uma careta.

– Meio que impossível. Além disso, estou bem.

– Preciso de você inteira e saudável, Pava. A verdade é que só vai ficar mais difícil daqui em diante.

Ela franziu a testa.

– O que quer dizer?

– Venha. Vamos reunir os outros.

Ele fez sinal para o restante do Esquadrão Negro, e eles se reuniram perto de suas naves sob o céu noturno. E Poe contou a eles. Tudo sobre a evacuação de D'Qar e suas decisões que levaram à perda do esquadrão de bombardeiros da Resistência, a lenta perseguição pelo espaço, a missão de Rose Tico e Finn a Canto Bight, sua própria insubordinação e rebaixamento e, finalmente, sobre a Batalha de Crait e tudo o que haviam perdido. E o pouco que lhes havia sobrado.

Depois que terminou, baixou a cabeça.

– Entenderei se vocês quiserem partir. Quero dizer, se quiserem partir sem mim. O Esquadrão Negro parecia estar indo bem sem a minha presença. Mas, se ficarem e me permitirem liderá-los, farei tudo o que estiver ao meu alcance para compensar vocês. Prometo.

Ele se calou e esperou. Pela perplexidade, pelo julgamento, pela reprovação dos outros. Quando tudo o que teve em resposta foi o silêncio, ele ergueu os olhos.

Snap foi o primeiro a falar.

– Isso é algo pesado, Poe – disse ele, com um tom de voz sério. – E eu mentiria se dissesse que não me incomoda.

– Entendo...

– Mas – Snap continuou antes que ele pudesse terminar – não acabei de lhe contar sobre o nosso enorme desastre em Pastoria? Pessoas morreram porque nos deixamos ser manipulados. Teremos de conviver com isso também.

– Os droides me chamam de *A Destruidora* – acrescentou Jess. – Ainda. Quero dizer, não é como se eu estivesse tentando liquidá-los, mas eles acabam virando sucata assim mesmo.

– Bem...

– E tenho certeza de que meu nome do meio é *Insubordinação* – acrescentou Suralinda –, mas é porque sou mal interpretada.

– Não estou dando desculpas por...

– Você terá de enfrentar seus erros, Poe – disse Karé –, e corrigir o que der para ser corrigido. Mas fará isso com o Esquadrão Negro ao seu lado. Você não vai se livrar de nós tão facilmente. Além disso, parece que tudo o que temos é uns aos outros, mesmo que sejamos vacilões e tudo o mais.

O peso que Poe estava carregando aliviou um pouco. Eles não estavam dizendo que estava tudo bem com o que havia feito, mas também não o abandonariam.

– Vou me esforçar para melhorar – murmurou ele, de cabeça baixa, com a vergonha pesando nos ombros. – Eu juro.

E então havia braços em volta dele e rostos muito próximos e palavras firmes de encorajamento. Poe absorveu tudo como um condenado recebendo um indulto impossível. Ele esperava que o Esquadrão Negro lhe perdoasse, pelo menos o suficiente para deixá-lo permanecer como líder deles, mas nunca ousara sonhar que eles poderiam realmente o entender. Depois que o abraço em grupo terminou e a camaradagem se acalmou, Poe deu um passo para trás, levantando a mão.

– Agora é hora de falar sobre o que vem a seguir.

– Vingança? – Jess perguntou, com a voz rouca de emoção. Poe sabia que muitas das pessoas perdidas quando a Primeira Ordem derrubou suas cápsulas de fuga sobre Crait eram amigas dela.

– Eventualmente – disse Poe –, mas ainda não. Leia nos deu uma missão. Bem, uma continuação da missão que ela designou para o Esquadrão Negro. A Resistência precisa não apenas de aliados, mas de líderes. Portanto, devemos restringir nossa pesquisa a perfis específicos, estrategistas, pensadores, idosos, que achamos que possam nos ajudar a nos reerguer e rápido.

– Faz sentido – disse Karé, pensativa. – Alguma ideia de por onde começamos?

– Sim, e Snap, você pode não gostar deste.

Snap franziu o cenho, com os braços fortes cruzados no peito.

– Por que não vou gostar?

– Quero que você e Karé conversem com Wedge Antilles.

Os olhos de Snap se arregalaram quase teatralmente. Ele balançou a cabeça, sinalizando um forte não.

– Negativo, Poe. Wedge está aposentado. Ele se estabeleceu com minha mãe em Akiva. A última coisa de que precisam é que eu apareça e os arraste de volta para uma guerra. Eles conquistaram seu descanso.

– Eu sei – disse Poe, compreensivo. – E não pediria isso se não estivéssemos desesperados.

– De jeito nenhum mamãe vai querer que ele vá.

– Também sei disso. E é com o que estou contando. Quero que Norra se junte a nós também.

Snap Wexley emitiu um profundo som gutural de seu peito largo.

– Minha mãe? Ela é louca, você sabe disso, certo?

– Ela é uma pilota danada de boa.

– Ela é ótima! Mas também é louca.

– Todos os melhores pilotos são – murmurou Suralinda, alto o suficiente para que todos pudessem ouvir.

– Você não entendeu – ele insistiu. – Ela não tem instinto de autopreservação. Você sabia que uma vez ela se arremessou em uma cápsula de fuga sobre Jakku, só para perseguir um almirante Imperial através de um bloqueio?

Poe conteve um sorriso. Não era *tão* louco.

– Precisamos dela, Snap.

– Ela vai se matar!

Karé pôs a mão no braço de Snap.

– Ela sobreviveu esse tempo todo. E Wedge estará ao lado dela. Ele não a deixará fazer loucuras. Eles podem ser um trunfo real para a Resistência.

Snap olhou impotente para a esposa.

– São a única família que tenho.

– Você tem a mim – retrucou a esposa, de forma reconfortante.

– Você tem a todos nós – acrescentou Poe. – Estamos nisso juntos. Não foi o que você me disse?

Snap fechou os olhos, suspirando. Jogou a cabeça para trás, o rosto inclinado para as estrelas.

– Ok. Karé e eu iremos a Akiva e conversaremos com eles. Contaremos o que está acontecendo com a Resistência. Mas não vou forçá-los. Eles são velhos...

Não mais velhos do que Leia, pensou Poe, mas guardou sua opinião para si. Não havia necessidade de pressionar Snap ainda mais.

– E eu? – Jess perguntou. – Não tenho líderes rebeldes notórios na minha família.

Poe abriu os braços.

– Estou aberto a ideias.

– Na verdade, acho que tenho uma vantagem – ofereceu Suralinda –, mas é meio estranho.

– Continue – disse Poe.

– Na festa, ouvi Grist e alguns outros conversando... na verdade, reclamando... sobre rumores provenientes de Rattatak de que algum antigo Imperial havia reivindicado poder sobre uma das facções dos senhores da guerra lá. Eles achavam que alguém deveria pôr um fim nisso, mas é porque não têm visão.

– O que está sugerindo?

– Estou dizendo que esse antigo Imperial, quem quer que seja, tem a capacidade de liderança para unir um clã de guerra. Quero dizer, Rattatak não é brincadeira, certo? Você tem de estar disposto a praticar violência, claro, mas também tem de ser esperto.

– Ok.

– Então, isso não soa como alguém que poderia ser um trunfo para a Resistência?

– Um Imperial – protestou Jess.

– Ex-Imperial – rebateu Suralinda. – E você sabe que muitos deles não gostam da Primeira Ordem. Talvez possamos fazer uma oferta a ele.

– Não vamos subornar pessoas para...

– Não, não – Suralinda o interrompeu. – Estou falando de uma boa história. Uma chance de redenção, para compensar os males que o Império cometeu.

– Ele provavelmente é um simpatizante – Jess reclamou, mas sua voz se suavizou um pouco.

– Ou provavelmente está horrorizado com o que aconteceu com o Sistema Hosnian e preocupado sobre alguém ter algo como a Base Starkiller à sua disposição novamente. Alguns desses Imperiais só ficaram deslumbrados com todo aquele poderio, sabe? Eles não são todos maus.

Jess revirou os olhos.

– Você está curtindo com a minha cara?

– Jess – interveio Poe, gentilmente. – Suralinda pode ter razão. Não que essas pessoas não sejam responsáveis por seus crimes, mas elas podem ter algo a oferecer à Resistência, e a Resistência, por sua vez, também pode ter algo a lhes oferecer. – Enquanto dizia isso, as palavras lhe soaram próximas. Estava falando sobre ex-Imperiais, ou sobre ele próprio?

– Redenção? – ela repetiu, os olhos voltando-se para Suralinda. – Como se eles merecessem.

– Não redenção – disse Poe. – Penitência.

Jess se calou. Todos os demais também, provavelmente se perguntando o que seria necessário para expiar crimes tão sombrios e horríveis quanto aqueles que o Império havia cometido, perguntando-se se tinham direito de julgar quando nenhum deles tinha as mãos imaculadas.

– Bem – disse Suralinda animada, quebrando o silêncio –, nunca se sabe até perguntar. Então, deixe-me perguntar.

– Você pode ir para Rattatak – disse Poe, e Suralinda sorriu –, mas tem de levar Jess com você.

– O quê? – disseram as duas mulheres ao mesmo tempo.

– Faz sentido – observou Snap, sorrindo.

As duas mulheres começaram a protestar, mas Poe levantou a mão e elas ficaram em silêncio.

– É a única maneira de eu dizer sim. É muito perigoso enviar apenas uma de vocês. Ou vão em dupla ou não vão.

Suralinda apertou os lábios, considerando. Foi Jess quem estendeu a mão primeiro.

– Estou dentro. Vamos fazer isso?

Suralinda, nunca rabugenta, cedeu no mesmo instante. Ela apertou a mão de Jess.

– Pode apostar.

– Bom – disse Poe, aliviado. Ele não tinha certeza se as duas aceitariam, mas acabou não sendo tão difícil. Apesar de suas diferenças, o sucesso delas em Grail mostrou que as duas mulheres eram boas parceiras e, se houvesse algo de positivo em Rattatak, elas descobririam. E, esperava, cuidariam uma da outra para se manterem vivas ao longo da missão.

– Então, sabemos para onde estamos indo – disse Snap. – Para onde você vai, Poe? Não é tarde demais para ir ver o Wedge. Ele treinou você na academia, afinal.

– Não posso, Snap. BB-8 e eu vamos encontrar um velho amigo e pedir um favor.

CAPÍTULO 3

POE SAIU DA VELOCIDADE da luz acima do planeta Ephemera e ficou maravilhado. BB-8, firmemente preso atrás dele, emitiu bipes e zumbidos.

– É lindo – Poe concordou.

BB-8 fez outra pergunta.

– Não, nunca estive aqui – respondeu Poe. Na verdade, ele não conseguia se lembrar de visitar qualquer mundo gasoso que já não fosse gigante. Meio que se lembrava de uma lição da academia, agora pouco nítida, sobre o tamanho e a distância necessários do sol primário de qualquer galáxia para formar um planeta gasoso, mas Ephemera não se encaixava bem na descrição. Era uma anomalia, algo em parte natural, mas também engendrado agressivamente por seus habitantes, se o que ouvira fosse preciso.

O droide emitiu mais bipes e Poe respondeu:

– Já foi um planeta de mineração, como Bespin. Conhece Bespin, certo? Mas aqui eles extraíram o gás tibanna até extingui-lo. Depois que tudo se esgotou, o Império abandonou suas colônias aqui, e a maioria dos colonos se mandou com ele. Já foram tarde, pelo que ouvi.

Deixaram o planeta de volta nas mãos de seus habitantes originais e de alguns de fora que ficaram para trás voluntariamente, que não estavam aqui apenas para ganhar dinheiro e acabaram se afeiçoando ao lugar. E então, surpresa, eles descobriram o tuusah.

BB-8 girou ruidosamente, curioso.

– Tuusah é o resíduo dos rejeitos das minas. Acontece que o tuusah tem propriedades medicinais, então uma nova indústria nasceu. Talvez não tenha sido tão lucrativa quanto a mineração a céu aberto do Império, mas foi muito mais gentil com a flora e a fauna do planeta.

BB-8 girou novamente e Poe riu.

– Você está certo – disse ele. – O Império nunca foi gentil. Mas o planeta é um destino turístico agora, e a capital se chama Wish. Que nome interessante, né? Costumava ser o Posto Avançado 665 ou algo entediante assim. Mas agora? – Fez um gesto com a mão. – Wish.

– É o maior spa da galáxia. Todo tipo de banho mineral e tratamento de cura e uma espécie de terapia de óxido lendária que supostamente faz você ficar com uma aparência mais jovem.

O pequeno droide pareceu aflito.

– Você está com uma aparência ótima, meu amigo. Mas não estamos aqui para sermos paparicados. Estamos aqui para encontrar Maz Kanata, lembra?

Quando Maz Kanata lhe enviara as coordenadas de Ephemera, também lhe contara a história do planeta.

– É um pouco remoto – ela dissera –, longe de quaisquer rotas comerciais importantes, mas há muito descanso e relaxamento a serem descobertos se você gosta de flutuar em uma nuvem gasosa. E o povo é divertido. – Depois, gargalhou e encerrou a comunicação com um *Até breve*.

Então, ali estava ele, manobrando em meio a um mar gasoso em tons pastel de rosa, verde e azul para uma pista de pouso que parecia não mais substancial que a atmosfera pesada através da qual seu caça estelar voava.

Uma transmissão chegou e BB-8 abriu o canal sem que Poe tivesse de solicitar.

– Bem-vindo ao espaço aéreo de Ephemera – recepcionou uma voz estranhamente fina, quase tão suave como a de uma criança. – Por favor, identifique-se para que possamos lhe conceder autorização para pousar.

– Aqui quem fala é... – Poe hesitou. Ele era conhecido pela Primeira Ordem. Conhecido e desprezado. Não achava que a Primeira Ordem estivesse espreitando nesse mundo turístico anônimo da Orla Exterior, mas ele já havia se equivocado sobre esse tipo de coisa antes, e não custava ser cauteloso, mesmo que estivesse pilotando uma aeronave que ninguém confundiria com um X-wing. Mas não teve a chance de responder antes que outra voz substituísse a anterior, uma que não era nem fina nem suave.

– Poe Dameron, é você? – O tom rabugento daquela voz lhe era familiar. Houve um protesto abafado do outro lado da comunicação e então: – Oh, me passe esse microfone, meu bem, posso assumir daqui. – Poe ouviu sons de luta. – Eu não contratei você para... – Mais sons de luta e então um baque pesado.

Poe esperou um momento antes de perguntar:

– Maz?

– Que foi? Claro que sou eu, seu tolo. Quem mais teria pedido a você que viesse a este fim de mundo gasoso?

– Está... está tudo bem?

– O quê? Ah, sim, claro. Por que não estaria?

– Parece que você está tendo problemas.

– Que nada. São só algumas pessoas um pouco possessivas com o equipamento. Nada para se preocupar. Eu cuidei disso. Agora se apresse. Não tenho o dia todo.

A testa de Poe se franziu.

– Há, eu ficaria feliz em pousar, mas não vejo nada que pareça capaz de sustentar a nave. Estou no lugar certo?

Sucedeu-se um silêncio e então:

– Oh, você tem razão. Não é engraçado? É algum tipo de medida de segurança, os nativos me asseguram, mas na verdade acho que eles apenas gostam da ondulação.

– A ondulação?

– Você vai ver. Tudo aqui balança um pouco. Agora... permita--me... – Ele podia ouvi-la manipular controles do outro lado e o clique decidido de algo pesado engatando e, do nada, a coisa que não passava de uma indicação de plataforma de aterrissagem se aglutinou e pareceu solidificar até se assemelhar a um lugar absolutamente normal para descer a nave.

– O que é isso...? – Poe murmurou.

– É perfeitamente seguro, Dameron. E aí, vai pousar ou não? Pensei que você tivesse questões urgentes da Resistência a tratar.

Poe balançou a cabeça. Era inútil discutir com Maz Kanata quando ela estava certa. O que quer que tenha sido antes, a plataforma de aterrissagem agora estava ali, de fato.

– Entendido – ele disse. – Estou me aproximando agora.

– Muito bem. Vejo você em breve. Ah, está com fome? Você comeu? Eu deveria ter trazido comida, não? Vou ter de pedir para eles prepararem algo especial, a menos que... você não teria tempo para uma experiência psicodélica, teria, Dameron?

Ele riu, incrédulo.

– Hoje não, Maz. Como você disse, são questões urgentes.

– Claro. Está bem, então. Até mais. – E com isso a transmissão foi encerrada.

Maz Kanata era uma lenda. Ninguém poderia negar isso. Onde quer que os pilotos se reunissem, rumores corriam soltos sobre as noites muito loucas passadas no castelo de Maz, em Takodana, ou sobre alguns encontros fortuitos com a "rainha pirata" que tornavam todo mundo um pouco mais rico. Mas era alguém difícil de prever e definir, e ainda mais difícil de compreender. Ela sempre parecia saber quem estava fazendo o quê e onde, até mesmo nos cantos mais remotos da galáxia, e era uma extraordinária avaliadora do caráter das pessoas. Poe não tinha ideia de como ela fazia isso, o que ela fazia, ou quão vasta era sua rede, mas era impressionante. E agora esperava que ela reunisse seus incríveis poderes para ajudar a Resistência a se reagrupar e resgatar sua confiança.

– Não vou ajudar você com nada – adiantou-se Maz, ajustando os óculos para olhar melhor o rosto atônito de Poe. – Caso não se lembre, da última vez que arrisquei meu pescoço pela Resistência, a Primeira Ordem destruiu meu castelo. Faz ideia do quanto eu amava aquele castelo?

– Era um ótimo castelo – admitiu Poe.

– O melhor. Sabe há quanto tempo eu o tinha?

– Mil anos?

– Mil an… – Ela fez uma pausa, lançando a Poe um olhar desconfiado. – Há mais tempo do que você anda por aí, senhor piloto, pode ter certeza disso. Então, não me olhe desse jeito como se eu estivesse de má vontade.

Ela mergulhou a mão na gosma gelatinosa que preenchia a tigela ao seu lado e trouxe de volta um punhado de algo rosa e liso que cheirava inequivocamente a enxofre. Ela se inclinou para a frente em sua poltrona, oferecendo um pouco a Poe.

– Quer?

– Não, estou de boa.

Ambos estavam sentados em longas e sinuosas espreguiçadeiras em um dos onipresentes spas de Wish. Poe ainda estava de uniforme, e dava graças por isso, porém Maz estava envolta em uma toalha branca fofa e grossa, com uma segunda toalha branca enrolada na cabeça. Seus pés descalços estavam mergulhados em uma mistura lamacenta de substâncias químicas que Poe não conseguiu identificar, e funcionárias esbeltas entravam e saíam agitadas da sala, oferecendo chás, purgantes e outras beberagens que Poe educadamente recusou. Maz agora esfregava em suas bochechas largas a gosma com cheiro de enxofre que oferecera a Poe e cantarolava alegremente.

– O que é essa coisa? – ele perguntou, fungando. – Tem um cheiro terrível. – O odor de enxofre havia sido substituído pelo de amônia.

– Cocô felino. De uma espécie que vive aqui há tanto tempo que é praticamente nativa do planeta. Imagine só. Um planeta sem terra firme, mas com um monte de gatos. Reza a lenda que o fundador de Ephemera era um filósofo de Rothkahar. Ele domesticou essa espécie porque os considerava de inteligência avançada... ou talvez tenham sido eles que o domesticaram. Esqueci. Enfim, mais tarde, ele descobriu que seus excrementos possuíam propriedades curativas. Altas concentrações de gás tibanna, naturalmente transformadas em tuusah. – Ela riu de novo. – Faz maravilhas à pele.

– Isso é ótimo, Maz – disse Poe, achando que aquilo não era de forma alguma ótimo –, mas podemos voltar ao assunto? A Resistência precisa da sua ajuda.

– Sim, você me disse.

Mas você não pareceu me ouvir, ele pensou. Precisava explicar a situação de um modo que ela entendesse, e decidiu que a total franqueza era sua melhor aposta.

– Precisamos de um lugar para nos esconder e nos reagrupar. Precisa ser longe dos olhos curiosos da Primeira Ordem, mas capaz de lidar com as necessidades de moradia, suprimentos e comunicações...

– Você não disse que havia apenas uns poucos de vocês em uma única nave? Que necessidades poderiam ter?

Poe piscou de perplexidade em reação à sua insensibilidade. Talvez ela o tivesse ouvido, e simplesmente não se importasse. Ele não esperava por isso.

– Haverá mais – ele se apressou em dizer. – Temos pessoas em toda a galáxia, e estamos fazendo novos aliados o tempo todo. Esperávamos que você pudesse nos providenciar abrigo. E mais do que isso. Liderança. Leia não pode fazer isso sozinha. Precisamos de você para ajudar a liderar a Resistência.

– Liderar a Resistência? Pensei que esse fosse o seu trabalho.

– Eu… – Poe franziu a testa, sentindo-se inseguro.

– Espera que eu faça o seu trabalho por você? – ela resmungou, agora aplicando zelosamente o creme no pescoço. – O comandante é você. Ou isso mudou?

– Nada mudou – disse Poe automaticamente, mas era mentira, não? Depois da *Raddus*, tudo havia mudado.

Maz tinha terminado de lambuzar o rosto e se recostou de volta em sua espreguiçadeira, com os olhos fechados. A última funcionária havia deixado um fumegante bule de chá na mesinha lateral, e Maz estendeu a mão às cegas, encontrou a xícara e levou-a aos lábios para sorver um gole. Em seguida, baixou a xícara de chá. Poe aguardou pacientemente que ela falasse, mas, depois de um momento, ele ouviu um ronco leve. Ela havia adormecido?

Poe se levantou, exasperado.

– Isso foi uma perda de tempo. É melhor eu ir embora.

– Não! – A mão dela se fechou ao redor de seu pulso como um torno; todo o capricho desapareceu da voz dela como se nunca tivesse estado lá. Maz abriu um olho, fixando-o nele. Ele congelou.

– Ouça-me atentamente, Poe Dameron. Você me vê assim, e pensa que sou uma tola. Que bom para mim, porque, quando um inimigo o vê como tolo ou fraco, é nesse momento que ele está mais vulnerável em sua arrogância. E é aí que você ataca. – Ela torceu a mão, puxando com força, e os pés de Poe saíram do chão. Ele caiu de costas, com força suficiente para que um gemido escapasse de seus pulmões e a dor irradiasse de seu cóccix.

Maz estava fora de sua espreguiçadeira e posicionada sobre o peito dele em questão de segundos. Os olhos dela, rodeados pelo tratamento de pele sulfuroso, estavam a centímetros dos seus. Ela estreitou o olhar, lendo-o. Julgando.

– Vejo arrogância em você. E é isso que o mete em problemas e provoca dor.

Ele corou, ainda pensando na *Raddus*.

– Aprendi a minha lição – ele falou por entre os dentes.

– Será?

– Eu... – Poe desabou para trás, descansando a cabeça no chão. Pensou em mentir, ou pelo menos em não contar a Maz mais do que o necessário, mas ela o encarava como se pudesse ver através dele, como se já soubesse a triste verdade.

– Você me perguntou se ainda sou um líder – ele começou a dizer, os olhos focados no teto. – A verdade é que não sei. E-eu cometi alguns erros...

– Erros? – O tom de Maz era afiado como um bisturi.

– Liderei um motim – ele confessou. Não tinha a intenção de contar, mas agora já era. E, como havia começado, queria que ela soubesse de tudo. – Não entendi o que estava acontecendo. Tudo o que eu sabia era que estávamos fugindo, quando deveríamos estar lutando. Tive de fazer alguma coisa!

– Foi, é? Teve de fazer alguma coisa?

Ele piscou, pego desprevenido. Momentos antes, queria se defender, fazê-la dar ouvidos à razão ou pelo menos compreender seu raciocínio. Mas, de repente, toda aquela sua resistência se foi e a realidade o atingiu como um soco no estômago.

– Não – admitiu. – Eu sou um soldado e ela era minha comandante. Tudo o que eu tinha de fazer era confiar nela. – Ele soltou o ar, instintivamente querendo afundar mais no chão, para se esconder de sua própria desonra. Ele a encarou, com os olhos implorando... não por solidariedade. Nem mesmo por compreensão. Mas algo mais. Uma segunda chance.

Maz emitiu um som gutural. Ela inclinou a cabeça para longe e sentou-se. Não saiu de cima do peito dele, mas pelo menos havia alguma distância entre seus rostos.

– E agora, Poe Dameron?

– O quê?

– Digamos que você esteja certo. Que as suas ações, a sua arrogância, mataram muitas pessoas. Levaram a Resistência para onde ela está agora: fragmentada, em fuga, desamparada e implorando por ajuda.

Ele se retraiu. Abriu a boca para protestar contra as palavras dela, mas o que havia a dizer além de:

– Vou consertar as coisas.

– Como você vai fazer isso? – ela questionou. – Você não pode trazer os mortos de volta. Você não pode, sozinho, recompor a Resistência, embora... – Maz bufou, parecendo se divertir. – ... se existe alguém que tentaria isso, esse alguém é você.

– Posso derrubar a Primeira Ordem.

– Sozinho?

– Se for preciso.

Ela balançou a cabeça.

– Arrogância. Ainda. – Ela se levantou sobre os joelhos, assomando sobre ele. – Sabe quem mais é arrogante? A Primeira Ordem.

– A Primeira Ordem é maligna.

Maz o encarou, os lábios franzidos. Ela ajustou os óculos, seus olhos ficando maiores por trás da lente de aumento. Quando falou, sua voz era suave, quase reverente.

– Já vi o mal em muitas formas, Dameron. A Primeira Ordem não é pior do que os Sith, ou o Império, ou incontáveis outros que fizeram uso do lado sombrio. Como sempre, eles devem ser combatidos com a luz. Mas... – Ela saiu de cima do peito dele e retornou à espreguiçadeira. Retirou os óculos e voltou a recostar-se, cobrindo os olhos com uma máscara ligeiramente felpuda que estivera embebida em um líquido azul-claro na mesinha lateral. – Tenho meu próprio jeito de lutar. Nem tudo se resume a armadas e caças estelares, sabe.

Poe se sentou, esfregando a lombar. Encarou Maz, pensando em como era fácil para ela dispensá-lo, não se importar com o destino de seus amigos e das pessoas que ele amava. Para ela, eles não eram nada. É isso que acontecia quando se vivia mil anos?

Ela grunhiu, como se pudesse ler os pensamentos dele.

– Acha que sou insensível, mas não sou. Você ficará bem sem mim.

– Espero que esteja certa, senhora – disse Poe, incapaz de conter a amargura em sua voz. – Porque, se não estiver, eu e os meus companheiros vamos morrer. E você pode ficar aí pensando nisso por mais mil anos, que estou pouco me lixando.

Sua confissão o deixara vulnerável, sentindo-se exposto, mas não mais próximo de encontrar uma maneira de fechar a ferida. E agora ele falhara novamente ao não convencer Maz a juntar-se a eles. Era tudo o que ele podia fazer para se erguer.

Em silêncio, reuniu suas coisas e foi embora. Se tivesse se dado ao trabalho de olhar para trás, poderia ter visto Maz Kanata levantando o canto de sua máscara para olhar fixamente em sua direção, um pequeno sorriso revelando-se em seus lábios.

Poe sentou-se na cabine de seu caça estelar emprestado, preparando-se para decolar. Ele já havia pedido autorização duas vezes para partir, e em cada uma delas a voz fina do outro lado do comunicador lhe negara, alegando que o espaço aéreo estava ocupado e ele precisava aguardar. Suspeitava que era uma desculpa, mas não estava disposto a seguir em frente às cegas para a densa atmosfera sem autorização. Exasperado, pressionou o botão de transmissão mais uma vez e requisitou autorização para partir.

– Negativo, piloto – disse a voz sussurrante pela terceira vez. – Você tem companhia.

Poe espiou pelo canopi transparente da cabine e não viu nada. Mas também, o que ele pretendia ver naquela atmosfera? Era como viver dentro de uma nuvem em tom pastel.

Houve uma batida repentina no visor à sua esquerda e seu coração disparou de susto. Levou a mão ao cinto apressadamente em busca de seu blaster antes que se desse conta do que estava fazendo. Grandes olhos o encaravam, e ele exalou devagar, forçando-se a respirar para que seu coração desacelerasse.

– Abra – Maz disse, batendo no transparisteel novamente.

Sentindo-se meio contrariado, Poe destravou a câmara de descompressão e a cabine de transparisteel se abriu entre eles.

– Há algo que quero lhe contar antes de você sair correndo desse jeito – disse Maz, inclinando-se para a frente. – Mas, primeiro, onde você conseguiu essa nave? É uma velharia.

– É emprestada. Eu disse que estamos reduzidos a sucata, tudo destruído. E então, o que você quer?

Maz olhou em volta, imperturbável, examinando os monitores do painel de controle.

– É uma velharia, mas também é um item de colecionador. Quando terminar, venha me ver. Posso querer comprá-la.

Ele pensou em explicar que tinha de devolvê-la a um certo Hutt, mas decidiu que não valia a pena.

– Maz, o que você quer? Eu tenho que ir.

Ela dispensou seus protestos com um abano.

– Há muito tempo suspeitamos que a Primeira Ordem vem levando crianças e sumindo com gente na periferia da galáxia. Mas as coisas estão se agravando agora: estão prendendo pessoas sob acusações falsas. Pequenos delitos que eles elevam a crimes graves ou acusações simplesmente fabricadas do nada. As pessoas desaparecem na calada da noite, suas famílias ficam sem saber o que aconteceu com elas. Em batidas noturnas ou apanhadas nas ruas e… – Maz fez um gesto, abrindo os dedos – somem. E quais são as pessoas com maior probabilidade de desaparecer? Pessoas que têm laços com o passado. E, curiosamente, estamos vendo isso com alguns dos antigos Imperiais também. Aqueles que manifestaram abertamente sua aversão à Primeira Ordem, mas também aqueles que permaneceram neutros. Qualquer um que possa representar uma ameaça, seja agora, seja mais para a frente.

Poe franziu a testa. Era perturbador, mas não o surpreendeu. A Primeira Ordem prosperou abusando do poder.

– Acha que foi isso que aconteceu com os aliados de Leia? Eles não estão respondendo porque não podem? Foram presos?

Maz deu de ombros.

– Talvez. Possivelmente. Mas a Primeira Ordem costumava fazer isso em segredo. Agora nem se dão ao trabalho de esconder. Arrancam as pessoas das ruas e nem ao menos encenam um julgamento de fachada em qualquer que seja o planeta em que se infiltraram. Simplesmente as matam ou enviam para campos de trabalho forçado.

– Campos de trabalho forçado?

– Alguém tem de construir todas aquelas naves novas e sofisticadas, não é?

Poe mordeu o interior da bochecha, pensativo.

– Obrigado, Maz. Leia vai querer saber disso.

– Sim, imaginei que fosse querer. Há rumores de que, em algum lugar, existe uma lista de todas as pessoas que eles pegaram. Uma lista enorme. Ninguém a viu, mas tenho algumas pessoas procurando por ela. Quando souber de algo concreto, entro em contato com você.

Poe assentiu.

– Faça isso.

– Tem certeza de que não quer vender essa nave?

– Não posso vendê-la porque não é minha.

– É uma pena.

Ele começou a baixar o transparisteel quando Maz chamou-o pelo nome.

– Poe!

Ele se virou.

– Seja a luz, Poe.

CAPÍTULO 4

WINSHUR BRATT APRESENTOU seu cartão de identificação de trabalho Corelliano para a inspeção do guarda da Primeira Ordem. Era o terceiro posto de controle pelo qual havia passado naquela manhã, em sua relativamente curta caminhada de seu apartamento na parte mais nova da Cidade de Coronet até os escritórios da Corporação Corelliana de Engenharia, onde trabalhava, mas ele não se importava. Sempre apreciava o inevitável momento em que a expressão do guarda mudava de uma leve superioridade para uma humilhação enraivecida, quando percebia tardiamente que Winshur era *uma pessoa importante*. A maneira como o guarda passava a endireitar o corpo, abandonando sua postura desleixada e entediada, a repentina ansiedade que empalidecia seu rosto enquanto se perguntava se Winshur encontraria falhas em seu desempenho e o reportaria a seus supervisores. Hoje, Winshur estava achando esse tipo de medo que inspirava particularmente relaxante, um bálsamo para o que, de outra forma, seria uma manhã que deixara a desejar.

Winshur passara as primeiras horas do dia sentado à mesa na qual fazia a refeição da manhã, pensando se deveria ou não ouvir a comunicação que estivera aguardando por ele quando acordou. Tinha vindo de sua cidade natal, Bela Vistal, o que significava que poderia ser de apenas uma pessoa – sua mãe. Fizera o máximo que pôde para cortar todos os laços com a cidade e as pessoas de seu passado, mas sua mãe sempre dava um jeito de encontrá-lo. Nessa última vez, ela havia demorado seis meses e, nesses seis meses, ele conquistara muita coisa. Conseguira um emprego respeitável na Corporação Corelliana de Engenharia, na gerência intermediária, como chefe de gabinete no Departamento de Registros, e conseguira manter esse emprego quando a Primeira Ordem viera e assumira a empresa, atribuindo-lhe a função de construir naves de guerra para o poder em expansão. Muitos de seus colegas haviam sido eliminados após as entrevistas de recolocação, mas não Winshur. Na verdade, sua entrevistadora, uma mulher de Alsakan, implacável e organizada, disse que ele era exatamente o tipo de cidadão que a Primeira Ordem estava procurando. Winshur sentiu um imenso prazer com isso. Sempre soubera que estava destinado a mais do que Corellia, mas ter alguém como ela dizendo-lhe isso? Ficara flutuando de felicidade pelo escritório quase deserto por dias. E então acontecera. Winshur havia sido convocado dos Registros e transferido para uma posição de prestígio, à qual tão merecidamente fazia jus. Era agora o supervisor executivo de registros da Primeira Ordem em Corellia. O que, no frigir dos ovos, era essencialmente o mesmo trabalho que tinha antes, mas que vinha com um novo título, dois assistentes e, eventualmente, um aumento. Pelo menos, era o que esperava, assim que seus superiores percebessem que era um homem de qualidades. E ele tinha o próprio escritório com vista para o imenso hangar de naves que fazia parte do complexo maior. Ninguém poderia negar que isso significava alguma coisa. Ele queria uma janela que dava para a cidade, mas lhe disseram que era apenas para aqueles de título mais elevado. Em vez de ficar desapontado, disse a si mesmo que era algo pelo que lutar, o próximo passo em sua escalada até o topo. Supervisor executivo de registros era excelente, de verdade, mas era apenas o começo, na opinião de Winshur. Havia muito mais a conquistar. Ele só precisava encontrar uma maneira de impressionar seus colegas na Primeira Ordem, como havia feito em sua entrevista, e então, de verdade, não havia nada na galáxia que pudesse impedi-lo.

Exceto, talvez, sua mãe.

Finalmente havia deletado a comunicação dela, sem abri-la. Era melhor assim. Quanto mais cedo percebesse que ele não queria nada com ela nem com qualquer outra pessoa em seu passado, melhor. Além disso, a Primeira Ordem era a única família de que precisava agora. Ele provaria ser digno de sua alta consideração em breve.

– Bratty? – soou uma voz atrás dele.

Winshur congelou, horrorizado. Seus olhos encontraram os do guarda que ainda retinha sua identidade, e o guarda deu um leve sorrisinho malicioso. Winshur sentiu um frio no estômago e seu rosto ficou vermelho de humilhação, mas manteve a compostura ao se virar para a pessoa que o chamara pelo antigo apelido, que detestava.

Era uma mulher pálida, baixa e de cabelos escuros, assim como ele. Seus olhos cinza-azulados enrugaram-se em um olá amigável.

– Pensei ter reconhecido você – disse ela, com voz alegre. – Com esse uniforme chique, não tive certeza, mas uau… – Seus olhos o percorreram, sem dúvida notando seu novo visual de cabelos alisados com gel e as pregas precisas em suas calças e jaquetão. Por fim, seus olhos pousaram no emblema no lado esquerdo de seu peito. – Você está trabalhando para a Primeira Ordem, Bratty? – ela perguntou, um toque ao mesmo tempo de repulsa e admiração em sua voz. Ou pelo menos ele achava que era admiração. O que mais poderia ser? Inveja, talvez.

Ele analisou seu macacão cinzento sujo e as botas pesadas, o cinto de ferramentas pendurado em torno dos quadris, a graxa sob as unhas. Uma mecânica, com certeza. Alguém que trabalhava nos estaleiros como tantos Corellianos faziam agora. O que significava que ela também trabalhava para a Primeira Ordem, ou mais provavelmente como empreiteira sob um contrato compulsório. Ele tinha visto esses contratos.

Recebeu-os, verificou-os e os arquivou, como fez com tantos documentos para a Primeira Ordem. Os termos em geral favoreciam fortemente a Primeira Ordem, mas os empreiteiros Corellianos não tinham muita escolha. Naqueles dias, ou trabalhavam para a Primeira Ordem ou passavam fome. Os espertos reconheceram o futuro quando o viram e o restante foi cortado ao longo do caminho, como ervas daninhas a serem podadas.

Mas como ela o conhecia, e ainda por cima por aquele apelido abominável? Era como as crianças o chamavam no centro religioso de Bela Vistal, aquele que sua mãe insistira para que frequentasse durante grande parte de sua vida, até que tivesse idade suficiente para sair de casa e encontrar trabalho na Cidade de Coronet. Ele tinha lembranças vívidas de querer queimar o prédio baixo e caiado, com todos os seus colegas ainda lá dentro. Incluindo essa mecânica, sem dúvida.

– Meu nome é Winshur – ele a corrigiu secamente, deixando seu desdém ocultar um pouco de seu constrangimento. – Sempre foi Winshur.

– Claro, claro – ela disse, dando de ombros como se não fosse uma questão importante para ela, de qualquer forma. – Sou Navah. Lembra-se de mim?

Agora se lembrava, localizando aquela massa escura de cachos e o rosto travesso como uma de suas antigas colegas de classe, mas ele nunca lhe daria essa satisfação.

– Não posso dizer que me lembro, Navah. Bela Vistal foi há muito tempo.

– Ah, mas você sabia que eu era de Bela Vistal – observou ela, astutamente.

Ele apertou os lábios, incomodado. Um pequeno erro que ele não deveria ter cometido.

O guarda do posto de controle limpou a garganta.

– Algum problema? – questionou Winshur, irritado, enquanto voltava de súbito a encarar o homem. Ele esperava outro sorrisinho, mas o guarda estava com uma expressão séria no rosto e seu tom era respeitoso.

– Problema nenhum, senhor – respondeu o guarda, retirando o

cartão de identificação de Winshur de seu datapad portátil. – Sua autorização de segurança está em ordem para acesso ao Edifício Dois. Pode passar quando quiser.

– Oh? – Winshur empertigou-se ainda mais. – Bem, claro que está. Por que não estaria?

O guarda lançou-lhe um olhar confuso enquanto devolvia o cartão. Winshur havia falado demais, agido como um novato em vez de um supervisor executivo de registros. E na frente dessa tal de Navah. Ele estava envergonhado. Colocou sua identificação no bolso do jaquetão bem passado que trazia o emblema da Primeira Ordem no peito, onde outrora costumava exibir o logotipo da Corporação Corelliana de Engenharia, e deu ao guarda uma breve assentida. Mas, antes que pudesse se afastar, a mulher se inclinou para perto dele.

– Indo cada vez mais fundo na boca da fera, hein, Bratty? – Navah sussurrou. – Bem, acho que fazemos o que precisamos para sobreviver à ocupação. Apenas lembre-se de quem o protegeu. – Ela apertou o braço dele através do jaquetão e ele hesitou. Quem o protegeu? Com certeza não era ninguém de Bela Vistal.

Ele pensou em denunciar Navah a alguém, mas qual seria a acusação? Ela havia apertado seu braço, então talvez ele pudesse alegar que ela o atacou. Mas, se o fizesse, sem dúvida ela diria que o conhecia, talvez até que eram amigos de infância. Ele estremeceu diante da ideia.

O guarda limpou a garganta ostensivamente. Winshur podia ouvir a fila do posto de verificação atrás dele ficando inquieta. Alguém questionou em voz alta qual a razão de tamanha demora.

– Precisa de uma escolta até o Edifício Dois, senhor? – quis saber o guarda. A pergunta foi bastante educada, mas aquilo era um toque de zombaria em sua voz? Winshur pensou que fosse.

– Não há necessidade – assegurou Winshur com desdém. – Conheço o caminho.

Ele contornou o guarda com um sorriso tenso e apressou-se. Não se incomodou em se despedir daquela tal de Navah, mas, também, por que o faria? Ela não era ninguém.

O restante da caminhada até o escritório foi tranquilo. Os corredores estavam apinhados, mas todos estavam concentrados em seu próprio trabalho e não prestaram atenção em Winshur. Ele fez um breve contato visual com um homem alto de cabelos grisalhos, que caminhava cercado por um destacamento de stormtroopers em suas armaduras emocionantemente intimidadoras. O homem parecia muito importante e Winshur acenou nitidamente com a cabeça quando ele passou, como se cumprimentasse um colega. O homem não deve tê-lo visto, entretanto, porque não retribuiu o gesto. Bem, Winshur teria de se esforçar mais da próxima vez.

Abriu a pesada porta do escritório com outra passada de seu cartão de identificação e entrou. Depois de cruzar a entrada, tocou no botão de controle que mantinha a porta aberta. O escritório em si não era muito grande, mas era melhor do que o cubículo que ele ocupava antes de sua promoção. Uma das paredes era vazada por uma janela comprida e alta que dava para o estaleiro. Se ele ficasse na ponta dos pés, poderia ver a febril produção lá embaixo, mas raramente fazia isso. Não tinha interesse em naves ou nas pessoas e droides que as construíam. As outras paredes de seu escritório eram ocupadas por prateleiras com fitas magnéticas e gravações holográficas. Elas abarrotavam seu escritório como grávidas ansiosas por sua atenção particular. Cada registro tinha de ser revisado, aprovado, designado para determinado local e, finalmente, assinado por ele. Winshur havia pensado em delegar parte do trabalho, e ainda podia fazê-lo, mas, por enquanto, gostava de permanecer ativo. Não ousava deixar nada a cargo de sua equipe atual, que consistia exatamente de dois assistentes. Um deles era um cadete da Primeira Ordem chamado Monti Callas, recém-saído de algum planeta de que Winshur nunca ouvira falar. Era bastante competente, mas estranho. Ele mantinha seus cabelos escuros e encaracolados bem aparados, e seu uniforme era tão impecável quanto o de Winshur, mas ele continuava chamando Winshur para almoçar ou se juntar a ele para uma bebida em um dos bares locais depois do trabalho, como se não entendesse que deveria haver uma separação profunda e indiscutível entre a gerência e a equipe. Winshur ainda não decidira o que pensar sobre Monti Callas.

Quanto à sua outra funcionária, bem, ele definitivamente tinha uma opinião sobre ela.

Primeiro de tudo, Yama era jovem. Winshur não era exatamente velho pelos padrões Corellianos, ou quaisquer padrões, na verdade. Nascera no ano seguinte à Batalha de Yavin, filho de uma classe média próspera e muito devota de Bela Vistal. Mas ela, essa garota, era uma década mais nova que ele, pelo menos. Obviamente havia sido tirada das ruas da cidade de Coronet por algum motivo que estava além da compreensão de Winshur. Um talento secreto ou conexão política era de duvidar, então talvez ela tivesse capturado a atenção compassiva de algum oficial e assegurado um futuro com a Primeira Ordem que, de outra forma, estaria além de seu alcance. No entanto, esse gesto de bondade havia sido claramente um erro. Não era apenas a aparência da garota que a tornava inadequada, mas também seu comportamento. Seus modos eram rudes, para dizer o mínimo; ela não parava quieta enquanto esperava por ordens e frequentemente lhe lançava olhares incrédulos quando ele simplesmente lhe pedia que fizesse seu trabalho. Ele não sabia por que seus superiores a haviam designado como sua assistente, mas não estava em posição de removê-la de seu serviço. No entanto, Winshur mantinha copiosas anotações sobre todas as falhas cometidas por ela, de modo que, se por acaso surgisse a oportunidade de rever o seu registro, ele estaria preparado. Ainda assim, achava difícil passar algum tempo com ela sem se irritar.

Winshur tirou o jaquetão e pendurou-o no cabide, na parede ao lado da porta. Em seguida, tirou as luvas, demorando-se um momento a passar a mão nua pelo tecido, alisando quaisquer rugas que pudessem ter se formado desde sua última limpeza. Pendurou o quepe no cabide ao lado e colocou as luvas na pequena prateleira abaixo. Esticou a túnica preta e, tirando um pano branco do bolso, lustrou as botas altas. Colocou o pano de volta no bolso. Só então se virou para enfrentar o trabalho do dia.

Duas novas caixas de registros que não estavam lá no dia anterior, quando ele saiu, haviam sido colocadas em sua mesa. Ele se aproximou das caixas com cautela e espiou dentro. Cada uma continha uma pilha desorganizada do que pareciam caixas de metal pretas do tamanho da palma de sua mão. Ele revirou algumas com os dedos, cauteloso. Sem etiquetas. Examinou melhor as caixas de armazenamento. Não havia etiquetas nelas, tampouco. Segurou-se para não praguejar. Quem se atreveria a despejar aquilo tudo ali sem qualquer tipo de identificação? Como se ele não soubesse.

– Yama – ele chamou; e então um pouco mais alto: – Yama!

Houve sons atropelados no escritório externo e depois Yama entrou sem fôlego pela porta aberta do escritório de Winshur, como se tivesse vindo correndo.

– Sim – ela se apresentou. – Quero dizer, sim, Supervisor Executivo de Registros Bratt, senhor! O que deseja?

A raiva de Winshur explodiu, mas ele se obrigou a respirar fundo três vezes, exatamente como aprendera no centro religioso de sua juventude, antes de se virar e falar.

– Você deixou essas caixas na minha mesa? – perguntou, admirando a calma em sua voz.

A moça vestia seu uniforme preto de cadete, mas a fivela do cinto estava visivelmente manchada, e ela o pendurara muito baixo. O cinto assentava-se frouxamente em seus quadris, em vez de firmemente ajustado na cintura. Estaria a garota tentando modernizar o uniforme? Certamente não. E o cabelo dela! O regulamento exigia que seus cabelos intensamente cacheados fossem alisados para trás com gel e presos, mas hoje o seu cabelo alaranjado estava repartido no meio e amarrado em dois pompons idênticos.

– Seu cabelo não está dentro do regulamento – disse Winshur.

– O quê? – A garota levou a mão ao cabelo. – Oh, sim, desculpe. Estava um pouco atrasada esta manhã e não tive tempo de prendê-lo do jeito certo. Mas está arrumado e fora do meu rosto, certo? Então, está tudo certo.

– *Não* está tudo certo.

Yama abriu a boca como se fosse protestar, mas deve ter percebido a censura no olhar de Winshur e pensou melhor.

– Desculpe – disse ela, baixando a cabeça.

Winshur sorriu levemente. Ele deu um passo à frente e apoiou a mão pesada no ombro da garota. Ela se encolheu por um momento, o que o fez sorrir um pouco mais.

– Olhe ao seu redor, Yama. Você entende onde está?

Ela evitou os olhos dele, mas fez que sim com a cabeça.

– Não acho que entenda.

Ele tirou a mão do ombro dela e caminhou ao redor da mesa, preparando-se para o seu discurso favorito. Fazia algumas semanas desde que tivera de passar um sermão na garota sobre a importância da ordem, sobre o papel vital que cada um deles desempenhava para manter impecável a reputação da Primeira Ordem ali em Corellia, sobre como sua apresentação deveria estar irrepreensível em todos os momentos. Obviamente, fazia muito tempo.

– Todas as criaturas são governadas pelos mais fortes entre elas – disse Winshur, sentando-se em sua cadeira. – Assim é a natureza. Os fortes sobrevivem e os fracos são esmagados. Agora, como identificamos os fortes entre nós? São simplesmente os maiores? Os mais musculosos? Não, Yama. São os que têm mais disciplina. Aqueles que podem dominar os próprios instintos básicos e projetar – ele bateu a mão na mesa e ela pulou de susto – poder. Agora, me diga. – Ele sentou-se e ajustou o punho da manga. – Você quer estar entre os poderosos ou quer ser esmagada por sua fraqueza?

Ela murmurou algo que ele não conseguiu ouvir.

– Fale alto – exigiu ele, exasperado. – Você com certeza não vai projetar poder murmurando para si mesma.

– Eu quero ser poderosa – disse ela, sua voz apenas um pouquinho mais forte do que antes.

– Sim. Como deveria. Mas você não vai conseguir isso quebrando as regras. Agora, ajuste o cinto. Isso mesmo. E penteie o cabelo para trás.

Yama terminou de apertar o cinto e passou a mão pelo cabelo.

– E-eu vou precisar de uma escova.

Winshur suspirou.

– Suponho que sim. Bem, isso não dá para ser resolvido hoje, mas não saia dos escritórios e não deixe que ninguém a veja.

– Isso não vai acontecer de novo – ela prometeu.

– Espero que não. – Ele cruzou as mãos sobre a mesa de uma forma que lhe parecia benevolente e paternal. – Não posso perder meu tempo tentando ensinar você, Yama. Tenho trabalho importante a fazer.

A jovem assentiu novamente, ainda evitando os olhos dele. Bem, que bom que ela o temia. Deveria mesmo. Mas ele achava que ela teria um pouco mais de amor-próprio. Mais uma decepção.

– Está dispensada – disse Winshur, dividido entre repulsa e uma leve admiração pela eficácia com que lidara com a situação. Ele realmente era um líder nato. Se seus superiores pudessem ver como havia lidado com aquela moça rebelde, certamente ficariam impressionados. – Ah, e leve essas caixas com você, Yama. Descubra de onde elas vieram e organize as fitas. Quero que sejam etiquetadas: origem, data, e todas elas precisam de uma proveniência. Não quero que as pessoas venham me dizer que não estou fazendo o meu trabalho – disse ele, enfatizando o "meu" apenas o suficiente para fazê-la curvar os ombros de vergonha. Ele bateu a palma das mãos. – Vá!

A garota correu para a frente a fim de apanhar as caixas. Equilibrou uma em cima da outra e deslizou os braços sob a de baixo para pegá-las ao mesmo tempo. A carga era visivelmente muito volumosa para carregar de uma só vez, mas Winshur apenas a observou lutar com as caixas. Poderia ter sugerido que ela fizesse duas viagens ou, era só o que faltava, tê-la ajudado. Mas não fez nada disso.

Ele a observou dar um passo desajeitado e depois outro na direção da porta. E, então, como já era de esperar, viu-a gritar quando derrubou as duas caixas no chão. Fitas pretas deslizaram pela pedra polida. Ele sentiu que uma delas foi parar na ponta de seu sapato debaixo da escrivaninha, e delicadamente a chutou de volta na direção da garota.

Yama rastejou sobre as mãos e os joelhos, recolhendo as fitas que escaparam. Winshur podia ouvir o que soava distintamente como soluços profundos enquanto a garota fazia isso, mas mesmo assim não fez nada para ajudá-la. Como ela aprenderia a não ser fraca se as pessoas resolvessem todos os problemas dela? Não, ele estava lhe fazendo um favor, ensinando-lhe uma pequena lição hoje, no que seria uma vida inteira de lições que ela deveria aprender se pretendesse chegar a ser alguma coisa além de uma garota Corelliana qualquer, saída das ruas.

Foi a mesma lição de humilhação que seus colegas de classe lhe ensinaram em Bela Vistal, a mesma que todas as crianças aprenderam. Algo que ou aniquila ou forja alguém mais forte, alguém mais digno de poder.

Ele esperou até que ela terminasse antes de falar.

– Claro, vou ter de adicionar isso ao seu registro permanente e, sem dúvida, medidas disciplinares apropriadas serão tomadas. É para o seu próprio bem. Você entende isso, não é?

A garota não disse nada e ele não esperava que ela dissesse. Ela se curvou e terminou de recolher as caixas, dessa vez mais firmemente, já tendo aprendido a lição, e foi até a porta. Enquanto estava saindo, o outro funcionário de Winshur, Monti Callas, entrou. Os dois assistentes se entreolharam brevemente, e Winshur pensou ter visto algo inesperado no rosto de Yama. Fora raiva? Rebeldia? Não, obviamente, a garota não tinha isso nela. Mas, por um momento, ele pensou ter visto algo.

Algo que ele teria de esmagar.

CAPÍTULO 5

O AMANHECER CHEGOU QUENTE e úmido sobre Myrra, capital de Akiva. Chovera incessantemente durante a noite e uma névoa espessa ainda pairava no ar da manhã. O sol amarelo brilhava fraco e inundava as ruas estreitas da cidade e os campos verdejantes dos assentamentos que se esparramavam mais generosamente em torno dela. Profundas poças se acumulavam nas estradas de terra esburacadas e as calhas, tão cheias que transbordavam, pingavam intermitentemente dos telhados de barro. Nos arredores da cidade, nos assentamentos de fazendas familiares, Wedge Antilles arrastou-se para fora da cama, colocou um bule de caf para ferver e saiu para a manhã insuportavelmente abafada.

– É como enfiar a cabeça na boca de um happabore – comentou consigo mesmo, esticando os braços sobre a cabeça e soltando um enorme bocejo. Algo em seu ombro se torceu, causando-lhe uma dor aguda na região lombar. Ele esfregou o local, murmurando um leve xingamento. Essa dor não estava lá antes. Devia ter agravado alguma coisa capinando o jardim com Norra, no dia anterior. Wedge havia sido torturado pelos Imperiais anos antes e ainda carregava as sequelas.

Seu corpo simplesmente não era mais o que costumava ser. É claro, lembrou a si mesmo, que o envelhecimento também tinha sua parcela de culpa nisso. Não tão perverso como fora o Império, mas ainda mais implacável.

Ele saiu da varanda dos fundos e atravessou o quintal. Era um quintal modesto, assim como a casa, mas perfeitamente adequada para ele e Norra. Grande o suficiente para os dois e hóspedes ocasionais. Dois quartos, um escritório, uma cozinha e um banheiro. Nos fundos, havia um sistema de coleta de água com um purificador e uma fossa séptica, além da parcela-padrão de um hectare para cultivo. Norra insistiu que plantassem três variedades de pimentas e bastante milho grosso nativo da região. Havia também duas fileiras de tubérculos roxos, uma vinha de melão koshar e, é claro, o aviário que Snap construíra para eles da última vez que os visitou. Quando foi isso? Wedge teve dificuldade para se lembrar. Devia fazer alguns anos já, bem antes de Snap e Karé Kun terem se casado.

Era bem cedo, nenhum dos vizinhos próximos de Wedge havia saído ainda, e parecia que ele tinha o mundo inteiro só para si, mesmo que esse mundo consistisse em um jardim envolto na névoa úmida. O clima lembrou Wedge das histórias que Luke lhe contara sobre Dagobah. Aí estava um nome em que ele não pensava havia muito tempo, certamente não desde que Luke partira em busca de... bem, o que quer que ele estivesse buscando. Luke realmente não havia explicado muito a Wedge, mas também não lhe devia uma explicação. Eles haviam se conhecido na juventude, na verdade. Endor tinha sido há muito tempo e Yavin ainda antes. Wedge não precisava consultar um calendário para saber disso. Podia sentir em seus ossos. Na dor de suas articulações naquela maldita umidade, no fato de seus olhos não funcionarem tão bem quanto antes e agora no leve latejamento na região lombar. Norra o encorajou a ir ao médico e tratar esses males.

– Eles têm remédios para essas coisas, sabe? – ela o provocou da última vez em que reclamara, mas ele conquistara essa dor e o sofrimento, não é? Ele era um dos sortudos. Muitos de seus amigos não haviam sobrevivido à guerra. Não conseguiram viver o suficiente para reclamar das provações da velhice. Então, ignorou o conselho de Norra e continuou a conviver com a dor, um deturpado distintivo de honra.

Wedge encheu duas tigelas com água limpa do purificador ao lado da casa e as levou cuidadosamente para a gaiola dos keedees. Depositou-as em uma das extremidades do recinto cercado e encheu uma outra tigela com ração. As minúsculas criaturas lá dentro estavam acordadas e inquietas, então ele as deixou sair para se exercitar. Elas correram para fora apressadas sobre seus dois pés, ajeitando a plumagem multicolorida da cauda com muitos gorjeios e agitações, deixando rastros de penas de tons vivos de azul e amarelo pelo caminho. Ele retirou um largo pano quadrado do bolso e o estendeu. Podia ver que havia quase uma dúzia de ovos esperando para serem coletados nos ninhos agora vazios e tratou de começar a recolher os orbes verde-claros. Lembrou-se de um jogo que costumava fazer com seus alunos na academia chamado stack-sticks. Todos pensavam ser uma perda de tempo, mas, também, seus alunos achavam que qualquer coisa que não os pusesse no ar para pilotar era entediante. Pilotos típicos. Ele havia tentado ensinar-lhes que pilotar era mais do que apenas manobras ousadas e força de vontade. É preciso também ter elegância. Discernimento. Uma disposição para pesar as coisas com calma e fazer as escolhas corretas para que, quando estivesse no auge da batalha, tivesse aprendido a manter a cabeça fria e, se sua cabeça o deixasse na mão, talvez sua memória muscular desse conta do serviço. Eles não entendiam isso na época, mas esperava que acabassem entendendo, pois lhes serviria bem no futuro.

Coletando o último dos ovos e embrulhando-o cuidadosamente no pano, Wedge voltou para casa. Ele deixaria os keedees soltos por algumas horas e voltaria antes do almoço para verificar como estavam. Não havia muitos predadores que os ameaçassem assim tão perto da cidade, especialmente num dia úmido como aquele, mas ele não gostava de correr riscos demais com as aves. Eram um pouco parte da família agora. Ele balançou a cabeça. Quando foi que ficara tão sentimental e quando foi que a coleta de ovos de aves dóceis se tornara o momento mais perigoso do dia? Sentia-se feliz por estar vivo, disso tinha certeza, mas às vezes se perguntava se seus amigos, que haviam morrido lutando, não tinham ficado com a melhor parte. A aposentadoria não era uma missão fácil para um velho soldado como ele.

Um movimento no céu chamou sua atenção e ele olhou para cima, através da névoa. Um pálido reflexo de metal e o familiar rugido dos motores de caças estelares enquanto dois deles cortavam o céu trovejante. Seu pulso acelerou. Por um momento, seus dedos estremeceram em choque, afrouxando-se em torno de sua cesta de ovos improvisada, e ele quase deixou cair a coleta do dia. No último minuto, lembrou-se de que estava carregando os ovos antes que escorregassem de suas mãos. Amparou a cesta por baixo e segurou mais firme.

Ele reconheceria aqueles caças estelares em qualquer lugar. O típico formato cruciforme, o som dos motores quando as elegantes naves irromperam na atmosfera. Aquelas eram X-wings. Mas o que estavam fazendo em Akiva e – o mais importante – por que estavam dando a volta para pousar... ali?

– Tem de ser ele – murmurou Wedge quando a primeira nave começou a descer. Pressionou as costas contra a gaiola dos keedees e virou o rosto do vendaval repentino que a nave provocou. Seu roupão dançava ao redor dele e os keedees guinchavam e berravam. Pelo menos, as aves haviam tido o bom senso de voltar para o viveiro, pensou Wedge, em vez de ficarem ali fora paradas observando aquilo como um worrt de olhos esbugalhados. Mas logo aquele caça estelar desceu e, em seguida, o outro.

O silêncio se fez repentinamente quando os motores foram desligados. Com certeza seus vizinhos haviam notado, a essa altura, que ele tinha visita, mas Wedge olhou para o campo aberto e viu as persianas da casa mais próxima ainda completamente fechadas. Escondendo-se, ele pensou, mas não por muito tempo. Que seus vizinhos houvessem encarado o pouso com naturalidade era possível, porém, improvável. A curiosidade seria maior e, depois de um tempo, eles viriam perguntar. É bem verdade que Akiva havia sido um dos primeiros planetas a se juntar à Nova República, por isso, talvez nem se incomodassem em ver dois X-wings pousando no quintal de Wedge. Por outro lado, muitos indivíduos estavam procurando a Primeira Ordem para limpar a bagunça que a queda da Nova República causara. A ironia é que, para começo de conversa, a própria Primeira Ordem é que havia causado a bagunça, mas as pessoas não pensavam assim. Tudo o que viram foi que a Nova República fez promessas e falhou em cumpri-las. E agora havia um novo governante na cidade que ia melhorar as coisas. Wedge sabia que isso era mentira, mas, como tentava manter a paz na maior parte do tempo, deixou que mentisse. Norra havia batido de frente com alguns de seus vizinhos mais obstinados antes, quando ainda recebiam convites para jantares e confraternizações, mas os convites pararam de aparecer desde a última vez em que Norra ameaçara nocautear alguém. Depois disso, a cordialidade dos vizinhos havia desaparecido. A maioria das pessoas por ali sabia que ele e Norra tinham um passado com a Rebelião, embora ninguém tivesse vontade de lhes causar problemas. Mas X-wings no quintal deles? Bem, era como lhes esfregar isso na cara, não?

Wedge riu baixinho. Eles podiam apreciar um pouco essa sensação, ele decidiu. As coisas estavam calmas demais por ali mesmo.

A cabine da nave mais próxima se abriu com um silvo, e um rosto saudoso o cumprimentou. Karé Kun acenou vigorosamente e ele pôde ver seu amplo sorriso dali, seus cabelos louros captando a luz. Ela gritou algo que ele não conseguiu ouvir enquanto soltava os cintos de segurança. Wedge sorriu. Se Karé Kun estava no primeiro caça estelar, então suas suspeitas estavam certas. Só podia ser...

Ele dirigiu sua atenção ansiosamente para a segunda nave. A cabine se abriu e tudo o que Wedge conseguiu enxergar àquela distância foi uma cabeleira escura e um familiar droide astromecânico. Wedge largou a cesta de ovos sem o menor cuidado, e caminhou o mais rápido que pôde para o segundo X-wing. Antes que se desse conta, estava correndo e gritando, com os braços abertos.

Snap Wexley saltou agilmente da nave e aterrissou na grama verde de Akiva. Abriu os braços e recebeu Wedge em um abraço.

– Snap! – exclamou Wedge, com lágrimas ameaçando lhe escapar. Ele nunca chorava, mas, diante disso, como não chorar? Valiam a pena algumas lágrimas de alegria. – Sua mãe vai ficar tão feliz em ver você!

– Estou feliz em vê-los também – disse Snap –, mas viemos aqui trazendo notícias. Vamos entrar.

Eles interromperam o abraço e Wedge assentiu.

– Sim, venha dizer um oi para sua mãe. Vou fazer uma omelete. Opa. – Ele olhou por cima do ombro para o lugar onde havia deixado cair os ovos. – Vou fazer torradas, então – ele se corrigiu, rindo.

– Contanto que tenha caf, ficaremos bem.

– Claro. Entre, Snap. Bem-vindo ao lar.

O homem mais velho conduziu o mais novo pelo quintal, e a mulher loura juntou-se a eles enquanto caminhavam para a casa. Quando chegaram à porta dos fundos, o sol irrompeu por entre as nuvens persistentes, afastando a escuridão da manhã. No fim das contas, seria um dia ensolarado.

– Norra! – Wedge a chamou assim que entraram na casa. – Venha ver quem está aqui. Norra?

A porta dos fundos dava diretamente num pequeno corredor, onde Snap e Karé Kun se detiveram. Wedge podia ver os dois assimilando o ar caseiro de tudo. As ferramentas de jardim penduradas de forma organizada nas paredes, o fertilizante e a ração das aves dispostos em caixas marcadas, um banco onde se podia sentar para remover botas e macacões enlameados.

– Não somos mais soldados – disse Wedge, dando de ombros. Mas o que Snap e Karé esperavam? Ele e Norra haviam retornado para Akiva para viver uma vida simples, para deixar para trás as mortes e as batalhas. Tinha sido uma boa ideia enquanto a Nova República estava no comando. Mas agora, com os jovens olhando e julgando, parecia algo egoísta e indulgente, como se ele estivesse ignorando a galáxia maior lá fora.

– Sei que não são – disse Snap com um aceno tranquilizador. – Tudo isso é ótimo. Parece que você e mamãe estão realmente felizes.

– Estamos – garantiu Wedge, e falava sério.

Ele os conduziu para a casa propriamente dita. A sala adjacente ao pequeno corredor era a cozinha. Dominada por uma grande mesa de madeira cercada por um banco baixo e uma variedade de cadeiras que não combinavam entre si. Quando eram vizinhos sociáveis, a mesa podia receber uma dúzia de pessoas ao mesmo tempo para as refeições. Agora, eram principalmente ele e Norra e, às vezes, suas duas tias idosas. Atrás da mesa, havia uma bancada com um forno e um fogão de bom tamanho e uma pia com torneira ligada ao purificador de água do lado de fora. Prateleiras abertas de produtos secos e a porta de uma despensa cheia até a metade com tubérculos espremiam-se no canto. Norra insistira para que construíssem a despensa, apesar do clima desfavorável. Insistira também para que houvesse um túnel acessível por ela, que levasse aos limites da propriedade, caso precisassem de um lugar para fuga ou refúgio. Para a surpresa de Norra, Wedge concordara imediatamente. Norra tinha admitido que achava que ele se oporia à ideia e pensaria que ela estava sendo paranoica. Mas já haviam estado em tantas situações em que escaparam por um triz que nenhum dos dois poderia negar o valor de um plano de fuga. Então, durante dois longos meses na estação seca no ano anterior eles escavaram o túnel. Seria uma empreitada desagradável e suja arrastarem-se por ali caso tivessem de usá-lo, mas saber que ele estava lá parecia tranquilizar Norra.

Acima da porta da despensa havia fileiras de pratos, xícaras e panelas em uma variedade de cores e formatos. Wedge havia passado recentemente por uma mania de realizar melhorias na cozinha, que consistia principalmente em procurar vários comerciantes nos mercados locais que vendiam utensílios de cozinha e adquiri-los. O resultado era uma mistura eclética, mas ele gostava. Lembrava-o de onde cresceu, em Corellia, ou – mais precisamente – do que nunca tivera enquanto crescia em Corellia. Sua casa era monótona, funcional, pragmática. Ele agora possuía algumas coisas puramente pela alegria de possuí-las.

– É colorida – observou Snap, percorrendo a cozinha com os olhos.

– E acolhedora – Karé Kun apressou-se em acrescentar, batendo no braço do marido. – Eu adorei.

– Sentem-se – ofereceu Wedge, gesticulando para que o casal avançasse. – O caf deve estar pronto. Norra? – ele gritou novamente na direção dos outros aposentos. – Onde você está? – Era impossível não o ter ouvido. Não o ter ouvido? Era impossível que não tivesse escutado aqueles X-wings pousarem! O que significava que ela não estava vindo de propósito.

Ele flagrou Snap e Karé Kun trocando um olhar.

– Ela está bem, filho – protestou Wedge. – Ela só fica com esse humor às vezes. Sabe como ela é.

– Como eu poderia esquecer – ele murmurou, alto o bastante para Wedge ouvir.

Karé Kun deu um passo à frente.

– Que tal eu servir o caf enquanto você vai lá ver como ela está? – Karé sugeriu, dirigindo-se ao bule levemente borbulhante no fogão.

Wedge assentiu, agradecido.

– As xícaras estão ali em cima. Só vou levar um minuto.

Ele parou quando ela colocou a mão em seu braço.

– Não tenha pressa.

O corredor estava escuro e silencioso, e um mau pressentimento foi crescendo no peito de Wedge enquanto ele se dirigia para os fundos da casa.

– Norra? – ele chamou novamente quando deu uma espiada no quarto que compartilhavam. Mas estava vazio; a cama, arrumada, com os cantos dobrados ao estilo militar e tudo mais. Ele verificou o quarto de hóspedes, só por garantia, mas também estava vazio. O que lhe deixava apenas um cômodo para conferir – o lugar em que, pensando melhor, esperava que ela estivesse mesmo.

Os aposentos na casa deles eram tão limpos e bem conservados que dava para comer no chão. O escritório era a única exceção. Ali, o caos podia reinar, e de fato reinava. As prateleiras estavam atulhadas de várias lembranças de suas viagens pela galáxia. Lá estava o estojo com o raro conhaque Carruthiano lado a lado com um quadro com as medalhas que Wedge havia conquistado como herói da Rebelião. Seu diploma de professor da academia junto com uma caixa com os antigos brinquedos de Snap, que as tias de Norra haviam guardado e devolvido quando ela e Wedge se mudaram. Eles chamavam o quarto carinhosamente de Sala das Lembranças, porque ali abrigavam todas as suas mais preciosas recordações. E ali, à luz do sol que entrava pela janela, estava Norra.

Ela estava do mesmo jeito que sempre fora, desde que a conhecera. Alta e magra, os cabelos prateados num corte curto e prático, o rosto de perfil, com seus ângulos e planos bem definidos. Ela havia envelhecido, as rugas tomando seus olhos castanhos, assim como os dele, o que a tornava mais formidável, como se agora tivesse adquirido sabedoria para moderar seu carisma inato.

Ela estava olhando pela janela, provavelmente direto para os X-wings, e ele não conseguia enxergá-la direito, mas dava para adivinhar que seu rosto estava repleto de emoções conflitantes. Ele conhecia Norra o suficiente àquela altura para saber que ver aqueles caças estelares teria mexido com suas emoções, e ver Snap, a quem ela sem dúvida observara atravessando o quintal com ele próprio e com Karé Kun, nunca era fácil para ela. Mesmo depois de todos aqueles anos, mesmo depois que o filho desculpara a mãe, Norra nunca se perdoou por completo por deixar Snap para trás quando criança, enquanto ia atrás do marido, agora falecido, que havia sido preso pelo Império como espião. O que, de fato, ele era. E então, claro, as coisas só pioraram porque, quando encontrou o marido, ele fora destruído por uma lavagem cerebral para se tornar um assassino Imperial. Foi uma desgraça, e uma das piores histórias sobre a crueldade Imperial de que Wedge já tivera notícia, e olhe que ele já soubera de muitas. E, por algum motivo, Norra se culpava por tudo isso. O problema era que ela era uma pilota de alto nível, melhor que Wedge em vários sentidos – um fato que ele não tinha problema algum em admitir. Bom era bom, mas excelente era uma coisa totalmente diferente. Norra era excelente. Mas também era... complicada. Atormentada. Dividida entre suas próprias necessidades e as exigências da maternidade, sua lealdade à Rebelião e depois à Nova República, e às pessoas que amava. No dia a dia, era mais fácil deixar isso de lado, mas com o Snap em casa e aqueles X-wings? Bem, não era de admirar que ela estivesse ali na Sala das Lembranças.

– Como ele está? – ela perguntou quando Wedge entrou. – Temmin. Ele está bem?

– É Snap agora, Norra. Você sabe disso. E ele está bem. Mais do que bem. Karé também. Por que não sai e vê por si mesma?

Como a esposa não se afastou da janela, Wedge aproximou-se dela, passando um braço tranquilizador em volta de sua cintura. Ela se retraiu ligeiramente de surpresa, e ele tentou não levar isso para o lado pessoal.

– Eu pensei... – Ela se deteve e então começou de novo. – Eu pensei: por que eles viriam sem nos avisar primeiro, se fossem boas notícias? Para aparecerem assim do nada e pousarem bem aqui, em vez de em uma pista adequada na cidade, bem, tem que ser más notícias, não é, Wedge?

– Não necessariamente – disse ele, num tom brando. – Snap nunca foi de seguir regras, especialmente aqui em seu planeta natal. Provavelmente acha que tem o direito de pousar onde quiser. – E, ao desembarcar aqui, evitou autoridades bisbilhoteiras e pessoas da cidade que talvez não se lembrem de Temmin Wexley com tanto carinho. Ele havia sido um delinquente antes de se juntar à mãe para caçar Imperiais. Nada muito terrível, do ponto de vista de Wedge, e parecia improvável que alguém se lembrasse do encrenqueiro que Temmin fora quando jovem, mas talvez Snap achasse melhor prevenir do que remediar.

Ela suspirou, seus ombros relaxando levemente quando enfim se virou para encará-lo.

– Você está certo. É claro que está certo. – Ela balançou a cabeça como se estivesse se livrando de pensamentos ruins. – É que vi aqueles X-wings...

– E todas as antigas lembranças retornaram. Ei, eu entendo. Eu também estava lá, sabe?

– E eu o amo por isso – disse ela, finalmente lhe oferecendo um sorriso. Ela se inclinou e o beijou. – Além disso, acho que ninguém mais conseguiria me aturar.

– Bem, tem isso também.

Ela lhe deu um soquinho leve no ombro.

– Ei, olha só quem fala. Nós dois temos a nossa cota de lembranças de guerra. – Ela olhou ao redor da sala sugestivamente.

– Claro que sim. Mas há espaço para novas lembranças, não há, Norra? Dias tranquilos na fazenda, netos correndo para lá e para cá, noites observando as estrelas em vez de voar entre elas.

Ela o encarou longamente, estreitando os olhos, apertando bem os lábios.

Ele piscou.

– Te peguei!

Ela exalou aliviada.

– Achei que estivesse falando sério. Quero dizer, é claro que quero a fazenda e os netos, mas...

Ele assentiu, um pouco triste. Estava falando sério, mesmo que houvesse disfarçado para não magoar Norra. Ela estava se esforçando, tentando se enturmar com os vizinhos e perdoar a si mesma por seus erros passados, e ele faria o que pudesse para ajudar. Além disso, ele sabia muito bem o que queria quando se casaram, e o que queria era Norra, por mais complicada que fosse. Mas ele não a trocaria por todos os créditos da galáxia.

– Sim. Eu também. – Ele deu um sorriso encorajador. – Agora vamos ver por que Snap e Karé estão aqui e tomar um caf antes que esfrie.

Snap e Karé estavam sentados no banco comprido da mesa da cozinha, suas cabeças juntas. Eles se afastaram um do outro, sentindo-se culpados como cadetes da academia pegos de namorico depois do horário.

– Mãe – disse Snap, ficando de pé. – Uau, você está ótima.

– Você também, filho. – Ela deu um rápido abraço em Snap e então em Karé, que também se levantou para receber o gesto de acolhimento. Norra fez sinal para que se sentassem novamente, e ela e Wedge se juntaram a eles à mesa. Karé tinha trazido o bule e quatro canecas. Já havia servido a si mesma e a Snap, e Wedge fez o mesmo para si e para Norra. Norra colocou as mãos em volta da caneca e aspirou o vapor perfumado. – É ótimo vê-lo, Temmin, e você e Karé sempre são bem-vindos aqui, mas Wedge disse que você tinha notícias.

– Já chego lá – disse ele, parecendo um pouco evasivo –, mas primeiro me diga como está.

– Na mesma de sempre – assegurou ela, um pouco bruscamente. – Não há muitas mudanças aqui na Orla Exterior.

– Então, as notícias de Hosnian Prime não chegaram até vocês?

Norra corou.

– Claro que sim. Perdão, era disso que você estava falando?

Ele assentiu.

– Como o governo local reagiu?

– Uma eleição de emergência foi convocada – contou Wedge. – Eles votaram para tirar o governador e elegeram um comerciante abastado conhecido por simpatizar com a Primeira Ordem.

– Uma proteção contra a ocupação – acrescentou Norra. – Mas ninguém apareceu exigindo dominar o planeta ainda. E as coisas do dia a dia permaneceram as mesmas. Como está lá fora na galáxia? Não recebemos notícias há muito tempo.

– Viemos de Ikkrukk – disse Karé. – Conhece?

– Um planeta da Orla Média. A capital é Grail. Já fiz alguns carregamentos por lá.

– A Primeira Ordem apareceu por lá e exigiu que se rendessem à ocupação imediata. Como se recusaram, a Primeira Ordem abriu fogo.

Norra olhou para Wedge.

– Exatamente o que tememos que aconteça aqui.

– Felizmente, estávamos nas proximidades – disse Snap. – A General Organa enviou o Esquadrão Negro para lá em uma missão relacionada. Foi difícil por um tempo, mas Poe apareceu no último minuto para nos tirar do fogo.

– Literalmente – acrescentou Karé.

– Como está Poe? – Wedge perguntou. – Ele era um dos meus melhores alunos. Além de você, é claro – apressou-se em dizer para não magoar Snap.

– Agora sei que você está mentindo – retrucou Snap. – Eu era um péssimo aluno.

– Você era um péssimo aluno – concordou Wedge.

Os três riram, mas Norra franziu a testa, a boca tensa.

– Como assim, Poe Dameron apareceu no último minuto? Ele não é o líder do Esquadrão Negro?

– Snap estava pilotando o Negro Um nessa missão – disse Karé, com um tom de orgulho.

– Isso é ótimo, filho – reconheceu Wedge, radiante. – Eu sabia que um dia você lideraria seu próprio esquadrão.

Snap baixou a cabeça.

– Foi mais por necessidade. Poe tinha outra missão. – Ele tomou um gole de sua caneca e endireitou o corpo. – E aqui vão as más notícias.

Norra ficou rígida.

– Eu sabia. Quem morreu?

– Norra – Wedge a repreendeu suavemente. – Snap não disse que...

– Nós não estávamos lá – disse Snap, interrompendo-o –, mas Poe nos forneceu informações importantes. Houve uma batalha em algum fim de mundo chamado Crait e... – Ele balançou a cabeça tristemente.

– E então, quem foi? – Norra quis saber, a voz tensa.

– Todo mundo – Karé disse de forma branda.

– Nem todo mundo – Snap apressou-se em corrigi-la diante da expressão no rosto de sua mãe. – Mas a liderança da Resistência se foi. A Almirante Holdo, Ackbar, Statura. A frota toda.

– Leia? – Norra perguntou, a voz embargada.

– Não, a General Organa sobreviveu. De alguma forma. Mas Poe disse que ainda não está completamente recuperada e não pode comandar a Resistência sozinha.

– Não entendo – disse Wedge. Ele se levantou e afastou-se alguns passos, como se quisesse colocar espaço entre ele e as notícias de Snap. – O Almirante Ackbar morreu?

Snap assentiu.

– Mas ele sobreviveu a Endor. E Jakku. Pensei que... – Wedge correu a mão trêmula pelos cabelos grisalhos. – Pensei que ele viveria para sempre. Como aconteceu?

– Isso importa? – Norra observou.

Wedge a encarou, mas ela deu de ombros e desviou o olhar.

– Há mais uma perda. Wedge, é melhor se sentar.

Ah, não. Esse era um sinal claro de que Wedge preferia ficar de pé. Ele se recostou na beirada do balcão da cozinha e cruzou os braços.

– Diga-me – ele ordenou com voz firme.

– Luke Skywalker.

Wedge cambaleou. Segurou-se no balcão atrás de si. Luke não! Ele podia ser morto? Os Jedi não viviam para sempre ou algo assim?

– Você está bem? – Ele olhou para cima e Karé estava ao seu lado, segurando-o pelo cotovelo. Ele a afastou gentilmente.

– Eu estou bem. Não sou um velho, vá se danar!

Karé recuou, com os olhos arregalados. Seus lábios se curvaram para baixo; estava claramente magoada. Wedge suspirou, dizendo a si mesmo que se controlasse.

– Sinto muito, Karé. Não quis ser grosso. É que... – Suas mãos estavam realmente trêmulas agora. Na verdade, seu corpo todo parecia estar tremendo.

– Todo mundo – disse Norra, repetindo o que Karé dissera, sua voz quase um sussurro, mas Wedge a ouviu. Seus olhos encontraram os dela, e tudo o que ele enxergou ali foi derrota.

– Então, acabou – disse ele. – É o fim da Resistência. A Primeira Ordem venceu.

CAPÍTULO 6

WINSHUR ERGUEU OS OLHOS do seu trabalho e deparou com Monti Callas olhando fixamente para ele da porta de seu escritório. Ele conteve um tremor de inquietação com a intensidade do jovem e cuidadosamente se recostou, cruzando as mãos sobre o colo.

– O que foi, Monti? – Winshur perguntou ao assistente. – Já foi uma manhã difícil, então, por favor, não teste ainda mais a minha paciência.

– Uma mensagem do comando central. Para o senhor. Estava marcada como urgente e confidencial, então imaginei que devia trazer a seu conhecimento imediatamente.

Ah, algo do comando. O que significava que estavam lhe confiando mais do que simples trabalho de arquivista. Ele gesticulou para que o cadete entrasse. Monti entregou-lhe um datapad. Era um modelo fino e prateado, o que de mais recente havia na Primeira Ordem em termos de tecnologia. Somente oficiais os possuíam, pois eram considerados valiosos e muito seguros. Winshur o mantinha em sua posse a maior parte do tempo, mas o deixara com Monti na noite anterior para executar os pesados backups que o dispositivo portátil requeria.

Ao contrário de outros dispositivos de comunicação, esse datapad em particular não podia apenas rodar o backup remotamente, precisava estar fisicamente conectado a uma porta que acessasse a rede maior. Antes que lhe tivessem sido designados Monti e Yama, Winshur fazia hora extra após o trabalho uma vez por mês para executar ele mesmo o backup. Mas era um trabalho entediante e totalmente sem surpresas, a menos que ficar olhando para uma tela com um planeta em rotação significando a passagem do tempo fosse considerado surpreendente. Havia uma coisa que ele conseguira delegar, afinal.

Winshur encarou a tela por um momento. O planeta girando tinha sumido, substituído pela requisição de sua senha. Ele franziu a testa.

– Você tentou acessar os dados? – perguntou ele a Monti.

– Não, senhor.

– Então, por que ele está me pedindo uma senha?

Monti hesitou.

– E-eu pensei em olhar antes de incomodá-lo. Pude ver que estava ocupado.

– Se a transmissão está marcada como confidencial, significa que é destinada apenas a mim. Sou o dono deste dispositivo. – Ele segurou o datapad e o mostrou como se quisesse ilustrar sua posse sobre ele. – Não faça isso de novo.

– Claro, senhor. Eu só estava tentando ajudar.

Winshur apreciava o entusiasmo do garoto, o extremo oposto da atitude indiferente de Yama, mas era descabido. No entanto, nenhum dano fora causado. O datapad estava seguro. Ele digitou sua identificação por senha no teclado e, em seguida, pressionou o polegar contra o leitor biométrico, que leu sua impressão digital. A tela mudou e ele viu o alerta que Monti vislumbrara quando a transmissão chegou: as palavras URGENTE e CONFIDENCIAL piscavam para ele em letras vermelhas e maiúsculas. Ele examinou o longo termo de responsabilidade sobre o acesso a dados sigilosos e clicou ao final do texto em CONCORDO, para confirmar que sabia o que estava fazendo. Por fim, recebeu uma opção de mensagem de holograma, que ele aceitou. Uma mulher trajando o uniforme cinzento da Primeira Ordem surgiu logo acima do datapad, em um espetáculo de luzes. Ele reconheceu sua oficial superior, a mesma que o entrevistara para o cargo que agora ocupava.

"Esta mensagem é destinada ao Supervisor Executivo de Registros Winshur Bratt, da Base de Comando de Corellia. Se você acessou isto por engano, estará sujeito às penalidades da Primeira Ordem, caso continue." Winshur ficou a um só tempo irritado e intrigado. Que diabos ela lhe enviara? Ele pausou a transmissão.

– Já pode se retirar, Monti. – O jovem permanecera ali parado em silêncio. Se Winshur não o conhecesse bem, poderia jurar que Monti estava tentando passar despercebido, talvez esperando que Winshur se esquecesse por completo de que ele estava ali. Uma curiosidade natural, mas evidentemente essa informação era apenas para seus olhos e ouvidos.

– Claro, senhor. – Monti bateu os calcanhares em um gesto de despedida e se virou bruscamente.

– E feche a porta ao sair. Não devo ser incomodado.

Monti soltou as portas, permitindo que se fechassem atrás dele. Agora que estava sozinho, Winshur ativou a transmissão novamente. O holograma continuou:

"Estou transferindo agora para você três documentos altamente confidenciais que a Primeira Ordem vem elaborando há algum tempo. O primeiro é uma lista de indivíduos subversivos. Pessoas notórias que acreditamos que ameaçam a paz e a ordem da galáxia e devem ser detidas para interrogatório imediatamente. Como pode imaginar, essa é uma informação muito sigilosa. Se a lista vazar, esses indivíduos, uma vez avisados, podem se esconder e escapar da justiça da Primeira Ordem para sempre.

"O segundo documento é ainda mais sigiloso. É uma lista de Indivíduos Atualmente Detidos que a Primeira Ordem mantém sob custódia. Sabemos que alguns desses indivíduos sob nosso controle sem dúvida têm conexões e conhecidos em governos hostis e organizações extrajurisdicionais que acreditamos que adorariam libertar seus amigos. Não podemos deixar isso acontecer.

"O terceiro documento é um derivado da segunda lista. Inclui o nome de quinze prisioneiros importantes que foram considerados impróprios para permanência em nossos locais de segurança padrão e, portanto, estão sendo transferidos para Corellia. Na verdade...", a mulher fez uma pausa e pareceu sorrir, "... você poderá reconhecer alguns dos nomes da lista. Seu trabalho, Supervisor Executivo de Registros Winshur Bratt, é duplo. Primeiro, deve 'enterrar' esses documentos em seus arquivos, onde só poderão ser acessados por mim ou por outro oficial do alto comando, e, segundo, deve igualmente enterrar esses prisioneiros."

Winshur pressionou a mão repentinamente suada contra o peito. Era incomum, mas não havia problema algum em esconder os registros em si. Ele poderia mantê-los isolados e fora da rede maior, difíceis de encontrar na melhor das hipóteses e impossíveis se o pesquisador não soubesse exatamente o que estava procurando. Mas essa última parte... Será que tinha escutado direito? Ela estava mandando quinze prisioneiros até ele?

Ele apertou o botão para repetir e ouviu novamente. Sim, quinze prisioneiros estavam sendo mandados para Corellia e ele deveria recebê-los. E então fazer o quê? Ele não era diretor de presídio. Deixou a transmissão continuar.

"Eles serão escoltados individualmente pela própria segurança da Primeira Ordem, sob o pretexto de trabalho prisional, o que é de fato verdade. Nenhum desses prisioneiros é considerado uma alta ameaça à segurança, embora tenhamos tomado precauções para neutralizar qualquer perigo que possam representar. Na verdade, você os achará bastante fracos, mas não fracos demais para trabalhar." A mulher do holograma se inclinou. "Esta é a oportunidade que você estava esperando, oficial Bratt. Preciso que colabore pessoalmente com o oficial do Departamento de Reformas Administrativas que os está acompanhando para supervisionar a colocação desses prisioneiros na força de trabalho do estaleiro. Quanto pior o trabalho, melhor. Mas eles devem ser mantidos vivos e, acima de tudo, devem trabalhar. Correção de prisioneiros por meio do trabalho é uma visão que a Primeira Ordem adota. Qualificação profissional, disciplina. São purificadores. Você entende?" A mulher se endireitou. "Faça isso e faça-o bem, e não demorará para que suas qualidades de liderança sejam notadas e você seja convidado a deixar Corellia e se juntar a nós aqui, no alto comando. E talvez conversemos sobre aquele aumento."

A mulher desapareceu. Winshur apertou um botão no datapad que exibia o último documento. Uma lista deslizante de quinze nomes rolou diante dele. Cada nome vinha acompanhado das informações do prisioneiro sobre planeta de origem, espécie, crime e sentença. Winshur apertou outro botão em seu datapad. Dessa vez, o primeiro documento apareceu. Ele examinou a lista dos mais procurados, mas não reconheceu nenhum dos nomes. Desapontado, voltou para os *Quinze Corellianos* – como começou a pensar neles – e examinou os nomes mais atentamente.

Ficou feliz por estar sentado.

Aqueles nomes. Ele achava que tinha visto alguns nos noticiários, e outros tinham designações como DIPLOMATA ou ADIDO; até mesmo SENADOR aparecia ao lado de um deles. O coração de Winshur disparou enquanto ele passava a mão na testa. Aqueles não eram meros criminosos que precisavam de trabalho duro para expiar seus crimes; eram prisioneiros políticos, muitos deles ex-líderes da Nova República que deviam estar fora do planeta quando Hosnian Prime foi erradicado. E agora a Primeira Ordem estava obviamente planejando escondê-los em Corellia, mergulhando-os na obscuridade ou alquebrando-os com trabalho duro, a serviço da glória da Primeira Ordem.

– Oportunidade – ele disse a si mesmo em voz baixa. – Trata-se apenas de uma oportunidade para provar meus méritos. – Winshur nunca fora político. Como atingira a maioridade após a Guerra Civil

Galáctica, realmente não testemunhara os supostos horrores do Império em seu auge, e a presença de tropas Imperiais em Bela Vistal era limitada. Quando tinha idade suficiente para entender as coisas, os stormtroopers que ocuparam a cidade e dos quais sua mãe tantas vezes se queixara haviam desaparecido. Quando a Primeira Ordem chegou, as pessoas reclamaram. Alguns protestaram e uns poucos políticos se opuseram abertamente à ocupação, mas foram rapidamente eliminados. As pessoas ficaram assustadas no começo, mas a vida continuou. Mais alguns postos de controle, toques de recolher, restrições a reuniões públicas e a certos tipos de discurso, mas em geral as pessoas haviam se adaptado. Mesmo quando seus vizinhos que manifestavam suas ideias de forma mais franca foram presos e levados. Mesmo quando seus direitos foram lentamente corroídos. O que você poderia fazer, afinal? A política era grande demais para os cidadãos comuns.

– A chance de ser alguém importante – disse ele, seus olhos percorrendo a lista novamente. Aquelas pessoas ali já haviam sido importantes antes e olhe só para elas agora, abaixo de Winshur Bratt. Ele sorriu, seu momento de consciência fugaz, perdido em uma maré crescente de ambição. Sim, ele poderia fazer isso. Facilmente. Com alegria.

Conferiu as horas. Os prisioneiros deveriam chegar bem depois da meia-noite, quando apenas um número mínimo de funcionários estaria trabalhando. Bem, seria um longo dia, que entraria madrugada adentro, mas Winshur não se importava. Ele mandaria Yama ou Monti buscar comida para viagem e jantaria no escritório mesmo. Tinha muito o que acompanhar e gostaria de dar uma olhada na lista de empregos, para ter uma ideia melhor de para onde poderia designar os prisioneiros. Ele teria de fazer esse levantamento pessoalmente. De fato, deveria fazer isso já.

– Monti – ele chamou antes de se lembrar de que havia mandado fechar a porta e era improvável que o cadete o ouvisse.

A porta se abriu imediatamente. Winshur elevou os olhos surpreso por deparar com Monti parado na entrada. Será que o rapaz o estivera esperando terminar? Possivelmente. Provavelmente, já que esse era o trabalho dele.

– Preciso me ausentar a manhã toda para levantar alguns registros do Departamento de Empregos. Você é capaz de cuidar do escritório enquanto eu estiver fora?

– É claro – Monti respondeu prontamente.

– E faça planos para ficar até tarde esta noite. Terei uma missão fora do escritório para você cumprir antes de dar o dia de trabalho por encerrado.

O rapaz assentiu sem reclamar. Ah, quem dera Yama pudesse ser ensinada a ser assim tão profissional.

Winshur pegou o chapéu e o casaco e enfiou as mãos, as mesmas mãos que suavam minutos antes, mas que agora estavam frescas e secas, em suas luvas. E saiu do escritório, sonhando acordado com coisas maiores.

CAPÍTULO 7

A DECLARAÇÃO DE WEDGE PAIROU no ar e, por um momento, ninguém pareceu saber o que dizer. Finalmente Snap encontrou os olhos de Wedge, seu rosto, uma máscara de determinação.

– Não, Wedge – disse ele. – A Resistência não acabou. Estou aqui. Karé está aqui. O Esquadrão Negro está por aí, procurando aliados que se juntarão a nós. Enquanto a General Organa estiver viva, há esperança.

– Mesmo ela não pode viver para sempre, Temmin – disse Norra. – E por que deveria?

– Ela não precisa. – Ele se virou para a mãe. – Poe disse que, enquanto um de nós estiver vivo e disposto a lutar, a Resistência continuará viva. Não vamos ceder à tirania.

– E é por isso que você está aqui – disse ela, indo ao cerne da questão. – Para nos pedir para voltar e lutar.

Wedge levantou a cabeça.

– É isso, Snap?

Snap assentiu.

– Vocês dois são heróis, líderes. Poderiam fazer muito bem à causa agora.

– Ou – disse Norra, num tom seco – podemos voltar e morrer.

– Melhor morrer do que viver sob a Primeira Ordem – respondeu o filho.

– Você pode ficar aqui – disse Wedge, de repente. – Vocês dois. Levará anos para a Primeira Ordem prestar atenção em Akiva. Não temos nada de valor, nenhuma exportação ou indústria que eles desejam. Estamos tão longe na Orla Exterior que eles considerariam um desperdício de tempo e recursos atacar ou ocupar o planeta.

Karé coçou a bochecha.

– Vocês não acabaram de dizer que o governador da província estava se preparando para entregar a capital?

– É tudo bravata – disse Wedge. – Isso não vai acontecer.

Snap balançou a cabeça, duvidando.

– Achei que talvez vocês estivessem aqui para nos dizer que estavam esperando um bebê – Wedge falou sem pensar.

Snap encarou-o por um instante, tempo suficiente para Wedge desviar o olhar, um pouco envergonhado. Isso era algo estranho de se desejar? Outra geração para continuar depois dele?

– Não vou criar um filho para que ele viva sob a Primeira Ordem – declarou Snap com firmeza.

– As coisas mudam, Temmin – disse Norra.

– Meus amigos me chamam de Snap – ele disse bruscamente.

Norra recuou como se tivesse levado um soco. As vozes vinham se elevando e se tornando mais acaloradas, mas agora havia silêncio. Wedge pôde ouvir que a chuva começara a cair novamente lá fora. Não estava sendo um lindo dia, afinal de contas.

Snap juntou as mãos e respirou fundo para se acalmar.

– Mãe. Sinto Muito. Não quis dizer isso.

– Está tudo bem – ela respondeu, mas seu tom desmentia essa afirmação.

– Acho que talvez todo mundo esteja um pouco abalado – disse Karé, fazendo o possível para aliviar as tensões. – Talvez todos devêssemos fazer uma pausa. É muita coisa para absorver.

Isso é um eufemismo, pensou Wedge. Mas Karé teve a ideia certa.

– Que tal eu preparar um desjejum para nós – Norra ofereceu. – Temos ovos, aqueles tubérculos de que você gostava, todos os temperos que você provavelmente não experimenta desde que foi embora, Temmin... Snap. Vamos alimentar vocês dois e depois podemos conversar um pouco mais. De qualquer maneira, o cérebro funciona melhor com o estômago cheio.

– Realmente não temos tempo – Snap começou a dizer antes que a esposa colocasse a mão em seu joelho. – Tudo bem – disse ele, suspirando. – Desjejum, e depois precisamos partir.

– Na verdade – disse Karé –, minha nave precisa de alguns reparos. O sistema de armas ainda não está funcionando direito depois de Grail. O meu astromecânico está trabalhando nisso agora. Acho que vou checá-lo.

– E depois Karé e eu temos uma missão na cidade, certo, Karé? – disse Norra.

– Que missão? – Wedge perguntou.

– Você sabe, aquilo que comentei com você.

Wedge balançou a cabeça negativamente.

– Bem, não importa – disse Norra, descartando sua preocupação –, farei o que preciso e vou sondar se alguém está curioso sobre nossos hóspedes. Ah, e comprar algo para o jantar também. Deveríamos preparar algo especial, não acha?

– Não temos tempo para jantar – protestou Snap.

– Vamos deixar as coisas rolarem – disse Karé. – Vamos indo, Norra? – Antes que Wedge pudesse protestar ainda mais, Norra e Karé estavam de pé e dirigindo-se para a porta.

– Elas vão voltar para o desjejum, certo? – Wedge perguntou sem esperar de verdade uma resposta.

Snap deu de ombros.

– Difícil dizer. Mamãe está tramando algo, mas Karé adora comer. Pode ser que sim, pode ser que não.

– Norra definitivamente está tramando algo – concordou Wedge.

– Não se preocupe – disse Snap. – Não há nada que você possa fazer para detê-la. Ela ficará bem ou não, mas você não conseguirá detê-la.

– Acha que não sei disso? – Wedge confirmou, alegremente. – Moro com ela há quantos anos? – Ele disse isso de modo brincalhão, mas parte dele se preocupava. Bem, Snap estava certo quanto a não haver como impedi-la.

Snap bateu os nós dos dedos na mesa.

– Então, comida?

– Deixei os ovos lá fora – disse Wedge distraidamente. – Provavelmente quebraram, mas vou ver o que consigo salvar.

– Vou pegá-los. – Snap fez menção de se levantar.

– Não – Wedge apressou-se em dizer. – Pode deixar que eu faço isso. – Então, tirou três grandes tubérculos roxos da despensa, largou-os sobre a mesa e entregou uma faca a Snap. Era melhor mantê-lo em casa, pois não confiava que ele não fosse desaparecer também. – Quer cortar isso?

– Tenho escolha?

Wedge riu. Por um momento, Snap parecia o garoto que ele era quando o conheceu. Impulsivo, obstinado e convencido de estar sempre levando a pior o tempo todo.

– É como praticar habilidades com facas, certo?

– Quem precisa de habilidades com facas quando se tem um blaster? – Snap parecia genuinamente perplexo.

– Porque... Ah, deixa pra lá. Apenas corte os tubérculos e eu pegarei os ovos.

– Claro. – Snap puxou o vegetal roxo e bulboso para mais perto. – Você o quer em cubos ou fatiado?

– É melhor em cubos.

Snap assentiu e começou a cortar o vegetal.

– Embora eu estivesse falando sério sobre não termos realmente tempo para tudo isso. Eu disse a Poe que...

– Acalme-se um pouco, Snap. Uma coisa de cada vez. Com certeza a Primeira Ordem não destruirá o que resta da Resistência antes de comermos. Até heróis de guerra têm de comer.

Norra e Karé de fato voltaram para o desjejum e, depois de uma refeição rápida e surpreendentemente tensa, saíram pela porta em sua misteriosa missão. Estava chovendo de novo, mas Norra garantiu que um pouco de água caindo sobre Akiva nunca impedia ninguém de fazer as coisas. Karé disse a Wedge que os reparos estavam indo o mais rápido possível e achava que estariam completos quando ela e Norra retornassem.

– Elas estão fazendo isso de propósito, sabe? – disse Wedge quando ele e Snap foram deixados sozinhos em casa.

– Eu sei – disse Snap, um sorriso irônico tocando seus lábios. – Karé sempre sabe como resolver as coisas. – Ele suspirou e recostou-se, apoiando as mãos grandes no peito. – Eu sou o estouvado, entrando aqui e despejando todas essas informações sobre você, sem lhe dar tempo de processá-las. Então – ele abriu as mãos –, ela está lhe dando tempo.

– À sua mãe também. É ela quem precisa ser convencida.

Snap soltou uma sonora risada.

– Norra? Ela está praticamente com o pé fora da porta.

– O que você quer dizer?

– Quero dizer que ela vive com um pé fora da porta. Estou surpreso que você tenha conseguido que ela se acomodasse por tanto tempo. Aqui, criando keedees e plantando. Não acredito que ela ainda não tenha escapulido para arriscar a vida em uma missão suicida qualquer.

Wedge olhou para ele, incrédulo.

– É a maneira dela de ser, Wedge.

O homem mais velho riu.

– É, acho que sim.

Snap se inclinou sobre a mesa.

– Mas e você? Vai ficar bem deixando tudo isso para trás?

– Pensei que era isso que eu queria – disse Wedge, gesticulando para a cozinha –, mas, vendo você e Karé novamente, sabendo que restam poucas pessoas para lutar, que tantas morreram. Não posso ficar aqui e deixar a Resistência acabar sem fazer minha parte. – Ele suspirou. – Vou sentir falta dos meus keedees. Estava pensando em dar nome a eles.

– Bem, talvez você ainda possa. Quando voltar.

Wedge olhou pela janela e deixou aquela mentira bem-intencionada pairando entre eles. Ele não conseguia ver muito de onde estava, apenas uma fatia do cinzento céu tempestuoso que parecia se estender infinitamente.

– Quero pensar nisso mais um pouco – disse Norra, sentada na beira da cama, esfregando lanolina nas mãos ásperas.

– O quê? – Wedge perguntou, surpreso. Ele estava vestindo a calça larga com que ele gostava de dormir e uma camisa sem colarinho gasta.

– Eu disse que ainda não sei o que vou fazer e quero pensar mais um pouco. – Ela terminou de hidratar as mãos e deslizou para a cama, puxando as cobertas para cima. – Karé e eu tivemos tempo para conversar hoje, e ela apresentou uns argumentos muito bons. Sei que Temmin está pronto para nos fazer morrer pela Resistência, o que, francamente, não é algo que eu esperava ouvir do meu próprio filho, mas a esposa dele é um pouco mais equilibrada.

– Mas pensei que você já estivesse com um pé fora da porta!

Ela se deteve a meio caminho de apagar o abajur.

– Que eu estivesse com o quê?

– Temmin disse...

– Ah, o que Temmin sabe sobre mim? Os filhos sempre acham que conhecem os pais, mas não é verdade. – Ela se ajeitou na cama. – Estou feliz aqui, Wedge. Com você, com nosso pequeno pedaço de terra. Sei que lhe dei um fora em relação aos netos e à domesticidade hoje cedo, mas não falei totalmente sério. Se voltarmos para ajudar a restaurar a Resistência com Leia Organa, será morte certa. Acho que nós dois sabemos disso. Está certo que às vezes fico meio entediada com Akiva – reconheceu ela, dando de ombros. – Isso não significa que eu quero morrer.

– Está dizendo que a Resistência é uma causa perdida?

– Não, estou dizendo que quero pensar mais um pouco sobre isso. E você deveria fazer o mesmo. Entraremos nisso com os olhos bem abertos, se realmente entrarmos. – Ela estendeu a mão e apagou o abajur, deixando Wedge de pé onde estava, iluminado apenas pelo brilho pálido da lua.

– Você tem razão.

– Eu sei. Agora boa noite, Wedge. Decidiremos pela manhã.

Wedge ficou parado por um tempo, observando Norra até ouvi-la ressonar levemente. Então, foi até o armário e tirou sua velha mochila de voo. Enfiou nela uma muda de roupa, uma jaqueta quente e alguns artigos de higiene básicos. Tirou a reserva de emergência da gaveta da cômoda, sem se dar ao trabalho de contar. A bolsa parecia um pouco mais leve do que ele se lembrava, mas talvez Norra tivesse pegado emprestado um pouco e esquecido de mencionar. Ele colocou a mochila embaixo da beira da cama, ao lado de suas botas. Norra podia precisar pensar nisso mais um pouco, mas ele já havia se decidido.

CAPÍTULO 8

LEIA SE ENROSCOU EM SUA CAMA improvisada e tentou fingir que não era hora de se levantar. Mas ela continuava sonhando com salsichas e aqueles biscoitos grandes e macios que eles tinham em Hosnian Prime, quando ela estava no Senado na Nova República. Lembrou-se vividamente de compartilhar um com Ransolm Casterfo, o jovem e carismático senador do planeta Riosa, localizado na Orla Exterior. Ransolm tinha sido um rival que virou seu coconspirador e amigo, e mais tarde tornou-se novamente seu inimigo quando revelou a todo o Senado e, portanto, à galáxia inteira, que Darth Vader era o pai biológico dela. O momento e a maneira como se deu essa notícia foram devastadores e praticamente encerraram sua legítima carreira política. Mas ela já estava mesmo exasperada com as rédeas da respeitabilidade, sendo o Senado tão contencioso e sempre em desacordo que se tornara um corpo partidário inútil. Ainda assim, a traição de Ransolm doera. E muito.

No fim, ele redimiu-se por trair sua amizade e enfrentou seus próprios julgamentos – incriminado e falsamente acusado por atividade terrorista e o assassinato do senador e grande amigo de Leia, Tai-Lin

Garr. Ele foi preso e levado para ser julgado em seu planeta natal, que adotara a pena de morte por tais crimes. O destino final de Ransolm permanecia desconhecido. Leia havia tentado iniciar um inquérito para limpar o nome dele, mas sua influência política estava arruinada, e temia que uma associação com ela acabasse prejudicando-o mais do que ajudando. Receosa de que emprestar sua voz apenas apressasse sua morte, Leia não se intrometeu no assunto, mas nunca o esqueceu. No fim das contas, ele tinha sido um amigo. Só de pensar nele, ela já ficava melancólica. Era um homem bom que não merecia o destino que teve, um homem que teria sido valioso para a Resistência. Alguém que poderia ter feito a diferença. Exatamente o tipo de pessoa de que eles precisavam agora. E era bastante ousado. Ela sorriu, lembrando-se de como ele surgira do nada em sua reunião com o notório senhor do crime Rinnrivin Di pensando que a estava salvando quando, na verdade, Leia estava conduzindo Di a uma armadilha.

– Rinnrivin Di! – ela exclamou, sentando-se.

Os trabalhos pararam ao seu redor. A Tenente Connix, Rose Tico e Finn estavam conversando baixinho em uma mesa próxima. Eles ergueram a vista e olhavam para ela agora, com manifesta preocupação em seus rostos.

– Rinnrivin Di! – ela disse novamente, animada.

– Isso é um lugar, senhora? – Rose perguntou educadamente.

– Não. – Ela dispensou com um gesto simpático de mão a indagação de Rose. – É uma pessoa. Era uma pessoa. Eu o conheci quando estava no Senado e estávamos investigando a existência de um sindicato do crime que interferia nas rotas de navegação de Ryloth. Ele tinha uma operação clandestina em Bastatha.

Rose se inclinou para a frente, interessada. Leia já havia notado que a jovem tinha um apetite por histórias de guerra, qualquer história, na verdade, sobre a Resistência. *Ela é empenhada*, Leia observou em silêncio, *e busca por conexão*. Eram boas qualidades, e ela tomou nota mentalmente disso, para encorajar o interesse de Rose. Rose ainda era impulsiva, como evidenciou sua missão não autorizada a Canto Bight, mas era competente e genuína e, o mais importante de tudo, importava-se. É alguém *que não esconde os sentimentos*, pensou Leia. *Jovem, emocionalmente vulnerável, mas infinitamente adorável. E ela me lembra um pouco Luke.*

Leia conhecia bem a Tenente Connix, embora tivesse se decepcionado por ela ter apoiado as ações de Poe na *Raddus*. Ela devia ter tido mais discernimento, mas Poe tinha grande poder de persuasão e Leia entendeu que Connix tivera boas intenções. Ela era um membro valioso para a causa deles, e Leia estava feliz que estivesse ali, mas precisava se redimir por seu papel no motim de Poe.

Ela não tinha uma compreensão tão sólida sobre Finn, mas Poe punha a mão no fogo por ele e isso era tudo o que importava. Ela sabia que Finn era corajoso, e era uma bravura conquistada a duras penas. Ele era um dos órfãos da Primeira Ordem e participara do terrível programa destinado a incutir obediência absoluta em crianças-soldados. Finn de alguma forma conservara sua humanidade apesar do condicionamento e, quando viu uma oportunidade, fugiu da Primeira Ordem. Ao longo do processo, tornou-se parte da Resistência, mas Leia não tinha certeza de onde residia seu coração. Ela presumiu que em algum lugar com suas amigas Rey e Rose. E por que não? Se eles não estavam lutando por seus amigos, pelo que estavam lutando?

– E Rinnrivin Di está aqui agora? – Finn perguntou obviamente confuso, arrastando-a de volta de seu devaneio.

Leia riu. Ela fez um sinal para Rose.

– Ajude-me – pediu ela, deslizando as pernas para fora da cama e deixando os pés tocarem o chão. Tinha dormido completamente vestida, exausta depois de passar a noite toda no convés de comunicações, e nem se preocupara em tirar os sapatos. Agora estava feliz por não precisar perder tempo se vestindo.

Rose aproximou-se diligentemente e ajudou Leia a ficar de pé.

– Rinnrivin Di está morto – esclareceu. – O que é ótimo, porque ele era um sujeito muito ruim. Quando eu estava no Senado Galáctico em Hosnian Prime, o embaixador de Ryloth pediu ajuda ao Senado para investigar Di. Ele tinha certeza de que a operação criminosa de Di estava interferindo nas rotas de navegação de Ryloth, possivelmente desviando fundos para uma organização terrorista.

– E estava? – Rose perguntou, parecendo fascinada.

Leia piscou.

– Sim. – Ocorreu a Leia que os lugares em que esteve, as pessoas que conheceu, deviam parecer fantásticos para Rose. Fez outra anotação mental para reservar um tempo ao registro da história de sua vida para próximas gerações. Não faria bem a ninguém que os jovens não conhecessem a história da galáxia. Isso, sem dúvida, os condenaria a repeti-la.

– Então, se Rinnrivin está morto – indagou Finn –, por que precisamos nos preocupar com ele agora?

– Preocupar-nos com ele? Quem está preocupado com ele?

– Você está – disse Rose, oferecendo a Leia um sorriso que beirava o sorriso condescendente que você daria à sua avó senil para não a ofender.

Leia bufou irritada.

– Não. Não me importo nem um pouco com Rinnrivin Di. Eu estava pensando em doces e isso me lembrou um velho amigo que me fez lembrar de Di.

– Ah – disse Rose. – Entendi.

– Acho que não entendeu – disse Leia. – Senão estaria demonstrando um pouco mais de entusiasmo. Porque acho que sei onde podemos encontrar ajuda.

Rose e Finn se entreolharam e então se voltaram para ela, ansiosos.

– Ouçam com atenção, por favor – pediu Leia. – Nós vamos para Ryloth.

– Claro – disse Finn. – Faz todo sentido. – Mas a expressão em seu rosto mostrava que o que Leia estava dizendo na verdade não fazia sentido algum.

– Então, existe uma antiga fortaleza rebelde em Ryloth que podemos reviver, como em Crait? – perguntou Rose, animada, acompanhando o raciocínio muito melhor do que seu parceiro.

– Uma antiga fortaleza não – Leia a corrigiu –, mas há um antigo rebelde, um amigo. E ele me deve um favor.

Leia correu para a cabine de comando, onde encontrou Rey, Chewie e Nien Nunb. Eles estavam discutindo, num tom de voz baixo e urgente. Rey ergueu a vista quando Leia entrou pela porta.

– Nós acordamos você? – ela perguntou, preocupada. – Estávamos tentando falar baixo.

– Já dormi bastante. O que está acontecendo? Algum problema?

– Estamos com pouco combustível – disse Rey. Ela estava no assento do piloto, com o cinto de segurança ajustado. *É onde a garota deve estar*, pensou Leia. Han teria aprovado.

– Precisamos reabastecer, mas só temos o suficiente para mais um salto. Se fizermos a escolha errada, ficaremos à deriva.

Leia franziu a testa.

– Está tão ruim assim?

Rey assentiu.

– Nien Nunb acha que Orinda seria seguro, e está dentro do alcance, mas Chewie diz que conhece um posto de parada de um antigo contrabandista em que ele e Han costumavam se esconder às vezes. Fica mais longe, mas ele diz que deveríamos tentar lá.

– O que você acha? – Leia perguntou.

Rey piscou de perplexidade, como se não esperasse que Leia pedisse sua opinião.

– Os dois têm suas vantagens e suas desvantagens... – ela começou a dizer.

Nien Nunb a interrompeu, expondo sua opinião. Leia levantou a mão para que se calasse.

– Rey?

A garota prosseguiu.

– Se formos a Orinda, é mais provável que encontremos o combustível de que precisamos, mas também é mais provável que atraiamos a atenção da Primeira Ordem. Se formos para o lugar que Chewie sugeriu, teremos nossa privacidade, mas, se o combustível não estiver onde ele diz que está, ficaremos definitivamente à deriva.

Chewie rugiu uma queixa.

– Não estou dizendo isso – retrucou Rey. – Foi você mesmo que falou que não tinha certeza de que ainda estava lá.

– Tenho uma terceira ideia – disse Leia. – Ryloth. – Ela rapidamente esboçou seu plano para o trio.

Rey se inclinou sobre o console, as mãos trabalhando no computador de navegação.

– Está dentro do alcance – disse ela, depois de um momento. – Não é uma opção ruim, mas temos mais certeza do que encontraremos lá?

– Não – Leia admitiu. – Mas estou disposta a arriscar. – Ela olhou para Chewbacca e Nien Nunb.

Nenhum dos dois fez qualquer objeção.

– Então, vamos para Ryloth – disse Rey. Ela acenou com a cabeça para Chewie, que aceitou as coordenadas e traçou o curso deles. Em questão de minutos, estavam queimando sua última reserva de combustível e cruzando o hiperespaço, confiando na ousada ideia de Leia.

Leia sentou-se no banco atrás de Rey, com o coração acelerado e a mente percorrendo uma dúzia de cenários. Torcia as mãos, consumida pela ansiedade. Sabia que era arriscado, mas a Resistência não seria bem-vinda não importa aonde escolhessem ir. Pelo menos, tinham um potencial aliado em Ryloth. E se não tivessem? Se a aposta dela não fosse bem-sucedida e eles terminassem à deriva sem amigos e sem combustível... Não, ela não se permitiria pensar nisso. Daria certo. Ela faria dar certo.

Todos ficaram em silêncio enquanto a *Millennium Falcon* lançava-os para o seu destino, o peso de suas limitadas opções pairando intensamente na sala.

– Você está bem, General? – uma voz surgiu atrás dela.

Leia assustou-se quando C-3PO entrou na cabine. Estava tão perdida em seus pensamentos que não o ouvira se aproximar. Forçou-se a respirar fundo, e depois mais uma vez, antes de olhar para o aflito droide de protocolo.

– Estou ótima – assegurou ela, de forma animada, o coração ainda disparado. – Por que pergunta?

– Não pude deixar de notar que suas bochechas estão levemente coradas e sua frequência cardíaca está elevada. Não me surpreenderia descobrir que sua pressão arterial está mais alta do que a faixa recomendada, que as normas médicas atuais estabelecem entre...

– Isso se chama nervosismo, C-3PO – disse ela, interrompendo-o gentilmente. – Estou um pouco ansiosa.

– Estou familiarizado com o sentimento de Vossa Alteza... quero dizer, General – ele retrucou afetadamente. – No entanto, é meu dever informar que os droides médicos aconselharam-na a não ficar se agitando tão recentemente em suas condições.

– Obrigada. Está registrado.

– Mas devo insistir...

– Estamos saindo da velocidade da luz – Rey informou.

Leia viu o revelador borrão de estrelas desaparecer abruptamente e o planeta de Ryloth preencher a visão deles. Era lindo, uma bola azul e vermelha com faixas verdes, o turbilhão de sistemas climáticos envolvendo o planeta em tons de branco. Ela passara muito pouco tempo em Ryloth e sabia menos do que gostaria sobre a história e os habitantes do planeta. Desejou que aquela visita pudesse ter acontecido em circunstâncias melhores, mas não tinha esse luxo.

– Tem alguma coisa chegando no radar – Rey disse laconicamente do assento do piloto. – Parecem naves se aproximando. Existe alguma chance de que estejamos sendo aguardados?

– É pouco provável – Leia admitiu. – Nossa sorte com as comunicações não tem sido das melhores, como você sabe. Então, pensei apenas... em aparecer do nada.

Chewie rosnou uma resposta.

– Eles podem estar simplesmente patrulhando o espaço local deles – concordou Leia –, mas nós ainda nem entramos em órbita.

– E são caças – disse Rey. – Duas naves, classe Can-cell. A leitura indica interceptadores de Ryloth registrados fora da capital, Lessu. Sinais de identificação oficiais do governo. Erguer os escudos?

– Ainda não – disse Leia. Ela estava mais cautelosa do que preocupada naquele momento. – Viemos em paz. Não vamos dar a eles um motivo para pensar que não.

– Como sabe que eles não vão atirar em nós?

– Não sei se não vão.

Chewie soltou um grunhido urgente.

– Ele disse que carregaram as armas! – Rey exclamou.

– Eu sei – disse Leia entredentes. Agora ela estava preocupada. Sabia que uma recepção hostil era uma possibilidade, mas ainda a surpreendia o fato de o governo de Ryloth estar disposto a atirar primeiro e perguntar depois em se tratando de um mero cargueiro. Talvez as coisas estivessem piores ali do que ela imaginara.

Ela se dirigiu ao corredor apressadamente.

– Finn – ela chamou pelo longo corredor. Finn apareceu na entrada do corredor principal, com a Tenente Connix e Rose ao seu lado. – Talvez tenhamos problemas. Preciso de você e Rose nos canhões, só por precaução.

Finn assentiu de forma enfática, e ele e Rose encaminharam-se rapidamente para as armas.

– Tem alguma coisa que eu possa fazer? – perguntou Connix.

– Vá até o painel de comunicações na cabine da tripulação. Percorra nossas frequências aliadas novamente. Qualquer um a uma curta distância de Ryloth para o caso de...

– Leia! – a voz de Rey soou, alta e aguda. Leia fez um gesto dispensando Connix antes de voltar para a cabine.

A luz de transmissão no console de Rey piscava na cor verde. Leia estava esperando o pior, mas aquela luz significava que eles queriam conversar. Uma sensação de alívio inundou o seu corpo. Eles tinham uma chance.

– Responda a eles – Leia disse a Rey.

Rey a encarou com os olhos arregalados.

– Vá em frente.

A luz verde piscou, mais insistente.

– Oh, céus! – C-3PO exclamou. – Você deve responder à saudação deles. A regra do protocolo 12B6 estabelece que, ao entrar no espaço orbital soberano de qualquer planeta da classe C, é necessário responder a uma comunicação ofici…

– O que eu digo? – Rey perguntou, com pânico na voz.

– Você vai pensar em alguma coisa – Leia assegurou.

– Pensei que esse era o seu trabalho!

– Eu sou muito conhecida. Acho que não devemos revelar quem somos por enquanto, caso a Primeira Ordem tenha chegado antes de nós aqui.

– Eles não conhecem a *Millennium Falcon*?

– Talvez. Mas não sabem necessariamente que estou na nave. E não saberemos nada ao certo até que você responda.

– E-eu não consigo!

– Claro que consegue – disse Leia simplesmente. – E já.

– Eu…

Chewie rugiu, exasperado, e estendeu a mão para apertar o botão verde. A cabine foi tomada por uma voz masculina ligeiramente ameaçadora.

– Cargueiro YT-1300, identifique-se e informe qual seu objetivo no espaço aéreo de Ryloth, ou seremos forçados a abater sua nave. Vocês têm trinta segundos.

– Mas que ameaçador – Leia murmurou. – Acho que não costumam receber muitos visitantes. – Ela quis afetar naturalidade, principalmente pelo bem de Rey. É claro que eles não recebiam muitos visitantes. Ela imaginava que grande parte da galáxia estava na encolha e aguardando, aterrorizada com a possibilidade de seus céus serem invadidos por uma força de ocupação da Primeira Ordem a qualquer momento. Ou, pior, por uma luz vermelha como a que dizimou o sistema Hosnian. Aqueles eram tempos sombrios e Ryloth tinha boas razões para desconfiar, mesmo que de um velho cargueiro Corelliano. Ela própria estava indecisa. Por um lado, falava a sério quando disse que não seria sensato identificarem-se para o governo de Ryloth. Ela não achava que seriam especificamente hostis com a Resistência, mas eles nunca haviam se juntado à República e certamente nunca tinham tomado partido quando os Populistas e os Centristas dividiram politicamente o Senado. Então, não seria da vontade deles serem vistos apoiando abertamente qualquer dos dois lados. Ela esperava esgueirar-se para o planeta e rastrear seu velho amigo sem envolver o governo, mas ela já deveria saber disso.

– Cargueiro YT-1300 – repetiu a voz –, identifique-se, bem como seu objetivo.

Chewie grunhiu. C-3PO murmurou algo, discretamente preocupado. Leia esperou, com os olhos em Rey.

– Aqui quem fala é... Rey! – a garota disse subitamente. – E nós somos do... – Ela fez uma pausa e então: – ... sistema Han! Estamos carregando suprimentos médicos para a região sul. – Ela sorriu animada, improvisando descaradamente. – Somos aguardados!

Até que não fora ruim. Pelo menos, isso lhes daria algum tempo.

– Pilota Rey do sistema Han, transmita seu código de autorização.

Rey fitou Leia, com os olhos arregalados. *O que eu digo?*, ela articulou com os lábios.

Pense em alguma coisa, Leia articulou em resposta, mostrando-lhe que deveria resolver esse problema sozinha.

– Eu... Nós perdemos o nosso código. Houve um incidente terrível em Teedo Minor. Você conhece? Mas garanto que nós...

– Eu assumo daqui, comando Lessu – uma voz feminina interrompeu, salvando Rey do que quer que ela fosse dizer a seguir.

A voz era autoritária e soava como se esperasse ser obedecida. Rey franziu a testa e então sussurrou:

– Outra nave no radar. Classe Rycrit. Modelo furtivo. – Ela soltou um assobio baixo e impressionado. – É uma nave legal.

– Sinal de identificação? – Leia perguntou.

– Não está no registro.

Leia franziu a testa. Amigo ou inimigo?

– Prepare os escudos só por garantia, Rey. Não sabemos se essa nova nave está do nosso lado ou se estamos prestes a pular da frigideira para o fogo.

– Entendido.

– … não é sua jurisdição – a primeira nave, do governo de Ryloth, estava dizendo à nova nave. – Podemos lidar com isso.

– Desculpe, mas tenho superioridade hierárquica, Lessu – a voz feminina da segunda nave disse com firmeza. – Você deve deixar esse cargueiro sob a autoridade da DSR. Assumimos daqui.

Silêncio na *Millennium Falcon* enquanto aguardavam. Rey manteve o dedo pronto para erguer os escudos à ordem de Leia. Chewbacca murmurou em seu microfone um comando para Finn e Rose se manterem firmes. A nave inteira parecia prender a respiração.

– Entendido – a voz masculina disse, finalmente. – DSR Um. Recebemos seu código de autorização e estamos deixando o cargueiro com vocês. Com nossas desculpas.

– Entendido, Lessu.

Mais uma vez, o silêncio tomou a *Millennium Falcon* enquanto esperavam. Então:

– Cargueiro Corelliano YT-1300, estou trocando a comunicação para um canal seguro na seguinte frequência. Por favor, ajuste em três, dois…

Rey soltou um suspiro de surpresa.

– É o canal da Resistência. – Ela rapidamente digitou a nova frequência. Leia se inclinou sobre o ombro de Rey e apertou o botão de transmissão.

– Quem fala?

– *Millennium Falcon*, vocês precisam me seguir.

– Aqui é a General Leia Organa da Resistên…

– Nós sabemos quem você é, General. Por favor, siga-nos. Vamos explicar quando chegarmos ao solo. Você está atraindo muita atenção aqui em cima.

Leia levantou uma sobrancelha para ninguém em particular. Eles não estavam sendo exatamente rudes, mas estavam sendo obtusos. Bem, talvez seja o que acontece quando alguém aparece sem avisar. E eles tinham razão.

– Faça o que ela diz – Leia falou, recostando-se na cadeira. – Vamos ver aonde isso vai dar.

Chewie resmungou em obediência e a *Millennium Falcon* entrou em formação atrás da nave.

– Eles estão nos levando para longe da capital – relatou Rey.

Não era de admirar.

– Qual caminho?

– Em direção ao hemisfério sul. Há florestas perto do equador, mas, depois disso, parece um deserto aberto. – Ela emitiu um som de desânimo. – Parece Jakku – disse ela, tão baixinho que Leia quase não a ouviu.

Leia esperou, mas, como Rey não deu mais detalhes, ela disse:

– Bem, você afirmou que a *Millennium Falcon* estava indo para o hemisfério sul, então talvez eles estejam nos dando cobertura.

– Por que fariam isso?

– Talvez eles também queiram que nosso disfarce se mantenha de pé. – Bem, na medida do possível. Eles não estavam realmente carregando suprimentos médicos, é claro, mas talvez ninguém por lá examinasse de perto se eles pousassem no lugar certo e partissem no prazo esperado. Ou talvez fosse mais fácil fazê-los passar despercebidos naquela região. Ninguém se lembraria do cargueiro Corelliano em uma rota tão rotineira.

Logo eles atravessaram as florestas equatoriais e estavam sobrevoando vastas extensões de deserto de rocha vermelha, dunas altas e planaltos estriados espalhados. Pequenos assentamentos pontilhavam a paisagem, mas nada que se assemelhasse a uma cidade.

Um amplo platô apareceu. A nave líder, DSR Um, aproximou-se dele, mergulhando em um desfiladeiro que se misturava sem esforço à paisagem. A *Millennium Falcon* a seguiu.

– Não estou gostando disso – Rey disse baixinho. – Não há muito espaço para manobrar aqui embaixo.

– Continue no curso – Leia a tranquilizou. A cabine vibrava com a tensão, todos esperando para ver se a aposta valera a pena. Apenas Chewie parecia calmo, como se seguir naves estranhas e potencialmente hostis por território desconhecido fizesse parte da rotina.

A abertura se estreitou. Apesar de seus protestos anteriores, Rey lidou com a paisagem desafiadora com facilidade. A DSR Um mergulhou abruptamente, e Leia percebeu que a nave os levava a algum tipo de caverna, uma abertura natural na encosta da montanha.

– Nós a seguimos? – Rey perguntou, com a voz tensa.

– Já viemos tão longe – respondeu Leia.

– Pode ser uma armadilha.

– Acho que não. Se fosse uma armadilha, por que se preocupariam em nos trazer até aqui?

– Para esconder as evidências?

Leia olhou para Rey para ver se a garota estava brincando, mas seu rosto parecia sério.

– Acho que não – disse ela.

– Com licença, General – interrompeu C-3PO. – Não pretendo contrariar seus anos de experiência e conhecimentos militares…

– Então não o faça – ela murmurou.

– … mas as estatísticas são assustadoramente altas de que uma armadilha é provável, considerando…

– Obrigada, C-3PO – disse ela, o mais educadamente possível.

– Eles estão pousando – disse Rey abruptamente, e Leia voltou sua atenção para a cena à sua frente.

Eles haviam entrado em algum tipo de hangar. A caverna se expandiu exponencialmente, o teto perdido muito acima deles na escuridão. O piso era polido como uma reluzente obsidiana, traçado com linhas brilhantes que delineavam pistas de aceleração e plataformas de pouso. Eles estavam em uma caverna, nas profundezas da encosta de uma montanha no deserto, mas em uma base de pouso que funcionava adequadamente.

– O que é isso? – Rey perguntou calmamente.

– A DSR – disse Leia, compreendendo afinal. Ela riu baixinho. – Acho que esbarramos exatamente no que precisamos.

CAPÍTULO 9

– DEVO ATERRISSAR? – Rey perguntou.

Leia notou que as luzes de uma plataforma retangular pulsavam a algumas centenas de metros à frente deles, um convite óbvio para pousarem a nave.

– Sim – confirmou Leia. – Vamos ver o que, e quem, encontramos.

Rey conduziu suavemente a nave, descendo-a entre as linhas verdes e brilhantes. A *Millennium Falcon* pousou com cuidado, a primeira vez em que tocava terra firme no que pareciam ser semanas.

Leia exalou e se levantou da cadeira. Percebeu que não tivera a oportunidade de se lavar e dormira vestida. Bem, quem quer que estivesse esperando por eles lá embaixo teria de desculpar sua falta de civilidade.

– Podemos ir? – ela perguntou, mas era desnecessário. Todos já estavam de pé, aguardando seu comando. Ela foi na frente e Rey, Chewie, Nien Nunb e C-3PO a seguiram para fora da cabine, o droide tagarelando sem trégua sua desaprovação, citando estatísticas e probabilidades terríveis. Leia o ignorou, concentrada na tarefa em questão. Tanta coisa dependia de encontrar alguém não hostil do outro lado daquela porta.

Finn, Rose e Connix se juntaram a eles nas portas externas. Leia lançou a cada um deles um meio-sorriso. A união faz a força, disse a si mesma. Mesmo que as idades somadas de sua equipe, excetuando Chewie, quase emparelhassem com a sua própria. Bem, talvez fosse exagero – ela não era assim *tão* velha –, mas, olhando para os seus rostos, sabendo que o futuro deles não estava garantido, ela certamente sentia-se assim hoje.

Chewie emitiu um rosnado interrogativo.

– Abra a porta – disse Leia. E para os outros: – Mantenham as armas à mão, mas não saquem por enquanto. Ainda tenho esperança de que seja um amigo.

Chewie apertou o botão. A rampa de embarque da *Millennium Falcon* baixou. Leia rezou para que não estivesse prestes a provocar a morte de alguém. Ela se aprumou, a fim de parecer tão alta quanto possível, e ergueu o queixo. Estava cansada e machucada e isso exigiu um grande esforço. Lembrou a si mesma que ainda era uma princesa, então era melhor que se parecesse com uma, mesmo agora. Especialmente agora.

A vista se abria para o hangar que eles tinham avistado da cabine. Dois Twi'leks estavam se aproximando deles. Uma mulher de pele e olhos alaranjados, vestida com um macacão justo cor de areia que tinha um nítido aspecto funcional. Tudo na maneira como se comportava evidenciava que se tratava de uma guerreira, incluindo o blaster em sua mão. O outro Twi'lek tinha pele lilás e olhos escuros, e seus lekku estavam envoltos em couro preto. Ele usava uma versão do mesmo macacão. Leia notou uma insígnia desconhecida em seu peito: dois braços levantados com punhos fechados, a corrente que os atava partida no centro. Não reconheceu o símbolo, mas o registrou. Os dois Twi'leks pareciam competentes e profissionais. O que quer que tivessem encontrado era, como ela deduziu na nave, uma força de combate organizada. Ela vasculhou seu conhecimento confessamente limitado da história de Ryloth, tentando lembrar se ainda havia algum tipo de exército de guerrilha no planeta. O mais notório líder de guerrilha havia sido Cham Syndulla, que libertara Ryloth dos Separatistas durante as Guerras Clônicas. Mas isso acontecera cinquenta anos antes. Atualmente, Ryloth tinha um governo e não precisava de um exército clandestino. Pelo menos, essa tinha sido sua suposição.

– Bem-vinda, Leia Organa – disse a mulher, e Leia reconheceu sua voz das transmissões anteriores. Ela também notou que a mulher não usara nenhum dos inúmeros títulos de Leia para se dirigir a ela: princesa, senadora, general. Interessante. Desatenção? Insulto? Ou uma espécie de ênfase Twi'lek no igualitarismo? Ela descobriria em breve.

– Nossa escolta misteriosa – disse ela, cumprimentando a mulher com um aceno de cabeça.

– Hahnee Brethen – a mulher se apresentou. – Pilota da Defesa da Soberania de Ryloth.

– Ah – disse Leia. – Perdoe-me a minha ignorância, mas não estou familiarizada com a Defesa da Soberania.

– E por que estaria, a menos que houvesse passado algum tempo em nosso planeta? – perguntou o homem, dando um passo à frente e fazendo uma pequena reverência para Leia. – Charth Brethen. Embaixador da Defesa da Soberania de Ryloth.

– Oh, céus – C-3PO exclamou de algum lugar atrás do ombro de Leia. – Estou examinando meus bancos de dados e não encontro registro da Defesa da Soberania de Ryloth.

A mulher pareceu um pouco surpresa, mas o homem, Charth, respondeu com tranquilidade.

– Isso é porque oficialmente não constamos em nenhum registro ao qual você teria acesso, droide. Se constássemos, não estaríamos fazendo um bom trabalho em manter-nos fora das vistas.

– E fora das vistas de quem vocês desejam ficar? – Leia perguntou enfaticamente.

Hahnee deu uma risada.

– De quem você acha?

– Queira desculpar minha irmã – interveio delicadamente Charth. – Estamos um pouco nervosos depois do que aconteceu com o sistema

Hosnian, e nem todos acharam que era uma decisão sábia permitir que você pousasse aqui.

– Entendo – disse Leia.

– Não creio que entenda – retorquiu Charth. – Estamos assumindo um risco, tendo você aqui. Se a Primeira Ordem descobrir que a ajudamos, nós nos tornaremos alvos. Você pode nos arrastar para a guerra… ou pior.

Leia assentiu. Apesar da acusação de Charth, ela estava ciente do perigo que seguia a Resistência.

– Somos gratos – ela disse simplesmente.

Os olhos de Charth se fixaram nos dela, pensativos. Leia sustentou o olhar até que, finalmente, ele interrompeu o contato, com um pequeno encolher de ombros.

– Não foi nossa decisão – ele admitiu, gesticulando para abranger a si e a sua irmã. – Foi dele. Então, uma exceção foi feita.

Dele. Leia sorriu. Ela havia apostado corretamente.

– Gostaria de vê-lo agora, se possível. Não temos muito tempo.

Charth assentiu.

– Com certeza, não o deixemos esperar mais.

Apesar de Charth garantir a conveniência de o encontro acontecer o mais rápido possível, Leia se viu esperando enquanto Charth oferecia a todos a chance de comer e se refrescar primeiro. Ela lembrou que os Twi'leks levavam a hospitalidade a sério e detestavam recusas, mas o tempo era precioso. Já o havia desperdiçado bastante, e sem nenhum progresso mensurável. Em breve, o Esquadrão Negro estaria retornando e ela precisava de um lugar para a Resistência chamar de lar, pelo menos temporariamente. Ela já sabia que teria de empregar um discurso bem persuasivo para convencer a DSR de que aquele lugar oculto no deserto poderia ser esse lar.

Uma porta deslizante se abriu do lado direito da caverna e dois Twi'leks, de pele lilás como Charth, e não muito mais velhos do que meninos em idade escolar, entraram com uma espécie de carroça carregada com pratos de comida e jarros de água fresca.

– Para aqueles de vocês que permanecerão no hangar – explicou Charth. – Sei que não querem se afastar muito de sua nave, por isso, trazemos a hospitalidade de Ryloth até vocês.

Todos ficaram observando enquanto os dois arrumavam mesa e cadeiras em frente à rampa de pouso da *Falcon*. A menina Twi'lek, com uma familiar expressão de admiração no rosto, cruzou o olhar com Leia. Ela rapidamente desviou a vista quando Leia percebeu. Leia ouviu a garota sussurrar "princesa" para seu companheiro, que também olhou para Leia de relance, antes de Charth pigarrear. Os dois se calaram imediatamente, concentrando-se na tarefa.

– Você é uma lenda – disse Charth, inclinando-se levemente em direção a Leia. Seu tom foi irônico, mas não sem sua própria pontinha de fascínio. – Terá de desculpar a curiosidade deles.

– São parentes seus? – Leia perguntou, seu olhar aguçado identificando semelhanças nos traços faciais entre o embaixador e os dois jovens.

Charth piscou, surpreso. Seus lekku estremeceram e ele hesitou um momento antes de dizer:

– Sim. São os meus filhos.

E você os manda nos servir, pensou Leia. Ela reconheceu a atitude pelo que era: um gesto de confiança.

– Você deve ter muito orgulho deles – disse Leia com sinceridade, esperando que ele visse que ela entendia o que ele estava fazendo. Charth observou os filhos por um momento, sem expressão.

– Sim – ele finalmente disse, dando a Leia um brevíssimo aceno de cabeça. – Eu tenho.

As duas crianças terminaram a arrumação e Charth bateu as palmas abruptamente.

– Por favor, sirvam-se.

A tripulação da *Millennium Falcon* não hesitou.

– Com certeza é muito melhor do que rações – Finn murmurou enquanto enfiava um rolinho de folhas recheado de frutas secas na boca.

– Não se esqueça de mastigar – Rose repreendeu-o levemente.

Ele baixou a cabeça para enfatizar que acolhera o puxão de orelha, e foi sentar-se num dos assentos interligados. Rose sorriu para ele.

– Nós representamos a Resistência agora – disse-lhe. – Temos de agir à altura.

Chewie rugiu em concordância e depois mergulhou a pata grande e peluda na cuba de macarrão no centro da mesa. Todos riram, incluindo Chewie, e por um breve momento parte da tensão diminuiu com a perspectiva de uma refeição compartilhada com amigos e possíveis aliados. Depois que as risadas foram diminuindo e a maioria da tripulação se dedicou a comer, Leia puxou Chewbacca de lado.

– Quero que você e os outros fiquem na nave – disse ela. – Fique de olho nas coisas. Connix pode lidar com qualquer comunicação que chegar, e Finn e Rose ficam de guarda.

Chewie rosnou de preocupação.

– Eu vou ficar bem. Vou levar Rey e C-3PO.

Chewie protestou com um som baixo e gutural.

– Se eles nos quisessem mortos, já estaríamos mortos – ponderou Leia. – Mas, por precaução... – Ela virou a palma da mão, revelando um comunicador. – Se houver algum problema, tente me contatar. Se não conseguir, siga o meu sinal.

Chewie deu um rosnado afirmativo.

Leia voltou-se para os seus anfitriões.

– Vamos? – ela perguntou.

Rey colocou-se ao lado dela, enquanto Charth e Hahnee os conduziam. Rey prontamente concordara em acompanhar Leia, mas insistira em levar seu bastão e um blaster. Para leve surpresa de Leia, seus escoltadores não se opuseram. C-3PO os seguiu, comentando alegremente a sábia decisão de Leia em levá-lo, pois, como droide de protocolo, ele era o mais qualificado para ajudá-la.

Atravessaram toda a extensão da caverna, que permanecia relativamente clara e arejada. O teto de pedra se estendia tão acima de suas cabeças que Leia não se sentia tão claustrofóbica naquele espaço fechado como imaginara. Ela observou Rey para ver se a garota estava de alguma forma abalada, mas parecia calma e atenta em seu *habitat* natural. Leia ficou satisfeita em constatar isso. C-3PO, no entanto, insistia em relatar metade da história conhecida de Ryloth, enquanto se aprofundavam nas cavernas, o que parecia irritar Hahnee e divertir Charth. Leia achou um tanto educativo e apreciou os esforços de C-3PO.

O droide disse:

– Você sabia que, no início das Guerras Clônicas, seu antepassado Anakin Skywalker ajudou Ryloth na luta contra os exércitos dos droides? As forças de Ryloth foram lideradas por Cham Syndula, um terrorista...

– Defensor da liberdade – Hahnee rosnou, encarando C-3PO com o rosto quase colado ao robô.

– Como disse?

– Ele é um herói aqui, C-3PO – Leia o corrigiu. – Embora os registros Imperiais possam tê-lo rotulado como terrorista, aqui entre seu próprio povo ele é considerado um defensor da liberdade.

– Ah, claro. Não quis ofender. Meus registros históricos são muitas vezes, bem, históricos. Farei a anotação imediatamente.

– Ótimo – disse Leia, animada. – Prossiga. – Eles entraram em outra passagem, esta aparentemente iluminada por dentro.

O droide continuou:

– Defensor da liberdade Cham Syndula. Além disso, sua filha Hera Syndula serviu como general na Rebelião e na Nova República. Sua contribuição para o registro histórico é bastante notável. Posso estar enganado, mas, pelos meus registros *históricos*, posso extrapolar que a Defesa da Soberania de Ryloth é descendente direta do movimento Ryloth Livre de Cham Syndulla.

– Não descendente direta – Charth o corrigiu amigavelmente. – Mas certamente filosófica. Após nossa história de opressão e escravidão, certas facções juraram que isso nunca mais voltaria a acontecer. Há aqueles de nós que dedicaram a vida à continuidade da liberdade em nosso mundo, para nós e nossos filhos. Contra qualquer invasor, da Primeira Ordem ou não. – Ele lançou a Leia um olhar crítico, seus olhos negros brilhando na iluminação mortiça da caverna sombria.

– Então, vocês fazem parte do governo – concluiu Leia.

– Operamos com todo o conhecimento e apoio do governo Rylothiano, sim – assegurou Charth. – Mas também somos um pouco... autônomos.

– Uma força policial secreta? – ela perguntou.

– Uma milícia suplementar – Charth corrigiu-a brandamente. – Eventos recentes deixaram claro que Ryloth precisa de um sistema de backup, digamos, se algo incapacitar a capital. Nós somos esse sistema de backup. Operamos de forma independente, mas com toda a sua bênção.

– Não para isso – Hahnee os lembrou.

Leia torceu os lábios, pensando. A última coisa que queria era que a DSR os visse como uma ameaça à liberdade de Ryloth.

– É o que impulsiona a Resistência também – observou ela, escolhendo suas palavras com cuidado. – É o que temos em comum.

– Ouvimos dizer que a Resistência está morta – Hahnee disparou sem rodeios.

– Atingida na luta – Leia admitiu livremente. – Ferida, mas não de todo morta.

– Isso é bom – disse Charth. – Admiramos esse espírito de luta. Melhor a morte do que a opressão. – Ele fez uma pausa. – Chegamos.

Estavam diante de uma porta larga e redonda de pedra polida. A porta era de um tom de vinho semelhante ao da pedra granada. Gravado na porta, o mesmo símbolo que Charth usava no peito, o símbolo que Leia apelidara para si mesma de "quebra-correntes". Charth pressionou a mão contra a porta até que ela se iluminasse por dentro, banhando-os brevemente com uma luz vermelha e, então, abriu-a.

Hahnee entrou primeiro, ultrapassando a soleira baixa e curvando-se um pouco para passar por baixo do lintel. Charth gesticulou para Leia entrar em seguida, e ela assim o fez, Rey logo depois dela. Ele passou por último, fechando a porta atrás de si.

À primeira vista, Leia pensou que haviam entrado em uma sala do trono. O espaço se estendia diante deles por mais de cem metros, com reluzente pedra polida sob seus pés, da mesma tonalidade de granada da porta atrás deles. As paredes, igualmente distantes, eram de uma pedra rosa-clara com veios prateados e brancos, e Leia podia ver que estavam cobertas por… Seriam livros? Pergaminhos, mapas, livros encadernados e várias formas de registros em papel, provavelmente, enchiam prateleiras que pareciam ter sido esculpidas nas próprias paredes de pedra. Diretamente em frente a Leia, a caverna se abria para um enorme terraço com vista para todo o vale do deserto. Dava para ela ver um restinho do pôr do sol brilhando lá fora, para além do escudo de energia que não permitia que o vento soprasse a areia para dentro e conservava o ambiente fresco. E ali, entre ela e a varanda, onde esperava um trono, havia uma mesa. Majestosa à sua maneira, seu tamanho três vezes o de uma mesa normal e esculpida em uma única peça do que parecia madeira petrificada. Também era prática, com pilhas de cartões de identificação e um módulo de transmissão de comunicações. E, sentado atrás da mesa, o homem que ela fora ver em Ryloth.

Ele se levantava agora para se aproximar deles. Usava um manto pesado e negro com bordados azuis e prateados, que caía em pregas de seus ombros largos. Seu rosto estava escondido pelo capuz, mas, ao se aproximar, ele ergueu as mãos de pele azul e puxou o capuz para trás. Era um rosto de Twi'lek, mais bonito do que Leia se lembrava. A idade tinha sido gentil com ele, cinzelara parte de sua aparência infantil anterior e o deixara distinto. Seus lekku tinham manchas num padrão de redemoinhos mesclados de céu e oceano, e ele os usava presos para trás com uma espécie de toucado dourado que lembrava a Leia um pouco uma coroa. Mas o homem que ela conhecia não tinha interesse pelo poder, e certamente aquela sala que o cercava falava menos de poder do que em reverência pelo conhecimento, apesar de sua grandiosidade.

– Você se tornou um erudito depois de velho? – perguntou ela como forma de cumprimento.

– Dediquei o que resta da minha vida a preservar a história do meu povo – admitiu o homem. – Não sei se isso me torna um erudito, um colecionador ou um tolo.

– Um pouco dos três? – ela se aventurou.

Ele riu, o que era justo a resposta que ela estava esperando. Então, ele não mudara muito, apesar das aparências. Eles se encontraram no meio da sala e ele fez uma pausa, deferente, como se estivesse esperando ela tomar a iniciativa. Ela o fez e se inclinou para abraçá-lo brevemente. Ele lhe retribuiu o cumprimento, dando-lhe boas-vindas.

– Princesa Leia – disse ele, sua voz ressoando respeito.

– Agora é general – ela brincou, de forma calorosa.

– Princesa, senadora, general. Não há nada que não possa fazer? – ele observou.

– Não me parece que você mesmo esteja se saindo mal.

– Isso não é meu – disse ele. – Foi um dia a biblioteca da Sociedade Histórica de Ryloth. Quando decidiram fundar a DSR, eles nos queriam fora da capital, longe o suficiente de Lessu para que, se a cidade fosse perdida, houvesse um lugar para nos reagruparmos. Isso – ele fez um gesto para abarcar a sala, a caverna, toda a instalação – estava disponível.

– Eles o tiraram da cidade e o levaram para o deserto.

– E eu deixei – ele reconheceu, com voz irônica.

– Ah – disse ela, maliciosamente –, é aí que entra o "tolo".

Ele sorriu, obviamente encantado.

Ela considerou seu rico manto, a coroa que segurava seus lekku, e então deixou seu olhar vagar pela sala.

– E como devo chamá-lo hoje em dia? Certamente não de tolo. Então? Estudioso, historiador, bibliotecário? – Ela fez uma pausa. – General?

– Não, Alteza. Você me chama como sempre me chamou. Pelo meu nome.

Ela sorriu, totalmente confiante de que ainda poderia chamar aquele homem de amigo. Um amigo a quem ela estava prestes a pedir que arriscasse a vida, o lar e o próprio povo. Mas ela não tinha escolha.

– Olá, Yendor – disse ela.

Ele respondeu assentindo com a cabeça, solenemente. A leveza anterior de suas brincadeiras quase evaporou, substituída pela tensão de expectativa e necessidade.

– Você precisa da minha ajuda.

– Desesperadamente.

Ele apontou para o terraço atrás dele.

– Venha. Vamos conversar.

Tomaram o chá no amplo terraço com vista para os planaltos vermelhos de Ryloth. O próprio Yendor os serviu antes de se sentar à mesa com Leia, Rey e Charth. Hahnee preferiu verificar furtivamente o perímetro, em constante contato com alguém do outro lado do seu comunicador.

O chá foi servido em um recipiente transparente, dentro do qual Leia podia ver um ramalhete de flores roxas e pretas secas e sem caule abrindo-se sob a infusão de água fervente. Elas desabrochavam de novo, liberando uma intensa fragrância na noite do deserto. O chá vinha acompanhado de uma travessa com os mesmos frutos secos enrolados em folhas que Leia vira Finn comer antes de deixarem a tripulação na *Millennium Falcon*. Ela se serviu de um deles por educação e o colocou no prato de barro cozido. Não havia comido o dia todo, mas só o fato de pensar em comida fazia seu estômago se revirar. Não relaxaria até ter assegurado algum tipo de garantia da ajuda de Yendor. Pelo rumo que a conversa estava tomando, no entanto, não tinha certeza se isso ia acontecer.

– Ryloth não se envolve – Yendor estava dizendo, com o queixo apoiado sobre seus dedos longos.

– Não estou pedindo para vocês se envolverem – esclareceu Leia. Ela estendeu a mão e tomou a liberdade de se servir de mais chá. – Estou pedindo que permita que eu e meus amigos contem com sua hospitalidade por um tempo.

– Você e seus amigos? – Yendor repetiu, incrédulo. – É assim que chamamos a Resistência hoje em dia?

C-3PO, que estivera perambulando a poucos metros de distância, voltou-se para a conversa.

– Tecnicamente, a General Organa está correta...

Leia levantou a mão e C-3PO parou de falar.

– Yendor, você já foi um rebelde. E a Defesa da Soberania de Ryloth? O que é isso senão uma ferramenta para combater a Primeira Ordem? Estamos do mesmo lado.

– Ainda sou um rebelde aqui dentro – afirmou Yendor, batendo com o punho no peito. – Mas não estou sozinho. Tenho de pensar também no meu povo. – Seus olhos se voltaram para Charth.

Charth empertigou-se e pigarreou.

– Não apenas na DSR, mas em todo o sistema Ryloth. Nossa neutralidade foi duramente conquistada e não cederemos à influência de governo estrangeiro nenhum. – Ele relanceou o olhar para Leia. – Nem mesmo ao seu.

Leia balançou a cabeça, achando graça daquilo.

– Que governo? Mal somos uma nave. Se acha que estamos em condições de ser uma ameaça à sua independência...

– Ouvi rumores – disse Yendor, pensativo. – Relatos de uma frota destruída, rumores de que Luke Skywalker foi visto novamente e depois desapareceu... É verdade?

– É verdade – reconheceu Leia, e essa admissão só lhe doeu um pouco.

– Ahh... – Yendor mudou de posição em sua cadeira. Ele estendeu a mão e se serviu de mais chá, embora mal tivesse tocado em sua xícara, os olhos baixos. – E como estava Luke? Ele vai se juntar... Ele faz parte disso?

– Luke está morto – disse Leia baixinho, e essa admissão lhe doeu muito.

Yendor ergueu os olhos.

– Você está querendo dizer que...?

– Sim.

O Twi'lek recostou-se na cadeira.

– Então, não há mais Jedi.

– Eu não seria tão categórica assim – disse Leia. Ela lançou a Rey um sorriso tranquilizador, mas a jovem apenas a encarou como um coelho assustado. Yendor observou com curiosidade a dinâmica entre as duas.

– Receio ter me esquecido de seu nome – dirigiu-se ele a Rey.

– Eu me chamo Rey – ela rapidamente se apresentou. – Sou apenas uma catadora de sucata de Jakku.

– Duvido muito disso, se está em companhia da Princesa Leia.

– Ou pelo menos eu costumava ser. Agora sou... uma pilota.

Yendor gesticulou de modo expansivo.

– Pilotos são importantes – disse ele, e deu uma piscadela de cumplicidade para Leia. – Eu já fui piloto, e dos bons, até que me fizeram usar essas vestes e participar de reuniões. Que tipo de nave você pilota?

– Todas elas? – Rey estremeceu. – Quero dizer, qualquer uma. Neste momento... a *Millennium Falcon*.

Yendor soltou um assobio de aprovação.

– Ela também foi aprendiz de Luke – acrescentou Leia, colocando a mão no braço de Rey.

Yendor pareceu ainda mais impressionado.

– Bem, isso sim é importante, Rey de Jakku. E como é importante.

Rey corou intensamente e tomou um gole de seu chá. Engasgou por um instante e logo depositou a xícara de volta. Pressionou a mão contra a boca, tossindo com força.

– Você está bem? – Charth perguntou, inclinando-se para a frente.

– Estou bem – assegurou Rey, tossindo novamente.

– Devo bater nas suas costas? – C-3PO ofereceu.

Ela balançou a cabeça, recusando.

– Eu estou bem!

– Talvez queira se refrescar? – sugeriu Charth.

Rey levantou-se assentindo com a cabeça e Charth acenou para Hahnee. A mulher conduziu Rey para longe até que Leia não conseguisse mais ouvir sua tosse ecoar pela enorme sala.

Os três ficaram em silêncio por um momento, aproveitando a escuridão progressiva da noite, o calor do bom chá no estômago, tudo isso em conflito com a tensão palpável no ar.

Por fim, Leia pressionou as mãos contra a mesa e se inclinou na direção de Yendor, com todo o peso da autoridade que carregava. Todos aqueles anos na Rebelião, no Senado, em todos os papéis que desempenhara, resultaram nisso.

– Permita-me ser direta, Yendor. Estou lhe cobrando um favor.

Quando o velho Twi'lek finalmente falou, ele reconheceu, com relutância:

– Depois do que fez para livrar Ryloth de Rinnrivin Di e seu sindicato do crime, você tem esse direito.

Leia assentiu. Não fora uma resposta entusiástica, mas também não fora um não.

Ela expôs a situação apressadamente.

– Precisamos de um lugar para nos esconder, e Ryloth precisa ser esse lugar. Precisamos de abrigo, comida e equipamentos de comunicação, um local para pousar algumas naves e realizar reparos... – Os olhos de Yendor se arregalaram um pouco, então ela diminuiu o ritmo. – Não é muita coisa, se parar para pensar.

A risada de Yendor foi amarga.

– Talvez nem tanto, mas é politicamente perigoso.

– Não se ninguém souber que estamos aqui, e certamente não quero que ninguém saiba até que possamos nos reagrupar, encontrar alguns aliados.

– É impossível fazer isso – interrompeu Charth.

Leia o encarou firme, e ele baixou o queixo, a título de desculpas.

– Não pretendo ser rude, General – disse Charth –, mas, logisticamente, é simplesmente impossível fazer isso. Não temos instalações para abrigar centenas de combatentes da Resistência...

– Uma nave.

– O quê?

– A *Millennium Falcon* é tudo o que nos resta. – Sua voz não vacilou ao pronunciar essas palavras. Seus olhos se direcionaram de um para o outro, antes que ela desse de ombros. – Mais ou menos. Quando o Esquadrão Negro e meus outros dois pilotos chegarem com ajuda, espero dobrar, talvez triplicar esse número. Mas nada de centenas, nem mesmo cem. E, por enquanto? Somente a *Falcon*.

O silêncio voltou a reinar. Agora, pesado com o luto implícito.

– E-eu lamento ouvir isso – disse Yendor depois de alguns instantes, num tom de voz baixo em respeito pela perda.

– Eu também – disse Leia, num tom de voz não tão baixo e pendendo mais para a raiva. Não lhe agradava ter de relembrar tudo o que havia perdido só para convencer Yendor e Charth de que eles deveriam fazer a coisa certa, aquilo que Yendor admitira que lhe devia. Ela só precisava de um lugar seguro para descansar e de tempo para isso.

O Twi'lek mais velho correu um dedo longo pela borda da xícara.

– Terei de conversar com Lessu. O Chanceler Drelomon não vai gostar disso e o General Ishel, ainda menos. – Ele se inclinou para a frente, decidido. – Sabe o que está nos pedindo, Leia? Se a Primeira Ordem encontrar vocês aqui, eles nos esmagarão. Ah, nós vamos reagir, mas Ryloth não tem ilusões sobre como se sairia contra a Primeira Ordem e o exército que ela veio a acumular. Ninguém quer arriscar ser o próximo sistema Hosnian.

Leia queria assegurá-lo de que a Base Starkiller havia sido destruída há muito tempo, que ele não precisava temer a aniquilação de seu planeta simplesmente por prestar auxílio à Resistência, mas ela sabia que não poderia oferecer tais garantias. Ela podia muito bem estar convencendo Yendor a assinar a sentença de morte de seu planeta. Parte dela queria ir embora dali, naquele exato momento. Encontrar algum outro lugar, algum local remoto como Hoth ou abandonado como Crait, onde ela não colocaria amigos em perigo. Mas, lá no fundo, Leia sabia que não havia lugar seguro. Não para Yendor e Ryloth, e certamente não para ela. Mesmo que nunca houvesse trazido a Resistência à porta dele, em algum momento a Primeira Ordem chegaria lá. E eles acabariam exigindo de Ryloth o que ele não podia lhes dar e, quando se recusasse, eles trariam a guerra e destruiriam o planeta. Era isso o que faziam.

– Pai – disse Charth, alarmado. – Você não pode estar considerando isso seriamente.

Leia deixou escapar um leve arfar de surpresa. Filho? Charth era filho de Yendor? Oh, céus, de alguma forma isso tornava tudo ainda pior.

– Dediquei minha vida a lutar pelo que é certo, Charth – disse Yendor, com voz firme. – Não fiz isso para dar as costas às pessoas que lutam pela mesma causa quando elas mais precisam de ajuda. Ryloth manterá sua neutralidade, mas ajudar os refugiados não é assumir uma posição política. É simplesmente fazer o que é certo pelos seus semelhantes.

Charth levantou-se e começou a andar de um lado para o outro pelo piso vermelho polido.

– Eu entendo, pai, e sou solidário. Mas agora estamos chamando a Resistência de refugiados? Ninguém vai cair nessa.

Yendor deu de ombros.

– Acha que me importo com isso?

Seu filho soltou uma risada de incredulidade.

– Pensei que seus dias de luta pela liberdade haviam ficado para trás.

– Eu também, mas, aparentemente, não ficaram.

Rey retornou e Yendor lançou-lhe um sorriso gentil.

– Quem sabe eu volte até a pilotar um X-wing de novo…

– O que está acontecendo? – Hahnee quis saber, vindo atrás de Rey.

– Papai se decidiu – murmurou Charth, e, apesar de seus protestos anteriores, Leia tinha certeza de que ouviu um toque de aprovação na voz do jovem. Charth virou-se para a irmã. – Parece que acabamos de nos juntar à Resistência.

CAPÍTULO 10

– WEDGE, ACORDE! Tem alguém no quintal.

Wedge acordou no ato, totalmente alerta. Ele olhou para o lado, mas Norra não estava mais deitada junto a ele na cama. Sentou-se. Lá estava ela, na janela, de pé, do lado onde ninguém podia vê-la, mas que lhe dava uma visão desimpedida do quintal. A luz da aurora atravessava a vidraça, lançando seu rosto na sombra. Apenas seus cabelos grisalhos brilhavam brancos à débil claridade que ia aumentando. Devia faltar muito pouco para o nascer do sol.

– Quem? – ele perguntou, sua voz um sussurro abafando. – Vizinhos intrometidos?

– Está longe demais para ver rostos daqui, mas eles parecem oficiais. Sem armadura, mas vejo alguns que parecem executores.

A boca de Wedge estava seca. Ele alcançou a garrafa de água ao lado da cama e a bebeu toda em grandes goladas.

– Será que o governo local de Myrra veio investigar os X-wings?

– Pode ser. Provavelmente. Mas há algo na maneira como eles se comportam...

– Primeira Ordem – disse ele, soturnamente. Ele dissera antes que não achava que a Primeira Ordem já houvesse estabelecido presença em Akiva, mas talvez tal afirmação tenha sido ingênua.

Norra não respondeu, o que era sinal suficiente de que ela concordava. Ele se levantou da cama e caminhou silenciosamente com os pés descalços para se juntar à esposa na janela. Ela se moveu para abrir espaço, e ele olhou por si mesmo. Contou seis figuras deslocando-se sem cerimônia alguma por seu quintal. Norra estava certa. Nada de stormtroopers, mas...

– Terceiro à direita – disse Wedge. – Aquilo parece um rifle blaster. Você consegue distinguir o modelo?

Norra olhou.

– Pode ser o F-11D padrão, mas desde quando os stormtroopers servem sem uniforme?

Wedge encolheu os ombros.

– Não sei, mas você quer se arriscar?

– Não.

Wedge hesitou.

– Norra...

Ela o encarou com olhos brilhando. Ele esperava ver neles alguma incerteza ou cautela quanto ao que estava por vir. Talvez até relutância pelas palavras dela na noite anterior. Em vez disso, tudo o que viu foi determinação. Calma.

– Parece que a luta veio até nós – disse ela.

– Isso significa...?

Ela correu para o lado dela da cama e puxou um volume de baixo. Wedge reconheceu uma mochila de voo.

– Arrumei algumas coisas – disse Norra, parecendo envergonhada. – Sei que conversamos sobre pensar um pouco mais sobre isso, e eu estava falando sério... mas achei... apenas no caso de...

Wedge riu e puxou sua própria mochila do seu lado da cama, sorrindo.

Norra riu.

– Achei que estava lhe dando tempo para pensar.

– Achei que estava dando tempo para *você* pensar.

– Você estava. E eu pensei sobre isso. Mas não precisei pensar muito.

– Então, estamos dentro? – perguntou Wedge. – Estamos voltando à guerra, voltando a ser rebeldes. Mesmo que isso signifique...

– Sempre significou isso, não é? – ela disse calmamente, o olhar firme. – E vivemos uma vida longa...

– Mais do que muitos de nossos amigos – concordou Wedge.

– E Leia precisa de nós. A galáxia precisa de nós. – Ela exalou. – As crianças precisam de nós.

Wedge não podia argumentar com isso. E algo dentro dele se iluminou, sentindo a mesma determinação que irradiava do sorriso de Norra.

– Bem – disse Wedge –, agora que está decidido, por que não acordamos as crianças?

Eles acordaram Snap e Karé, informando-os de suas suspeitas sobre as pessoas no quintal.

– Podemos liquidar quatro deles, sem problemas – assegurou Karé, parecendo confiante. – Provavelmente até daqui.

– Bem, antes de começarmos um tiroteio no interior de Akiva, talvez possamos pensar em outro plano – sugeriu Snap. Os outros olharam para ele. – Ou não.

– Snap está certo – concordou Norra. – Deveríamos pelo menos considerar uma opção menos violenta.

Norra e Snap estavam sendo as vozes da razão? Wedge achou isso difícil de acreditar.

– Por acaso estamos brincando daquele jogo de falar o contrário do que se pensa? – ele murmurou, mas ninguém o ouviu.

– Estão trazendo contenções para X-wings? – Karé perguntou. – Algo que nos impeça de levantar voo?

Norra sacudiu a cabeça.

– Não avistei nada do gênero, mas talvez eles tenham vindo apenas investigar.

– Provavelmente, algum vizinho queixou-se do "incômodo" – concordou Wedge. – Eles enviaram alguns soldados para investigar, para ver se a denúncia tem fundamento ou se é apenas de uma vigilância de bairro hiperativa.

– Não vamos nos arriscar – disse Snap, decidido. – Precisamos daqueles X-wings. Eles não podem retê-los.

– Tudo bem – disse Wedge. – Mas talvez possamos tirá-los daqui sem matar todo mundo.

– Você tem um plano? – perguntou Norra.

Wedge assentiu. Ele estivera bolando um, enquanto conversavam.

– Para falar a verdade, eu tenho.

Snap e Karé saíram primeiro, deslizando pelo túnel que ligava a casa ao aviário, a rota de fuga de Norra que havia sido útil, no final das contas. O casal carregava seu próprio equipamento, bem como o de Wedge e Norra, deixando o casal mais velho para trás, para trocarem de roupa rapidamente. Norra vestira o roupão sobre o velho traje de voo e Wedge fez o mesmo. O traje de voo de Wedge tinha ficado um pouco apertado, mas não havia vergonha nos quilinhos a mais que ele havia adquirido na meia-idade. Significava apenas que a roupa estava só um pouco menos confortável do que ele gostaria. Sem dúvida, as rações da Resistência mudariam isso.

– Você está maravilhoso – disse Norra, e o beijou impetuosamente, com um sorriso no rosto.

Isso bastou para elevar sua autoestima.

Wedge conferiu de novo o estoque de créditos em um dos bolsos e, em seguida, cada um deles enfiou um blaster no bolso e se dirigiu para a porta dos fundos. Wedge parou um momento, contemplando a velha casa. Afeiçoara-se ao lugar. Afeiçoara-se àquela vida. Sentiria falta daquilo tudo. Mas coisas maiores o chamavam agora, e ele nunca teve medo de responder a tais chamados.

Norra estendeu a mão para bagunçar o cabelo dele. Wedge a olhou com ar de interrogação.

– Desse jeito parece que você acabou de sair da cama – explicou ela. – Embora eu sempre tenha preferido seu cabelo um pouco comprido.

– Agora que você me diz? – brincou ele. – Logo antes de me engajar novamente?

– A Resistência permitirá que você mantenha o cabelo assim. Você viu Poe Dameron?

– Ele de fato tem um cabelo bonito – concordou Wedge.

– O seu é mais – disse a esposa, piscando. – Agora, vamos encarar a encrenca.

Mal haviam caminhado uma dezena de metros fora de casa quando foram confrontados por três dos guardas que Wedge suspeitava serem capangas da Primeira Ordem.

– Larguem suas armas – um deles gritou, erguendo um rifle.

– Que armas? – Norra perguntou, a voz tremendo de medo fingido. – Não temos armas. Somos só agricultores.

O guarda com o rifle levantado hesitou, mas o segundo guarda, um homem de pele clara com olhos verdes gélidos na tênue luminosidade da manhã, zombou.

– Agricultores? Que por acaso têm dois X-wings em seu campo?

– Não são nossos – Wedge apressou-se em explicar. – As pessoas que vieram neles, os pilotos, nos pagaram alguns créditos para deixá-los aqui. A colheita não tem sido muito boa, e créditos extras viriam bem a calhar, por isso, aceitamos. – Wedge enfiou a mão no bolso, aquele que não guardava o blaster, e retirou um punhado de créditos. Ele os estendeu em direção ao homem. – Vê?

O homem de olhos verdes recuou, franzindo a testa, desconfiado.

– Onde estão esses pilotos agora? – o homem perguntou bruscamente.

– Nós não perguntamos – disse Norra, exagerando seu leve sotaque de Myrra. – Tivemos medo de dizer não.

– E eles estavam pagando. – Wedge estendeu os créditos novamente.

– Não acredite em uma só palavra do que eles dizem – veio uma voz do outro lado da casa. Eles se viraram enquanto uma mulher Abednedo se aproximava. A pele da Abednedo era de cor creme, salpicada de cinza opaco; seus cabelos ralos eram brancos, e os olhos negros se projetavam de sua longa cabeça retangular. Norra gelou. Wedge julgara tratar-se de outra guarda, mas, ao se virar, constatou que era a vizinha deles, aquela com quem Norra quase saíra no tapa devido às diferenças políticas em um jantar de confraternização entre vizinhos.

– Tukalda… – Wedge começou a falar, tentando cortá-la antes que ela dissesse algo prejudicial, mas Tukalda estava determinada e não se deteve.

– Aquela – disse Tukalda, apontando um longo dedo para Norra – é uma ex-rebelde. Não me surpreenderia se ela também simpatizasse com a Resistência. Ela é problema.

– Vou lhe mostrar o que é problema – rosnou Norra, dando um passo em direção à Abednedo.

Wedge tocou brevemente o braço da esposa, um aviso para manter o foco.

– Você está enganada, Tukalda. Nós não nos envolvemos em política. Nós cuidamos de nossos próprios negócios.

O guarda de olhos verdes, que obviamente estava no comando, lançou aos dois um olhar fulminante.

– Vou precisar ver uma identificação de vocês – disse ele. Por cima do ombro, Wedge captou movimento. Conseguiu distinguir sombras perto do aviário. Snap e Karé haviam conseguido sair do túnel e estavam se dirigindo furtivamente para os caças estelares. Mas havia guardas nas naves também, e eles teriam de incapacitá-los. Precisavam de mais tempo.

– Veja bem… – Wedge começou.

– Não tenho documento de identificação – protestou Norra ao mesmo tempo, erguendo as mãos em indignação, num tom de voz elevado.

– Então, terá de vir comigo. – O guarda gesticulou para o companheiro avançar. – Prenda-a.

Wedge postou-se entre eles.

– Espere! Talvez possamos chegar a um acordo. – Ele estendeu os créditos novamente, dessa vez bem na cara do homem. E enfiou a mão livre no bolso.

Irritado, o homem deu um tapa na mão de Wedge, afastando-a para o lado. Os créditos voaram longe. Atrás deles, perto das naves, alguém gritou e foi abruptamente interrompido. O homem de olhos verdes virou a cabeça em direção aos X-wings, alarmado.

Um estrondo. Muito alto e muito próximo do ouvido de Wedge.

Ele se abaixou instintivamente e olhou para cima a tempo de ver o homem de olhos verdes enrijecer e tombar, a lateral de seu rosto destruída pela descarga de um blaster.

Wedge olhou para Norra. Estava de pé ali, momentaneamente imóvel, o blaster erguido e fumegante.

Tukalda berrou e o punho de Norra atingiu a carnuda lateral de seu rosto com um murro. A Abednedo caiu como um tronco de árvore serrado. Restava apenas o guarda com o rifle. Wedge girou bem a tempo de ver o dedo do homem apertar o gatilho. Ele atirou com o próprio blaster, já em punho, atingindo o homem no ombro. O rifle virou para o alto, sua mira desviada, e Norra se lançou para o lado, desviando-se do tiro letal. Wedge puxou o gatilho novamente e, dessa vez, o guarda remanescente desabou com um buraco no peito.

O silêncio se fez e Wedge ficou ali parado por um momento, com o olhar perdido. Ele matara um homem. Já havia feito isso antes. Muitas vezes. Era o que os soldados fazem e era uma guerra. Ainda era uma guerra. Mas ele nunca matara ali, em seu idílico jardim, entre os keedees e os pés de pimenta. Sentiu a garganta seca e tentou engolir a coisa, a emoção, presa ali, ameaçando sufocá-lo.

– Vamos – disse Norra, despertando-o de seus devaneios. Ele ergueu a vista para ela. A expressão dela era determinada, mas compreensiva, como se entendesse muito bem o que estava passando pela cabeça dele.

– Tukalda está...?

– Não, ela terá dor de cabeça e uma história para contar sobre seus vizinhos malucos, mas está bem.

Wedge tentou novamente engolir, e dessa vez conseguiu.

Norra havia se livrado do roupão, e Wedge rapidamente a imitou, deixando cair sua amada e velha peça de roupa na grama. Atrás deles, ouviram os X-wings roncarem. Snap e Karé haviam chegado às suas naves, ligaram-nas e estavam prontos para partir.

– O que fazemos agora? – Wedge perguntou. Por alguma razão, seu cérebro não estava cooperando, não o estava deixando pensar em termos de ação e consequência, e no próximo passo.

Norra estava revistando os guardas mortos, procurando alguma coisa.

– Quando Karé e eu fomos à cidade ontem, pensei que poderíamos acabar tendo de recorrer a isso eventualmente, então aluguei uma nave. Não é chique. É um daqueles ônibus espaciais de lazer que as pessoas usam para passar férias fora do planeta, mas nos levará aonde quer que a Resistência esteja escondida. Atualizei minha licença de pilota, para que pareça que estou viajando com alguns locais para Cardo Minor para passear, mas, quando estivermos fora do espaço de Akiva, desativarei os rastreadores e a nave será nossa. Detesto roubar, mas não vejo outra maneira.

Wedge assentiu, entorpecido. O que havia de errado com ele?

Norra havia pegado o dispositivo de comunicação do bolso de um dos guardas e foi revistar o outro.

– Você e eu teremos de chegar a Myrra sem sermos detectados – disse ela, sem erguer a vista –, mas isso não deve ser muito difícil a essa hora da manhã.

– E os corpos?

Agora ela olhou para Wedge, surpresa.

– O quê?

– Deveríamos fazer algo com eles. – Ele apontou para os guardas mortos.

– Deixe-os, Wedge – disse Norra, baixinho. – Com Tukalda como testemunha, o que fizemos não será segredo por muito tempo. Vamos amarrá-la e deixá-la no túnel, os corpos também, mas eventualmente... – Norra fez uma pausa. – A menos que você pense...

Ela levantou o blaster e apontou para a vizinha inconsciente.

Fazia sentido e com isso ganhariam algum tempo extra. Além do mais, poderiam simplesmente deixar todos os corpos no campo, um mistério para a vizinhança e a polícia resolver. Mas não. Todo mundo tinha visto os X-wings. E muitos sabiam a história de Wedge e Norra. E... era errado. Tukalda era uma chata, mas não era má. Não merecia morrer.

Wedge se sacudiu, livrando-se da névoa em seu cérebro.

– Você a amarra e amordaça – disse ele, tomando uma decisão. – Vou começar a mover os corpos para trás da casa. A ideia de colocá-los no túnel é um exagero. O lado oeste da casa, sob as árvores, deve ser suficiente.

Uma casa para a qual nunca mais poderiam voltar. Um lugar que não os receberia mais. Wedge sabia que não havia outro jeito, mas ainda doía. Ele tentara construir um lar ali. Mas a verdade era que seu lar era lá no espaço. Sempre foi assim. E agora ele estava retornando, de vez.

Norra assentiu, meteu o blaster no coldre sem mais discussão, e os dois puseram mãos à obra. Quinze minutos depois, enquanto o sol se levantava em cheio sobre a fazenda, o campo parecia imaculado, desde que ninguém examinasse muito de perto os canteiros de pimenta. Wedge e Norra estavam a caminho da capital.

CAPÍTULO 11

POE OLHOU PELA CABINE do caça estelar emprestado. Atrás dele, e encolhendo rapidamente, Ephemera rodopiava em rosa, azul e verde, uma tranquila e bonita bola de gude que ele estava mais do que feliz em deixar para trás. O desapontamento pesava em seu peito e, quando BB-8 perguntou o que estava errado, Poe respondeu com sinceridade.

– Acho que esperava mais – disse ele ao droide.

BB-8 emitiu uma pergunta.

– Para começo de conversa, mais empatia – respondeu Poe. – Mais paixão pela Resistência, mais informações. Simplesmente... mais. Mais de tudo.

BB-8 girou em solidariedade.

– Talvez minhas expectativas fossem muito altas – admitiu Poe. Ou talvez o problema tenha sido o mensageiro mais do que a mensagem. Talvez Maz não confiasse nele, não o respeitasse. Hoje em dia, ele próprio mal confiava em si mesmo. A missão em Grail com o Esquadrão Negro fora um alívio, um momento de tranquilidade entre as pessoas que mais o amavam e confiavam nele. Mas, agora, as dúvidas o estavam oprimindo novamente, fazendo-o questionar como superaria a besteira que havia feito na *Raddus*. O Esquadrão Negro pelo menos tinha compreendido, e Leia parecia compreender também, mesmo que ainda suspeitasse que ela se decepcionara com ele. Poe só podia imaginar como o restante da galáxia, as pessoas que não eram nem do seu esquadrão nem suas amigas, reagiria. Toda nova pessoa que ele conhecesse saberia do erro de julgamento que cometera e o enorme custo em vidas resultante? E se não soubessem agora, acabariam sabendo mais cedo ou mais tarde? Era uma vergonha com a qual ele teria de viver pelo resto de sua vida, e a única maneira de compensar em que conseguia pensar era dar tudo de si, tudo o que tinha – corpo, sangue e alma – para reconstruir a Resistência.

Mas, então, em sua primeira missão para conseguir uma base para a Resistência, ele fracassara miseravelmente. Bem, supunha que também não havia conseguido obter qualquer ajuda direta da primeira-ministra de Grail. Ele riu consigo mesmo, baixinho e amargamente. Até agora, as coisas estavam indo muito bem, simplesmente muito bem.

BB-8 apitou, informando que uma comunicação estava sendo recebida. Ele verificou a frequência. Era a *Millennium Falcon*. Por um momento, sentiu um frio na barriga, sua mão hesitou sobre o interruptor de resposta. E se as notícias fossem ruins? E se algo tivesse acontecido com Leia, Finn e os outros e ele também tivesse falhado com eles? Poe fechou com força os olhos, forçou-se a respirar fundo. BB-8 perguntou novamente se ele queria aceitar. Rapidamente, não se permitindo pensar demais, pediu a BB-8 que completasse a comunicação.

– Aqui é Poe Dameron – disse ele depressa. – Tudo certo?

– Poe! – soou uma voz entusiasmada do outro lado. – É bom ouvir sua voz. Você encontrou Maz Kanata?

– Rose – disse Poe, reconhecendo a voz da jovem mecânica da manutenção. – Está tudo bem na *Falcon?*

– A *Falcon* está em terra – explicou Rose. – Esperamos que você e Maz se juntem a nós.

– Maz não vem – contou Poe, pesar e aborrecimento tingindo sua voz. – Receio que ela tenha decidido manter-se à margem dessa luta.

– O quê? Por quê?

– Ela não disse – respondeu Poe, o que não era exatamente verdade. Mas ele não explicaria que Maz tinha as próprias prioridades, que não incluíam a Resistência, a uma mulher que havia perdido a irmã na evacuação de D'Qar. Poe não conhecera Paige bem, mas o sacrifício dela estava gravado em sua memória. Ele também fora responsável por sua morte. Foi o seu comando que enviara o bombardeiro de Paige sobre o Couraçado *Fulminatrix*, uma decisão que eliminara a nave-monstro da Primeira Ordem – mas à custa da vida de Paige, entre outras. Tantas outras. Sangue em suas mãos, e ele não esqueceria. Não se arrependeria; ao contrário de seu motim, ele ainda achava que eliminar o *Fulminatrix* fora a decisão certa. Mas ele não esqueceria.

Rose estava falando, e Poe voltou à conversa.

– ... abrigo em Ryloth.

– No sistema Ryloth? – Poe perguntou, pegando o final de sua frase. – Ouvi direito?

– Ouviu sim, comandante. Leia nos garantiu um abrigo temporário em Ryloth.

Poe riu. Deixe que Leia faça com que seu fracasso com Maz seja irrelevante.

– Como Leia conseguiu isso? Pensei que Ryloth era neutro.

– É a Leia – disse Rose simplesmente.

– É mesmo – ele concordou.

– Estou enviando as coordenadas para o BB-8 agora.

Poe observou-as chegar e aparecer em sua tela. Ele franziu a testa.

– Isso diz para ir para a lua mais distante. Está correto?

– O embaixador Yendor pediu que nossos caças estelares se encontrassem lá. Quando todos estiverem reunidos, ele os conduzirá secretamente.

– Ah – disse Poe. – Então, não estamos oficialmente em Ryloth.

– É uma missão um pouco clandestina – ela admitiu. – O governo sabe que estamos aqui, mas não pode admitir que sabe. Estamos trabalhando diretamente com a Defesa da Soberania de Ryloth.

– A Defesa da Soberania de Ryloth? Não sei o que é isso, mas parece promissor.

– Leia poderá explicar quando você chegar aqui. Alguma notícia do restante do seu esquadrão? – perguntou Rose.

– Negativo, mas estou acabando de deixar o espaço orbital do planeta. Vou contatar os Times Negros Um e Dois em breve e passar as coordenadas.

– Afirmativo – disse Rose. – Leia também quer que você contate o Esquadrão Inferno e dê a eles as coordenadas.

– Pode deixar.

– Ótimo. Até breve, Comandante.

– Desligando – disse Poe, e encerrou a transmissão. – BB-8, abra um canal seguro para o Time Negro Um.

Segundos depois, a voz de Snap Wexley ganhou vida em seu ouvido.

– É você, Poe? Tudo certo?

– Tudo bem, aqui, Snap. Checando o *status* da sua missão e passando coordenadas para um local de reunião.

No ouvido de Poe soaram uns palavrões leves e um “Isso!” de comemoração antes que a voz de Snap retornasse claramente.

– Entendido, Poe. E você chamou na hora certa. Karé e eu acabamos de deixar Akiva com Norra e Wedge.

– Algum problema?

– Nada com que não pudéssemos lidar. Alguma oposição local e alguns mísseis superfície-ar pouco eficazes. Nós cuidamos disso.

– Bom saber – disse Poe. – E está tudo bem com Wedge e… – Poe fez uma pausa. Ele não queria bisbilhotar, e perguntar diretamente a Snap sobre sua mãe era como bisbilhotar. Por outro lado, ele era o comandante de Snap e, se um de seus pilotos estava se sentindo mentalmente incapaz ou comprometido por motivos pessoais, era da sua conta saber e tomar medidas corretivas. – … e sua mãe? – Poe perguntou, mantendo a voz neutra.

– Oh, ela está louca como sempre – Snap disse, com uma risada baixa. – Mas não estamos todos, esses dias? É a vida dela, certo? Vou deixar que ela a viva.

– É bom ouvir isso – disse Poe com entusiasmo, mas fez uma anotação mental para acompanhá-los quando todos estivessem em Ryloth. – Estou enviando as coordenadas para você agora – acrescentou.

Um momento se passou antes que Snap dissesse:

– Recebido. Vou passá-las para o time. Escute, vamos fazer alguns desvios para ver se podemos encontrar algum Esquadrão Fantasma ainda por aí.

– Esquadrão Fantasma? – Poe perguntou surpreso. – Eles não voam juntos desde que a minha mãe ainda era pilota da ativa. – Ele lembrou que Wedge havia formado o Esquadrão Fantasma na época da Nova República, um esquadrão de párias e indomáveis, pilotos que não se recusariam a cumprir suas missões, mesmo que não oficialmente autorizadas. Entraram em ação na libertação de Kashyyyk e novamente em Jakku, mas isso era tudo o que Poe sabia sobre eles.

– Precisamos de gente, certo? – Wedge perguntou.

Não apenas gente. Leia queria líderes. Mas quem sabe Wedge não conseguisse atrair colaboradores de qualidade?

– Estou ouvindo.

– Não vai demorar. Nos vemos em Ryloth antes que você perceba.

– Cuidado aí, Snap – disse Poe.

– Deixa comigo.

Poe terminou a comunicação.

– BB-8, você pode...

Mas nem precisou terminar seu pedido antes que BB-8 o conectasse ao Time Negro Dois.

– Poe! – a voz de Suralinda gritou em seu ouvido. – Só posso falar por um segundo. Estou muito ocupada aqui!

– O que está acontecendo? – ele perguntou preocupado. – Você e Jess estão sob ataque?

– Hum… pode-se dizer que sim – Suralinda gritou. A comunicação foi cortada.

– BB-8, o que aconteceu?

O droide bipou tão angustiado quanto Poe.

– Bem, você pode se reconectar? – ele questionou.

BB-8 atendeu.

– Bem, continue tentando – pediu ele, o pulsar suave da transmissão sem resposta em seu ouvido. Ele sabia que Suralinda e Jess estavam em Rattatak, um lugar famoso por seus senhores da guerra e sociedades gladiatórias. As chances de elas enfrentarem a Primeira Ordem eram mínimas, mas era inevitável um encontro com os senhores da guerra de Rattatak. Ele poderia atrasar sua chegada a Ryloth para ir a Rattatak, mas, mesmo que partisse agora, por onde começaria sua busca pelo Time Negro Dois? Era um planeta grande, e ele não tinha nenhuma pista para seguir, a não ser as vagas garantias de Suralinda de que lá havia uma ex-Imperial que simpatizava com a Resistência, ou pelo menos era hostil à Primeira Ordem. Ele supunha que isso não fosse algo declarado abertamente, mesmo em um lugar como Rattatak. Ele exalou um pouco da energia nervosa que o consumia. Não, correr para Rattatak para tentar salvar a pátria seria apenas mais um comportamento imprudente. Ele tinha de confiar em Suralinda e Jess para se cuidarem sozinhas, mesmo que não gostasse disso.

Estava prestes a pedir a BB-8 que encerrasse a tentativa de comunicação, quando a voz de Jess soou em seu ouvido.

– Poe? – ela perguntou, quase gritando. – É você?

– Jess. – Ele respirou aliviado. – A conexão caiu. Está tudo certo?

– Oh, sim. Apenas coloquei Suralinda no ringue, então ela teve de ir.

Ele percebeu que Jess estava ofegante como se estivesse correndo, respirando fundo. Um rugido se elevou em algum lugar ao fundo, como o som de uma multidão.

– Onde vocês estão?

– Barterus. Anel gladiatório. Sabe a ex-Imperial que Suralinda estava procurando? Teza Nasz? Ela não nos veria a menos que vencêssemos seus maiores guerreiros em combate corpo a corpo, então Suralinda pensou...

Poe praguejou.

– Suralinda pensou em atirar duas pilotas da Resistência, muito necessárias, nas arenas da morte de Rattatak por uma oportunidade de simplesmente conversar com uma ex-Imperial que pode ou não nos ajudar?

Houve um momento de silêncio e então a multidão rugiu outra vez. A voz de Jess voltou, envergonhada.

– Bem, quando você coloca dessa forma...

– Saia daí, Jess – disse Poe, enfático. – Não vale a pena perder nenhuma de vocês. Precisamos das duas pilotando para o Esquadrão Negro mais do que precisamos dessa Teza Nasz.

– Sim, mas receio que seja tarde demais para isso, Poe. Os Rattataki não são gentis com os desistentes. É uma situação do tipo vencer ou morrer. Mas não se preocupe. Temos tudo sob controle. Oh!

Algo se espatifou ao longe e, em seguida, o som inconfundível de um vibro-machado despertando para a vida zumbiu através da comunicação.

– Minha vez! Tenho que ir, Poe. Não se preocupe.

Não se preocupe. Fácil para ela dizer.

– O BB-8 enviará as coordenadas para a sua nave. Vão para lá o mais rápido possível. Não percam tempo. E não morram! Isso é uma ordem.

– Ordem recebida – Jess gritou e então se foi, comunicação encerrada.

– Insanidade – disse Poe, irritado, mas parte dele teve de rir. Ele era o comandante do Esquadrão Negro por um motivo, e ficava cada vez mais evidente que o motivo era que não passavam de um bando de loucos que se mereciam. Havia pouco que ele pudesse fazer agora, a não ser voltar para Leia e companhia e torcer para que Jess e Suralinda não tivessem dado um passo maior que as pernas.

Poe pediu a BB-8 que fizesse uma última ligação.

– Shriv falando.

– Shriv, é Poe. Como está indo sua missão?

– Ah, sabe como é. Muitos voos e portas batendo na nossa cara. Mas encontramos alguns velhos amigos da Rebelião. Acho que Leia ficará satisfeita.

– Estamos indo para Ryloth. Você acha que pode se juntar a nós?

– Sem dúvida.

– Ótimo. Estamos enviando as coordenadas agora.

Shriv confirmou.

– Recebido. Estamos a caminho.

– Vejo você lá.

Ele encerrou a conexão.

– Estamos prontos para saltar, BB-8?

BB-8 respondeu e Poe riu.

– Bem, desculpe por fazê-lo esperar. Vamos nessa.

Poe deu uma última olhada em Ephemera, agora não mais que um longínquo pontinho rosa às suas costas. E, então, ele e BB-8 estavam deixando o planeta para trás em um borrão de estrelas.

CAPÍTULO 12

– LEIA, ESTÁ ME OUVINDO? – a voz de Yendor chegou pelo comunicador em sua orelha. – Temos um problema.

Leia estava sentada diante do console de comunicações da *Millennium Falcon*, sem fazer nada. Bem, isso não era exatamente verdade. Ela estava se preocupando. E tentando não pensar em por que ainda não tinha recebido notícias dos aliados da Resistência e ponderando sobre o que eles precisariam para organizar alguma forma de ofensiva útil contra a Primeira Ordem e quantas coisas poderiam dar errado ao longo do processo. Então, sim, isso era alguma coisa, apenas o tipo errado de coisa a se fazer.

Yendor havia lhe oferecido um quarto e uma cama no amplo museu nacional transformado em quartel-general da Defesa da Soberania. Na verdade, ele lhe oferecera seu próprio quarto. Mas ela recusou, não apenas porque parecia errado desalojá-lo de seus aposentos, mas porque ela preferia a *Falcon*. Yendor não insistira no assunto e ela não havia fornecido maiores explicações. Se ele houvesse persistido na questão, ela teria dito que queria ficar perto do convés de comunicações e esperava que todos fossem educados o suficiente para ignorar a ausência da antena de radar da *Falcon* e o console de comunicações perfeitamente operante da DSR e aceitassem sua óbvia mentira. A verdadeira razão era que a nave havia se tornado um consolo, um lugar familiar que a fazia lembrar-se de Han e de uma época mais feliz, e lhe proporcionava uma sensação de esperança. Ela podia sentar-se na cadeira de espaldar duro em frente ao convés e praticamente ouvir a voz de Han gritando alguma manobra absurda para Chewie ou reclamando, pela milésima vez, que o hiperpropulsor não estava funcionando. Pegou-se em mais de uma ocasião rindo baixinho consigo mesma com a lembrança de embarcar em alguma aventura maluca ou plano mal concebido que havia sido traçado bem ali onde ela estava sentada. Quase podia ver o sorriso petulante de Han, sua postura despreocupada enquanto ele a arrastava para mais uma enrascada. Talvez fosse tolice ficar remoendo a saudade, mas era o que lhe trazia conforto e ela se agarrava a isso. A *Falcon* era um lar para ela.

– O que foi, Yendor? – ela perguntou, deixando de lado sua nostalgia reconfortante para concentrar-se no momento presente.

– Precisamos conversar.

– Estou descendo – disse ela.

– Não – ele contestou. – Eu vou até você. Está na *Falcon?*

– Sim. Chewie pode deixar você entrar.

Ela não era a única que se sentia mais confortável na nave do que nas cavernas de Ryloth. Chewie e Rey também haviam permanecido lá. Rose se ofereceu para ficar, mas Leia a encorajou, e também Connix e Finn, a ficar nas acomodações oferecidas e trabalhar com Charth nos preparativos para a chegada iminente do Esquadrão Negro e dos outros. Poe confirmou que eles estavam vindo e traziam quase uma dúzia de pessoas, incluindo ex-membros do Esquadrão Fantasma, dois ex-comandantes rebeldes que Zay e Shriv haviam encontrado afinal e uma ex-Imperial que o Esquadrão Negro rastreara. Era um grupo diversificado, para dizer o mínimo, mas Leia estava ansiosa para ver todos eles.

O som distante de uma porta se abrindo foi seguido pelo som de passos firmes à medida que alguém se aproximava. Leia ficou de pé quando Yendor entrou. Ele estava vestindo uma longa túnica azul-marinho presa na altura da cintura. Ainda usava o toucado dourado em torno da base dos seus lekku, mas o restante de suas roupas parecia moderado em suas tonalidades, quase sombrio.

– O que foi? – ela perguntou.

Ele fez um gesto para Leia se sentar e ela assim o fez. Yendor também se sentou à mesa, inclinando-se enquanto entrelaçava os dedos à sua frente.

– Ficamos sabendo que a Primeira Ordem está em Lessu.

– Como assim? – Leia subitamente se sentiu zonza, sua pressão arterial nas alturas. – Nós fomos cuidadosos – assegurou ela, sua mente a mil. – Eles não podem ter nos seguido.

– Não acho que tenham seguido – disse Yendor, oferecendo-lhe a mão, firme, que ele colocou brevemente sobre a dela. – Parece que a presença deles aqui é apenas uma coincidência. Uma coincidência terrivelmente cronometrada, mas... – Ele abriu as mãos. – ... não é culpa de vocês.

Ela respirou fundo, forçando seu corpo a se acalmar.

– Então eles não sabem que estamos aqui?

– Tudo indica que não. Enviei Hahnee à cidade para dar uma verificada, descobrir o que conseguisse. Eu estava aguardando seu retorno com o relatório antes de apresentar a questão a você.

– E você já tem notícias?

Ele assentiu afirmativamente. Hesitou antes de falar.

– Parece que a Primeira Ordem está aqui em uma missão diplomática. – Ele pronunciou as últimas palavras com esforço, como se elas lhe doessem, o sarcasmo evidente em seu tom. – Parece que perderam recentemente algumas naves muito caras e precisam cobrar alguns impostos para aumentar a receita. Eles nos deram cinco dias para que a associação de transportes de Ryloth contribua voluntariamente antes de bloquear as rotas de navegação para entrar ou sair do sistema e começar a elevar as tarifas.

Leia não teve intenção de rir. Ficou aliviada quando Yendor se juntou a ela. Depois de um momento, ela se recompôs e perguntou:

– Eles farão isso? Montar um bloqueio?

Yendor encolheu os ombros.

– O conselho empresarial já está considerando suas opções. O Chanceler Drelomon acha que estão blefando, mas quem quer se arriscar? O que não entendo é por que eles escolheriam bloquear Ryloth, bem aqui na periferia da galáxia. Não faz muito sentido, do ponto de vista logístico.

– Orgulho – Leia murmurou, e então repetiu mais alto: – Orgulho. Eles acham que uma vitória aqui seria uma demonstração de força. Obrigar um planeta notoriamente neutro como Ryloth a tomar partido seria motivo de orgulho.

Yendor se inclinou para trás, ponderando a respeito. Ele uniu as pontas dos dedos. Era um hábito seu que Leia já havia notado.

– É possível – ele finalmente admitiu. – Ou talvez não estejamos enxergando o quadro geral. No entanto, permanece o fato de que sua janela para realizar qualquer tipo de missão fora de Ryloth acaba de diminuir consideravelmente.

– Cinco dias-padrão – constatou Leia. – Para trazer todos até aqui e descobrir o que fazer a seguir.

– Menos de cinco dias. Drelomon já está chiando sobre o que poderia ter chamado a atenção da Primeira Ordem para nós. A maioria acha que foi azar, mas, se ele decidir que foi a Resistência, eu me preocupo que ele possa traí-la. – Os lekku de Yendor se contraíram, refletindo sua emoção. – Eu nunca deixaria isso acontecer – garantiu, sua voz sincera.

– Eu jamais pediria a você que lutasse contra o seu próprio governo, seu próprio povo, por mim.

– Então, vamos esperar que não chegue a esse ponto.

Eles permaneceram sentados juntos, em silêncio, cada qual envolvido em seus próprios pensamentos, até Yendor perguntar:

– O que deseja fazer, Leia?

– Manter o plano original. – O que mais ela poderia fazer? As naves da Resistência deveriam chegar no dia seguinte. Poe havia lhe assegurado que até lá todos já estariam do outro lado da lua maior, aguardando o sinal dela.

– Está bem – disse Yendor, parecendo resignado. – Quem sabe? Talvez os espíritos de nossos antepassados sorriam para você.

Yendor havia explicado que o dia seguinte seria a Noite Mais Longa, um feriado Twi'lek, quando as três luas de Ryloth estariam em sua fase mais baixa e a escuridão era mais completa no hemisfério mais populoso. O feriado mantinha a maioria das pessoas dentro de casa para passar uma noite tranquila com suas famílias. Uma boa noite para evitar olhares curiosos. Era até possível, Yendor disse a ela, que os habitantes daquele remoto deserto do sul nunca tivessem ouvido o motor de um caça estelar e atribuíssem quaisquer sons estranhos aos espíritos inquietos dos mortos que, conforme acreditavam, vagavam por lá durante a Noite Mais Longa. Leia achava isso pouco provável, mas Yendor não parecia preocupado, então ela também não se preocuparia. Embora o fato de Poe e os outros pousarem no planeta sob o disfarce dos mortos inquietos parecer bastante apropriado.

– Vamos torcer para que a Primeira Ordem não esteja olhando para o nosso lado – prosseguiu ele –, mas não há como garantir. Você deve informar seus comandantes a respeito da situação e avisar que devem estar preparados para lutar.

– É claro – disse Leia, mas seu coração estava pesado de decepção. Ela queria um alívio, um momento de paz longe da guerra, mesmo que por alguns dias. Ainda sofria com os ferimentos que sofrera na *Raddus*, ainda carregava o cansaço profundo que se instalara ao seu redor depois de Crait. Lutar. Fugir. Lutar de novo. Ela fechou os olhos por um instante, deixando a tristeza que sentia seguir seu curso. Quando os abriu novamente, Yendor a observava. – Estaremos prontos para lutar – ela assegurou. – Mesmo que isso nos leve à morte.

– O que haverá de acontecer, mais cedo ou mais tarde – disse ele, um sorriso triste repuxando sua boca. – Mas talvez ainda não.

Ela queria discutir o assunto, mas enxergou a verdade nas palavras dele e deixou para lá.

Leia observou Poe, o Esquadrão Negro e o resto de esperança da Resistência se aproximarem sobre o deserto aberto. Eles praticamente deslizavam pelo chão, voando baixo com o mínimo de luz apesar da escuridão da noite. Se ela não soubesse que eles estavam lá, e o que eram, poderia tê-los considerado algum tipo de fenômeno natural, um enxame de insetos migratórios que emitiam luz ou alguma estranha miragem no deserto de Ryloth. À medida que as naves se aproximavam, ela ouviu o típico rugido dos motores dos X-wings. Bem, não havia como disfarçar isso. Mas era preciso estar próximo para ouvi-lo, e Yendor havia lhe assegurado que os habitantes locais, os poucos que havia ali, eram Rylothianos leais.

A última nave, esta não um caça estelar, mas um pequeno ônibus espacial que mais parecia um iate, atravessou o deserto e desapareceu na montanha abaixo dela. Leia suspirou. Isso era tudo, então. Ela contou dez X-wings, um A-wing, a nave que Poe pegara emprestada do Hutt, dois transportes civis menores e aquele iate. Não era muito com o que lutar contra o inimigo, porém, mais do que eles tinham no dia anterior. E assim prosseguiria. Cada dia mais do que o dia anterior até que tivessem uma força de combate. Ou, pelo menos, essa era a ideia. Leia tentou não pensar nas perdas que teriam ao longo do caminho.

Ela saiu da biblioteca para ir cumprimentar a frota que chegava. Enquanto descia os túneis até as naves, R2-D2 juntou-se a ela. Não via o pequeno droide havia dias. Supôs que ele estivesse de luto por Luke à sua maneira, então deixou que ele tivesse seu espaço. Mas estava feliz em vê-lo agora, e ele recitou uma saudação alegre.

– Você não deveria estar ajudando Rey com os reparos na *Falcon?* – ela o questionou.

R2-D2 respondeu.

– São boas notícias – Leia concordou. – Fico feliz que tenha ficado pronto. Agora, vamos ver o que Poe e seu Esquadrão Negro nos trouxeram.

Outra série de bipes e Leia assentiu.

– O Esquadrão Inferno também – ela se corrigiu. – São todos bons pilotos. Boas pessoas. Mas precisamos de liderança, R2-D2, não apenas de soldados. Preciso de pensadores, estrategistas, experiência em batalha.

R2-D2 emitiu mais bipes.

Ela riu.

– Você tem bastante experiência. Daria um bom líder.

Eles deixaram o túnel lateral e entraram no hangar principal. Ele fervilhava com o ruído, a atividade e o cheiro de naves que haviam recentemente voado entre as estrelas. Leia acolheu tudo aquilo. Era expectativa. Era esperança. Era o que os manteria vivos.

As naves gemeram enquanto se estabilizavam na gravidade de Ryloth e no ar seco do deserto. Vozes empolgadas chamavam uns aos outros em saudação, e astromecânicos giravam e emitiam bipes com pedidos de combustível e reparos.

– Leia! – alguém a chamou. Ela ergueu a vista e viu Poe Dameron vindo em sua direção, com passadas rápidas e decididas.

R2 fez uma pergunta e Leia pôs a mão brevemente em sua cabeça.

– Sim, vá dizer oi para o BB-8 – disse ela, e o droide girou alegremente.

– Comandante – ela cumprimentou Poe quando ele se aproximou. O homem corou intensamente. Passou a mão pelos cachos escuros e espessos e baixou o queixo, envergonhado.

– General – ele consertou sua saudação com um aceno de cabeça. – Desculpe a informalidade. Estou feliz em vê-la.

– Também estou feliz em vê-lo, Poe. – Na verdade, ela não tivera a intenção de corrigi-lo, apenas de lembrá-lo de que estavam ali diante de uma nova liderança em potencial e que deveriam dar o exemplo. – Caminhe comigo e me diga o que temos.

Ele a conduziu pelo hangar, apontando conforme andavam.

– As duas pilotas ali você conhece do Esquadrão Negro, Jessica Pava e Suralinda Javos. A mulher com elas é a ex-oficial Imperial Teza Nasz. Elas a encontraram em Rattatak, depois de lutar nas arenas da morte.

Ele apontou para o quadrante leste, onde Jess e Suralinda haviam pousado suas naves. Jess estava curvada, conversando com seu astromecânico. Seus cabelos escuros estavam emaranhados de um lado com o que parecia ser sangue. Leia tomou nota mentalmente para assegurar que a pilota recebesse atendimento médico imediatamente. À esquerda dela, Suralinda cumprimentava uma mulher que vinha da nave de transporte civil. A mulher era imponente, extraordinariamente alta e exibia músculos salientes que pareciam ter sido conquistados à custa de muito esforço. Ela usava um macacão de um ombro só que parecia ter sido costurado a partir de uma combinação de peles de animais e armaduras descartadas. Seu braço exposto exibia um padrão elaborado de linhas curtas que haviam sido talhadas em sua pele escura do ombro até o cotovelo e, abaixo do cotovelo, usava um bracelete de couro. Seus cabelos grossos estavam tingidos de vermelho-sangue e ela os prendia em dreadlocks que lhe desciam pelas costas.

Leia conteve uma risada de incredulidade.

– Aquela senhora da guerra é uma ex-Imperial?

– É o que dizem – respondeu Poe. – Ela era oficial da Marinha Imperial. Uma espécie de estrategista genial envolvida na Batalha de Jakku, mas o conflito acabou mal para o Império, e ela foi dada como morta no *Ravager*. Acontece que ela simplesmente se escondeu e só apareceu no radar de Suralinda por causa de uma matéria sobre Rattatak colocando um time de grav-ball em algum torneio importante. Suralinda a reconheceu em uma imagem, ao fundo. Elas se conheciam.

Leia apertou os lábios, pensando.

– Bem, ela parece uma guerreira, não uma estrategista, mas talvez eu não deva julgar apenas pela aparência. Se ela foi capaz de sumir dos radares da Nova República e conseguiu ascender ao poder em Rattatak, provavelmente é ambas as coisas. Qual é o nome dela mesmo?

– Teza Nasz.

Como se tivesse ouvido seu nome, Nasz virou a cabeça na direção deles. Seu rosto estava pintado em ocre e carvão, e ela estreitou os olhos escuros e alertas para Leia. Leia sustentou o olhar até a mulher desviar o dela. Oh, ela seria interessante.

– Quem mais?

– Princesa Leia? – interrompeu uma voz feminina animada. Leia e Poe se viraram.

Zay Versio sorriu para eles e deu um passo à frente para apertar a mão de Leia. Os cabelos escuros e curtos da jovem pilota estavam despenteados e seus olhos pareciam cansados sob as grossas sobrancelhas negras que se destacavam em seu rosto delicado. Mas ela sorriu de forma resoluta e seu aperto de mão foi forte.

– É bom finalmente conhecê-la pessoalmente, Zay – disse Leia, cumprimentando a jovem pilota. – Onde está Shriv?

– Aqui estou – disse um Duros de pele azul, juntando-se a eles. Ele também tinha o aspecto cansado. Sua pele parecia pálida sob as luzes da caverna, e rugas corriam como rios sob seus grandes olhos vermelhos. Ele passou a mão pelo rosto sem nariz e sorriu através dos lábios finos, quase inexistentes. – É bom vê-la novamente, General.

– Como foi sua missão? – Leia perguntou.

– Bem, nós sobrevivemos – respondeu Shriv laconicamente. – Mas tive uma assadura em um lugar inominável que ainda não melhorou. Será que você teria algum creme para isso?

Leia lançou-lhe um olhar severo.

– Tenho certeza de que alguém na área médica pode dar um jeito nisso.

– E eu gostaria de tirar uma soneca. E de um pouco de comida. Ouvi dizer que eles têm frutas aqui. E carne. É verdade, ou chegamos tarde demais para todas as coisas boas?

– Os Twi'leks têm sido muito generosos. Há bastante para todos.

– Legal! – Shriv esfregou o rosto e reprimiu um bocejo que ameaçou deslocar sua mandíbula. – Então, peço licença. Realmente preciso dar um jeito nesta assadura.

– Você encontrou alguém, Zay? – Leia perguntou quando Shriv se afastou.

A jovem assentiu.

– Estão na nave de transporte civil. Acho que você ficará satisfeita.

Dirigiram-se para lá, Zay tagarelando durante o percurso, contando sobre a missão dela e de Shriv.

– Nós procuramos por toda parte – disse ela, parecendo exasperada. – A maioria das pistas não deu em nada e algumas das pessoas que tentamos encontrar estavam... bem, estavam mortas. Há mais mortos na nossa lista do que vivos. – O rosto de Zay tornou-se sombrio. – E uma meia dúzia que simplesmente desapareceu. Num dia, estavam tocando suas rotinas e, no dia seguinte, não apareceram para trabalhar. Suas famílias não fazem ideia de onde estão, as autoridades não levam isso a sério e dizem que devem ter fugido, mas não faz sentido.

– Desapareceram – Poe entrou na conversa, sua expressão demonstrando preocupação. – Maz me contou algo similar.

– O que isso significa? – Zay perguntou.

– Que é obra da Primeira Ordem, provavelmente. Se nós sabemos sobre esses aliados em potencial, eles também sabem. Estão apenas chegando até eles primeiro.

Chegaram à beira da rampa para a nave de transporte civil. Um grupo diversificado de indivíduos estava reunido lá. Leia avistou os dois filhos de Charth se movendo entre a multidão, oferecendo toalhas quentes e enchendo canecas de barro com a água de jarros para que os recém-chegados pudessem se refrescar. As conversas no grupo foram interrompidas quando Leia se aproximou.

Um homem se separou dos demais, e as sobrancelhas de Leia se ergueram em descrença.

– Aquele é... – Zay começou a dizer.

– Eu sei quem ele é – Leia murmurou. – General Rieekan.

O homem Alderaaniano sorriu através de um ninho de rugas profundas, seus olhos azuis ainda tão claros e inteligentes quanto Leia se lembrava. Ele deu um passo à frente e a abraçou. Após um instante, afastou-se, segurando-a com os braços estendidos. Ela podia ver lágrimas acumulando-se nos cantos de seus olhos.

– Quanto tempo faz, Leia? Trinta anos?

– Parece mais que foram quarenta – disse ela, balançando a cabeça tristemente. Sentiu uma onda de alívio. Um rosto familiar, e para o qual olhara muito tempo atrás. A emoção ameaçou dominá-la, e ela própria sentiu suas lágrimas iminentes. O fardo que vinha carregando desde Crait diminuiu, mesmo que só um pouco. – Estou feliz que tenha vindo – confessou ela, num tom comovido.

– Eu não poderia deixar de vir. Quando Zay e Shriv apareceram na minha porta, a resposta era óbvia. E Ryloth dá de dez a zero em Hoth em matéria de posto de comando, mesmo que estejamos no meio do nada.

– Morrer pelo gelo ou pelo fogo – ironizou Shriv melancolicamente ao se juntar a eles, o canto prateado de uma embalagem de pomada medicinal espreitando do bolso de sua jaqueta. – Nossas opções não são nada animadoras.

– Quem disse que vamos morrer? – perguntou uma outra voz.

Rieekan se afastou para introduzir no círculo o recém-chegado.

– Eu trouxe um amigo – explicou.

– Princesa Leia. – O homem Dresselliano que havia entrado na conversa a cumprimentou com uma reverência. A capa creme revestida de peles abria-se em torno de seu corpo de baixa estatura. O tecido era um tom mais claro que sua pele alaranjada e sua cabeça sem pelos era um labirinto de dobras cerebrais. Ele usava um estiloso tapa-olho preto sobre o olho esquerdo; o direito brilhava escuro como uma obsidiana.

– Bem-vindo – recepcionou-o Leia de forma educada. O Dresselliano lhe parecia familiar, mas não conseguia identificá-lo.

– Este é Orrimaarko – apresentou Rieekan, poupando-a de ter de perguntar.

– Claro – disse Leia animadamente, lembrando-se de imediato. – A Batalha de Endor. Você estava lá.

– Ah, não no meio do campo de batalha como você – Orrimaarko objetou. – Mas fiz a minha parte.

– Você ajudou a planejar o ataque – ela se recordou. Um estrategista de batalha. Maravilhoso!

Ele assentiu.

– Foi uma vitória decisiva, graças a você.

– Eu tive ajuda.

Uma gritaria teve início atrás dela em algum lugar, e Leia se virou, procurando a origem da discussão. Uma comoção, naquele quadrante onde vira Jess Pava e Suralinda e a formidável ex-Imperial. Vozes elevaram-se no que eram nitidamente palavras de provocação, e então veio aquele inconfundível som de um punho acertando a cara de alguém.

– Uma briga! – Zay gritou, parecendo animada.

Poe e Shriv saíram correndo em direção ao tumulto crescente, e Leia soltou um suspiro longo e pesado. Quem seria? O pessoal de Yendor? O Esquadrão Negro? Aquela ex-Imperial que parecia um convite ambulante para uma confusão?

Bem, pensou, enquanto ela e o restante da multidão se apressavam em direção à balbúrdia, ela descobriria em breve.

CAPÍTULO 13

WINSHUR ASSISTIU COM PATENTE fascinação à chegada dos prisioneiros. Stormtroopers os escoltaram para dentro, com as pernas acorrentadas pelos tornozelos, arrastando-se em fila indiana, do desembarque da nave de transporte até o alinhamento para inspeção. Winshur passara o jaquetão e lustrara as botas bem além do necessário para a ocasião. Parte dele sabia que sua preparação era excessiva, mas, agora que estava ali para recepcionar a nave, sentia-se feliz por ter feito isso.

Ele pretendia ficar em seu escritório e observar pela janela, talvez enviar Monti Callas para distribuir as tarefas de trabalho e tudo mais. Enviar Monti teria sido um golpe de gênio, um insulto bem cruel. Como seria ofensivo que alguém de uma posição tão baixa fosse a única pessoa lá para recepcioná-los, uma mensagem clara informando aos prisioneiros que eles não eram importantes, nem um pouco. Mas, no final, Winshur decidiu que ele supervisionaria as transferências pessoalmente. Confiava em Monti para fazer um trabalho tão simples, mas, se alguma coisa desse errado... bem, não poderia deixar isso acontecer. Além do mais, não resistiu à vontade de ver de perto os rostos dos prisioneiros. Ele queria saber como era cair daquela altura. Se isso marcava uma pessoa de maneira perceptível, alguma mancha impenetrável na alma que transparecesse.

Mas ele ficou desapontado.

Aqueles ex-senadores, ex-diplomatas e outrora poderosos da Nova República eram irritantemente sem graça, básicos até. Tinham a mesma aparência de qualquer outra criatura oprimida que passara algum tempo acorrentada, na escuridão e no trabalho, e estava destinada a mais do mesmo até a morte. Nada... nada... eles não eram nada de especial.

Estalou os dedos e Monti Callas se aproximou dele, pronto para servir.

– Meu datapad – Winshur ordenou, estendendo a mão. Monti colocou o dispositivo na palma de sua mão aberta. Winshur digitou sua senha e pressionou o polegar na tela. No mesmo instante, o datapad mostrou a lista. Winshur leu-a com atenção, tentando combinar nomes com rostos. Deteve-se num nome familiar e examinou os prisioneiros. Lá estava ela. Uma mulher de cabelos ruivos em um macacão cinza opaco. Ela parecia vazia, a pele marrom pálida pela falta de luz do sol e os olhos voltados para o chão. Ele tinha certeza de que aquela mulher era Hevasi Joy, a cantora que se opôs abertamente à Primeira Ordem nos noticiários de entretenimento, condenando-os pela destruição de Hosnian Prime e pedindo que as pessoas se juntassem à Resistência. Bem, era uma pena vê-la chegar a isso, mas Winshur sempre preferira a cantora Gaya a Hevasi. Ele tocou na tela, exibindo uma lista de tarefas que havia inserido anteriormente. Designou Hevasi Joy para a coleta de lixo e limpeza e passou para o prisioneiro seguinte.

Era um macho sem pelos de alguma espécie que ele não reconheceu, mas a lista dizia que era um ex-adido que estava fora do planeta quando Hosnian Prime foi destruído e tentou se esconder da Primeira Ordem. Aparentemente sem sucesso. Também foi encaminhado para a coleta de lixo e limpeza.

A próxima era uma mulher alta e musculosa que lutava contra os grilhões que a prendiam. Obviamente, uma captura recente, e fisicamente perigosa.

Só de olhar para ela, Winshur se encolheu de medo por dentro. Designou-a para o controle de animais marinhos. O último homem que ocupara o cargo morrera recentemente, dividido ao meio pela mordida de um pulsar skate. Havia sido assunto recorrente entre os cadetes durante dias, com medo de que fossem designados para a vaga. Winshur só esperava que um destino semelhante acometesse a mulher fisicamente imponente.

E, ah, o que era isso? Outro nome que ele reconheceu e seu pulso não pôde deixar de acelerar com a ideia de ver alguém tão famoso. Tal prisioneiro era especial, notório até. Um ex-senador caído em desgraça, indiciado, julgado e considerado culpado de planejar o assassinato de um colega senador. Que delícia. Embora Winshur pensasse que o homem estivesse morto há muito tempo. Se ele se lembrava corretamente das notícias, o homem fora morto por seus crimes. Mas ali estava ele, parado bem na sua frente.

– Ransolm Casterfo? – ele disse e percebeu que havia sussurrado por algum motivo. Pigarreou e falou novamente, dessa vez com autoridade. – Ransolm Casterfo?

– Prisioneiro 876549C – uma voz interrompeu-o suavemente.

Winshur virou-se e viu um oficial da Primeira Ordem, com seu uniforme verde-azulado impecável, parado do outro lado, em frente a Monti Callas. Ah, esse deve ser o oficial da reforma administrativa que lhe disseram que supervisionaria a distribuição de trabalhos. O oficial não encarou Winshur, mantendo o olhar fixo no prisioneiro, mas Winshur podia sentir uma aura de censura emanando de seu corpo. Ele se encolheu e depois se endireitou. Não seria bom parecer fraco.

– É claro – disse Winshur. – Eu estava... apenas curioso.

– Não é seu trabalho ficar curioso – disse o oficial, agora com os olhos postos diretamente em Winshur. Eles tinham o gélido tom de azul de uma calota polar e eram igualmente frios e distantes. Os lábios do homem se torceram para baixo. – Suponho que você tenha uma designação apropriada para o prisioneiro 876549C.

Winshur, de fato, tinha.

– Instalador de canos de esgoto no estaleiro, senhor – Winshur propôs. – Trabalho imundo. Com alta taxa de acidentes. Sabe-se que os canos escorregam e permitem que os exíguos espaços da manutenção sejam preenchidos com gás letal. De acordo com os registros de emprego, perdemos uma dúzia de operários dessa maneira desde que os estaleiros foram reivindicados pela Primeira Ordem.

O oficial, que ainda não dissera seu nome a Winshur, estreitou os olhos.

– Isso está correto? – ele murmurou.

– Verifiquei os registros.

O homem se virou para Ransolm. Ransolm não, para o prisioneiro 876549C, Winshur se corrigiu.

– Muito bem – disse o oficial. Ele pôs uma das mãos enluvadas brevemente no ombro de Winshur. O calor irradiou pelo braço de Winshur, como o lamber de uma labareda. – Cuide para que o restante deles seja tão apropriadamente designado quanto. Tenho negócios em outro lugar, mas voltarei para garantir que você concluiu sua tarefa a contento. – Os olhos dele se voltaram para o oficial de registros. – A Primeira Ordem está contando com você.

Algo agitou nervosamente as entranhas de Winshur, e ele sentiu o suor acumular-se na parte de trás do pescoço.

O policial deve tê-lo visto suando porque emitiu um som, entre surpresa e nojo; depois, deu meia-volta e foi embora. Winshur esperou até que o som de suas botas contra o chão frio desaparecesse para expirar. Quando o fez, ergueu a vista por um momento.

O prisioneiro 876549C estava olhando diretamente para ele.

– Há algo errado? – Yama perguntou.

Winshur levantou os olhos embaçados de trás da mesa. No dia anterior, ele não havia deixado o escritório antes das quatro da manhã, com a intenção de garantir que todos os prisioneiros fossem designados e contabilizados. Fora para casa exatamente quando o sol estava nascendo e só tinha tido tempo de tomar banho, vestir um uniforme limpo e tomar uma bebida nutritiva antes de voltar. Estava cansado, mas determinado a estar preparado quando aquele misterioso oficial da reforma administrativa de olhos azuis o visitasse hoje. O homem consideraria o relatório de Winshur impecável, sua abordagem da tarefa, incontestável, e, se o próprio Winshur parecesse um pouco cansado, bem, isso apenas provaria o quanto ele trabalhara e a seriedade com que cuidara da questão. Embora não tivesse certeza se apreciava que sua insolente assistente destacasse esse fato.

– O que a faz dizer isso?

– Você parece... indisposto.

– Eu pareço...? – Ele cerrou os dentes, apertando a mandíbula de frustração. Não, não era bom demonstrar tamanha fraqueza, especialmente para pessoas como Yama. Ele devia inspirar o respeito que lhe era devido, e parecer fraco ou, como Yama acusou, indisposto minaria isso. – Estou perfeitamente bem, Yama. Por que não se preocupa em concluir o trabalho de etiquetagem que lhe designei ontem? Talvez eu precise lhe atribuir uma tarefa mais difícil, pois obviamente está com tempo livre para se preocupar se estou ou não *indisposto*. – Ele pronunciou a última palavra com um desprezo desdenhoso.

Os olhos de Yama se arregalaram.

– Nem a pau – ela protestou.

– Nem a pau? – ele perguntou, imitando a voz dela. – Esse é o vocabulário de um cadete da Primeira Ordem?

– Não... – ela se deteve. – Quero dizer, não, senhor. E o senhor está com ótima aparência. Senhor.

Winshur fungou, apenas um pouco apaziguado. A verdade era que estava muito indisposto, mas tinha certeza de que havia feito tudo ao seu alcance para corrigir qualquer deslize de sua parte. Ele teria de fazer algo mais para impressionar. Não tinha certeza do que poderia ser, mas descobriria, e antes que o oficial da Primeira Ordem aparecesse para checá-lo. Estava tão pensativo que levou um momento para perceber que Yama ainda estava falando com ele.

– O que foi? – ele retrucou, irritado.

– Seu compromisso, senhor. Com Hasadar Shu.

Na empolgação da tarefa relativa aos prisioneiros clandestinos, Winshur havia esquecido disso por completo. Foi um feliz acaso, na verdade. Ele conhecera o político e empresário local em uma sessão informativa sobre um novo parque em construção no distrito governamental, e eles iniciaram uma conversa estranha, mas que acabou sendo útil. O homem era dono de um negócio de peças de metal que tentava mexer os pauzinhos na esperança de conseguir um dos lucrativos contratos da Primeira Ordem nos estaleiros. Era possível que Winshur houvesse mencionado que trabalhava para a Corporação Corelliana de Engenharia e era influente na Primeira Ordem. Era possível que houvesse exagerado. Pretendera apenas impressionar o homem e esperava nunca mais vê-lo, mas o sujeito dera um jeito de entrar em sua agenda.

– Quem marcou esse compromisso?

– Eu marquei – Yama confessou. – Ele disse que o conhecia – explicou ela, parecendo se desculpar. – Que eram velhos amigos de Bela Vistal e que o senhor lhe pedira para entrar em contato.

Bem, essa última parte era bem verdade, verdadeira o suficiente, mas jamais esperara que o homem levasse a sério. Winshur deteve-se.

– Ele sabia o nome de minha cidade natal?

– E o nome da sua mãe. Eu não deveria ter marcado o compromisso?

– Ele conheceu minha mãe? – Quais eram as chances? E agora Winshur se perguntava se a transmissão que havia recebido de sua mãe no dia anterior era simplesmente uma coincidência ou algo mais. Um aviso? Ele bufou. Não, isso era paranoia de sua parte, uma sequela de seu encontro com aquele oficial da Primeira Ordem. Era muito mais provável que o homem houvesse se dado conta de que eram parentes distantes e estava tentando usar isso para agradar-lhe. Mas Winshur tinha certeza de que não havia mencionado de onde era, e certamente nunca teria dito ao homem quem era sua mãe. Muito estranho.

Winshur balançou a cabeça. Ele não tinha tempo para isso. O oficial da Primeira Ordem poderia chegar a qualquer momento.

– Diga a ele que vou ter de cancelar. Algo importante surgiu.

– Mas ele está aqui, senhor.

Winshur franziu o cenho.

– Aqui?

Yama se afastou e Winshur teve uma visão clara do vestíbulo do lado de fora do escritório. Com efeito, havia um homem lá, com os típicos trajes de um Corelliano rico. Usava calça branca e um sobretudo que ia até o joelho, ambos no que parecia ser um linho caro. Seu cabelo preto na altura dos ombros estava penteado para trás, e seu rosto era largo e bonito, com sobrancelhas e zigomas proeminentes. Sua pele era um pouco mais escura que a de Winshur, e ele franzia os olhos castanhos enquanto conversava com o homem de cabelos louros que estava ao seu lado, vestindo o uniforme verde-azulado da Primeira Ordem. Winshur ofegou. O oficial da reforma administrativa de olhos glaciais da noite anterior.

Sua boca ficou seca e ele engoliu ruidosamente, tentando não entrar em pânico. Pôs-se de pé, quase derrubando o datapad da mesa. Ele o endireitou e passou a mão na frente da calça para alisar quaisquer amassados traiçoeiros. Correu para o gancho onde pendurara o jaquetão e o vestiu, tentando manter sob controle sua vertiginosa ansiedade. Pensou em colocar o chapéu, mas achou melhor não. Estavam num ambiente fechado e poderia parecer que estava se esforçando para impressionar. Caminhou rapidamente até os dois homens, passando por Monti Callas, que estava sentado na sua pequena mesa de assistente, à esquerda da porta.

– Senhores – disse Winshur, e estremeceu quando sua voz falhou, seu volume um pouco alto demais para o pequeno espaço. O oficial da Primeira Ordem olhou para ele com uma expressão um pouco irritada. Winshur percebeu no ato que deveria ter cumprimentado um oficial superior por seu título, mas também o homem nunca havia dito a Winshur seu título, tornando isso impossível. Tudo o que Winshur sabia era que ele usava o uniforme verde-azulado de um superior. Os olhos afiados do empresário passearam entre os dois, e Winshur soube que Hasadar Shu havia percebido a tensão imediatamente. Era por isso ele odiava empresários como Shu. Astutos demais para o seu próprio bem.

– Bratt – disse o oficial. – Você não me disse que conhecia Hasadar Shu.

– Bem, sim. Pode-se dizer que nos conhecemos.

– Velhos amigos, não é? – Hasadar refletiu, com um sorriso estranho no rosto.

Winshur sentiu seu sangue esquentar. Sabia que alguma coisa estava lhe escapando ali, alguma informação crucial sobre Shu que ele deveria saber. Mas tinha medo de perguntar, preocupado que, não importa o que dissesse, seria inadequado e ele pareceria estúpido na frente de seu oficial superior. Como fora se meter naquela situação, justo ele, que geralmente era tão bom em controlar as pessoas e os lugares ao seu redor? Olhou em volta, frenético, e captou a expressão de Yama enquanto ela se afastava. Estava sorrindo maliciosamente.

Seu queixo caiu e rapidamente tratou de fechar a boca. Estaria ela rindo do infortúnio dele, ou fora ela que de alguma forma havia manipulado aquele desastre? Ela admitiu que encaixara Hasadar Shu em sua agenda. Será que também dera um jeito de convencer o oficial de olhos azuis a aparecer no mesmo horário? Ele engoliu o acesso de raiva. Não, ele estava sendo paranoico. Ela era uma garota boba, quase incapaz de trabalhar em um escritório. Ela não poderia ter...

– Bratt? Você está bem? – Hasadar perguntou. Winshur voltou para a conversa. Os dois homens estavam olhando para ele, preocupados.

– Claro. Eu só... – Ele balançou a cabeça, concentrando-se.

– Vamos almoçar, senhores? – continuou o empresário. – E, enquanto almoçamos, talvez eu possa lhes falar sobre as últimas inovações que as Indústrias Shu fizeram em microssoldagem. É realmente empolgante.

Winshur tinha certeza de que era o oposto de empolgante, mas não havia nenhuma forma educada de escapar do almoço agora. Os dois homens pareceram fechar o cerco em volta dele, e Winshur foi arrastado para fora de seu escritório sem ter sequer a chance de olhar para trás.

CAPÍTULO 14

MONTI CALLAS ESTAVA SENTADO no balcão do Dead Aeronaut, seu bar favorito na cidade de Coronet, suando profusamente. A clientela para o almoço era escassa, uns poucos frequentadores habituais encostados no balcão para tomar drinques suavizados com água. Monti havia pedido uma cerveja, mas estava nervoso demais para beber. Ou talvez devesse beber para acalmar seus nervos. Não sabia. Sentia que havia muitas coisas de que não sabia. Tipo: será que fizera a coisa certa? Suas mãos apertaram involuntariamente a mochila de couro que segurava contra o peito. Ele quase podia sentir o datapad que enfiara no bolso da frente antes de sair correndo do escritório de Winshur Bratt. Quase podia sentir os olhos astutos de Yama nele, enquanto inventava desculpas para sair para almoçar. Mas confiava que ela não se importara tanto com o comportamento estranho dele a ponto de querer investigar mais. Mais do que confiar, ele estava apostando a própria vida nisso.

Algo grande e pesado bateu com um estrondo atrás do balcão, e Monti quase pulou de susto. Olhou em volta freneticamente, esperando que os stormtroopers surgissem pela porta, prontos para prendê-lo, mas tudo o que viu foi Smokey, o velho barman, curvando-se para pegar um balde de gelo azul que esvaziara na vitrine de bebidas, momentos antes.

– Respire, Monti – ele sussurrou para si mesmo, e decidiu tomar a cerveja, no fim das contas. Sorveu a bebida dourada, a calma alcoólica irradiando por seu corpo, e imediatamente se sentiu melhor. Quando voltou a apoiar a caneca no balcão, bebera quase a metade dela.

– Como está? – perguntou uma voz à direita.

Monti sobressaltou-se, quase deixando cair a mochila de couro. Apertou-a mais para compensar.

– Como disse?

– A cerveja. Está boa? – O humano que perguntava era de estatura e peso medianos e tinha a cabeça raspada na lateral que Monti podia ver, revelando uma tatuagem de um círculo branco no couro cabeludo que lembrava vagamente uma serpente. Seus cabelos castanhos eram longos e cheios do lado oposto, e batiam na altura do ombro. Suas feições eram afiladas e bem definidas, quase vulpinas; a pele sardenta, marrom-clara, e usava um traço grosso de delineador branco em volta dos olhos verdes. Monti reconheceu a maquiagem como uma maneira de burlar o sistema de reconhecimento facial empregado pela Primeira Ordem. Notou que a figura misteriosa também usava um lenço branco enrolado no pescoço, grande o suficiente para ser puxado e cobrir a boca e o nariz, outro meio de escapar do reconhecimento. Calças cinzentas enfiadas nas botas, jaqueta cinza e luvas brancas completavam o conjunto. Monti franziu a testa. Aquela pessoa parecia um criminoso.

Mas então ele se lembrou do motivo de estar ali e esperou que pelo menos fosse um criminoso competente.

– A cerveja está boa – disse ele, tossindo um pouco. – Como está o tempo em Doaba Guerfel? – Era a frase secreta que haviam combinado, mas que soava estranha e artificial saindo de sua boca.

– Ah – a figura disse, deslizando para o banquinho ao lado dele –, bom e cada vez melhor, segundo ouvi. As nuvens estão se abrindo e uma luz desinfetante deve se espalhar.

Monti apertou os lábios. Não era a frase exata que o contato dele sugerira, um pouco floreada, mas bastante próxima.

– O que traz você ao Dead Aeronaut hoje? – Monti perguntou cautelosamente.

A figura sorriu. Seus dentes eram muito brancos.

– Almoço.

Monti não tinha certeza de como reagir. Nunca fizera algo assim antes e se sentia um peixe fora d'água. Será que deveria continuar com o artifício ou era melhor ir direto ao ponto? Decidiu que a arte da espionagem não era o seu forte.

– Tenho algo para você – disse ele, empurrando a mochila para a frente.

A figura não a aceitou. Em vez disso, levantou uma sobrancelha desaprovadora e a manteve levantada até Monti, corado de vergonha, puxar a mochila de volta contra o peito.

– Almoce, meu amigo – disse a figura. – Um homem da Primeira Ordem num bar na hora do almoço já chama a atenção, não é? Se ainda por cima não almoçar...

E imagine então estar conversando com alguém como você, Monti pensou. A figura tinha razão. Seria terrivelmente suspeito.

– O que vai pedir? – a figura perguntou.

– E-eu...

O estrangeiro apontou para o menu, uma frágil folha de dados que exibia as especialidades do dia. Monti leu e escolheu um prato aleatoriamente.

– Lula salgada – disse a figura. – Uma escolha deliciosa. Vou querer o mesmo. – Fizeram um gesto para Smokey, que foi mancando até eles a fim de anotar os pedidos. Depois que ele se foi, Monti se inclinou para sussurrar:

– Não tenho muito tempo – explicou. – Preciso voltar antes do meu chefe.

– Você terá tempo – a figura assegurou. – Hasadar vai cuidar disso.

Monti piscou, perplexo. O político no escritório de Winshur...

– É ele...? Quero dizer, ele sabe?

– Não exatamente. A esposa dele é uma boa amiga do Coletivo, uma benfeitora, se você preferir. Ele sabe como atrasar os homens da Primeira Ordem o maior tempo possível, sem levantar suspeitas.

O Coletivo. Monti os conhecia. Bem, ele não os *conhecia*, mas tinha ouvido falar deles. Todo mundo tinha. Eram uma organização secreta de engenheiros, técnicos e cientistas empenhados em impedir a propagação do autoritarismo em todas as suas formas por meio do uso da tecnologia. Algumas pessoas diziam que trabalhavam de mãos dadas com a Resistência. Outras, que eram completamente independentes e odiavam a Resistência tanto quanto odiavam a Primeira Ordem e queriam apenas espalhar o caos por toda a galáxia. De qualquer forma, eram perigosos e não confiáveis, trapaceiros e ladrões, uma ameaça pública.

– Pensei que estava lidando com um lobo solitário – disse Monti, sentindo-se mais do que um pouco assustado. Deu outra olhada na tatuagem na cabeça da pessoa. Ele a reconheceu agora como a serpente de chifres brancos. Espécie aquática conhecida por simbolizar uma natureza caprichosa ou volúvel, e ser o emblema do Coletivo. No que ele havia se envolvido?

– Não, Monti Callas – disse a figura, num tom de voz grave, ameaçador. Ela apontou com o queixo para a mochila dele. – Com algo tão valioso, é preciso uma equipe.

A refeição deles chegou, mas Monti não conseguiu comer. Mal conseguia olhar para o prato. Por que ele pedira lula? Sentiu o estômago embrulhado.

A figura, por outro lado, mandou ver, comendo como se fizesse muitos dias desde a sua última refeição. Monti observou por um tempo, estranhamente fascinado, até que finalmente deixou escapar:

– Não sei como tirar a lista do datapad. Sei que está criptografada, mas não tenho a chave.

A figura engoliu um longo tentáculo rosado antes de responder.

– Nós temos a chave. E farei o download, não se preocupe. Quebrar a segurança da Primeira Ordem é o meu trabalho. – A figura se abrandou por um momento e murmurou, com o olhar perdido: – Uma mulher de Doaba Guerfel morreu por essa chave de criptografia. Ela era uma amiga.

– Sinto muito – disse Monti. Parecia a coisa certa a dizer.

A figura sorriu, como se percebesse a falta de empatia genuína nas palavras de Monti.

– E quem você perdeu? O que fez você se juntar ao Coletivo?

– O quê? – A voz de Monti soou muito alta, e alguns clientes olharam na sua direção. Ele se curvou, tentando se esconder, e a figura fez uma careta. – Eu não entrei na Resistência, no Coletivo ou em nada disso – disse Monti, num tom muito mais baixo. – Eu não... não perdi ninguém. – Ele balançou a cabeça para enfatizar. – Estou apenas fazendo a coisa certa. – Pelo menos, pensava que estava. Quando viu os prisioneiros na noite anterior, algemados e alquebrados, algo dentro dele mudou. E o modo como Winshur dispunha deles, sua alegria em ver o sofrimento deles. Monti não gostou. Nada mais do que isso. Sentiu que estava errado, moralmente errado. Era perverso. A intensidade da emoção o surpreendeu. Não fazia parte da Primeira Ordem há muito tempo e, no mais das vezes, não tinha queixas. Winshur Bratt podia não ser o chefe dos sonhos, mas não era pior do que o punhado de outros com quem Monti Callas havia trabalhado na vida. Pensando bem, um pouco mais mesquinho, mais ridículo. E um esnobe, com certeza. Mas nunca pensara nele, ou no proceder da Primeira Ordem, como cruel. Ah, ele sabia sobre a Base Starkiller e a destruição do sistema Hosnian, como todo mundo, e sim, aquilo tinha sido mau. Mas fora obra do alto comando. Não tinha nada a ver com o que ele vira da Primeira Ordem em Corellia. Ali a Primeira Ordem trouxera ordem, empregos e orgulho pelas realizações pessoais. O que aconteceu com o sistema Hosnian parecia distante, irreal. Afinal, Monti não conhecia ninguém que houvesse morrido lá e não havia transmissões de notícias mostrando pessoas sofrendo. O mal, se é que era isso mesmo, estava decididamente divorciado de sua realidade cotidiana.

Até a noite anterior.

Monti não era santo. Passava pelas pessoas na rua todos os dias enquanto imploravam por comida ou trabalho e, mesmo que vez por outra desse alguns créditos ou sobras de comida aos miseráveis, permanecia moralmente despreocupado, disposto a olhar para o outro lado, se isso significasse que ele poderia manter seu conforto. Mas algo na noite anterior havia calado fundo nele. Talvez fosse a proximidade, a frivolidade com que se encarava o fato de que homens e mulheres acorrentados pelo menor dos crimes haviam sido transportados para Corellia em segredo, obviamente destinados a morrer trabalhando, no anonimato. Isso o atingiu de uma forma como as outras coisas que ele sabia sobre a Primeira Ordem não haviam conseguido atingir. Parecia íntimo. Real. Como algo que poderia facilmente acontecer com ele próprio se saísse da linha.

– Talvez você deva me dar essa mochila agora, amigo – disse a figura.

Sem palavras, Monti a entregou.

– Seis minutos – a figura disse, escorregando do banquinho. Monti a observou ir ao banheiro. Seis minutos não demoravam muito a passar, mas agora ele não tinha nada a fazer além de esperar. Bebeu outro gole de cerveja e remexeu a sua lula.

Uma comoção na entrada chamou sua atenção. Duas guardas da CorSec atravessaram a porta do bar. Monti sentiu seu batimento cardíaco disparar, o suor escorrendo pelo pescoço. As guardas examinavam o salão, visivelmente procurando por alguém, e Monti virou-se para a frente. Bebeu a cerveja e, instintivamente, pôs-se a cortar a lula, enfiando uma garfada na boca. Tinha gosto de cinzas e água do mar. Ele comeu mais.

Pelo canto do olho, observou as guardas percorrerem o salão, verificando identificações e fazendo perguntas. Havia apenas um punhado de clientes no local, e pelo menos três deles estavam tão bêbados que praticamente caíram de seus assentos quando cutucados para mostrar suas identidades. Elas estavam se aproximando. Monti se forçou a respirar normalmente.

A porta do banheiro rangeu e Monti se virou, com o coração batendo forte. Vislumbrou a figura – não chegara a saber como se chamava – saindo. Arregalou os olhos, tentando dizer para ela voltar, correr ou fazer qualquer coisa, menos ir até ele. A figura deve ter percebido o clima na sala porque congelou, notando a presença das guardas, e depois voltou para o banheiro, deixando a porta se fechar silenciosamente.

– Identidade? – perguntou uma voz à sua esquerda.

Monti se virou e deparou com uma policial, com os cabelos claros puxados para trás em um coque austero e olhos escuros e sérios.

– Pois não – disse Monti. Soou um tanto aflito. A policial estreitou os olhos, desconfiada. Não ia dar certo. Precisava parecer uma autoridade num uniforme da Primeira Ordem, não um Corelliano embriagado apanhado num ato de traição. Empertigou-se, puxando a identidade do bolso e pensou em seu chefe. – Do que se trata? – ele perguntou, imitando Winshur Bratt da maneira mais altiva possível. – Se houver algo errado, devo informar à Primeira Ordem. Duvido que a CorSec tenha condições de lidar com isso. – Ele deixou o desprezo escorrer por sua voz.

A mulher pegou a identificação e a colocou no datapad portátil. Ele conseguia ver suas informações na tela. Nome, residência, detalhes do trabalho. Algumas coisas que não sabia que eles rastreavam, como relações de amizade. Ele corou quando viu o nome de seu ex aparecer. Monti não pensava nele havia séculos e preferia não ter sido lembrado.

– Nada com que não possamos lidar, senhor – disse a mulher. – Relatos de atividade do Coletivo na área.

– Coletivo?

– Pintura facial branca, lenços de cabeça brancos. Conhecido membro criminoso.

– Não posso dizer que tenha visto alguém assim, e parece-me ultrajante estarem assediando cidadãos inocentes por causa de um criminoso com o qual vocês não... – ele se interrompeu quando os olhos da policial bateram em seu almoço.

– Dois pratos de lula salgada? – ela perguntou desconfiada.

Um momento de pânico, mas Monti pensou novamente em Winshur e ergueu o queixo, olhando para ela.

– Existe alguma lei contra quem aprecie lula salgada?

Ela o encarou, com a boca contraída. Pensando bem, Monti duvidava que a CorSec realmente se meteria com ele, que era da Primeira Ordem, afinal de contas, enquanto eles eram apenas locais. Locais que obviamente não apreciavam a sua presença, mas certamente não gostariam de causar um incidente por causa disso. Se ele se mantivesse calmo, ficaria bem. Assim esperava.

A outra policial se juntou a eles.

– Ninguém viu o suspeito – disse a parceira. – O lugar está limpo.

– Verifique os banheiros.

– Por quê? Se ninguém o viu...?

– Apenas faça o que eu disse.

Monti pensou em protestar, em causar uma distração, mas o quê? Com certeza a figura misteriosa poderia lutar e conseguir fugir. Não é isso que os criminosos fazem? Monti fechou os olhos por um momento. Estava nas mãos do destino agora.

A parceira se aproximou dos banheiros parecendo irritada, e Monti se preparou para o que estava por vir. A policial sacou sua arma, um longo cassetete eletrificado, e chutou a porta para abri-la, com a arma levantada. Entrou e a porta se fechou atrás dela. Monti prendeu a respiração.

Após um momento, a porta se abriu e a policial saiu sozinha.

– Vazio – disse ela. – Como eu lhe disse.

A parceira resmungou e devolveu a identificação de Monti.

– Desculpe o incômodo, senhor – disse ela, não parecendo particularmente arrependida. Fez um gesto para a parceira e as duas se afastaram. Monti observou-as fazer o caminho de volta por entre as mesas, passar pelos clientes indiferentes e pela porta da frente. Somente quando estavam fora de vista ele ousou respirar de novo.

Monti exalou, tossindo furiosamente. Suas mãos tremiam e ele as apertou em torno da caneca de cerveja vazia até que parassem. Depois de alguns instantes, levantou-se sobre as pernas bambas e caminhou até o banheiro. Abriu a porta, hesitante, e olhou para dentro. Viu apenas um vaso sanitário, uma pia e paredes claras. Completamente vazio. Espiou a janela. Era pequena, mas grande o suficiente para uma pessoa pequena e inteligente se espremer por ela em uma emergência.

Uma risada histérica escapou de seus lábios e só se intensificou quando ele percebeu que sua mochila e o datapad que ela guardava não estavam à vista. A figura podia ter escapado e provavelmente copiara os dados, mas Monti não tinha mais o datapad para devolver à mesa de Winshur sem ser visto. Ele parou de rir, engolindo em seco para conter as lágrimas de terror. Ele seria preso por isso. Apanharia. Seria torturado para extraírem informações e, depois, provavelmente condenado por traição e executado. Ou talvez ele se juntasse àqueles pobres prisioneiros patéticos, enviado a algum planeta anônimo para trabalhar até morrer. Tonto, ele se largou contra a parede e deixou-se deslizar por ela. O choro ameaçava sacudir seu corpo, mas ele o deteve por pura força de vontade. Surpreendentemente, não se arrependia. Estava feliz por ter feito aquilo. Que bom que as informações da lista estavam divulgadas agora. Acreditava que valera a pena.

Vou fugir, pensou. Simplesmente fugir. Desaparecer na cidade, talvez se juntar a esse Coletivo secreto. Ou até mesmo deixar o planeta e refugiar-se em algum lugar na Orla Exterior, onde a Primeira Ordem nunca o encontraria.

Impulsionado por esse fiapo de sonho, ele se levantou. Respirou fundo três vezes até se sentir quase normal e, então, de costas eretas e sentindo-se resoluto, saiu do banheiro do Dead Aeronaut. Ele se deteve em seu assento para deixar créditos suficientes para cobrir as contas dele e da figura misteriosa e depois se encaminhou para a porta da frente. A princípio, seus passos se arrastaram, pesados e impossíveis, mas, quando percebeu que perder o datapad significava que havia ganhado uma espécie de liberdade, eles ficaram mais leves. Ele poderia ser procurado, caçado pelo resto da vida, mas renasceria em algum lugar e como um novo alguém.

O único problema era que ele gostava de ser Monti Callas.

Quando chegou à saída, estava se arrastando novamente, lágrimas ameaçando afogá-lo.

– Callas – Smokey chamou-o do canto do bar. Sua voz era rascante e trêmula, razão pela qual todos os clientes o chamavam de Smokey.

Monti parou.

– Seu amigo deixou isto para você. – O velho levantou uma mochila de couro e a entregou por cima do balcão. Monti a pegou com mãos vacilantes, soltou o fecho e espiou no bolso da frente. O datapad estava lá.

Monti caiu contra o balcão, soluçando de alívio. Sentia seu estômago revirar e reprimiu a ânsia de vômito que ameaçava se manifestar como almoço meio digerido e cerveja azeda. Passado um instante, sentiu uma velha e nodosa mão afagando seu cabelo.

– Pronto, pronto – disse Smokey. – A lula salgada não é tão ruim assim, é?

CAPÍTULO 15

POE CHEGOU À BRIGA no momento exato em que um dos pilotos que Wedge trouxera do Esquadrão Fantasma deslizava pelo chão, seus pés escorregando em uma faixa de sangue.

– Que diabos...? – Poe murmurou, assimilando a cena. À sua esquerda, estava a ex-Imperial Teza Nasz. Ela respirava com dificuldade, seu peito subindo e descendo rapidamente. Tinha um corte em um dos supercílios que sangrava sem parar, correndo-lhe pelo ocre das bochechas e pingando no chão polido como rubis contra a pedra negra. A mulher avançou, um feixe de músculos, mas Jess se apressou para detê-la. Ela agarrou o braço da mulher, puxando-a para trás, proferindo palavras de súplica que Poe não conseguia ouvir de tão longe.

À sua direita, Wedge e outro homem estavam ajudando o piloto do Esquadrão Fantasma que Poe não conhecia a levantar-se do chão sob seus protestos de que estava bem e não precisava da ajuda deles.

As pessoas haviam se aglomerado em volta dos dois combatentes, claramente prontas para torcer pela luta. Poe olhou seus rostos. Eram uma bela mistura de veteranos rebeldes – a turma grisalha que sobrara da guerra contra o Império – e caras novas que mal pareciam ter saído da escola de voo, se é que alguma vez frequentaram a escola de voo. O absurdo de tudo isso passou por sua mente. Os velhos e os jovens, ambos envolvidos nessa guerra, lutando pelas mesmas coisas, mas de certa forma lutando entre si. *Poderiam muito bem esmurrar a própria cara*, ele pensou. Esse último pensamento o deteve. Era isso que Maz estava tentando lhe dizer? Que ele estava lutando contra si mesmo?

– Poe Dameron – uma voz familiar o chamou. Poe afastou o pensamento perturbador de sua mente e desviou o olhar, deparando com seu antigo instrutor de voo, Wedge Antilles.

– Antilles – ele disse, com a voz permeada de raiva. – Que diabos está acontecendo?

– Agoyo deu o primeiro golpe – esclareceu Norra Wexley. Ela estava parada ao lado de Wedge, visivelmente avaliando a ex-Imperial com o que parecia ser admiração.

– Eu não me importo – retrucou Poe, em parte indignado, em parte cansado. – Estamos todos do mesmo lado. O que está acontecendo? – Ele gesticulou na direção do círculo de espectadores.

– Pois você deveria se importar! – gritou o jovem piloto que Norra havia chamado de Agoyo. Ele estava de pé novamente, mas o uniforme que vestia exibia uma mancha de sangue que não era dele. Aquele também não era seu uniforme. Ou pelo menos pertencia a outra pessoa antes de Agoyo pegá-lo para si. Para começar, era pelo menos um número maior, mas o que realmente entregava era o emblema do Esquadrão Fantasma. Aquele garoto era muito jovem para fazer parte do Esquadrão Fantasma.

Poe levantou uma sobrancelha.

– Identifique-se, piloto. – Ele odiou chamar a atenção do jovem por seu mau comportamento, mas também sabia que naquele momento precisava pôr um fim no que quer que fosse aquilo, antes que se transformasse em rancor permanente e as coisas se complicassem ainda mais.

Agoyo afastou os cabelos pretos dos olhos, de forma desafiadora. Cruzou os braços finos sobre um peito estufado, e sua boca expressiva torcia-se agora demonstrando algo bem próximo de desprezo. Poe balançou a cabeça. Agoyo estava a um passo da insubordinação.

– Seu nome, piloto – ele repetiu, escandindo as sílabas.

– Pacer – o garoto praticamente esbravejou. – Pacer Agoyo.

– Pacer. – Poe assentiu a título de confirmação. – Você sabe quem eu sou?

Pacer confirmou com a cabeça.

– Poe Dameron.

– Não. Eu sou o seu comandante – Poe o corrigiu. – E, francamente, neste exato momento não estou nada impressionado com o que vejo. Sei que veio de muito longe para se juntar a nós... – Ele deixou a afirmação em aberto até Pacer esclarecer:

– Nuja. Meu pai voou com o Esquadrão Fantasma em Kashyyyk, mas ele está morto. Então, vim eu.

Isso explicava o uniforme.

– Agradeço por seu pai ter servido e por sua disposição em ingressar na Resistência, mas, infelizmente, parece que você não se encaixa bem nesta missão. Pode ir embora. – Poe, com muita determinação, deu as costas ao piloto. Pequenos suspiros de choque ecoaram ao seu redor, e então veio o silêncio. Seus olhos encontraram os de Leia. Ela estava parada atrás de todos, assistindo.

Poe ouviu Pacer fazendo menção de ir atrás dele. Então inclinou a cabeça para indicar que estava esperando.

Por fim, Pacer falou:

– Poe... Quero dizer, Comandante Dameron. E-eu quero ficar, senhor. Por favor. Acontece que...

Poe quase podia sentir a emoção fluindo do jovem piloto como uma coisa viva. O garoto estava completamente envolvido naquilo, o que quer que fosse. Não era vergonha, não era arrependimento... era espírito de justiça. Espírito de justiça e raiva.

Ele se virou.

– Acontece que o quê, Agoyo?

Pacer não estava olhando para ele. Estava focado em Teza Nasz. E seu olhar era fulminante, toda aquela raiva borbulhando na superfície.

– Vocês se conhecem? – Poe quis saber, uma suspeita se formando em sua mente.

– Ela matou o meu irmão! – Pacer rosnou. Ele avançou um passo, os punhos se erguendo.

– Agoyo! – Poe bradou decidido, chamando a atenção do jovem para si.

Pacer se deteve.

– Foco em mim – ordenou ele, e agora seus olhos se encontravam. – Você vai parar de ameaçar Teza Nasz, ou vou colocá-lo numa cela até que se acalme. Estamos entendidos? – Poe se perguntou se eles sequer tinham uma cela, mas certamente poderiam improvisar, caso fosse necessário. Ele esperava que não fosse.

Pacer Agoyo empalideceu. Wedge, que estava parado perto do jovem e observava tudo, colocou a mão no braço de Pacer e se inclinou para sussurrar em seu ouvido. A princípio, Poe achou que Agoyo fosse repeli-lo, mas, em vez disso, parte da raiva borbulhante do rapaz pareceu se dissipar, e ele deixou Wedge trazê-lo de volta à razão.

Poe deu um suspiro silencioso de alívio e fez uma anotação mental para se lembrar de falar com Wedge mais tarde. Mas, antes, tinha de obter também a cooperação de Teza Nasz.

– E então? – Poe questionou-a, virando-se para a ex-Imperial. Não sabia quase nada a respeito da mulher, mas teria de descobrir rapidamente. A questão que todos estavam evitando não podia mais ser ignorada. Ele precisava da adesão de todos, ou aquilo não funcionaria. Mágoas profundas, desconfiança e rancor pessoal destruiriam essa nova Resistência tão rápido quanto um ataque da Primeira Ordem.

Teza virou o rosto pintado e manchado de sangue na direção de Poe.

– É possível que eu tenha matado o irmão dele – admitiu ela com frieza –, mas não me lembro. – Ela endireitou o corpo, que tinha quase dois metros de altura, os olhos percorrendo o grupo todo reunido.

– É possível que eu tenha matado os irmãos de todos vocês. E primos. E mães, pais e ex-namoradas. – Seu tom de voz era desprovido de emoção e inclemente. – Era o meu trabalho.

– Então, por que você está aqui? – Poe questionou, com a voz calma, inquisitiva, mas não acusadora.

Teza voltou a se concentrar em Poe, parecendo levemente surpresa.

– Porque foi errado – ela disse simplesmente. – Mas eu não sabia disso na época.

– Você era jovem e ambiciosa – disse Poe, oferecendo um palpite –, então, juntou-se ao Império.

Sua suposição foi recompensada com um surpreso aceno de cabeça em confirmação.

– Faminta, principalmente – ela murmurou –, mas sim.

– Você se juntou ao Império – disse Poe, seus olhos vagando pelo grupo até se deterem em Wedge –, assim como você.

O homem mais velho piscou de perplexidade, mas não hesitou.

– Não é segredo algum que frequentei a Academia Skystrike – defendeu-se ele, estendendo as mãos. – Mas saí assim que percebi o que o Império estava fazendo.

Poe assentiu com a cabeça, em aprovação, e se virou para Zay.

– E a sua mãe também – disse ele.

– Minha mãe era uma oficial Imperial – contou calmamente Zay. – Mas ela desertou. Ela e meu pai. Eles morreram pela Resistência. Pergunte a Leia. Ela sabe.

– Suralinda? – Poe a chamou, erguendo levemente a voz.

Suralinda estava sentada em um banco, assistindo à cena diante de si, seus olhos brilhando, sem dúvida fazendo anotações mentais para outra matéria.

– Nunca me importei muito com nenhum dos lados – ela admitiu abertamente. – Eu estava pronta para vender segredos da Resistência, se isso me desse o que eu queria. Oh, espere, eu fiz isso. – Ela riu das expressões de espanto ao seu redor. – Relaxem – disse ela. – Eu mudei o meu ponto de vista.

Poe sorriu contrafeito e tentou não pensar em gritar com ela para que escolhesse suas palavras com um pouco mais de cuidado, mas ela havia provado o seu argumento.

– E você? – perguntou Poe, voltando-se finalmente para Finn, que estava parado ao fundo, ao lado de Rey.

Finn adiantou-se imediatamente.

– Eu era um stormtrooper, mas agora sou escória rebelde – afirmou ele, pressionando o punho fechado sobre o coração. – Até o fim.

– O que estou querendo demonstrar aqui – disse Poe, voltando-se para Agoyo – é que muitos de nós tiveram começos questionáveis, mas a forma como acabamos é que conta.

– Meu pai era Darth Vader – observou Leia, projetando sua voz de modo que soasse claramente pelo ambiente. – Alguém aqui quer questionar minha lealdade à Resistência?

O lugar tornou-se respeitosamente silencioso. Poe assentiu em agradecimento, e ela retribuiu o gesto antes de recuar.

– Agora, há mais alguém com algum ressentimento que precisa ser extravasado? Tem alguma coisa que está incomodando? Alguém que mal pode esperar para enfiar uma faca no outro assim que virar as costas? – Alguns riram disso, como era sua intenção, e a tensão diminuiu um pouco. Ele esperou mais um momento até parecer que ninguém falaria, começou a passar a palavra para Leia quando uma nova voz gritou no meio do grupo.

– Eu tenho uma pergunta.

Poe mordeu o lábio para não praguejar. Era um dos antigos pilotos rebeldes, alguém que Wedge encontrara do Esquadrão Fantasma original. Ele se assemelhava a um humano, mas sua pele era acinzentada, e sua cabeça, desprovida de pelos, fosse pela genética, fosse intencionalmente. Poe não o conhecia, mas reconheceu seu tipo imediatamente. Pelo modo como se postava, com uma perna projetada para a frente, ombros para trás numa atitude de enfrentamento. Ele ia ser um pé no saco, mas também parecia alguém que os outros pilotos seguiriam. Poe tinha a sensação de que precisava do sujeito do lado deles, sendo um criador de caso ou não.

– Continue – encorajou-o.

O veterano apontou o dedo para Poe.

– E quanto a você?

– E quanto a mim o quê?

– Eu ouvi as histórias – disse o homem. – Sobre o que aconteceu na *Raddus*. Com Holdo. – O homem bateu no peito. – Eu lutei com Holdo. Ela era uma boa líder.

Poe sentiu-se enjoado. O pânico manifestou-se em seu peito, e suas mãos estavam úmidas. Uma vozinha lá no fundo lhe gritava que havia sido pego, que seu pior pesadelo estava se tornando realidade. Parte dele queria se esconder, recuar e deixar alguém lidar com isso antes que ele estragasse tudo de novo, mas a advertência de Maz ecoou em sua cabeça. Ele era ou não um líder? Toda a sua conversa sobre dar o seu sangue, suor e lágrimas à sobrevivência da Resistência era só conversa? Ou ele estava falando sério?

Ele se forçou a respirar fundo e depois expirar. Encarou de frente o olhar acusador do homem.

– Eu concordo – disse Poe simplesmente.

– Você *concorda?* – o veterano zombou. Ele apoiou as mãos enormes nos quadris. – Não foi isso que ouvi, Poe Dameron. Não foi isso que nenhum de nós ouviu.

Ele apontou para os pilotos ao seu redor. Wedge e Norra também, mas Poe não sabia dizer se eles concordaram ou se foram pegos no fogo cruzado. Snap, que estava à direita de Wedge, parecia vermelho e pronto para defender seu líder de esquadrão. Ocorreu a Poe que Snap devia ter contado a Wedge o que aconteceu, e Wedge devia ter contado ao Esquadrão Fantasma. Não por ressentimento, mas porque esses eram os fatos e as pessoas mereciam conhecê-los antes de confiar suas vidas a ele.

– É você quem deveria estar na cela – disse o veterano, sentindo-se encorajado. – Ou, melhor ainda, ser lançado no espaço pela câmara de descompressão.

Houve grunhidos e murmúrios de aprovação, e Poe sentiu-se desolado. Eles tinham razão, até certo ponto, mas também não estavam lá. Não viram suas forças dizimadas, não sentiram o desespero, o medo. Poe era um homem de ação e tinha sido colocado de castigo, deixaram-no impotente, e quase reduzira tudo a cinzas porque não conseguira aceitar isso.

– Você tem razão – reconheceu Poe, alto o suficiente para que todo o grupo o ouvisse. – Tem toda a razão. Desobedeci a uma ordem direta, liderei um motim, por minha causa pessoas morreram. E, se você acha que isso não está me consumindo, que não me assombra todos os dias, a cada minuto, então você não sabe de nada.

Houve uma inquietação, alguns dos pilotos murmurando, mas eles continuaram prestando atenção.

– E sim, você poderia me trancar numa cela ou me atirar no espaço, mas diga-me: como isso ajudaria a Resistência? Como isso derrubaria a Primeira Ordem? Porque, acredite, se eu achasse que a minha morte os derrubaria, eu me sacrificaria num piscar de olhos. – Ele estalou os dedos.

– Poe – disse Finn, balançando a cabeça.

Poe começou a advertir Finn para ficar longe, mas Jess se adiantou.

– Poe é meu líder de esquadrão e confio minha vida a ele. Não há mais ninguém que eu queira liderando o Esquadrão Negro.

– Ele salvou as nossas peles em Grail, apenas alguns dias atrás. – Era Karé.

– E ele salvou a minha em Jakku – disse Finn.

– E a minha em Crait – alguém mais se manifestou.

– E a minha – surgiu outra voz.

Os depoimentos foram num crescendo, uma dúzia de homens e mulheres dando seu testemunho.

Poe baixou a cabeça, impressionado. Era mais do que poderia ter pedido, mais do que merecia.

Por fim, as declarações cessaram e uma calma se instalou entre os presentes. Ele voltou a erguer a vista, examinando os rostos, parando por um momento para sorrir para Finn e assentir para Wedge, desejando que o apoio deles não permitisse que sua voz fraquejasse. Havia mais uma coisa a dizer.

– Todos nós fizemos escolhas – disse Poe. – Escolhas que causaram danos, que levaram à destruição, às vezes até à morte. Todos nós somos responsáveis por nossas ações. As grandes e as terríveis. Mas, se nos definirmos apenas pelo que fizemos de errado, apenas pelos nossos fracassos, então essa Resistência, essa faísca de nada, morre aqui e agora.

Ele aguardou por um momento, mas ninguém o interrompeu. *Continue*, disse a si mesmo.

– Estamos todos aqui porque temos uma chance de mudar as coisas. Uma chance de mudar a galáxia. Uma chance de mudar a nós mesmos. Mas temos de assumir esse compromisso. Essa escolha. A escolha... – Poe hesitou. Parecia bom quando começou, mas agora ele estava se atrapalhando. Ele olhou em volta como se estivesse tentando invocar as palavras do ar ao seu redor.

– A escolha de sermos melhores. – Uma voz atravessou o silêncio, e Zay, a garota, deu um passo à frente. Ela era jovem, facilmente a mais nova entre eles, mas sua voz soou nítida e forte e seus olhos brilhavam com convicção.

Poe pressionou um punho contra o coração, agradecido. Lá estava.

– A escolha de sermos melhores – ele repetiu.

Sussurros se espalharam, as pessoas assentindo e sorrindo em aprovação. Alguém bateu palmas, mas o som esmoreceu rapidamente quando mais ninguém se juntou. Poe apreciou mesmo assim.

Wedge disse algo que Poe não conseguiu ouvir, fazendo todo mundo ao seu redor rir, e a tensão se dissipou como se nunca tivesse existido. O grupo começou a se dispersar, os pilotos voltando para cuidar de suas naves, homens e mulheres famintos perguntando sobre comida, roupas limpas ou outras necessidades mundanas, a briga e o que a motivara já esquecida por aqueles patriotas devotados à causa.

Zay ficou à toa, seus olhos vagando pelo lugar, as mãos enfiadas nervosamente nos bolsos. Ela parecia a adolescente que era.

– Obrigado pela assistência – disse Poe, aproximando-se dela.

Ela assentiu, um rubor tomando suas bochechas.

– Não quis interromper. Só senti que era correto, o que você disse.

– Não, eu agradeço. – Ele sorriu e passou a mão pelos cabelos. – Eu estava me perdendo lá.

Ela deu de ombros.

– Você estava indo bem.

– Seus pais eram pilotos? – ele perguntou.

– Sim. Meu pai era mais um engenheiro, mas mamãe... mamãe adorava pilotar.

Ele sorriu.

– A minha também.

– Legal.

A voz de Leia chamou sua atenção.

– Comandante.

– Tenho que ir – disse ele a Zay, e apressou-se a ir até onde Leia estava, junto a um grupo menor.

Leia já havia reunido sua nova liderança ao seu redor. A maioria eram pessoas que Poe já esperava ver – grande parte da tripulação da *Falcon*, Orrimaarko, Rieekan, Antilles, os Wexley e Shriv Suurgav –, mas outros – Nasz e o veterano que o desafiara – foram uma surpresa.

– Gostaria que todos vocês se juntassem a mim e ao Embaixador Yendor para um chá – convidou Leia. – Há muitas coisas que precisamos discutir, e pouco tempo para fazê-lo.

CAPÍTULO 16

POE ASSOBIOU BAIXO, admirado, quando passou pela porta de pedra vinho e entrou no que Leia chamara de biblioteca de Yendor. O lugar poderia ter sido uma biblioteca um dia, mas agora era uma sala de guerra completa. Uma grande mesa redonda fora colocada no centro do lustroso piso de obsidiana e, acima dela, erguia-se o vago contorno de um texto em holograma. Poe podia ver o que pareciam ser listas de inventário alarmantemente curtas: pessoal, naves, rações e vários outros déficits logísticos. Ele sabia que a Resistência não tinha muito, mas constatar a cruel realidade discriminada de forma tão objetiva era perturbador. O grupo que Leia havia trazido com ela estivera falando baixo entre si, um resquício das emoções da noite mantendo a conversa animada, mas, quando todos se reuniram ao redor da mesa, uma profunda seriedade se abateu sobre eles.

Leia postou-se entre o grupo, uma pequena figura que irradiava poder. *Mas a que custo?*, Poe se perguntou. Ela não podia estar bem, não depois do que passara. Ela deve estar fazendo das tripas coração para prosseguir. *E é meu trabalho ajudá-la nisso*, ele lembrou a si mesmo. *Eu deveria ser seu braço direito, seu segundo em comando e, mais importante, seu amigo*. Ele se sentira encorajado com a cena no hangar momentos antes, mas sabia que precisava falar com Leia também. Checar se ela estava bem.

Uma mão pesada desceu sobre seu ombro, ele olhou para cima e deparou com o veterano que o desafiara sorrindo para ele. O sujeito era mais alto do que qualquer um ali, até mesmo a ex-Imperial. O homem apertou seu ombro e Poe jurou que pôde sentir algo estalando.

– Eu me chamo Sanrec Stronghammer – o veterano se apresentou – e quero que saiba que o perdoo, Poe Dameron. – A voz de Stronghammer era um ronco grave. – Só não pense em me desafiar quando eu estiver no comando. – Seu sorriso se abriu mais, mostrando uma boca cheia de dentes quebrados. – Ou mato você.

Poe sentiu pequenas gotas de suor na testa.

– O que você disse que vem fazendo desde a Batalha de Jakku?

Stronghammer coçou a áspera barba prateada, que era um tom mais clara que sua pele cinzenta, e encolheu os ombros.

– Eu era segurança.

– De quem?

Stronghammer deu de ombros.

– De quem pagasse. – Ele deu de ombros novamente. – Não tenho orgulho disso. Mas eu precisava comer.

– Não pilota?

O grandalhão olhou para longe, os olhos cinzentos marejados.

– Faz quase vinte anos que não piloto uma nave e de repente Antilles me chama. Sinceramente, não esperava ter outra chance. Não fazem X-wings do meu tamanho.

Poe não teve a menor dificuldade para acreditar nisso.

– O que você gosta de pilotar?

– Ah, me dê um U-wing e lhe mostro como um piloto de verdade faz, Dameron.

Uma nave enorme, sem dúvida. Mas de jeito nenhum poderia superar Poe em um X-wing. Por outro lado, Poe não tinha mais um X-wing.

– Não estamos numa competição – disse Poe, pensando em seu íntimo que poderia fazer o grandalhão engolir fumaça, com ou sem um X-wing.

– Está com medo de tentar?

– Não tenho medo de nada – zombou Poe, e era quase verdade. Não tinha medo de ninguém e muito menos de Stronghammer. Mas estava bem ciente de que não queria decepcionar Leia e a Resistência novamente; isso, ele temia.

– Uma aposta então? – Stronghammer perguntou, erguendo maliciosamente a sobrancelha.

– Você realmente acha que poderia me superar?

O grandalhão inclinou-se para perto.

– Acho, não: tenho certeza.

Os dois homens riram e Poe relaxou. Isso era bom, a brincadeira. A camaradagem implícita. Ele não pôde deixar de sentir que havia passado em um teste. Mas ele falara mesmo a sério antes, no hangar. Estava determinado a honrar a Resistência, a compensar seus erros e a deixar orgulhosos Holdo e os outros que perderam a vida.

– Fechado, então – disse Poe. – Assim que conseguirmos um U-wing. – Os dois homens apertaram as mãos, a palma de Stronghammer engolindo a de Poe. Poe começou a retirar sua mão, mas Stronghammer a segurou firme.

– Se eu ganhar, você corta o seu cabelo como o meu, hein? – Stronghammer sussurrou com uma piscadela.

– O quê?

– Assim vou saber que você está falando sério. E que realmente vai tentar.

Agora não havia como voltar atrás e, além disso, ele venceria. Tinha que vencer. Ele amava o seu cabelo.

– De acordo.

O grandalhão assentiu e deu um tapinha nas costas de Poe com tanta força que ele tropeçou um passo à frente. Bem, pelo menos eles não estavam lutando corpo a corpo. Stronghammer o esmagaria no chão, mas ninguém o batia no espaço.

– Estou feliz que vocês estejam aqui. – A voz de Leia cortou todas as conversas paralelas, num tom calmo, mas forte. Poe e os outros voltaram sua atenção para ela. – Sei que, para muitos de vocês, juntar-se a nós significa um grande custo pessoal com pouca esperança de sucesso. Não posso prometer que vamos sobreviver a isso. Que todos nós ainda estaremos vivos amanhã, ou no dia seguinte. Mas posso prometer uma coisa. Lutarei ao lado de vocês até o fim.

Fez-se silêncio enquanto todos absorviam a verdade em suas palavras. A verdade calou fundo em Poe também. A esperança estava lá, mas aquela era a última defesa.

– Se me permite dizer algo mais – disse Norra Wexley. Leia fez sinal para ela continuar. Norra levantou o queixo, os olhos brilhando na luz lançada pelo holograma. – Todos nesta sala sabem no que se meteram, General. Esta não é a nossa primeira batalha, embora possa ser a última. Não há "lares" para nós. Fizemos nossa escolha. Este – ela gesticulou em volta da mesa – este é o nosso lar agora. A Resistência é a nossa família. E, assim como você, estamos prontos para morrer por ela.

Leia baixou os olhos, mas não antes que Poe visse neles o brilho das lágrimas.

– E o restante de vocês? É assim que todos se sentem?

– Sim – disse Poe, no mesmo instante.

– Sim – Orrimaarko também se manifestou.

Seguiram-se outros "sins" e um "sim, caramba" de Stronghammer.

Quando Leia olhou para cima, seus olhos estavam secos.

– Então, temos trabalho a fazer. Yendor? – Ela deu um passo atrás, cedendo-lhe o espaço.

Yendor avançou. Era um belo Twi'lek, que se distinguia tanto pelas vestes longas quanto pelos modos imponentes.

– Bem-vindos a Ryloth – ele disse, com simplicidade. – Como Leia, agradeço a cada um de vocês por tudo o que sacrificaram. Estamos todos aqui com o mesmo objetivo: resistir à tirania da Primeira Ordem. – Seu rosto ficou nublado momentaneamente, como se estivesse perdido nas próprias lembranças. – Nós, de Ryloth, sabemos uma coisa ou duas sobre tomar posição contra a tirania.

Alguns assentiram com a cabeça, mas Poe não estava familiarizado com a história de Ryloth. Ele fez uma anotação mental para perguntar a C-3PO sobre isso mais tarde.

– Eu, meus filhos e aqueles que fazem parte da Defesa da Soberania de Ryloth oferecemos a vocês tudo o que temos, mas, como podem ver, somos poucos.

– Você contatou os aliados da Resistência em Crait, não foi? – Rieekan disse, virando-se para Leia. – Outros virão.

Leia fez uma careta, formando rugas em torno da boca.

– Até agora, os únicos aliados que conseguimos alcançar são aqueles que você vê à sua frente. Suspeitamos que a Primeira Ordem esteja cercando e aprisionando aqueles que simpatizam com a Resistência, e pensamos que descobriram como bloquear nossas frequências, mas não temos certeza. Não podemos confiar em reforços. Não neste momento.

Rieekan franziu a testa.

– Sabemos se os rumores sobre o cerco são verdadeiros? Esse é um passo ousado para um movimento sem governo oficial.

– Eles destruíram Hosnian Prime – disse Wedge, com a voz carregada de raiva. – Acho que ousadia não é um problema para eles.

– Eu só quis dizer que eles não têm infraestrutura para abrigar prisioneiros, não é? – Rieekan desculpou-se, solícito.

– Claro que têm – respondeu Norra. – Acho que você subestima quão enormes eles se tornaram.

– Além disso, de que eles precisam? – perguntou Wedge, sem ceder ao argumento. – Alguns governos locais que façam vista grossa, alguns buracos escuros para desaparecer com as pessoas. Não é difícil.

Outro Twi'lek a quem Poe fora apresentado apenas brevemente se inclinou sobre a mesa.

– Por falar em governos locais – disse Charth –, todos devem entender que, embora Ryloth os receba em seu momento de necessidade, houve uma complicação.

– Uma complicação? – Norra perguntou.

– A Primeira Ordem chegou a Ryloth – explicou Leia. – Não por nossa causa – apressou-se em esclarecer, cortando as vozes preocupadas que já começavam a fazer perguntas. – Até onde sabemos, eles não estão cientes da nossa presença aqui.

– Então o que eles querem? – perguntou Stronghammer.

– O de sempre – disse Charth. – Dinheiro. Poder. Eles querem cobrar tributo sobre as nossas rotas de transporte para arrecadar dinheiro para reconstruir as naves que perderam lutando contra a Resistência. – A declaração de Charth não teve um tom acusatório, mas houve um momento de silêncio tenso. Ele rapidamente seguiu em frente. – É claro que recusaremos, mas isso coloca a todos nós, Ryloth e a Resistência, em uma situação precária.

– Sugiro que ajamos rapidamente – disse Leia. – Dados nosso tempo e nossas limitações, estou mais preocupada em reconstruir nossas forças, dando-nos mais uma semana, outro mês. Uma fundação. Eu esperava ter tempo para encontrar mais lideranças, mas... – Ela olhou em volta da mesa, fazendo contato visual. – Eu quero ideias.

– Naves – disse Poe. Ele estendeu a mão sobre a mesa, passando a mão pelo holograma que pairava sobre a mesa redonda. Ele fez uma pausa, seu dedo destacando o inventário das naves. – Isso está atualizado? – ele perguntou para a sala.

– Sim – disse Rey do seu poleiro no canto. Ela estava tão quieta que Poe não a havia notado até que falasse. – Vi a contagem de Rose das naves que chegaram antes de nos encontrarmos aqui.

Poe assentiu em agradecimento.

– Vejo um punhado de caças, alguns transportadores, um iate. Não é uma frota, e não podemos lutar e muito menos esperar vencer qualquer batalha contra a Primeira Ordem com equipamentos como esses. Precisamos de naves.

– Concordo. Como sugere que consigamos essas naves? – Leia perguntou.

– Poderíamos roubá-las – sugeriu Norra. – A Primeira Ordem está construindo naves de combates diligentemente. Como você – ela apontou para Charth – acabou de dizer.

Charth assentiu.

– O boato é que os estaleiros Corellianos estão trabalhando noite e dia para cumprir as metas.

Poe bateu as mãos.

– Então, vamos para Corellia.

– Chamaríamos muita atenção – respondeu Wedge. – E não temos pessoal suficiente para realizar um ataque.

– Envie-me com um punhado de pilotos e eu pegarei suas naves para você – disse Poe.

Leia levantou a mão.

– Wedge está certo. Não podemos arriscar os poucos pilotos que temos para obter um punhado de naves. Precisamos de um plano mais estratégico.

Poe pensou em discutir, mas se conteve. Ele não tinha jurado melhorar? Leia olhou para ele com expectativa, como se soubesse que ele odiava segurar a língua, mas ele não mordeu a isca. Ela sorriu em aprovação. Bem, isso já era alguma coisa, ele supôs.

– Bracca – disse Shriv. Os olhos se voltaram para ele, que deu de ombros. – É só uma ideia.

– Bracca é um planeta ferro-velho – disse Agoyo. – Eu sei disso. Tenho uma irmã que se mudou para lá para trabalhar e se juntou à Guilda dos Sucateiros. Eu não faria isso, mas... – ele encolheu um ombro – paga bem.

– Não precisamos de lixo – disse Poe. – Precisamos de boas naves. Naves utilizáveis.

– Bracca se tornou o local para onde a Primeira Ordem envia toda e qualquer nave capturada da Nova República para ser desautorizada e descartada – disse Finn à sala. – É um tesouro de naves do tipo que queremos. Peças de reposição também. Poderíamos consertar aqueles X-wings lá fora. Além disso, mendigos não podem ser muito exigentes, e vamos encarar os fatos: somos mendigos.

Ouviu-se um barulho, e todos eles se viraram. Era Connix, e ela ficou parada na porta sem fôlego, como se tivesse corrido para lá.

O pulso de Poe acelerou. Certamente o inimigo ainda não estava na porta deles.

– Chegou uma mensagem à *Millennium Falcon* – disse Connix, olhando para Leia. – De Maz Kanata. Ela disse que você gostaria de vê-la imediatamente, ou eu não teria interrompido.

– Pode passá-la para nós? – Leia perguntou.

Connix olhou para Yendor e ele assentiu. Charth postou-se ao lado de Connix enquanto ela levantava o datapad na mão. Eles conferenciaram e depois Connix inseriu os comandos apropriados. As listas de inventário desapareceram e, em seu lugar, subiu uma projeção quase em tamanho real da diminuta pirata espacial.

– Saudações, Leia – a voz de Maz ecoou na sala enorme. Ela olhou em volta. – Vejo que está indo bem arregimentando aliados para você.

O sorriso de Leia foi pequeno e contrafeito.

– Melhor seria se você tivesse se juntado a nós.

– Ah, claro, claro. Mas os caminhos da Força são misteriosos, e não era a minha hora.

Leia pareceu se arrepiar por um momento, mas sua voz soou calma e simpática quando falou:

– Ouvi dizer que tem novidades para nós, Maz.

– Sim! Dameron falou da lista?

– Uma lista de prisioneiros e dissidentes políticos da Primeira Ordem – confirmou ela.

– Não é apenas um boato. Eu vi a lista. Bem, partes dela.

Murmúrios correram a sala até Leia levantar a mão para silenciá-los.

– Como?

– Uma regra de ouro na minha vida: se você tem algo que vale a pena roubar, alguém acabará roubando.

Leia elevou a voz, divertida.

– Alguém roubou a lista?

– Felizmente, a ladra que adquiriu a lista é uma velha conhecida minha.

– Ela vai nos dar?

– Difícil de dizer. Nifera pode ser caprichosa. Ela gosta de jogos.

– Teremos de jogar um jogo para consegui-la?

– Não exatamente, porém... – Maz deu de ombros. – Ela vai realizar um leilão em sua festa de aniversário. Somente para convidados, e o leilão acontecerá em algum momento durante a festa. Leva a lista quem der o lance mais alto. Sabe como são os ladrões.

– Quando vai ser a festa e onde?

– Será realizada em Corellia, na cidade de Coronet. Quanto à data, vocês só precisam estar preparados para agir rápido quando a informação chegar. Devo saber em breve.

Um suave murmúrio de surpresa ecoou pela sala, mas Poe riu de orelha a orelha. O leilão lhes dava outra razão para ir para Corellia.

– Já que estaremos na cidade de Coronet, poderíamos aproveitar para roubar algumas naves – sugeriu ele.

– A Força opera de maneiras misteriosas – Leia murmurou. Mais alto, ela perguntou: – Maz, você disse que é apenas para convidados? Como poderemos...

– Eu já cuidei disso. Dois convites garantidos, e cada qual com direito a um acompanhante. Um para um atravessador bonito, mas sem escrúpulos, de Canto Bight e seu sócio júnior nos negócios, e outro para o embaixador de Ryloth e seu acompanhante. É o melhor que pude fazer nessas circunstâncias. Vocês terão de se virar com isso.

– Quem é o atravessador de Canto Bight? – perguntou Poe, confuso. – Não há ninguém assim na Resistência.

– Bem, claro que não, Dameron. Eu o inventei. Escolha alguém, quem você quiser. Mas – acrescentou ela, inclinando-se para a frente com um sorriso malicioso – eu estava pensando em você quando disse que ele era bonito. – Ela deu uma piscadela.

Poe franziu a testa. Stronghammer, que ainda estava ao seu lado, riu, batendo a mão em seu ombro.

– A baixinha está de olho em você – disse ele. – Acha você bonito.

Como Poe não sabia o que dizer sobre isso, não disse nada.

– Obrigada, Maz. Aceitamos os convites – disse Leia, poupando Poe de mais constrangimento.

– Leia – disse Rieekan. – Como vamos saber se essa lista existe mesmo?

– Quem disse isso? – Maz perguntou, inclinando-se para a frente, ajustando os óculos. – Hum... ela existe porque acabei de confirmar que existe. Você não me escutou? Eu já vi a lista.

– Você disse que viu uma lista parcial. Portanto, mesmo se admitirmos que a lista é real, como saberemos se ela é útil?

– Não precisa ser útil – interrompeu Poe. – São pessoas que estão sendo presas injustamente. Pessoas que estavam dispostas a falar em defesa do que é certo. É nosso dever libertá-las.

– Podem ser amigos e familiares – acrescentou Norra. – Poe está certo. Deveríamos ajudá-las.

– E nós vamos – assegurou Leia. – Mas Rieekan tem razão. Nossos fundos são limitados. Antes de nos comprometermos a gastá-los no leilão de uma ladra qualquer, deveríamos ter mais informações.

– Nós poderíamos roubar a lista – sugeriu Shriv. – Quero dizer, a lista foi roubada. Nós podemos roubá-la novamente.

– Essa é mesmo a melhor opção? – perguntou Poe, não convencido.

– Estamos falando em roubar naves, não estamos? – Shriv disse, dando de ombros. – Qual é a diferença?

– Tem uma diferença. Pegar alguns caças da Primeira Ordem é vingança – Norra deu razão a Poe.

– Eu preferiria não transformar a Resistência em um covil de ladrões – disse Leia com um suspiro. – Mas faremos o que tivermos de fazer.

– Vocês terão de pagar a reserva para poder entrar no leilão – disse Maz. – Depois disso, é com vocês. Mas, se forem pegos com a boca na botija, não haverá um julgamento e punição justos, como devem imaginar. Essas pessoas vão matá-los.

– Sua amiga parece encantadora – disse Leia.

– Que nada – disse Maz. – Rica, sim. Encantadora? Não. Encanto nunca foi o forte dela.

– Ainda acho que devemos ver quem e o que está nessa lista antes de nos comprometermos com qualquer ação – insistiu Rieekan. – Maz, você pode compartilhar o que tem?

– Vou mandar tudo criptografado. Depois que receberem, enviarei a chave separadamente. Vai demorar alguns minutos. – Um ruído soou ao fundo, e Maz se virou. – Tenho que ir – disse ela quando voltou. – Espero vê-los em Coronet. Especialmente você, Dameron. E vista algo legal. Ouvi dizer que esse sujeito de Canto Bight é um bocado elegante. – Ela pressionou a palma da mão na boca e enviou um beijo em sua direção. – Tchauzinho! – ela disse, e então se foi.

– Conseguimos a lista parcial? – Leia perguntou.

– Ela enviou os convites – disse Connix, os dedos se movendo habilmente pelo datapad. – E... sim, aqui está a lista. Mas ela tem razão. Veio criptografada. Teremos de esperar pela chave.

Leia assentiu.

– Alguma ideia, enquanto estamos esperando? – ela perguntou à sala.

– Mesmo se chegarmos à cidade de Coronet, e Poe e Charth e quem mais puder roubar algumas naves da Primeira Ordem, não será suficiente – disse Shriv. – Ainda precisamos de mais.

– Concordo – disse Leia. – É por isso que quero que vá para Bracca. Monte uma equipe. Leve quem você precisar e pegue o maior número possível de caças estelares.

Shriv riu.

– Você quer me dar o comando de um esquadrão?

– Quero.

– Estamos realmente desesperados – ele brincou.

Leia inclinou a cabeça.

– Quando você começou a suspeitar disso?

– Ok, ok. – Ele levantou as mãos de dedos longos em sinal de rendição. – É isso que eu ganho por abrir minha boca grande. Tudo bem. – Ele se virou para Pacer Agoyo. – Você, garoto. O que você está fazendo?

– O quê?

– Foi o que pensei. Você está na equipe. E Zay também. – Ele coçou o nariz inexistente. – Quem mais? Ei, Stronghammer, quer catar um pouco de ferro-velho?

– Leia – disse Wedge, contornando Shriv, que continuou a listar possíveis membros da equipe. – Sei que Maz acha que Poe deve ir atrás da lista, mas penso que devo liderar a equipe para Corellia.

Leia olhou para Poe e ele se aproximou para poder participar.

– Sou toda ouvidos – disse ela.

Wedge deu a Poe um meio-sorriso.

– Sem ofensa, Dameron, mas eu nasci lá. Conheço Coronet. Posso pegar essa lista para você.

Poe deu de ombros. Para ele, tanto fazia. Ele preferiria uma batalha em espaço aberto, algo que ele pudesse enfrentar cara a cara. Na verdade, esgueirar-se disfarçado não era o seu estilo preferido, mas ele faria o que Leia achasse necessário.

Leia levantou a mão.

– Calma, Wedge. Ainda não estou convencida de que esse seja o melhor uso para os nossos recursos. Vamos ver a lista antes de começarmos a fazer planos para...

– Aqui está – disse Connix. – Descriptografando e transmitindo...

Todos se voltaram para o holograma e aguardaram. O ar estava carregado de expectativa. Poe suspeitava que muitos na sala tinham amigos e familiares capturados pela Primeira Ordem. Pensar que alguns poderiam estar vivos, que poderiam ser encontrados... era pedir demais.

Finalmente, o holograma foi atualizado e uma imagem da Primeira Ordem apareceu na tela, o sol de dezesseis raios no centro de um hexágono, um símbolo que Poe passara a odiar. Após um instante, o emblema rolou para cima. O título SUBVERSIVOS apareceu, seguido por uma lista de nomes embaralhados e os últimos paradeiros conhecidos. Poe apertou os olhos para ler.

– Ei, Poe – disse Finn. – Finalmente você é o mais procurado na lista de alguém.

Poe franziu a testa, procurando o que Finn tinha visto. Havia alguém com o primeiro nome *P* e o sobrenome *D*, seguidos por uma mistura de números, letras e símbolos. Poderia ser ele, mas poderia ser também uma infinidade de indivíduos com suas iniciais. Quantos poderia haver na galáxia? Bilhões? Mas o último local conhecido fora inequivocamente listado como Crait. Isso reduzia muito as probabilidades.

Ele rapidamente vasculhou a lista em busca de outros nomes com Crait ao lado. Havia mais meia dúzia. Bem, não deveria ser uma surpresa que a Primeira Ordem soubesse quem eles eram.

– Essa é uma lista de alvos marcados para morrer – Norra estava com os olhos fixos no holograma, seu rosto fantasmagórico devido ao reflexo da luz. – É por isso que não conseguimos encontrar nossos aliados. Eles os estão caçando, um por um.

– Bem, eles não vão nos pegar – disse Finn com firmeza.

Os olhos de Norra desviaram-se brevemente em sua direção, com uma expressão de dúvida. Poe teve de concordar. Ter confiança era uma coisa boa, mas havia algo de arrepiante em constatar que a Primeira Ordem o conhecia pelo nome e estava tentando ativamente encontrá-lo.

A lista foi interrompida após vários nomes criptografados com o último local listado como Castilon e outra lista apareceu, com o título ATUALMENTE PRESOS. A lista, assim como a primeira, incluía nomes criptografados de indivíduos identificados apenas por suas iniciais, mas, em vez de "último paradeiro conhecido", havia "localização atual". Além disso, havia uma coluna com MOTIVO DA CONDENAÇÃO. Ali, ocupações eram listadas – senador, diplomata, líder sindical local, empresário, celebridade, atleta – seguidas pelo "crime" pelo qual a pessoa havia sido presa. Poe, atônito, soltou um assobio baixo. Os crimes pareciam uma piada, só que eram considerados todos muito graves – falar mal do Líder Supremo, caminhar por uma área restrita, questionar uma diretiva oficial, descumprir uma ordem direta.

– Então, essa tal ladra amiga de Maz pode decodificar esses nomes?

– Foi o que entendi – Leia murmurou, com os olhos focados na lista.

– É inteligente – disse Wedge. – O leilão, quero dizer. Oferecer informações suficientes para que as pessoas pensem que alguém que elas conhecem está na lista, mas sem garantias.

– As pessoas pagarão seus últimos créditos apenas pela possibilidade de encontrar seus entes queridos – concordou Norra.

– Quando tudo pode não passar de uma falsa esperança – disse Snap. – Pessoas tolas e sonhos tolos.

– Não há nada de tolo na esperança – Rey disse baixinho, mas Poe a escutou.

– Essas ocupações... – Nasz disse. – São pessoas de todas as esferas de atuação, não apenas aquelas diretamente associadas com a Nova República. Eles prendem qualquer pessoa que fale contra a Primeira Ordem? – Ela parecia impressionada.

– É o que parece – disse Snap. – Ei, C. H., atleta. Poderia ser Cutar Har? O campeão de grav-ball?

– Eu achava que ele estivesse morto – comentou Norra. – Ele não morreu nos Tumultos de Turclom?

– Aparentemente não – respondeu Wedge. Ele ergueu a mão como se tocasse o holograma com o dedo.

– Temos que ajudar essas pessoas – disse Finn.

– Concordo – afirmou Poe. – E veja algumas dessas outras ocupações. Senador, diplomata... Essa pode ser a liderança que estamos procurando. O que acha, General? – Ele se virou para Leia e suspirou surpreso.

Leia se apoiava com ambas as mãos na mesa fria de obsidiana para não cair. Parecia ter envelhecido anos naqueles poucos instantes. Sua cabeça pendia para baixo e, instintivamente, Poe estendeu os braços para ampará-la. Podia sentir a fragilidade de Leia em suas mãos, os ombros trêmulos. Quando ela olhou para cima, tinha os olhos cheios de lágrimas, mas os lábios se curvaram em um sorriso incrédulo.

– O que foi? – Poe perguntou, confuso com tal reação. – Você está bem? – Talvez aquilo tudo tenha sido demais. Ela deveria estar descansando; era seu trabalho liderar agora. – Precisa fazer uma pausa?

– É a lista – disse ela, e havia incredulidade em sua voz. Incredulidade e pura alegria. – E-eu nunca soube o que aconteceu. Achava que ele havia morrido.

– Quem? – Poe perguntou. Ele olhou para a lista, mas nenhuma das iniciais lhe era familiar.

– Um velho amigo – disse Leia. Ela deu tapinhas nas mãos de Poe, que ainda descansavam em seus ombros, o braço dele a sustentando. Ela se recompôs e ele deixou as mãos penderem. – E, se o que li estiver correto, ele está preso em Coronet.

– Leia? – Era Rieekan.

– Posso estar errada – ela admitiu. – Mas olhe. – Leia apontou para uma linha no meio da lista ATUALMENTE PRESOS. As iniciais eram R. C., a condenação dizia "Senador – Crimes contra o estado, conspiração, assassinato" e, com efeito, o local era a cidade de Coronet.

– Outra coincidência? – Rieekan perguntou.

– Não parece coincidência – Leia murmurou.

– Rieekan está certo. Pode ser uma armadilha – disse Norra. – Uma isca para nos levar a Coronet.

– Não – disse Poe. – A Primeira Ordem não desconfia que queremos naves de seus estaleiros e provavelmente ainda não sabe que essa lista foi roubada, muito menos que está sendo leiloada em Coronet.

– Quem é R. C., Leia? – perguntou Rieekan.

– Alguém que pensei que estivesse morto há muito tempo.

– Falsa esperança – disse Snap, brandamente.

Leia empertigou-se.

– É claro que você tem razão. Tenho consciência de que a chance de ser meu velho amigo é... improvável. Mas tudo se encaixa. E nós, de qualquer forma, estaremos lá. E eu simplesmente... – Ela balançou a cabeça, como se quisesse clareá-la.

– Então, vamos atrás da lista? – perguntou Poe.

Leia olhou ao redor da sala, constatando os acenos afirmativos.

– Sim. E das naves. E, se puderem, do Senador Casterfo.

– Leia – Yendor suspirou, parecendo surpreso. – Acha mesmo que pode ser ele?

Ela apertou os lábios e assentiu uma vez.

– E se não conseguirmos? – perguntou Poe. – E se ele não estiver lá, ou não for ele?

Leia exalou, e a luz que iluminara seu rosto momentos antes desapareceu.

– Então, sou uma tola. Mas isso não muda nossa missão. Nós resgataremos esses prisioneiros mesmo assim.

Poe assentiu. Isso era inteligente. Eles precisavam de uma vitória, e resgatar aqueles prisioneiros certamente seria uma vitória. Se alguns deles se revelassem líderes, bem, isso seria apenas um bônus. O que interessava mesmo era a lista SUBVERSIVOS. Essa lista poderia significar o futuro da Resistência. E, se pretendessem encontrar esse futuro, que sem dúvida estava espalhado pela galáxia, precisariam de naves. Era aí que Bracca entrava.

Três missões. Três equipes. Poe virou-se para Shriv.

– Já formou sua equipe?

– Ao seu dispor – respondeu o piloto Duros. – Pronta para buscar alguns caças estelares.

– Muito bem. – Poe apontou para si mesmo. – Eu liderarei a equipe que vai pegar a lista do leilão.

– Vou com você – prontificou-se Charth. O homem Twi'lek sorriu, exibindo os dentes pontudos. – O segundo convite era para um embaixador de Ryloth. Esse sou eu.

– Ou eu – disse Yendor, animado.

– Claro, pai. Eu não quis...

Yendor o interrompeu abanando a mão.

– Ficarei aqui com Leia para supervisionar as operações. Deixo as ações furtivas para os jovens.

– Precisamos de uma terceira equipe para libertar esses prisioneiros – disse Poe.

– Deixe comigo – falou Wedge. – Conheço a cidade de Coronet.

– Vou com você – exclamou Norra no mesmo instante.

– Ótimo – disse Poe. – Reúnam o restante de sua equipe e estejam prontos para partir ao meu comando.

Todos se separaram após a dispensa implícita de Poe, dividindo-se conforme suas equipes para planejar a logística. Leia foi até Poe, parecendo agradavelmente surpresa.

– Obrigada, Comandante – disse ela, com um pequeno sorriso brincando nos lábios.

– Pelo quê?

– Parece que você tem tudo sob controle.

Poe corou, envergonhado.

– Eu não pretendia passar por cima de sua...

– Não, não. Você não entendeu. – O sorriso dela se espalhou. – Estou grata.

– Oh. – Agora foi a vez de Poe sorrir. – Estou apenas fazendo o meu trabalho.

Ela arqueou uma sobrancelha.

– Está mesmo, Comandante Dameron. Está mesmo.

Ela se virou para sair, mas ele a deteve.

– Leia.

Ela olhou para cima.

– Aquilo que você disse, sobre a Primeira Ordem estar em Ryloth. Acha que é seguro você, Rieekan e os outros ficarem?

Ela balançou a cabeça com ironia.

– Não. Mas já não há lugares seguros para nós. Vamos ficar o máximo que pudermos, monitorar as missões e dar suporte tático.

– E se a Primeira Ordem encontrar vocês?

Ela deu tapinhas no braço dele.

– Então, faremos o que sempre fazemos – disse. – Vamos lutar. – E então ela se foi.

Ele a observou sair, mas algo o incomodava, o deixava inquieto. Não sabia o que faria se perdesse Leia, o que qualquer um deles faria. Mas ele tinha sua missão, e o melhor que podia fazer por ela era completá-la. Ainda assim...

Poe afastou a sensação inquietante e foi encontrar Charth. Eles tinham trabalho a fazer antes de entrarem de penetras numa festa de aniversário em Coronet.

CAPÍTULO 17

– O QUE VOCÊ ESTÁ fazendo aí?

Monti congelou, o coração batendo forte no peito. Ele se forçou a ficar calmo e propositalmente apertou o botão que fechava a porta interna do escritório do Oficial Bratt como se fosse para ele estar lá.

– Eu fiz uma pergunta – disse Yama. – Não me faça repetir.

A porta se fechou sob o comando de Monti, e só então ele se virou para encarar sua colega de trabalho.

– Winshur me pediu que arrumasse tudo enquanto estivesse fora. – Ele estava tendo dificuldade para evitar que sua voz tremesse.

Yama estava parada no centro da antessala, carregando material de embalagem. Ele reconheceu os suprimentos de remessa que o Departamento de Registros mantinha no depósito. Num golpe de sorte, ela estava ausente, provavelmente no porão pegando o material, quando Monti retornou de sua perigosa missão no bar e encontrou o escritório vazio, já que Winshur ainda estava no almoço, como a figura misteriosa lhe garantira que estaria. Mas agora ela estava de volta, com uma expressão acusadora no rosto. Ele passou por ela para se sentar à sua mesa. Moveu-se devagar, deliberadamente, acomodando-se na cadeira com cuidado, como se a boca não estivesse seca e ele não se sentisse a ponto de desmaiar.

– Por que você está suando? – ela perguntou.

Ele passou a palma da mão pela testa. Caramba, ele estava suando. Puxou o pano que guardava no bolso, o que usava para lustrar as botas, e enxugou a testa.

– Estou mal do estômago, se quer saber – disse ele, pensando rápido. – Acho que comi lula estragada no almoço. – Ele dobrou o pano e o guardou no bolso. Cruzou as mãos sobre a mesa. – Mas por que está me fazendo todas essas perguntas? Você não é minha chefe.

O olhar de Yama se deslocou para a porta fechada de Winshur. Obviamente, ela suspeitava de algo.

– Você espera que eu acredite que o escritório do Oficial Bratt precisava ser arrumado? Eu estive lá antes de ele sair para almoçar. Estava impecável.

Monti empalideceu. Ele poderia tentar blefar um pouco mais, afetar certa indignação e talvez convencer a garota a deixá-lo em paz. Ou ele poderia tentar aliviar todas as suspeitas dela sendo cordial. Afinal, o relacionamento entre ele e Yama sempre fora amistoso. Ele sentia compaixão quando Winshur gritava com ela e a tratava como uma criança incompetente. Nunca a defendera nem nada. Isso já seria um pouco demais. Mas sentia pena dela. Certamente pensara em ajudá-la quando Winshur lhe dava algumas das tarefas mais tediosas. Nunca chegou a fazê-lo. Mas pensara nisso.

Entretanto, Yama não lhe deu escolha.

– Eu sei o que você fez.

– O quê?

– Você roubou o datapad dele.

Monti considerou vomitar.

– I-isso é ridículo – ele gaguejou. – Por que eu faria isso?

Os olhos dela se estreitaram. Ela ainda estava segurando seus materiais de embalagem, e Monti achou que ela parecia um pouco absurda parada ali daquele jeito. A não ser, é claro, pela expressão em seu rosto.

– Não sei por que você o roubou – disse ela –, mas vou denunciá-lo.

– Yama! – Ele ficou de pé. Ela deixou cair os suprimentos para revelar que tinha um estilete na mão com a lâmina para fora. – Ei! – ele exclamou, levantando as mãos. – Acalme-se. Não roubei nada. – Ele apontou com o queixo em direção à porta fechada. – Vá olhar por si mesma. O datapad está exatamente onde Winshur o deixou em sua mesa.

– Oficial Bratt – ela o corrigiu. – Você deveria chamá-lo de Oficial Bratt. – Ela se deslocou em direção à porta, com o estilete ainda na mão, sem tirar os olhos de Monti. Ele manteve as mãos levantadas, levando a ameaça a sério. Nunca tinha sido um lutador. Na verdade, detestava violência. Isso fora uma das coisas que o convenceram a dar a lista ao Coletivo, para começo de conversa. Não era tão tolo a ponto de não perceber a ironia de um homem que proclamava sua aversão à violência ingressando na Primeira Ordem, mas também não havia se juntado aos stormtroopers, não é? Ele trabalhava em um escritório. Processava registros, contratos e arquivos. Ele era apenas um conversor de informações, oras.

Yama abriu a porta do escritório e espiou lá dentro, sem dúvida vendo o datapad exatamente onde Monti o colocara momentos atrás. Ela fechou a porta.

– Não estava lá quando eu olhei antes – disse ela. – Antes de eu ir até o depósito de suprimentos no porão. Verifiquei se o Oficial Bratt precisava reabastecer o material da mesa e o datapad não estava lá.

– Você não deve ter olhado direito – disse Monti, tentando parecer compreensivo. – Estava lá com certeza.

Ela pareceu considerar as palavras dele. Monti se permitiu relaxar um pouco, baixando as mãos. Sim, simplesmente a convenceria de que ela estava enganada.

– Você acha que sou idiota? – ela rosnou.

Ele piscou, perplexo.

– Acha que não sei o que vi?

– Eu... hã... Yama. – O nome dela saiu como um apelo. Monti

pensou em contar tudo. Convencê-la de que fez a coisa certa, que Winshur era podre, que talvez toda a Primeira Ordem fosse podre e que ela não precisava proteger Winshur nem a Primeira Ordem.

– Por que você o está defendendo? – perguntou num rompante.

Yama respirou fundo, apertando o estilete para abrir as caixas que carregava.

– Ele odeia você – Monti silvou. – Acha que você não é nada. Que é um lixo. Pior que lixo. Ele jogaria você fora junto com o lixo, se pudesse.

Ela se encolheu, e ele sabia que tinha atingido um ponto sensível.

Ele deu a volta na mesa, mãos ao alto outra vez, olhos focados nela. Antes, estava com medo, atrapalhado com o choque, mas agora sabia como resolver o problema. Com a verdade, que nenhum dos dois poderia negar.

– Ele não acredita em você.

A boca de Yama se abriu, como se ela quisesse protestar, mas depois se fechou.

Ele deixou as mãos penderem ao longo do corpo.

– Então, vá em frente. Relate o que você acha que viu. Diga a Winshur o que quiser. Eu vou negar... e aí você não terá nada.

Os lábios de Yama se apertaram numa linha fina, sua testa franzida. Ela não disse nada, apenas o olhou com raiva, porque... o que ela poderia dizer? Ele tinha razão, e os dois sabiam disso.

Uma campainha soou no final do corredor, ao longe, chamando--lhes a atenção. Passos podiam ser ouvidos, cruzando o corredor. Os dois olharam, esperando, como shaaks alinhados para o massacre. Yama ainda apertava na mão sua lâmina. Monti se levantou, de costas eretas e peito estufado. Podia sentir o suor se acumulando na nuca, mas o ignorou.

Winshur Bratt entrou na antessala. Tinha as mãos nos bolsos e a cabeça baixa. Estava murmurando para si mesmo, visivelmente preocupado. Não os notou até estar a alguns metros de distância e, então, levantou a cabeça de repente, um pequeno suspiro de surpresa escapando de seus lábios.

– O que vocês dois estão fazendo? – ele gritou sem fôlego. Seus olhos foram direto para Yama, como uma mira a laser e, quando falou, sua voz praticamente pingava desprezo. – Yama. – Ele pronunciou o nome dela como se isso lhe fosse penoso. – Por que esses suprimentos estão no chão no meio da sala?

A garota apenas o olhou, incapaz de responder.

– E o que você está segurando? Isso é uma faca?

Yama levantou a lâmina, impotente.

– Um estilete – disse Winshur, com uma pontinha de alívio na voz. – Bem, o que quer que você esteja fazendo, faça. E pegue essas coisas. Elas estão bloqueando o meu caminho.

– Oficial Bratt... – A voz de Yama mal passava de um sussurro.

Monti a observou, imóvel.

– E depois me traga os relatórios que pedi antes do almoço. Francamente, Yama, se você não consegue...

– Oficial Bratt – disse ela novamente, mais alto, interrompendo-o.

Um estremecimento visível agitou os ombros de Bratt.

– O quê? – Winshur disse, a voz carregada de aborrecimento.

A garota o encarou com os olhos arregalados. Segundos se passaram, e ela ainda não falava.

Winshur grunhiu, parecendo exasperado. Ele desviou os olhos de Yama e, pela primeira vez, eles pareceram se fixar em Monti.

– Por que está parado aí? – ele questionou. – E... você está suando?

– Não estou me sentindo bem, senhor – disse Monti, e dessa vez era verdade.

– Está doente? – Winshur imediatamente cobriu a boca com a mão e deu um passo para trás. Então, pareceu reconsiderar e se apressou para a frente, passando bem longe de Monti. – Vá para casa – ele falou por cima do ombro. – Não quero que me contagie. – Ele abriu a porta, desaparecendo rapidamente atrás da segurança da barreira. E, tão rapidamente quanto surgiu, desapareceu.

Seus dois funcionários ainda estavam exatamente onde os encontrara.

– Vá em frente, então – disse Monti, com um pouco de crueldade. – Vá contar a ele. Se você conseguir dizer as palavras.

Como ela não se mexeu, ele deu de ombros. Foi até a mesa e pegou suas coisas, incluindo a mochila de couro. Monti meteu a alça pela cabeça e ajustou-a sobre o peito. Fez uma pequena reverência antes de sair resolutamente do escritório, sabendo que, ela o denunciando ou não, nunca mais voltaria.

CAPÍTULO 18

SHRIV E SUA EQUIPE FORAM os primeiros a deixar a base da Resistência em Ryloth. Haviam se reconfigurado a partir de uma mistura de remanescentes de outros esquadrões e, por isso, ele passara a chamar o seu grupo carinhosamente de Esquadrão Refugo. Pacer Agoyo se irritou com o nome, mas o restante da equipe o adotou com bastante facilidade.

Stronghammer riu.

– Poderia nos chamar logo de Esquadrão Lixeira – disse ele.

– Lixeira parece tão pouco requintado – disse Shriv, quando se sentou no assento do capitão da nave de transporte que estavam levando. – Se tem uma coisa que eu sou é requintado.

– Afinal, o que significa ser requintado? – Zay perguntou enquanto se sentava ao lado dele.

– Sei lá, mas eu levo a sério.

Zay revirou os olhos. Ultimamente, ela vinha fazendo muito isso, mas Shriv nem se abalava. Seria aquilo a tal da puberdade humana? Ele lhe perguntou isso certa vez e ela lhe respondeu com um soco forte em seu braço. Algo totalmente desnecessário, mas ele não voltou a tocar no assunto.

Eram seis no esquadrão. Pacer havia sido uma escolha óbvia, já que sua irmã fazia parte da Guilda dos Sucateiros, e Shriv tinha esperanças de que ela os ajudasse a entrar no planeta e aonde quer que precisassem ir. Zay viera junto porque, afinal de contas, pertencera ao Esquadrão Inferno, assim como o próprio Shriv. Além disso, ele era seu tio, não era? E tinha essa responsabilidade. Stronghammer porque Pacer dissera que a guilda recrutava homens grandes como ele para serem soldadores e, se eles iam se fazer passar por uma equipe de trabalho, precisavam de peceiros de pés ágeis, como Pacer e Zay, além de homens grandes. Shriv era um meio-termo entre uma função e outra, dissera Pacer, assim como os outros dois membros da equipe, um casal de mulheres transportadoras de carga de longo percurso, de Mygeeto. Uma delas, Wesson Dove, era pequena e compacta, de pele pálida e olhos azul-escuros, com cabelos índigo com corte *pixie*. Era um ex-membro do Esquadrão Fantasma, e isso já seria bom o bastante para Shriv, mas, ainda por cima, sua parceira de negócios e esposa, Raidah Doon, era uma ex-atleta e exímia pilota de stormsailer. Raidah, com sua grossa trança escura que lhe caía pelas costas, era alta, esbelta e de pele castanho-clara, o que produzia um contraste físico com sua parceira. Mas Pacer achava que Shriv e as duas mulheres tinham os atributos físicos necessários e podiam passar por especialistas em tecnologia ou res-tox.

– Res-tox? – Shriv perguntou em dúvida. – O que é um res-tox? Isso não soa como algo bom.

– Precisamos apenas fingir que exercemos essas funções por tempo suficiente para entrar nas instalações e pegar algumas naves – Zay se intrometeu de maneira espevitada. – Podemos lidar perfeitamente com o que quer que seja durante esse tempo.

Shriv supunha que podia, mas não estava entusiasmado. Entretanto, seu conforto não estava no topo da lista de prioridades. O plano era que, com seis pilotos, eles conseguissem levar seis naves, incluindo a de transporte, e rebocar mais algumas, se necessário.

A equipe se despediu dos outros rapidamente e deixou Ryloth para trás, saindo da atmosfera e entrando no espaço. Quando a vista da cabine tornou-se uma sólida massa negra onde minúsculos pontos de estrelas distantes mal se destacavam, Shriv virou-se para Zay, que estava sentada ao seu lado.

– Você tem as coordenadas para o tal planeta Bracca? – ele perguntou.

– Tudo certo, estamos nas pontas dos cascos – ela respondeu.

– "Nas pontas dos cascos"? – ele bufou. – De onde você tirou isso?

– Wesson – disse ela, olhando por cima do ombro para uma das transportadoras de carga sentadas ao fundo, já com o cinto de segurança ajustado.

Alguém se mexeu no assento atrás de Shriv, resmungando ruidosamente.

– Eu sou o único aqui que já esteve em Bracca. – Era Pacer, e não parecia nem um pouco satisfeito. – Não era eu quem deveria estar no assento do navegador?

Shriv considerou ignorar o garoto, mas decidiu que algumas regras precisavam ser compreendidas para que o Esquadrão Refugo funcionasse. Primeira regra, ele era o chefe.

– Se eu quisesse você no assento, teria colocado – disse ele.

– Parece que você já tem sua favorita – murmurou Pacer, alto o suficiente para que todos pudessem ouvir.

Zay, que estava pronta para lançá-los à velocidade da luz, abriu a boca como se quisesse falar.

– Esqueça isso – disse Shriv, interrompendo-a. – E nos mantenha no curso.

Ele girou em seu assento até encarar Pacer e o restante do Esquadrão Refugo.

– O que estamos fazendo aqui? Hein? Você está promovendo um concurso de quem enche mais o saco, Agoyo? Porque bebi um litro daquele maldito suco verde que eles tinham em Ryloth e garanto que, se há um concurso para quem enche mais o saco, eu vou ganhar.

O rosto de Pacer foi tomado pela indignação. Wesson, sentada logo atrás de Pacer, franziu o cenho de repulsa.

– Eu só estava dizendo que... – o garoto começou a falar.

– Hierarquia de comando, Pacer – disse Shriv, batendo as costas da mão direita contra a palma aberta da outra para enfatizar. – Você aprendeu sobre isso na academia?

O garoto cruzou os braços.

Shriv estreitou os olhos.

– Então, pratique. Eu estou no comando. Eu tomo as decisões. Você segue ordens. Fácil, não?

– Ele está certo, piloto – disse Stronghammer ao jovem.

– Você ouviu o cara – disse Shriv, indicando Stronghammer com a cabeça. – Eu estou certo. Então, sente-se. – Ele apontou para a terceira fileira, a que ficava na parte de trás da nave. Na verdade, ele bem que poderia estar apontando para a área de carga logo atrás dos assentos de passageiros: funcionaria, também.

Pacer fez uma cena ao recuar uma fileira e trocar de assento com Wesson.

– Qual é o problema dele? – Zay perguntou em voz baixa, as sobrancelhas escuras franzidas de indignação.

– Quem se importa? – Shriv disse de forma despreocupada, voltando-se para a frente da nave. – Você sabe como são esses "filhos do espaço". Sempre tentando provar o seu valor.

A careta de Zay se intensificou.

– O que é um "filho do espaço"?

– Crianças nascidas fora de planetas, em estações espaciais ou a bordo de naves. Sem base, nada para manter seus pés no chão e a cabeça no lugar. Isso os torna espaçosos. – Ele bateu um dedo azul no crânio. – Sacou? Filhos do espaço.

– Como você sabe que ele é um filho do espaço?

– Tenho um palpite.

A voz de Zay soou baixinho quando disse:

– Eu sou uma filha do espaço.

– Não diga – falou Shriv, divertido.

– Nasci a bordo da *Corvus*.

Shriv mordeu o interior da bochecha e ficou olhando para a frente. Ele podia sentir Zay observando-o, possivelmente se preparando para revirar de novo os olhos.

– E então? – ela finalmente o questionou.

– Não estou dizendo que isso explica muito sobre você, mas...

Pronto, lá estava. O revirar de olhos.

– É uma piada – alegou Shriv.

– Eu não estou rindo.

Shriv deu de ombros. Ele gostava de provocar Zay, e pelo menos ela não era esquentada como o garoto novo lá atrás.

– Estamos prontos para ir para Bracca? – ela perguntou, ainda parecendo irritada. – O tempo está passando e você hoje está insuportável.

– Sim, sim. – Ele coçou a mandíbula. – Manda ver, mocinha. Vamos recuperar algumas naves da Nova República.

Zay fez o que lhe foi dito, e a escuridão pontilhada de estrelas do lado de fora da cabine tornou-se um borrão com a velocidade da luz. Após um momento, Shriv se inclinou.

– Ei, Zay?

– Hum?

– Só para registrar, seus pais estariam orgulhosos de você, filha do espaço ou não.

– Hum – resmungou ela, não convencida.

– Especialmente sua mãe, especialmente Iden.

A garota ficou quieta por um tempo.

– Eu sei.

– Não, não sabe. Não de verdade.

Ela ficou em silêncio novamente e Shriv esperava que aquele tivesse sido um pedido de desculpas suficiente, verdadeiro o bastante para mostrar que ele estava falando sério.

– Sinto falta dela... e do papai – disse Zay, afinal.

– Eu também.

E então os dois ficaram sem palavras e, por isso, concentraram-se em atravessar o espaço a caminho de um mundo feito de descartes e desmanches.

Eles saíram da velocidade da luz do lado mais distante de Bracca. O planeta girava abaixo deles, uma bola escura, listrada em tons de azul e cinza, os raios do sol distante refletindo em seu polo norte.

– É até bonito daqui de cima – comentou Zay.

Shriv bufou.

– Claro, se você gosta de lixo espacial industrial deprimente.

Stronghammer falou atrás deles:

– Ouvi dizer que existe uma grande criatura que eles mantêm em cativeiro no planeta, e a alimentam de metal noite e dia e colhem o excremento, que trocam por créditos.

– Parece adorável – Shriv gracejou. – Quem foi mesmo que sugeriu que viéssemos para cá?

– Foi você – lembrou Zay.

– Isso mesmo. – Ele suspirou dramaticamente. Agitou uma mão por cima do ombro sem se virar. – Ok, Pacer, é com você agora. Peceiros, res-toxes, essa coisa toda. Repasse com todo mundo novamente.

O jovem piloto não falava desde o desentendimento anterior entre eles, mas já não parecia estar irradiando frustração como antes. Shriv imaginou que Pacer era o tipo de garoto que andava por aí procurando briga, uma chance de provar que era tão grande e mau quanto as pessoas maiores ao seu redor. Shriv conhecia o tipo, possivelmente ele próprio fora assim, muito tempo atrás. Imaginou que o truque era dar espaço suficiente para Pacer provar o seu valor e talvez o garoto se acalmasse. Em seu voo pelo hiperespaço, ele já estava planejando tudo isso, mas queria ver o que o garoto tinha a oferecer primeiro.

Pacer inclinou-se entre Shriv e Zay.

– Bracca é operado pela Guilda dos Sucateiros – explicou Pacer. – Minha irmã mais velha se juntou a eles há mais ou menos um ano. Ela me contou tudo sobre isso da última vez que esteve em casa. A guilda é dividida em peceiros, res-toxes, especialistas em tecnologia e soldadores. Diferentes trabalhos para diferentes tipos de pessoa. Ela também me contou sobre o Ibdis Maw e as naves desativadas da Nova República que ele come.

– Ela disse como podemos roubar algumas naves?

– Não, mas falou que o trabalho é duro, embora o pagamento seja bom.

– Ótimo, talvez todos nós nos juntemos à guilda, se sobrevivermos a isso. – Shriv estava brincando apenas parcialmente.

– Minha irmã é uma peceira – prosseguiu Pacer como se não o tivesse ouvido. – Ela disse que estão sempre procurando novos recrutas.

– Então, o que exatamente é um peceiro? – Zay perguntou.

– Demolição e recuperação de peças em locais de difícil acesso. São principalmente escaladores. Trabalho perigoso.

– Legal.

– Ela vai nos ajudar? – quis saber Wesson.

Pacer assentiu com confiança.

– Ela odeia a Primeira Ordem tanto quanto eu.

– Já é bom o bastante para mim – disse Shriv.

Ele falou por cima do ombro, elevando o tom de sua voz para se dirigir ao restante da equipe.

– Lembrem-se, não precisamos de mártires nesta missão. Precisamos de pilotos vivos para levar essas naves para casa. Então, se formos pegos, nosso disfarce é que somos um desagradável bando de comerciantes de sucata procurando lucrar com algumas naves da Nova República. Não somos os tristes remanescentes da Resistência conhecidos como Esquadrão Refugo.

Todos ficaram em silêncio. Por fim, Stronghammer falou:

– Você é um homem estranho, Shriv Suurgav.

– Estranho é pouco – Raidah murmurou.

Shriv tocou um dedo na têmpora, em saudação.

– Eu tento agradar.

– Estamos sendo contatados – informou Zay. – Pela guilda.

Shriv voltou toda sua atenção para a frente da nave.

– Ok, Esquadrão Refugo, apertem os cintos. Aqui vamos nós.

CAPÍTULO 19

– ENTÃO, QUAL É A HISTÓRIA do amigo da Leia, o Senador Casterfo? – Norra perguntou, enquanto colocavam suas mochilas e suprimentos na nave. Era um antigo modelo Imperial que pertencia a Teza Nasz e a trouxera de Rattatak a Ryloth.

– Leia contou que ele havia sido incriminado há alguns anos por um grupo terrorista paramilitar, o embrião da Primeira Ordem.

– Isso parece estranho. Ela tem certeza de que esse é o mesmo cara?

Wedge encolheu os ombros. Ele fez um gesto para a esposa lhe passar o caixote de suprimentos mais próximo dela e Norra o fez. Ele o pegou, colocando-o embaixo dos assentos, na parte de trás do compartimento de carga.

– Leia admitiu que é um palpite. Mas ele tem as mesmas iniciais, e a lista o chamava de senador. Quantos senadores podem ter o mesmo nome?

– Depende – disse Snap, enquanto subia pela rampa. – É um nome popular... Ela chegou a dizer qual era o planeta natal dele?

– Riosa – Karé esclareceu.

– Certo. – Snap sorriu para a esposa. – Parece improvável que ele esteja preso esse tempo todo, escondido em algum lugar. Especialmente com uma lista de crimes como essa.

– Não seria tão estranho assim – Teza entrou na conversa. Ela estava deitada em um banco comprido na área de carga, de olhos fechados. – Se você mata as pessoas, corre o risco de torná-las mártires. Mas, se as aprisiona por toda a vida, deixa-as envelhecer e enfraquecer, enlouquece-as com suas torturas secretas e depois as mostra ao público de vez em quando... – Ela cruzou as mãos sobre a barriga, com os olhos ainda fechados. – É muito mais eficaz. Ninguém segue um mártir por pena.

Todos se detiveram por um instante, olhando chocados para ela. A ex-Imperial abriu um olho.

– O que foi?

– Você tem certeza de que ela precisa vir? – Snap perguntou.

– A nave é dela – respondeu Wedge.

– E vocês precisarão de mim para atravessar a segurança da Primeira Ordem.

– Eu consigo atravessar – retrucou Norra.

Teza rolou de lado e encarou o olhar de Norra.

– Vocês precisam de mim se quiserem se infiltrar e evitar derramamento de sangue. Se minha ideia não funcionar, aí com certeza vamos sair atirando para abrir caminho.

Norra levantou as mãos brevemente em sinal de rendição antes de continuar a armazenar os suprimentos.

– E ainda me chamam de senhora da guerra bárbara – resmungou Teza.

Wedge suspirou. Não estava empolgado em levar Teza consigo, mas ela de fato tinha bons argumentos no tocante à sua nave e seu conhecimento dos sistemas de segurança que eles poderiam encontrar quando atingissem a cidade de Coronet. Ele sabia que precisariam de um ônibus espacial que pudesse transportar Casterfo e os demais prisioneiros que libertassem, e contar com a sorte para roubar um deles seria muito arriscado. Mas ele certamente desejava que pudessem ter Snap e Karé em seus caças estelares dando-lhes cobertura. Na verdade, ele próprio não se importaria de pilotar algo um pouco mais rápido e elegante.

– Pegamos tudo? – ele perguntou.

Respostas afirmativas dos três Wexleys e o silêncio de Teza que ele interpretou como um sim. Wedge baixou o assento de passageiro e prendeu o cinto de segurança. Ele era o líder da missão, mas entregou a cadeira de capitão a Snap. Teza se levantou e foi arrastando os pés até a cabine. Abaixou-se para falar com Snap. Wedge não conseguiu acompanhar os detalhes da conversa, mas, como ela estava do lado deles, deixaria Snap se virar. Norra se sentou ao lado dele, afivelando o próprio cinto. Seus olhos brilhavam e ela sorriu.

– É bom, não é? – perguntou ela. – Estar fazendo algo de novo...

Ele assentiu, contrafeito. Sentia um nó no estômago. Não por causa do perigo de se esgueirar pelas linhas inimigas da Primeira Ordem; fizera isso uma centena de vezes na época da Aliança Rebelde. E não porque Leia estava contando com ele para resgatar seu amigo e devolvê-lo são e salvo para ela. Mas porque ele estava indo para casa.

Wedge não voltara à cidade de Coronet desde que era adolescente. Depois de uma série de trabalhos estranhos, havia conseguido um bico pilotando naves de carga no movimentado porto. Isso durou até que o Império o recrutou para a Academia Skystrike. Foi um sonho tornado realidade. Mas os sonhos às vezes se tornam pesadelos, e foi o que aconteceu. Quando Sabine Wren apareceu para ajudá-lo a desertar para a Aliança Rebelde, Wedge estava mais do que pronto para partir.

As décadas seguintes pareciam ter passado rápido demais. Tantos amigos perdidos, tanto terreno conquistado e depois perdido para seus inimigos, e com tudo isso ele nunca mais retornara ao seu lugar de origem, Coronet. Bem, estava indo para lá agora. Só podia esperar que sua primeira viagem de volta ao lar em todos esses anos não fosse a última.

CAPÍTULO 20

POE ENCONTROU Finn sentado em seu beliche na *Millennium Falcon*, envolvido em uma conversa séria com Rey, seus rostos a centímetros um do outro, os joelhos se tocando lado a lado. Rey estava falando em um sussurro apressado, os ombros tensos, todo o seu comportamento focado. Poe estava dividido entre não querer interromper e ser tentado a ouvir. Não que ele quisesse bisbilhotar. Apenas se sentia em uma posição de desvantagem perto de Rey. Ainda não a conhecia bem e ela nitidamente significava muito para Finn, e, como Finn significava muito para Poe, então Rey era importante. Mas ela era reservada, quase cautelosa, e até agora não estivera disposta a se abrir para ele. Espionar parecia uma solução lógica. De que outra forma viria a conhecê-la? Mesmo assim, ele não era tão babaca.

Ele limpou a garganta alto.

– Desculpem por interromper.

Os dois se separaram num sobressalto. O bastão de Rey, do qual ela não desgrudava, estava apoiado contra a cama, e seu movimento repentino o fez adernar na direção do chão de metal. Ela o pegou antes que caísse, reflexo relâmpago. Poe soltou um assobio baixo, admirado. Ela corou, envergonhada.

– É melhor eu ir – disse ela enquanto se levantava, carregando o bastão.

– Rey… – Finn começou a chamá-la, mas ela já estava passando por Poe, que lhe deu passagem com um pedido de desculpas murmurado. Ela se foi antes que Finn pudesse terminar seu apelo.

– Desculpe – disse Poe. – Eu não teria interrompido se não fosse importante.

Finn inclinou-se para a frente, descansando os braços sobre os joelhos. Ele parecia alheio, preocupado. O que quer que estivessem conversando, tinha sido sério.

– Se precisar ir atrás dela para vocês terminarem a conversa…

– Não. – Finn balançou ligeiramente a cabeça, como se estivesse clareando-a. – Tudo bem. Rey vai dar um jeito ela mesma. Ela é bem inteligente.

– Não tenho dúvidas. – Poe hesitou antes de perguntar: – Então, vocês dois não estão…

Finn pareceu intrigado no começo, mas então sua expressão mudou, achando aquilo engraçado.

– Não, nada disso. Somos apenas amigos. – Ele bateu as mãos nos joelhos. – Então, o que não podia esperar?

– Você está sabendo que Leia quer que eu vá libertar aqueles presos políticos da lista?

– O leilão na cidade de Coronet – confirmou Finn. – Disfarçar-se para se infiltrar na festa particular de uma misteriosa ladra.

Poe sorriu.

– Isso mesmo. Meu convite dá direito a levar um acompanhante.

Finn inclinou a cabeça.

– Ah, é?

– Eu quero levar você.

– Espere, espere, espere. – Finn levantou a mão, estreitou os olhos. – Quer que eu vá com você para uma cidade ocupada e finja ser um chefão do crime em um leilão clandestino, para que possamos roubar uma lista confidencial dos mais procurados da Primeira Ordem? Uma lista pela qual a Primeira Ordem e vários tipos desagradáveis e perigosos ficariam felizes em nos matar se soubessem que estamos com ela?

Poe hesitou. Ele tinha certeza de que Finn ficaria entusiasmado com isso.

– Que foi? Não parece divertido para você?

– Lógico que parece divertido. Tô dentro! – Finn exclamou, juntando as mãos e rindo. – Qualquer coisa para me tirar deste planeta por um tempo. Quero dizer, sou dedicado à Resistência. – Ele pressionou a palma da mão contra o coração. – Dedicado! Mas estou me sentindo tão desconfortável e fora do meu papel contando suprimentos e calculando rações e combustível e... – Ele estremeceu dramaticamente. – E eu que achava que o trabalho de faxina na Base Starkiller era monótono! Fazer listas e contar coisas vence disparado, em matéria de chatice, passar esfregão em piso enlameado pelas unidades de combate.

Poe sorriu.

– Fico feliz em saber que está dentro. – Ele ofereceu sua mão e Finn apertou-a com entusiasmo. – Partimos em uma hora, quando Charth tiver aprontado a nave.

– Quem ele vai levar como acompanhante?

– Ainda não sei ao certo, mas deveríamos descobrir.

Finn remexeu embaixo de seu beliche e puxou uma mochila.

– Eu não preciso de uma hora. Estou pronto para ir.

Poe balançou a cabeça, divertido.

– Você deixa a mochila sempre preparada?

Finn fez uma pausa antes de responder.

– Força do hábito, eu acho – disse ele, num tom sombrio. – Nunca tive um lar antes e não era incomum ser transferido. Você tinha sempre de estar preparado para deixar um lugar. Para deixar seus amigos.

Poe pôs a mão no ombro de Finn, compadecido.

– Sinto muito – disse com brandura. – Sei que deve ter sido difícil.

Finn deu de ombros.

– Eu não conhecia nada diferente, então… – Seus olhos pousaram nos de Poe, e o comandante manteve o olhar, sem piscar. A voz de Finn soou baixa, pouco mais do que um sussurro. – Eu nem tinha nome.

Poe apertou o ombro do jovem.

– Mas você tem as duas coisas agora – ele disse. – Um nome e amigos. E talvez um lugar para desfazer as malas dentro de pouco tempo.

Finn se levantou. Ele abraçou Poe brevemente. A emoção que compartilhavam não precisava de palavras para ser entendida. Finn devolveu o tapa no ombro e os dois saíram da *Millennium Falcon*.

– Ei – disse Poe, enquanto atravessavam o hangar até a nave de Charth. – Sei que você disse que Rey estava sob controle, mas está tudo bem? Com a Rey? Aquela conversa entre vocês parecia séria.

Finn franziu a testa, pensando.

– Ela foi falar com Leia sobre isso. Não queria sobrecarregá-la, mas eu disse a ela que Leia precisava saber.

– Ei – disse Poe, agarrando o braço de Finn e fazendo-o parar. – Há algo que eu deveria saber também? Se Leia estiver em perigo…

– Rey vai lidar com isso – respondeu Finn. Ele parecia confiante, seguro. Poe não estava convencido. Mas que escolha ele tinha? Leia sempre conseguia se cuidar. Ela não precisava que Poe fosse seu guarda-costas. E Poe observara a rotina de treinamento de Rey. Ela era formidável. Não deixaria nada acontecer a Leia.

Finn começou a andar novamente, e Poe deu um passo duplo para alcançá-lo.

– Qual é o plano? – perguntou Finn.

Poe podia sentir a expectativa aumentando. Não gostava muito de trabalhar disfarçado, mas estava feliz por fazer alguma coisa. E parte dele queria conhecer a cidade de Coronet e ver os famosos estaleiros do que antes fora a Corporação Corelliana de Engenharia. Ele sabia que agora os lendários construtores de naves estavam sob o controle da Primeira Ordem, mas, sob ocupação ou não, Corellia ainda construía algumas das maiores naves da galáxia. E se ele e sua equipe conseguissem furtar uma ou duas dessas para a viagem de volta? Bem, eles não haviam acabado de determinar que a Resistência precisava de naves?

– O plano é encontrarmos Charth e seu companheiro de equipe e então partirmos rumo a Coronet.

– Suralinda? – Poe perguntou pela segunda vez.

Charth confirmou com a cabeça. Ele estava vestido num tom de azul bem escuro, o tecido requintado e caro. Usava uma capa sobre a camisa e a calça, que combinavam, e um toucado preto e dourado em torno da base de seus lekku, semelhante ao que Yendor sempre usava. Poe não tinha certeza do que aquilo significava, mas devia representar algum tipo de posição. As insígnias da DSR estavam destacadas em seu peito.

– Algum problema? – perguntou o embaixador. – Pensei que você gostaria que eu levasse outro membro do Esquadrão Negro. Considerei levar a minha irmã, mas, se algo acontecesse conosco, eu não gostaria que meu pai perdesse os dois filhos. – Ele disse isso com naturalidade, mas Poe podia perceber sua mandíbula latejando de tensão, seus lekku estranhamente imóveis, como se ele estivesse se esforçando muito para não deixar escapar nenhuma emoção.

– É claro – disse Poe, de forma tranquilizadora. – Ela é uma ótima escolha. Foi apenas uma surpresa. Eu não sabia que vocês se conheciam.

Poe nunca tinha visto Charth sorrir antes, mas estava vendo agora.

– Ela é bastante impressionante. Feroz. Uma guerreira. Ela quase poderia ser uma Twi'lek.

– Altos elogios – disse Poe. – Tenho certeza que ela apreciaria.

– Apreciaria o quê?

Os dois se viraram e depararam com Suralinda se aproximando. Ela havia trocado o uniforme de pilota e usava, por mais incrível que parecesse, um vestido. O vestido era justo ao longo de todo o corpo até chegar ao chão, onde se derramava em cascata em uma poça de seda num roxo vivo, apenas um tom mais claro do que a pele de Charth.

– Onde você conseguiu isso? – Poe perguntou antes que pudesse se conter.

– Yendor me deu. Há uma ala inteira de roupas históricas aqui. Pareço a namorada de um embaixador? – Ela fez uma pose, com a mão no quadril. Na outra mão, carregava mais roupas. Ternos em cabides, envoltos em capas translúcidas.

– Estava pensando que você seria minha adida – Charth objetou. Poe não tinha certeza se Twi'leks coravam, mas, se o fizessem, Charth estava definitivamente corando.

– Oh – Suralinda deu de ombros, despreocupada. – O que funcionar, desde que eu possa usar o vestido. – Ela arrastou os cabides com as roupas por cima do ombro. Bateu-os contra o peito de Poe. Ele instintivamente os agarrou contra o corpo.

– Tenho algo para você e Finn também – disse ela com um sorriso travesso.

– Do que está falando?

– Da coleção de trajes históricos. Maz disse que você precisava parecer elegante, então, eu trouxe trajes elegantes.

Poe cheirou as roupas com desconfiança antes de segurá-las com o braço esticado para inspeção.

– As roupas não vão morder você, Poe. – Ela revirou os olhos em direção às estrelas.

– Eu sei disso – defendeu-se ele. – É que…

– Estamos todos prontos! – Finn disse, caminhando rapidamente em direção a eles. – Connix transmitiu as confirmações e o dinheiro para nossos ingressos. Também temos as histórias por trás de nossos disfarces. Você – continuou Finn, olhando para Poe – é Lorell Shda, notório traficante de armas que deseja essa lista para libertar alguns velhos irmãos de armas que foram apanhados nas batidas da Primeira Ordem em seu planeta natal. Sou seu parceiro de negócios, Kade Genti, que…

Poe riu.

– Sério? Esse é o seu nome?

– Você não gostou?

– É um pouco...

– Um pouco o quê?

– Kade Genti, mestre da Seção Nove! – Suralinda exclamou.

– Quem? – Charth perguntou.

– Um programa de entretenimento que passava nas transmissões quando éramos crianças. Bem, quando eu era criança, pelo menos. Foi daí que você tirou, certo?

Finn parecia envergonhado.

– Connix perguntou, e eu tive que pensar rápido. Lembrei-me dos quadrinhos de quando eu era criança. O FN-1971 os "contrabandeava". Eles não eram permitidos e teriam nos enviado para reprogramar se descobrissem, mas, cara, eles eram ótimos. – Finn franziu a testa. – Você acha que alguém vai notar?

– Que seu nome é o mesmo de um personagem de desenho animado de Coruscant? – Suralinda deu de ombros. – Quem se importa? Metade das pessoas usará apelidos. Então, é melhor escolher um ótimo, que nem esse.

O rosto de Finn resplandeceu de alívio, mas ele olhou para Poe em busca de confirmação.

– Claro, por que não? – Poe o encorajou. – Eu sou Lorell... qual era mesmo o sobrenome?

– Shda. Ele é um notório...

– Sim, entendi essa parte. Tudo bem, então. – Ele verificou o cronômetro que usava no pulso, o mesmo que todos os outros membros da equipe haviam recebido para a missão. – Temos seis horas até o início do leilão. Sugiro que partamos para Coronet.

– Vocês não vão trocar de roupa antes? – perguntou Suralinda.

– O que é isso? – Finn colocou a mão no ouvido de maneira teatral. – Temos disfarces? – Ele esfregou as mãos com alegria. – Esta missão está ficando cada vez melhor.

– Trajes históricos – ela o corrigiu. – Como não sabia ao certo o manequim de vocês, tive de chutar e, por isso, talvez eles não tenham um caimento impecável. Mas acho que podemos dar um jeito. – Ela pegou os trajes com capas de proteção que Poe estava segurando pacientemente e os segurou um por vez. – Este é para você – disse ela, entregando a Finn uma jaqueta e calça prateadas. Mesmo através do plástico, a roupa de Finn refletia a luz e cintilava.

– E este aqui é para Poe. Quero dizer, Lorell Shda.

Poe pegou o terno que ela lhe apresentava e abriu o plástico com a unha do polegar. O traje era uniformemente preto e reluzente e consistia em um paletó com lapela de veludo, um colete e calças justas. Uma camisa branca de botões e uma gravata larga, bordada com finas linhas vermelhas, complementavam o conjunto.

– Sem sapatos? – ele perguntou, brincando.

– Oh, eu peguei sapatos para vocês dois. Podem escolher entre algumas opções lá atrás, pois adivinhar quanto vocês calçam já seria pedir demais de mim, né? – ela disse, piscando.

– Nós precisamos ir agora – disse Charth. – O tempo está correndo rapidamente.

Poe assentiu, deslizando o smoking para dentro da mochila. Finn pareceu decepcionado.

– Não se preocupe – Poe assegurou. – Podemos nos vestir a caminho de Corellia.

– Não é isso. Fui preso na última festa chique em que estive.

– Sério? – Suralinda soou impressionada.

Finn deu de ombros.

– Bem, isso pode ser divertido, afinal! – Suralinda brincou.

Finn sorriu, seu rosto se iluminando.

– Ah, vamos nos divertir, se é a última coisa que faremos!

– Esse é o espírito! – disse ela, encantada. – Isso pode nos matar, mas, pelo menos, partiremos desta vida em grande estilo!

Normalmente, Poe gostava das bravatas, das inevitáveis ideias de grandiosidade antes de uma missão. Fazia parte do processo, da preparação antes de colocar a vida em perigo. Mas agora isso o incomodava.

– Que tal simplesmente não partirmos desta vida? – disse ele, num tom um pouco sarcástico.

– Viva livre, morra jovem – disse Suralinda, despreocupada. – Como heróis em uma história.

Mas isto não é uma das suas histórias, Poe quis protestar. *Se morrermos, então os mocinhos perderão, a Resistência não terá futuro e o mal estará muito mais próximo de dominar por inteiro a galáxia. Não há nada de heroico nisso.*

Ele conteve seus pensamentos sombrios, sabendo que não fariam bem a ninguém. Por isso, disse simplesmente:

– Vamos tentar permanecer vivos.

– Às vezes, a morte chega para você – disse Charth calmamente, com os olhos negros em Poe, como se pudesse ler sua mente. – Não importa o quanto você lute.

CAPÍTULO 21

A GUILDA DOS SUCATEIROS DE BRACCA, Sindicato Local 476, ordenou ao Esquadrão Refugo que pousasse seu ônibus de transporte em uma longa e estreita plataforma que se destacava contra um céu escuro como a folha de uma árvore de metal morta, despida pelo inverno. Ao redor deles, havia outras plataformas, igualmente longas e estreitas, também expostas aos elementos, todas descendo em espiral no tronco central da estrutura de pouso. Shriv podia ver mais algumas naves aqui e ali, aterrissando ou possivelmente aguardando autorização para partir, mas, no geral, a paisagem era desolada.

Era fantasmagórico ali em cima, naquela névoa espessa, e, se por um lado Shriv tinha a sensação de que em algum lugar abaixo deles e fora de vista havia uma fervilhante atividade, por outro, parecia que estavam completamente sozinhos. Ele não gostava disso. Estar sozinho significava destacar-se. Significava não estar se misturando. Todo o plano deles dependia de se misturarem.

– Bem – ele disse a ninguém em particular. – Não adianta postergar. Vamos ver a capital da sucata da galáxia.

Todos começaram a desafivelar os cintos e seguir em direção à saída na parte de trás da nave.

– Você não – disse ele a Zay, estendendo a mão para detê-la.

Ela fez uma pausa sem jeito, já no ato de se levantar.

– O quê?

– Quero que fique na nave.

Ela olhou para os outros, que haviam parado no corredor para ouvir.

– Eu não sou uma criança – ela rosnou baixinho, de modo que apenas ele a escutasse. – E você ouviu Pacer. Vocês vão precisar de alguém como eu, fazendo o papel de peceira, para parecerem uma equipe.

– Eu sei, mas Pacer pode ser nosso escalador audaz. Você é mais necessária aqui.

– Se você está tentando me proteger depois de tudo o que passamos...

Ele balançou a cabeça com veemência.

– Não é isso, mocinha. Você é o nosso, digamos, disjuntor, nossa última linha de defesa. Estou deixando você para trás porque confio em você. Se as coisas derem errado lá embaixo, caso algum sucateiro tome uma atitude e decida tentar nos matar, preciso que nos encontre e nos tire daqui, ou, caso o pior aconteça, volte para a Resistência e continue lutando.

Zay corou, parecendo estar a meio caminho entre lisonjeada e frustrada.

– Shriv...

– Eu sei que você se emocionou – disse ele, abanando a mão –, mas guarde as palavras bonitas para o meu funeral. E garanta que eu tenha um, ok? Algo bacana. Ah, e faça Leia comparecer, bem como todo o bando desses figurões. Faça-os dizer coisas legais, tipo "ele foi um gigante entre os meros mortais", ou "ele era incrivelmente bonito, apesar da assadura persistente que adquiriu em Inya Prime".

Zay conteve um sorriso. Ela assentiu.

– Ok, então – disse Shriv depois de um instante. Ele bateu a mão no ombro dela. – Tome cuidado, filha do espaço.

Ele saiu da nave, tendo os outros o deixado passar primeiro. Todos menos Zay, que, sozinha, deixou-se cair na poltrona. Ele não conseguia afastar a sensação de que deveria ter dito mais. Dito algo sobre como ela significava tudo para ele e que, por causa disso, talvez ele a estivesse protegendo, mas estava autorizado a fazer isso, certo? Estava autorizado a proteger sua "cria". Ele hesitou, mas depois foi embora assim mesmo e não olhou para trás.

O trem de transporte chacoalhava e zumbia enquanto serpenteava através da espessa atmosfera na superfície do planeta. O trem era um monotrilho que balançava e rolava paralelamente às curvas e depressões da geografia ao seu redor. Geografia que Shriv não conseguia enxergar pela brecha estreita de uma janela enegrecida pela fumaça. Mas ele certamente sentiu quando o trem se inclinou para a esquerda, depois para a direita e depois ainda mais para a direita, e por isso apoiou firmemente os pés no chão imundo e segurou com força a alça do teto. Alguém esbarrou nele, forçando-o a dar um passo para trás e se firmar novamente. Shriv esperou um pedido de desculpas resmungado, que não chegou. Ele olhou em volta as cabeças baixas e os resignados ombros fortes e hostis que se amontoavam no trem junto com ele e o Esquadrão Refugo. O trem se inclinou para o lado novamente, e todos ajustaram suas posições de acordo, mas ainda assim ninguém olhou para cima. Talvez fosse melhor desse jeito, Shriv pensou. Preocupara-se por se destacarem quando chegaram àquela plataforma vazia e agora estavam perdidos no anonimato, justo como ele queria. Então, por que estava tão ansioso?

Na curva seguinte, ele se permitiu esbarrar suavemente na pessoa à sua direita, Wesson. Ela deu um salto para trás e ele sentiu o metal duro de um blaster escondido sob o macacão simples de sucateiro. A irmã de Pacer havia deixado para cada um deles um macacão e um cinto de trabalho escondidos sob uma pilha de lixo em um corredor de manutenção, a alguns quarteirões da estação de trem. Seis conjuntos de uniformes da guilda, dos quais eles precisaram apenas de cinco, em vários tamanhos e configurações que couberam neles de forma bastante razoável, se não perfeitamente. O de Pacer era o melhor. O de Raidah ficou muito curto nos tornozelos, mas muito solto na cintura. O de Wesson era comprido demais e ela precisou enrolá-lo nos punhos e tornozelos. O de Shriv ficava saindo do lugar atrás, o que, francamente, era o que ele merecia. O de Stronghammer... bem, o de Stronghammer não coube de jeito nenhum, mas ele conseguiu combinar a circunferência de dois cintos de ferramentas, o dele próprio e o que caberia a Zay, se ela tivesse vindo, para montar algo que parecesse apropriado para o trabalho. Ou pelo menos Shriv esperava que sim. Ele havia examinado discretamente os outros sucateiros no trem. O Esquadrão Refugo parecia se encaixar bem o suficiente. A irmã de Pacer havia deixado um bilhete que dizia para irem à plataforma 33, onde os encontraria. Ela havia subornado um punhado de membros de sua equipe para se ausentarem alegando doença, a fim de que os integrantes do Esquadrão Refugo pudessem passar como substitutos. Pacer parecia confiante de que funcionaria, e era melhor do que o outro plano de Shriv, que envolvia tiros e correria.

Eles entraram em uma estação e o trem diminuiu a velocidade, finalmente parando. As portas mecânicas se abriram com um silvo de vapor, proporcionando a Shriv uma visão momentânea do mundo além do trem. Ele desejou que isso não tivesse acontecido. Stronghammer e Pacer haviam mencionado uma espécie de criatura gigante que consumia metal, como um compactador de lixo vivo, mas Shriv não estava preparado para vislumbrar uma boca monstruosa a distância, com todos aqueles dentes. E o que era aquela coisa rosa-acinzentada, uma língua? Ele estremeceu, enquanto as portas se fechavam misericordiosamente.

Ele ficara tão distraído com a bocarra que não notou imediatamente os novos passageiros que o trem havia recolhido e, quando o fez, já era tarde demais. Stormtroopers. Quatro deles, com rifles presos perto do peito. Ele se endireitou, deslizando a mão em direção ao seu blaster escondido, mas depois deixou a mão deslizar no bolso do macacão e os ombros caírem com fingida indiferença. Os stormtroopers não estavam fazendo nada. Apenas andavam de trem como todo mundo. Mesmo ciente de que a Primeira Ordem mantinha presença ali, esperara, talvez tolamente, que com um grupo tão pequeno como o Esquadrão Refugo, eles pudessem entrar e sair sem serem detectados. E eles ainda poderiam fazê-lo, se mantivessem a calma.

Shriv sentiu um baque sólido contra o ombro e, dessa vez, nem se deu ao trabalho de esperar um pedido de desculpas. Mas, então, viu que era Pacer que estava passando por ele, e teve um vislumbre da expressão do jovem. Shriv gemeu baixinho. O rosto de Pacer era uma máscara de raiva: a boca formava uma linha severa, mandíbula cerrada, olhos estreitados em seu alvo. Um alvo que era claramente os stormtroopers.

– Garoto – ele sussurrou, agarrando o braço de Pacer. Mas o piloto se desvencilhou, com uma expressão determinada no rosto.

Shriv praguejou baixinho. A razão estava lhe dizendo que deixasse o garoto ir, que permitisse que ele se metesse na confusão que quisesse. Ele que brigasse, fosse preso ou coisa pior. Eles tinham uma missão maior, e Pacer Agoyo poderia ser sacrificado. Mas seu instinto estava lhe gritando que detivesse o piloto. Derrubá-lo no chão, se preciso fosse, qualquer coisa necessária para impedi-lo de alcançar aqueles stormtroopers e iniciar qualquer guerra pessoal que pretendesse começar com eles.

Shriv percebeu que nunca havia perguntado a Pacer o que exatamente ele tinha contra a Primeira Ordem. Ninguém na Resistência morria de amores pela Primeira Ordem, é claro, e praticamente todos haviam perdido amigos, familiares e, às vezes, lares e planetas inteiros devido às suas atrocidades. Mas Shriv era o líder do Esquadrão Refugo e ele havia permitido que Pacer se juntasse a eles – encorajara-o porque eles precisavam de seu contato em Bracca – e Shriv nem perguntara a ele por que odiava os imundos filhos da mãe destruidores de planetas. Ele não conhecia nada de Pacer. Apenas o humilhara na frente do restante do esquadrão.

– Nada inteligente – ele murmurou baixinho, e jurou pedir desculpas se eles conseguissem sair dali inteiros.

O que, francamente, parecia cada vez menos provável.

– O que você vai fazer? – veio uma voz em seu ouvido.

Era Wesson, inclinando-se perto o suficiente para que a respiração quente dela roçasse sua pele, fazendo-o estremecer involuntariamente.

– Pacer vai começar uma briga – disse Raidah, inclinando-se para dizer o óbvio.

– E matar todos nós – acrescentou Stronghammer.

– Eu percebi – cuspiu Shriv, irritado.

– Bem, você vai impedi-lo? – perguntou Wesson.

– Como você sugere que eu faça isso? – ele disse num tom um pouco alto demais, e algumas cabeças se viraram para eles, curiosas. Shriv se forçou a respirar fundo. Pacer estava quase em cima dos stormtroopers agora. Eles ainda não haviam notado sua abordagem, mas era uma questão de segundos.

O trem entrou na próxima estação. Shriv examinou a transmissão de informações acima da porta. Plataforma 32. Mais uma parada e eles estavam lá. Mas aquilo não ia esperar.

– Malditos filhos do espaço – ele murmurou e começou a se deslocar. As portas se abriram, expulsando um punhado de trabalhadores da guilda e deixando entrar mais seis stormtroopers. Shriv gemeu baixinho. Dez contra cinco num combate em ambiente confinado, e num trem em movimento. Ele não gostou das probabilidades. E, para sua enorme surpresa, Pacer também não, aparentemente. Ele parou, não mais do que a quatro ou cinco metros de enfrentar os stormtroopers, e permitiu que os sucateiros que passavam pelas portas abertas o empurrassem para longe, de volta para Shriv, Wesson, Stronghammer e Raidah, na extremidade oposta do trem, ligeiramente atrás de Shriv.

Ele suspirou aliviado quando o piloto mais jovem parou ao seu lado.

– O que você pensa que estava fazendo? – perguntou Shriv, sua voz consideravelmente mais calma do que tinha o direito de estar.

– Os stormtroopers mataram o meu irmão – disse ele, cada palavra carregada de amargura. – Machucaram a minha irmã. Reduziram nossa casa a cinzas.

– Isso é ruim – disse Shriv, as palavras em si talvez inadequadas, mas a emoção por trás delas, a empatia... Ele se certificou de que Pacer percebera isso.

O jovem olhou para cima, com os olhos castanhos arregalados de tristeza.

– Sim.

– E faremos os filhos da mãe pagarem – assegurou Shriv. – Mas não os faremos pagar trocando alguns socos num trem. Nós os faremos pagar vencendo a guerra.

Pacer olhou para ele, não convencido.

– Escute. – Shriv hesitou. Olhou em volta do trem enquanto se inclinavam para outra curva. – Precisamos de você – disse ele, sua voz um sussurro áspero. – Essa missão... Não podemos fazer isso sem você. Você entende?

O jovem piloto estreitou os olhos.

– Este é seu pedido de desculpas pelo que me disse na nave?

– Céus, garoto, o que posso dizer? Eu tenho boca e liderança... né? Isso realmente não é do meu costume. Mas estou feliz que você esteja aqui. E sim, estou lhe pedindo desculpas.

Suas palavras pareceram aplacar o jovem.

– Nós vamos vencer esta guerra? – ele perguntou.

– Sem dúvida. – Era uma mentira, mas ele com certeza falou aquilo com convicção.

Pacer lançou um último olhar para os stormtroopers antes de agarrar uma alça no alto e se deixar cair para a frente.

– Tá. Ok.

Shriv exalou, aliviado. Um desastre driblado.

O trem diminuiu a velocidade quando entrou na próxima estação. A transmissão os informou de que era a plataforma 33.

Eles conseguiram. Apesar de tudo.

Shriv direcionou Pacer para a frente, e ele e o restante do Esquadrão Refugo saíram do trem. Stronghammer, na retaguarda, acabara de cruzar o limiar, quando Shriv ouviu a voz:

– Ei, vocês, todos vocês! Parem aí mesmo, em nome da Primeira Ordem.

– Continuem andando – ele murmurou para sua equipe, e todos aumentaram o ritmo.

– Eu disse: parem! – O som dos rifles sendo levantados atrás deles e o inconfundível acionamento de algum tipo de arma vibratória os deteve.

– Mãos para o alto!

Shriv levantou a mão enquanto se virava, esperando que sua equipe tivesse o bom senso de seguir o exemplo da sua liderança. Ele se esforçou para estampar um sorriso amistoso. Mas, na verdade, considerando que não fazia muito seu gênero sorrir assim e que os Duros não tinham praticamente lábios, sabia que seu sorriso não era muito convincente.

– Alguma coisa errada? – ele perguntou, como alguém atordoado, mas que não quer problemas.

– Ela – disse o stormtrooper na frente, apontando para Raidah. – Ela está constando como procurada no meu leitor de identificação. Uma criminosa conhecida em Gheia 6.

Shriv olhou para Raidah, incrédulo.

Ela afastou a franja escura dos olhos com um movimento de cabeça e deu de ombros, as mãos ainda levantadas.

– Talvez eu tenha liberado uns fundos da Primeira Ordem para redistribuição, há um tempo. Realmente não achei que isso fosse aparecer.

Shriv fechou os olhos, forçando-se a se acalmar. *Conheça a sua equipe*, ele repetiu para si mesmo, *para que você possa eliminar as vinganças pessoais… e os criminosos procurados. Caso contrário, Shriv Suurgav, a culpa é sua.*

– Nós não a conhecemos – disse Wesson, dando um passo à frente. Ela trazia as mãos levantadas na altura das orelhas, coladas nos ombros. Shriv podia ver o brilho do cabo de uma lâmina em seu pescoço, meio escondida pelos cabelos índigo. – Ela se juntou à nossa equipe na plataforma 20 e nós apenas a deixamos nos acompanhar. – Ela se aproximou um pouco. Gesticulou com a mão levantada. – Podem levá-la.

Stronghammer ia começar a protestar – Shriv pôde ver isso pela forma como seu queixo se movimentava e ele estava prestes a abrir sua grande boca –, mas Pacer fincou o calcanhar no pé de Stronghammer, e o grandalhão foi detido antes que pudesse falar.

O stormtrooper na liderança parou, percorrendo-os com os olhos, como se decidisse o que fazer. Sua postura relaxou um pouco e ele apontou para Raidah.

– Você! Venha em silêncio e deixaremos o restante de vocês seguir.

– Acho que não – soou uma nova voz por trás dos stormtroopers. Era seca e carregada de desdém, e Shriv sentiu um frio na barriga. Os guardas de armadura branca se dividiram em uníssono, abrindo espaço para deixar passar o dono da nova voz. Um homem, vestido com um uniforme cinzento, com as insígnias de um oficial da Primeira Ordem. – Conspirar com um criminoso conhecido é crime – disse ele, os olhos percorrendo o Esquadrão Refugo. – Levaremos todos eles para interrogatório.

– Agora, ouça aqui – disse Shriv, pronto para tentar abrir caminho à base do blefe, mas já era tarde demais. Os dedos de Wesson se fecharam ao redor do cabo da faca escondida na parte de trás do pescoço dela, Pacer e Raidah puxaram seus blasters pelos buracos nos bolsos dos macacões, e Stronghammer soltou um rugido alto o suficiente para sacudir o teto acima deles.

Os stormtroopers congelaram, atordoados, por um segundo crucial. Wesson teve tempo suficiente para atirar a faca. Que foi se cravar bem no meio da garganta do oficial da Primeira Ordem. Ele agarrou a lâmina antes de cair no chão, morto, com os olhos esbugalhados.

E, então, as portas do inferno se abriram.

CAPÍTULO 22

POE CONFERIU SEU REFLEXO no espelho e, francamente, gostou do que viu. Ele duvidara do gosto para roupas de Suralinda, esperando que ela tivesse escolhido algo ostentoso e chamativo para ele vestir no leilão, apesar da proclamação de Maz de que ele, ou melhor, Lorell Shda, era um criminoso refinado e elegante. Mas deveria ter confiado nela. A pilota do Esquadrão Negro havia escolhido para ele um belo traje, de fato. Um smoking preto bem cortado, com colete e calça combinando e uma camisa branca feita com o melhor tecido, texturizada e sólida sob os dedos. O traje não exigia gravata, mas sim um plastrão. Ele colocou-o em volta do pescoço, a seda macia contra a aspereza de seu queixo. Ele deveria ter se barbeado, mas uma navalha, Suralinda havia esquecido. Não importava. A barba por fazer combinava com o visual.

Suralinda lhe dera uma pequena garrafa de óleo destinada ao cabelo. Ele derramou um pouco na mão em concha e passou por suas madeixas. Isso as fez brilhar. Poe inalou o perfume. O óleo e agora ele próprio cheiravam a coisa cara.

Ele sorriu. Lorell Shda era um filho da mãe bonito. E estava prestes a roubar alguns ladrões Corellianos. Talvez estar disfarçado não fosse tão ruim.

Alguém bateu rapidamente na porta do banheiro.

– Entre – disse ele.

A cabeça de Suralinda apareceu do outro lado do batente.

– Estamos nos aproximando de Coronet. Você está pronto?

Ele se virou para lhe dar uma visão completa, com as mãos abertas.

– Como estou?

Ela estreitou os olhos escuros, avaliando.

– Dá para o gasto – disse, com a voz propositadamente sem entusiasmo.

– Ei!

Ela riu.

– Difícil de acreditar que você faz parte da Resistência assim nos trinques.

– Não é essa a ideia?

– Com certeza. Você está com o cartão de identificação que coloquei no invólucro da roupa?

Poe deu um tapinha nos bolsos, encontrou o cartão e retirou-o para inspeção.

– Apenas lembre-se da sua história de disfarce. Você é um associado comercial de Hasadar Shu. Ele constrói naves, você monta os sistemas de armas para elas.

– Hasadar Shu?

Suralinda cruzou os braços, irritada.

– Eu já expliquei isso. Ele é o empresário e aspirante a político Corelliano cuja esposa é a aniversariante da festa em que vamos entrar de penetra.

– A esposa é amiga de Maz, certo? A que roubou a lista.

– Até criminosos têm festas de aniversário.

– Vamos levar um presente para ela?

– Pareço uma amadora? Não responda. Claro que levaremos um presente para ela. Bem, Charth e eu, e você e Kade. Nós compartilhamos uma carona, mas não estamos juntos, lembra?

Poe levou um momento para lembrar que Kade era o nome de fachada de Finn.

– Muito bem. O que vamos dar a ela?

– Charth e eu compramos para ela um lindo colar de jade Rylothiano.

– Clássico. Suponho que lhe comprei algo parecido. Joias, algo raro e único.

Os olhos de Suralinda brilharam, travessos.

– Seu presente é uma surpresa.

Poe fez uma careta. Ele não gostou do som disso.

– Suralinda – ele começou.

– É só se lembrar de representar o papel do rico empresário imoral – disse ela alegremente, interrompendo-o. – E vá encontrar o Finn. Vamos pousar em breve.

E ela se foi antes que ele pudesse esclarecer o que exatamente daria para a esposa de Hasadar Shu no aniversário dela. Bem, isso não importava. Era tudo um estratagema para colocá-lo na festa e, esperava, não ter de bancar o personagem por muito tempo.

Ele se olhou pela última vez no espelho e depois procurou Finn. Não demorou muito para encontrá-lo. Tudo o que tinha de fazer era seguir o som de resmungos.

Poe não se lembrava de já ter ouvido Finn praguejar, mas uma série de adjetivos pouco lisonjeiros fluía em grande volume por trás da porta fechada da câmara de dormir da nave. Poe parou para ouvir. Ele nem tinha certeza se Finn estava falando Básico.

Ele bateu, e os resmungos pararam abruptamente.

– Finn? – ele chamou. – Está tudo bem aí?

Sua resposta foi um rosnado de frustração e o som distinto de algo quebrando contra a parede. Aquilo não parecia bom.

– Finn? – ele chamou novamente. – Abra, cara.

– Eu estou bem – disse Finn, num tom desanimado e derrotado.

– Deixe-me entrar. Talvez eu possa ajudar.

– Eu disse que está bem.

– Você não parece bem.

Sem resposta, Poe tentou outra tática.

– Estamos entrando no espaço orbital Corelliano. Pousaremos a qualquer momento agora. Você precisará sair mais cedo ou mais tarde...

Outro momento de silêncio. Justo quando Poe estava pensando em forçar a entrada, a porta se abriu. Finn estava parado com uma das mãos apoiada no batente. Ele vestia o terno prateado, que acabara puxando mais para o branco do que parecia dentro da proteção plástica. Combinava bem com ele, com bom caimento nos ombros, as calças afunilando até os tornozelos.

– Você está ótimo – disse Poe.

Finn fez uma careta.

– O que foi?

Ele sinalizou para Poe entrar. Poe entrou hesitante, sem saber o que encontraria. Além de uma mesa virada, tudo parecia estar em ordem.

– Aqui – disse Finn, empurrando algo em direção a Poe. Poe tocou o objeto. Era uma longa tira de seda prateada. Tinha um brilho sutil, caro e discreto.

– Sua gravata? – Poe perguntou.

Finn assentiu, arregalando os olhos, exasperado, e Poe entendeu o problema.

Ele fez sinal para o rapaz se aproximar e pegou a gravata de suas mãos. Ele amarrou a seda prateada em volta do pescoço de Finn sob o colarinho, deixando as longas pontas afuniladas descerem pelos lados da fileira de botões forrados com o mesmo tecido da camisa.

– Existem maneiras diferentes – explicou Poe, enquanto cruzava o lado mais grosso sobre o mais fino, depois deu uma volta e o passou por baixo do colarinho. – Mas esse nó de gravata foi o que o meu pai me ensinou. É o meu favorito. – Ele deixou o lado grosso cair para a frente, depois o trouxe para o outro lado e voltou ao colarinho. Mais uma vez, repetidamente e, então, passou a ponta pelo nó que havia feito na base da garganta de Finn. Ele puxou a ponta com força e ajustou-a até que as duas estivessem quase iguais, deixando o lado mais fino um pouco mais curto.

Finn levantou um alfinete de prata que tirara do bolso.

Poe o pegou, virando-o na palma da mão. Era um pássaro estelar, o símbolo da Aliança Rebelde e, agora, da Resistência.

– Onde você conseguiu isso? – Poe perguntou.

– Eu encontrei. Em Crait. Eu... Eu não contei a ninguém porque não parecia correto mantê-lo, e talvez eu não o merecesse. Mas eu gostaria de usá-lo. Esta noite.

– Provavelmente estaremos nos misturando com a Primeira Ordem. Você realmente acha isso sensato?

Finn olhou para cima, com fogo em seus olhos.

– Acho que não me importo se é sensato. Isso significa algo para mim. Além disso – disse ele, erguendo o queixo –, Kade Genti não tem medo de alguns stormtroopers.

Poe fez uma careta. Não era apenas imprudente, era tolice. Poderia chamar atenção inadequada. Mas ele entendeu. Prendeu o alfinete sobre a gravata, segurando o tecido no lugar. Alisou a gravata uma última vez antes de virar Finn para que ele pudesse se ver no espelho. Os olhos do jovem estavam receosos no início, mas logo se suavizaram de admiração.

– Eles não ensinam como amarrar uma gravata no treinamento de stormtrooper – disse Finn baixinho.

Poe não disse nada, apenas pôs a mão no ombro de Finn, tranquilizando-o, até que o jovem deu um meio-sorriso.

Eles encontraram Suralinda e Charth às portas da nave.

– Se vocês estão aqui – perguntou Finn –, quem está pilotando essa coisa?

– Estamos no raio trator agora – explicou Charth. – Estamos sendo levados para um local seguro adjacente à casa de Hasadar Shu. É provável encontrarmos algum tipo de força de segurança da Primeira Ordem.

Suralinda se inclinou para a frente e encontrou o olhar de Finn.

– Não há como voltar agora – disse ela, com os olhos brilhando.

– Nem me passou pela cabeça – ele respondeu, movendo a mão para o alfinete de pássaro estelar em sua gravata.

A nave rugiu sob seus pés enquanto faziam contato com o chão, forçando-os a balançar um pouco. Suralinda apoiou a mão no braço de Poe. Ele a firmou, e ela lhe deu um pequeno sorriso.

– Cuidado lá fora, Líder Negro – disse ela. Sua voz era triste, quase melancólica, e isso era tão inusitado vindo dela que até o fez parar. Mas, antes que Poe tivesse tempo de perguntar o que havia de errado, as portas da nave estavam se abrindo e eles viram pela primeira vez a cidade de Coronet.

Estavam no alto, isso Poe podia perceber, provavelmente no telhado de um arranha-céu. Ao redor deles, outros arranha-céus – prédios compridos de escritórios, capelas com cúpula de vidro e monumentos com antenas no topo. E, para além deles, um vasto oceano. O ar estava carregado de sal e do cheiro da água do mar, mas ao redor deles havia um parque verdejante e extremamente bem cuidado. Áreas centrais de grama verde, árvores podadas com esmero e prédios altos os cercavam, estendendo-se para a escuridão do céu. Caminhos contornavam espelhos d'água cristalinos, iluminados por baixo em tons de azul. Uma ponte móvel de pelo menos cinquenta metros de largura se estendia em direção ao céu e terminava em uma entrada em arco. As pessoas subiam pela passarela até as portas, rindo e conversando, o fluxo dos ricos e estilosos brilhando como confetes de pedras preciosas espalhados sobre vidro.

Houve uma agitação atrás de Poe e ele se virou a tempo de ver a nave deles se afastando em uma correia transportadora, abrindo espaço para os próximos convivas aterrissarem. Ele franziu a testa. Aquilo seria um problema. Como voltariam para a nave às pressas?

Alguém – Finn – pigarreou alto, e Poe correu pela rampa para se juntar a seus companheiros.

– Convites, por favor.

Duas fileiras de stormtroopers, seis à esquerda, seis à direita, ladeavam o caminho de pedra branca onde a área de pouso encontrava os jardins. A voz veio de um dos stormtroopers, que agora estendia a mão e esperava. Charth estava mais próximo e deu um passo à frente, oferecendo ao stormtrooper um pequeno, fino e quadrado datachip verde-claro, com uma insígnia gravada em branco.

Ele observou o stormtrooper deslizar o chip em um datapad. Poe prendeu a respiração. O datapad levou um momento, mas depois emitiu um sinal sonoro, e o stormtrooper gesticulou para Charth e Suralinda seguirem adiante até o soldado seguinte, que os apalpou em busca de armas.

Poe se aproximou, entregando o convite dele e de Finn. O stormtrooper o inseriu e Poe observou as informações de Lorell Shda rolarem pela tela. O stormtrooper estudou e inclinou a cabeça.

Poe ficou tenso.

– Algo errado?

– Lorell Shda.

– Esse é meu nome.

– E você é de Coruscant.

– Canto Bight mais recentemente, mas sim, nasci em Coruscant. Muitas pessoas são de Coruscant – ele disse de maneira jovial.

– Claro, é só...

Poe olhou para o cronômetro em seu pulso.

– Estamos segurando a fila – disse ele. – Se não houver problema...?

O segundo stormtrooper aproximou-se.

– O convite confere?

– Sim, senhor. Mas esse homem me pareceu familiar. Juro que ele me parece familiar.

– Talvez você tenha me visto nas transmissões de notícias – disse Poe tranquilamente.

– Teve aquele lance – disse Finn, estalando os dedos. – Com o... hã... na pista de corrida de fathiers. Você venceu a aposta. – Ele abriu os braços. – Uma dinheirama. Tanto dinheiro... – Ele sorriu e se inclinou conspiratoriamente para os stormtroopers. – Não conseguimos fugir dos repórteres. Cobertura constante. Juro que ele teve um fã-clube por meses.

Poe abriu um largo sorriso, mostrando dentes brancos e perfeitos e desejando que Finn não exagerasse muito.

O segundo stormtrooper parecia entediado quando disse:

– Está vendo? Ele é famoso. – Apontou para Poe enquanto falava. – Há muitas celebridades aqui. É por isso que você o reconhece.

– Acho que não – disse o primeiro stormtrooper.

– Você está pensando demais – disse ele, balançando a cabeça. – Procurando pelo em ovo. Desde que ele tenha um convite e não esteja armado... – Ele deu de ombros.

O primeiro stormtrooper hesitou.

– Qual é o problema? – gritou alguém atrás deles na fila.

O segundo stormtrooper gesticulou com a mão.

– Deixe-o passar. – Ele se virou para Poe. – Siga em frente.

Poe procedeu conforme o indicado, Finn seguindo atrás dele.

Eles foram revistados, a fila andou. Uma vez livres do posto de segurança, alcançaram Charth e Suralinda.

– Por que ficaram retidos? – Charth perguntou baixinho.

– Nada – disse Poe. – Eu parecia familiar.

Suralinda tamborilou o queixo com os dedos, pensativa.

– Você é conhecido pela Primeira Ordem. Provavelmente, deveríamos ter arranjado uma prótese para você. Um nariz falso ou algo assim.

– Uma peruca? – Finn sugeriu.

Poe levou a mão ao cabelo.

– Você não ousaria.

Eles subiram as escadas de cristal em direção às portas no céu. Apenas mais um grupo de convidados em uma reunião luxuosa. Charth os fez parar na entrada da mansão Shu.

– Aqui é onde nos separamos – disse Charth. – Suralinda e eu cumprimentamos nossos anfitriões primeiro, então, esperem um pouco até verem que saímos. Não queremos que pensem que somos mais do que simples conhecidos compartilhando um ônibus espacial até a superfície do planeta. Lorell Shda é amigo do governo Rylothiano, por isso, não é tão notável que ele acompanhe o filho do embaixador. Mas os olhos que nos observam não precisam saber mais do que isso.

– Ok, e depois?

– Pelo que sei, os convidados devem apresentar um presente a Nifera Shu. Se ela aprovar o seu presente, ela o presenteará em troca. Esse presente é o próximo passo para alcançar o leilão.

– Você tem ideia do que ela deverá nos dar?

– Presumo que seja algum tipo de mapa, mas não tenho certeza.

– Poe, seu presente. – Suralinda enfiou a mão no bolso do vestido, puxou uma pequena caixa quadrada e a apresentou com um floreio. – Cuidado. É frágil, então não chacoalhe. – Ela riu. – E não abra até que esteja na frente de Hasadar e Nifera. – Ela sorriu, melancólica. – Eu gostaria de poder estar lá para ver.

– Não estou gostando nada dessa história – disse Poe. – Nem um pouco.

– Dizem que Nifera gosta de coisas incomuns, e você precisa impressionar. Não poderíamos arriscar que você não participasse do leilão, por isso, tive de ter certeza de que você impressionaria.

– Você vai dar um colar para ela!

Suralinda fungou.

– Nós somos dignitários. Você é uma espécie de ladino. Escolhi presentes que se encaixam. – Ela aceitou o braço que Charth lhe estendeu e se inclinou para dar um beijo na bochecha de Poe. – Boa sorte!

Charth assentiu em despedida. E então eles começaram a se misturar na multidão.

Poe levantou a caixa, ouvindo. Escutou arranhões e afastou a cabeça. Havia algo vivo ali dentro?

– Não chacoalhe – Finn lembrou.

– Não estou chacoalhando.

– O que você acha que é isso?

– Não faço ideia, mas, conhecendo Suralinda, será interessante. Agora, vamos encontrar o casal Shu e acabar logo com isso para que possamos obter essa lista.

A caixa sacudiu em sua mão, e ele a segurou um pouco mais apertado, imaginando o que Suralinda havia lhe dado.

CAPÍTULO 23

O ALMOÇO COM HASADAR SHU e o oficial de olhos azuis, que Winshur finalmente soube que se chamava Coronel Genial (certamente uma piada de nome!), foi um desastre. Não apenas fora terrivelmente desajeitado, com Winshur parecendo tropeçar nas palavras, mas todos os tópicos da conversa pareciam uma armadilha esperando para ser disparada. Quando o primeiro prato chegou, uma pasta branca espalhada sobre pão sovado, Winshur fez um comentário sobre as neves de Kor Vella, esperando descontrair o clima e talvez fazer Hasadar contar mais sobre como ele conhecia a cidade natal de Winshur. Em vez disso, Genial fez uma observação sarcástica sobre homens simples e paladares provincianos que não conseguiam apreciar iguarias urbanas. Winshur ficou vermelho como um pimentão e engasgou com o pão até Hasadar, parecendo preocupado, oferecer-lhe um copo de água.

O almoço se arrastou por quase três horas, um tempo incrivelmente desarrazoado para passar longe do trabalho. Quando ele finalmente voltou ao escritório, estava quase na hora de sua equipe ir para casa. Monti Callas já estava praticamente saindo, falando alguma coisa sobre estar sentindo que ia ficar doente e, para dizer a verdade, suava de forma anormal. Winshur o mandou para casa imediatamente, não querendo pegar os germes que o jovem estava incubando. Yama estava agindo um pouco estranho também. Ele anotou isso no arquivo dela e disse-lhe que ficasse até mais tarde para cobrir Monti, caso ele precisasse de ajuda. Porque simplesmente não havia como Winshur sair. Ele tinha muito trabalho a fazer. Trabalho que havia adiado para lidar com as tarefas dos prisioneiros. Ele teria de ficar a noite toda novamente.

O dia já estava acabando quando ele se sentou à sua mesa, abriu seu datapad e começou. Quando olhou para cima novamente, a luz que entrava pela pequena janela proveniente do hangar das naves era o forte brilho amarelo da eletricidade artificial. Ele bocejou, esfregando os olhos e verificou as horas na tela. Já passara da hora de ir para casa.

Ele vacilou. Fazia quase dois dias desde que realmente dormira, mas a simples ideia de o Coronel Genial pegá-lo com um trabalho incompleto era suficiente para afastar qualquer pensamento de descanso de sua mente. Ele ficaria, decidiu. Só mais uma hora. Mas primeiro prepararia um pouco de caf. Certamente ele merecia isso.

– Yama? – ele chamou através da porta aberta. Nenhuma resposta da garota, então chamou novamente. Ainda nada e, com a paciência encurtada pela exaustão, sua irritação com a garota se tornou raiva. Será que fora embora? Mesmo depois de ele lhe dizer especificamente que ficasse?

– Yama! – gritou uma terceira vez. Nada de resposta, por isso, ele se arrastou para fora da cadeira, com as costas doendo e os pés inchados, e caminhou pesadamente até a porta.

A garota estava lá, de cabeça baixa, dormindo em sua mesa. Sua bochecha descansava sobre os braços cruzados, e ela estava roncando baixinho, um fio de baba caindo de sua boca aberta. Aquela boca. Ela sorrira maliciosamente mais cedo, ele tinha certeza disso agora. Rira de seu constrangimento com Shu e Genial. E fazia semanas que ela vinha lhe mostrando nada além de desrespeito. Na maneira como se vestia, na maneira como falava, em sua própria presença. E ali estava.

A gota d'água. Ela nem tivera o profissionalismo, a *cortesia*, de ficar acordada enquanto ele trabalhava. Ou – até parece – levar-lhe caf enquanto ele trabalhava.

Ele deu dois longos passos em direção a Yama, enfiou o pé embaixo da borda da cadeira dela e puxou. Ela se estatelou no chão.

Winshur sentiu o coração martelando em seus ouvidos e sua visão pareceu escurecer. Uma raiva irracional subiu dentro dele e as humilhações e injustiças do dia, de sua vida, a irritação final pela insolência de Yama, explodiram de uma só vez.

Winshur saiu cambaleando de seu escritório, tateando às cegas as paredes até encontrar o banheiro. Ele vomitou na pia mais próxima, botando para fora em bile e pedaços toda a comida luxuosa e cara que havia comido naquele almoço ridículo. Não demorou muito e logo estava vomitando em seco, com lágrimas escorrendo pelo rosto. O que ele fizera? *O que ele fizera?*

Yama merecera, ele disse a si mesmo. Merecera os chutes na cabeça e na barriga, a violência que havia cometido contra ela. Mas, mesmo enquanto pensava isso, parecia-lhe uma mentira.

Finalmente ele se acalmou. Lavou o rosto diante do espelho, fazendo o possível para evitar o próprio reflexo. Não queria ver como estava sua aparência agora.

Um som atrás dele, alguém pigarreando, e ele girou tão rapidamente que quase perdeu o equilíbrio. Agarrou a borda da pia para não escorregar nos azulejos brancos e frios. Diante dele estava o pesadelo.

– Coronel Genial?

– Bratt – disse o homem de olhos azuis, arrastando os "Ts" em seu nome e depois cortando-os com uma nota afiada de desdém. A garganta de Winshur estava apertada, seu pulso, acelerado. Há quanto tempo o coronel estava lá? O que ele tinha visto? Ele sabia o que tinha feito?

– Temos um problema – disse Genial.

– E-eu posso explicar...

O coronel levantou uma sobrancelha fina e amarela.

– Sobre a garota… – Winshur começou.

– Interessante você mencionar a garota – disse Genial, a voz sedosa com alguma emoção que fez Winshur ficar tonto. – Ela me fez uma visita no começo da noite.

Bratt estava pronto para confessar sua fraqueza, sua perda de controle irracional. Asseverar que ele não era o tipo de homem que batia em crianças. Mas tudo congelou em sua garganta.

Genial apontou um dedo ossudo para Winshur.

– Você tem um problema com funcionários.

– A garota. Eu sei. Eu…

– Não com a garota, seu tolo. Acabei de lhe dizer que a garota é exemplar.

– Eu… então quem?

– Seu outro funcionário, Monti Callas. Yama me disse que ele desapareceu esta tarde com seu datapad.

Winshur ficou boquiaberto, incapaz de processar o que Genial estava lhe dizendo.

– Isso não pode estar certo… – ele começou.

– Ah, não?

– Monti Callas nunca causou problemas. Yama Dex, por outro lado… O arquivo dela está cheio de infrações disciplinares. – Ele balançou a cabeça. – Ela está mentindo.

– E por que ela faria isso?

– Ela… – Winshur fustigou o cérebro, tentando pensar em uma razão pela qual Yama diria tal coisa sobre o seu colega de trabalho. – Eu não sei. Mas eu não confiaria nela. Aquela garota…

– Merece uma boa surra? – Genial o interrompeu mansamente, inclinando a cabeça para o lado, os olhos penetrando em Winshur.

Winshur nunca se sentira tão pequeno.

Genial estalou a língua, um som feio e estrondoso no silêncio do banheiro.

– Você realmente é um péssimo juiz de caráter, Winshur Bratt. Mas agora acho que não importa. Só posso dizer que estou feliz por estar aqui para impedir esse desastre antes que ele fosse mais longe. Você tem sorte que Yama Dex teve o bom senso de vir até mim.

– Tenho? – Winshur perguntou, sentindo-se estúpido.

– Parece que seu datapad foi violado e a lista de prisioneiros que o alto comando confiou a você foi roubada. – O coronel fez uma pausa, obviamente esperando para ver como sua declaração afetava Winshur. Winshur só ficou parado ali, perplexo.

– Você entende que Monti Callas cometeu esse crime enquanto estava sob sua supervisão. Portanto, a culpa final repousa sobre você, Bratt. Você... – Ele apontou um dedo para Winshur – terá de responder ao alto comando por isso. – Um sorriso perturbador se abriu no rosto de Genial. – Você pode vir a invejar o espancamento da garota. O dela durou apenas uma questão de segundos. Acho que para você as coisas não serão tão boas, meu amigo.

Winshur sentiu-se fraco. A única coisa que o impedia de cair era segurar-se na pia.

– Já enviei todo o contingente de stormtroopers estacionados aqui para atrapalhar o pequeno plano de Callas – disse Genial de maneira afetada. – Eles devem reunir os convidados para iniciar os interrogatórios muito em breve.

– Plano? Convidados? – Ele estava perdido.

– Serei franco com você, Bratt: Yama Dex apenas implicou Callas, mas acho difícil de acreditar. Um jovem rapaz, com um futuro promissor. Por que ele faria tal coisa? A menos que ele tenha sido instruído a fazê-lo.

Winshur não havia acompanhado inteiramente as acusações de Genial e estava ainda mais confuso agora.

– Não – disse o coronel, apoiando os dedos no queixo, como se estivesse pensando. – Embora a lealdade de Yama Dex à Primeira Ordem seja inquestionável, ela é jovem. Bem intencionada. Receio que suas melhores intenções possam tê-la levado a não ser tão sincera quanto deveria. Sim, acho que ela estava protegendo alguém.

– Quem? – Winshur deixou escapar.

– Depois que percebi que a lista havia vazado – disse ele, continuando como se Winshur não tivesse falado nada –, pedi para a Inteligência monitorar suas redes, ouvir mais conversas. Não demorou muito para que eles obtivessem alguma coisa. Parece que a esposa de Hasadar Shu está realizando um leilão hoje à noite e atraindo bastante atenção dos cidadãos mais desagradáveis de Coronet.

– Hasadar Shu? O político do almoço?

– Ele mesmo. Agora, suponho que você espera que eu pense que é uma coincidência. Um homem que você oportunamente conhece.

– Eu não o conheço! – Winshur protestou. – Quero dizer, eu mal o conheço. Acabei de conhecê-lo.

– Você tinha um encontro com ele agendado para hoje, vinha mantendo contato com ele há um tempo, pelo que entendi, depois de conhecê-lo em uma assembleia clandestina de ativistas ambientais.

– Foi numa reunião pública sobre o uso da terra!

– Ecoterroristas. – Genial se inclinou para mais perto. – Entende? Está muito ruim para você agora. Muito ruim mesmo.

– Mas não é verdade. Nada disso é verdade. – Ele levou a mão trêmula à boca. – Armaram para mim!

Genial balançou a cabeça.

– Eis aqui o que acho que aconteceu. Você pretendia almoçar com Shu e entregar a lista para ele. Mas então eu apareci inesperadamente e acompanhei vocês, para que você não pudesse realizar sua traição. Frustrado, você então alertou Callas para que entregasse a lista em seu lugar.

– Mas você esteve comigo o tempo todo. Como eu teria feito isso?

– Ainda não tenho certeza – disse Genial –, mas seria bastante fácil. Um sinal predeterminado, um gesto secreto com a mão, uma transmissão rápida quando minha atenção estava desviada.

Era tão ridículo, tão ultrajante, tão *falso* que Winshur riu.

O golpe em sua cabeça, totalmente inesperado, o fez tropeçar. Genial pairava sobre ele, a mão levantada como se para atingi-lo novamente.

– Ria agora, Bratt – disse Genial, a voz baixa e calma. – Você não vai rir quando o alto comando tiver acabado com você.

Winshur estava perdido. Lá no fundo, ele sabia disso. Genial o odiava, odiara-o desde o começo. O homem já havia decidido a culpa de Winshur, já tinha sua história, e nada, nenhum protesto de sua parte, mudaria isso. Sentia o intestino solto e tudo o que queria fazer era ficar sozinho para chorar de terror.

– Mas... – Genial levantou a mão. – Nem tudo está perdido. Sabemos que Shu tem a lista. Se você me ajudar a recuperá-la antes do leilão, poderemos remediar esse desastre. Nesse caso, eu poderia, *poderia*, interceder por você. Pedir que eles tenham misericórdia para com você.

– Misericórdia? – Winshur agarrou-se a essa palavra. – O que devo fazer?

– Limpe-se e me encontre lá embaixo. Vou explicar no caminho.

Winshur se limpou o melhor que pôde. Não se atreveu a voltar ao escritório para buscar uma camisa limpa. Ele tinha medo do que poderia encontrar lá. Yama ainda enrolada como uma bola no chão, ou, pior, morta. Ou – e talvez isso fosse o que ele mais temia – Yama machucada e espancada por suas próprias mãos, olhando-o acusadoramente, sorrindo maliciosamente de sua fraqueza, e agora sob a proteção do Coronel Genial.

CAPÍTULO 24

A CASA DE HASADAR E NIFERA SHU havia sido transformada em um reino subaquático para a ocasião do quinquagésimo aniversário de Nifera. O mar azul cintilava ao redor com projeções de hologramas fantasmagoricamente realistas, e peixes estranhos em cores vivas nadavam pela multidão de convidados que exclamavam em admiração com a exibição. A comida tinha como temática o oceano, e Poe e Finn encontraram mesas fartas com todos os tipos de criatura marinha comestível, incluindo twenchok empanado e frito em porções tubulares perfeitas, colo clawfish coberto de sal rosa, camarões enormes com olhos e antenas intactos dispostos em montanhas de gelo envolvidas em névoa de condensação e meia dúzia de espécies de peixe servidas sobre algas multicoloridas que Poe não sabia dizer o que eram. Até mesmo as bebidas que os garçons circulavam faziam referência aos oceanos de Corellia em tons de verde, azul e cinza-tempestade. Elas borbulhavam vivamente em taças longas, e Poe podia jurar que ouviu o som distante de ondas quebrando na praia ao levar uma aos lábios para tomar um gole.

– Este lugar é uma loucura! – exclamou Finn, já em posse de um prato repleto de iguarias marinhas. – Você já tinha visto tanta comida assim?

– Uma vez – disse Poe. A lembrança provocou-lhe um arrepio. – Não tenho boas recordações.

– Certo. – Finn enfiou uma perna inteira de caranguejo yob na boca, mordeu e fez uma careta de dor.

– Você tem que tirar a casca primeiro – disse Poe, divertido.

Finn parecia indignado.

– Então, por que não avisam?

Poe bateu a mão no ombro do jovem.

– Eu já disse o quanto admiro você?

Finn sorriu.

– Não tanto quanto deveria.

Poe esvaziou numa golada a taça que segurava na outra mão. O drinque era verde-claro e tinha o gosto de raios do sol atravessando florestas de algas... pelo menos, Poe achava que era esse o sabor que tal imagem poderia ter.

– Está pronto para apresentar nosso presente aos Shu?

– Deixe-me apenas... – Finn enfiou um pedaço escuro e carnudo de peixe na boca. Revirou os olhos de prazer. Limpou as mãos. – Ok, agora estou pronto.

Eles abriram caminho entre a multidão de humanos, Twi'leks, Sullustanos, Barbadelanos e uma dúzia de outros habitantes da galáxia. Era um grupo heterogêneo de indivíduos, de culturas e línguas variadas, mas todos tinham uma coisa em comum. Todos pareciam muito, muito ricos.

– Ei, Lorell – disse Finn, a boca próxima da orelha de Poe. – Notou algo alarmante nessa gente?

Poe analisou um pouco mais detidamente, olhando além da riqueza e da paisagem marítima. Finn estava certo.

– Você sabia que metade dos participantes da festa seria da Primeira Ordem? – perguntou Finn.

– Está mais para um quarto – Poe o corrigiu sem se virar –, mas não. Acho que subestimamos a presença da Primeira Ordem em Coronet, e que todos estariam aqui hoje à noite.

– Você acha, é? – Finn zombou, enquanto outro oficial passava por eles, cumprimentando-os com um rápido aceno de cabeça.

– Ainda quer usar esse alfinete? – perguntou Poe.

– Está brincando? Agora mais do que nunca. – Finn hesitou. – Mas você vai me dar cobertura numa briga, certo?

Poe riu.

– Inevitavelmente.

Era estranho ver tantos oficiais da Primeira Ordem ali, mas talvez essa fosse a natureza da ocupação. Os empresários e políticos locais bajulavam a elite da Primeira Ordem, e o alto comando na maioria das vezes os deixava cuidar de seus negócios – desde que seus negócios envolvessem fornecer naves, mão de obra barata e tudo o mais que a Primeira Ordem precisasse. Repugnante, mas não era a primeira vez que Poe via isso acontecer a um planeta. E isso nunca durava. Mais cedo ou mais tarde, a Primeira Ordem ia querer mais do que Corellia poderia dar, e a pressão sobre eles se intensificaria, sufocando-os. E Corellia ou reagiria ou acabaria se tornando um bagaço totalmente consumido, uma casca oca.

Eles chegaram à fila para entrega dos presentes e juntaram-se aos outros convidados, aguardando por um momento de atenção dos Shu.

– Ainda está com o presente? – Finn perguntou.

Ele levantou a caixa em resposta. Do embrulho escapou um estranho sibilo. Nada encorajador.

Eles não precisaram esperar muito para ficar cara a cara com Hasadar e Nifera. Hasadar era um homem bonito. Usava uma túnica azul-escura, ajustada com um cinto de dentes de tubarão. Ele abriu um grande sorriso ao saudá-los. Sua esposa era uns bons centímetros mais alta que ele, com pele cor de ébano que brilhava na estranha translucidez do mundo subaquático artificial. Seus cabelos estavam majestosamente enrolados no topo da cabeça, e ela usava brincos compridos que se curvavam em torno dos lóbulos e pendiam sobre os ombros largos. Seu vestido era feito de centenas de minúsculas conchas brancas e se alargava nos quadris apenas para afunilar nos joelhos e finalmente deslizar pelo chão como uma cauda. Ela usava uma enguia albina viva em volta do pescoço, como se fosse um colar. Poe balançou a cabeça, achando graça. O presente de Suralinda e Charth era impressionante, mas estava longe de ser uma enguia.

– Lorell Shda – Nifera Shu o cumprimentou. – É um prazer finalmente conhecê-lo. Nossos conhecidos em comum falam muito bem de você.

Poe tomou a mão estendida de Nifera e beijou-lhe levemente as juntas dos dedos. Os olhos escuros da mulher brilharam de satisfação.

– O prazer é meu.

– Este é meu marido – ela o apresentou, gesticulando na direção de Hasadar. – Ele não está familiarizado com o seu trabalho anterior, mas certamente é um apoiador.

Poe assentiu para o homem, que retribuiu o gesto em reconhecimento. Nifera não disse com todas as letras que sabia que ele fazia parte da Resistência, mas suas palavras foram sugestivas o bastante para transmitir isso.

– Meu colega, Kade Genti – disse Poe, afastando-se para permitir que Finn se apresentasse.

– Uma rainha do mar – disse Finn, beijando a mão de Nifera –, em seu segundo aniversário de vinte anos.

A mulher Corelliana riu alto.

– Oh, você é encantador. E que nome interessante... – Ela ergueu uma sobrancelha para Finn. – Vejo que é um admirador do pássaro de fogo.

Finn tocou seu alfinete.

– E quanto a você? – ele perguntou, imprudentemente.

Os olhos dela encontraram os de Finn, brilhando de malícia. Mas também de cautela.

– Corajoso – ela murmurou. – Ou muito impetuoso.

– Gosto de pensar que sou um pouco dos dois – respondeu Finn.

Ela voltou-se para Poe.

– Vocês têm um presente para mim, senhores? Além do seu charme e lisonjas?

Poe entregou-lhe o presente. Ele cabia perfeitamente na palma da mão de Nifera, o flimsi em brocado dourado capturando a luz.

Seus olhos brilhavam enquanto desembrulhava a caixa com dedos ávidos. O presente sibilava e chiava em suas mãos agora. Seus olhos se arregalaram quando o flimsi foi rasgado, revelando uma pequena gaiola de metal e, dentro dela, um minúsculo inseto vivo.

– Oh! – ela exclamou.

– Oh! – Finn gritou, surpreso.

– Oh – Poe gemeu baixinho.

Havia um pergaminho preso no topo da gaiola e Nifera o soltou, devolvendo-a a Poe. Ele a apanhou, espiando a criatura. Tinha seis pernas conectadas a uma dura carapaça protetora, não muito diferente da perna de caranguejo yob que Finn tentara comer mais cedo. Mandíbulas pontiagudas estalavam para ele, e tentáculos retorciam-se através das barras da gaiola, como se quisessem alcançá-lo e agarrá-lo.

– É um lylek em miniatura! – Nifera exclamou, parecendo encantada enquanto lia o pergaminho: – Natural das florestas tropicais equatoriais de Ryloth, eles geralmente crescem até ficarem imensos, grandes o bastante para devorar um homem adulto. Mas este foi especialmente criado para permanecer pequeno, contanto que você não o alimente com carne. – Ela arregalou os olhos para Poe, fingindo estar horrorizada, mas dava para ver que não estava com um pingo de medo. Pelo contrário, parecia fascinada. – E – prosseguiu ela – esta é uma rainha.

Ela enrolou o pergaminho de volta e o entregou ao marido, este sim horrorizado. Poe entregou-lhe a gaiola, a estranha criatura ainda chiando e agitando seus tentáculos ameaçadoramente.

– Adorei! – Nifera Shu disse, visivelmente satisfeita. – Acho que esse foi o melhor presente que ganhei, Lorell Shda. – Ela se inclinou e sussurrou-lhe: – Não faço ideia de como você soube que estudei para ser entomologista quando jovem, mas estou impressionada.

Poe piscou de perplexidade. Será que Suralinda sabia? Certamente não.

– Fico feliz que tenha gostado deste pequeno gesto de meu apreço pela sua... existência.

– Gostei, de fato. E agora eu tenho um presente para você. – Ela entregou o lylek ao marido, que imediatamente o passou para um criado que aguardava ali perto. Nifera enfiou a mão no bolso e retirou um pequeno pacote preto em forma de marisco. Ela pegou a mão de Poe e pressionou o pacote contra a palma dele, mantendo temporariamente sua mão entre as dela. A pele da mulher era quente ao toque.

– Boa sorte – ela sussurrou de modo que só ele pudesse ouvir – e que a Força o guie em seus esforços. Os jogos começarão cinco minutos depois de virar a hora.

E, então, ele e Finn estavam sendo conduzidos para fora da fila para que os próximos convidados apresentassem seus presentes ao casal.

Eles perambularam pela sala submarina um pouco mais, tomando cuidado para evitar convidados da Primeira Ordem. Finn fez outra incursão à mesa do banquete, e Poe procurou por Charth e Suralinda. Por fim, encontrou-os perto de uma cachoeira repleta de peixes vivamente listrados. Ela estava virada para o salão e ele passou por ela a fim de encher uma taça com fosse qual fosse a estranha bebida que jorrava das cataratas.

– Belo presente – disse ele secamente, à guisa de cumprimento. – Você sabia que ela era entomologista?

A boca escancarada de Suralinda respondia à pergunta.

Ele bebeu da taça. Tinha gosto dos trópicos, como as férias que passara em Spira. Ele deixou a taça de lado e lançou-lhe um sorriso.

Ela estreitou os olhos.

– Suponho que isso signifique que você recebeu o pacote.

Ele deu tapinhas no bolso do peito. Suralinda lhe entregou um comlink.

– Fique em contato. – E então ela se foi, voltando a se misturar na festa.

Poe foi procurar Finn perto do buffet.

– Ei, experimente isso – ofereceu Finn, entregando a Poe uma fatia de um bolo gelatinoso amarelo em um pequeno prato. Ele tinha o seu próprio, no qual deu uma mordida enorme.

– Do que é?

– Quem se importa? É delicioso.

Poe olhou mais de perto a camada da cobertura.

– Isso são... vermes do mar?

Finn colocou na boca o que restava de seu bolo.

– De-li-ci-o-so.

Um sino soou em algum lugar, marcando a hora.

– Venha – disse Poe. – Vamos encontrar um lugar reservado e ver o que Nifera nos deu.

Em um canto dos fundos do gigantesco salão, encontraram uma varanda com vista para a cidade de Coronet. Poe entregou a Finn o comlink que Suralinda lhe dera e fez sinal para ficar vigiando a porta da varanda enquanto ele próprio saía para a úmida brisa marítima.

Abriu o pacote em formato de marisco e virou o conteúdo em sua mão. Era um projetor holográfico portátil, com um único fone de ouvido. Poe enfiou o fone na orelha direita e apertou o botão do aparelho. Um holograma se projetou bem diante de seus olhos. Era um droide adjudicador segurando um martelo. O droide o saudou como Lorell Shda e exibiu a conta de crédito que Connix havia criado para ele. Poe assobiou baixo de admiração. Era muito dinheiro, provavelmente quase a totalidade dos créditos de que a Resistência dispunha. A gravidade da situação o atingiu em cheio, e ele engoliu em seco. O holograma do droide o instou a escolher um avatar que o representaria no leilão anônimo. No espírito do tema da festa, cada avatar era algum tipo de criatura marinha. Poe escolheu aleatoriamente um crotty vermelho da lista. O holograma à sua frente piscou uma confirmação de que o crotty vermelho estava agora associado à sua conta e pediu que aguardasse. Não teve escolha senão esperar.

– Como está indo?

Poe sobressaltou-se com a voz de Finn em seu ouvido livre.

– Estou esperando o leilão começar.

– Ótimo! Tudo em ordem aqui. – Finn fez um sinal de positivo com o polegar.

O holograma começou a mudar, e Poe voltou sua atenção para a tela. Algo estava acontecendo. Observou com curiosidade quando o droide adjudicador se dissolveu e em seu lugar uma serpente com chifres apareceu. Forte e branca, ela rastejou no holograma diante dele, suas escamas brilhando, até formar um "O", a cabeça elevando-se onde o corpo e a cauda se encontravam. A serpente virou a cabeça com chifres em direção a Poe e abriu a boca. Palavras holográficas pareciam fluir dali. Não no Básico, mas em um idioma que Poe não conhecia. Mas ele não precisava ler as palavras para saber o que dizia: "Todo Conhecimento Deve Ser Livre".

Ele conhecia esse lema. Era usado pelo Coletivo.

Poe ficou surpreso. Ele conhecia o Coletivo. Tivera a oportunidade de lidar com essa organização criminosa no passado. Eram principalmente crackers de criptografia, hackers de rede e piratas de dados. Criminosos com uma causa, mas ainda assim criminosos. Na verdade, a própria Resistência não andava exatamente do lado certo da lei atualmente.

A serpente com chifres se desenrolou e deslizou para fora da tela, sendo substituída pelo familiar droide adjudicador, o avatar de Poe e o saldo na conta de créditos da Resistência. Poe viu quando seus créditos foram subtraídos pela metade.

– Mas que...? – exclamou ele, alarmado.

– Agradecemos sua generosa doação ao Coletivo – disse o droide. – Essa doação não é reembolsável. O leilão começará em aproximadamente três minutos. Por favor, aguarde.

– Eles já pegaram metade dos nossos créditos!

Finn enfiou a cabeça para fora.

– Você disse alguma coisa?

– O leilão. Eles já abocanharam metade de nossos créditos como "doação".

– Criminosos – disse Finn, sacudindo a cabeça enojado. – Não se pode confiar neles.

– O problema não é esse – disse Poe. – Bem, não inteiramente. A questão é que, se os valores desse leilão subirem demais, não seremos capazes de competir.

Finn agarrou o braço de Poe com uma expressão decidida no rosto.

– Temos que conseguir essa lista, Poe. É por isso que estamos aqui. O futuro da Resistência depende dessa lista!

– Eu sei, eu sei. – Ele coçou o queixo. – Vou pensar em alguma coisa.

O droide disse:

– Os lances começarão em cinco... quatro... três... dois... – Um sino tocou em seu ouvido e o mesmo documento que ele vira na biblioteca de Yendor apareceu em sua tela: uma lista de nomes e locais criptografados sob o título SUBVERSIVOS e outra sob o título ATUALMENTE PRESOS. Era isso.

– Lance inicial do lote número doze em dez mil créditos – disse o droide. – Ouço vinte?

Poe fez uma careta, mas estava determinado a vencer.

– Vinte – ele disse ao microfone. – Você tem vinte.

A partir daí, os lances dispararam. Poe teve dificuldade para acompanhar, especialmente com Finn perguntando a cada dois segundos como estava indo. As ofertas não paravam de ser cobertas, e Poe tentou determinar quantos participantes estavam disputando a lista, mas tudo acontecia rápido demais para seguir. Se os lances continuassem naquele ritmo, eles simplesmente não conseguiriam dar conta. Ele cobriu o dispositivo no ouvido por um momento, bloqueando o microfone e fazendo com que o holograma tremeluzisse e sumisse.

– Fi... quero dizer, Kade – ele sussurrou enfaticamente. – Vá procurar os outros interessados. Veja se consegue identificar alguém que pareça estar gastando muito dinheiro.

Finn o encarou com uma expressão confusa.

– Apenas tente fazer isso – disse ele, gesticulando para que Finn se fosse. – Vá. Conte-me o que você vê.

Finn balançou a cabeça em dúvida, mas retornou para o ambiente principal do salão, deixando Poe sozinho. Poe retirou a mão e retornou ao leilão. Nos poucos segundos em que estivera fora, o preço subira outras centenas de milhares de créditos. Seus ombros arriaram de desânimo. Os saltos exponenciais eram simplesmente grandes demais para ele cobrir. Mais alguns minutos nesse ritmo, e ele ultrapassaria o limite da Resistência.

Finn voltou.

– Conseguiu alguma coisa?

Ele deu de ombros.

– Todos eles parecem ricos para mim.

– Alguém com fone de ouvido? – ele perguntou exasperado.

– Não que eu tenha reparado, Poe. Mas encontrei Suralinda e Charth. Eles também ficarão de olho.

Poe assentiu. Era o melhor que podiam fazer. Porque agora ele tinha certeza de que não venceria o leilão. Como era de se esperar, os lances continuaram a crescer exponencialmente, ultrapassando os fundos da Resistência. Seu avatar ficou escuro e o droide informou:

– Você excedeu sua reserva. Adicione mais fundos agora. Se não adicionar mais fundos, este dispositivo se autodestruirá em sessenta segundos. Um, dois...

Poe arrancou o aparelho do ouvido com um murmúrio:

– Droga!

– O que foi? – Finn perguntou por cima do ombro.

– Já era, estamos fora.

– O quê?

– É grana demais para nós.

– O que você quer dizer? Já?

Poe confirmou, carrancudo.

– Então, essa missão toda foi um fiasco? – Finn perguntou, indignado. – Uma perda de tempo?

– Não. – Poe examinou o salão. Ele sabia que a lista tinha de estar ali. Suralinda havia dito que o eventual vencedor teria de estar fisicamente presente para recebê-la, pois ela só podia ser transferida para um dispositivo pessoal e não seria aberta à rede maior nem transmitida ou enviada para onde quer que fosse. Então, talvez o simples fato de ter entrado naquele leilão já não era o jeito correto de executar a missão.

Gritos chamaram sua atenção para a grande entrada. Stormtroopers estavam marchando pela ponte e adentrando o recinto pelas portas da frente. Era visível a ausência de oficiais da Primeira Ordem no salão que antes estava cheio deles, como se tivessem sido avisados para sair e em poucos minutos tivessem simplesmente desaparecido.

– Está acontecendo alguma coisa – ele murmurou para Finn.

Hasadar Shu adiantou-se com sua majestosa túnica e cinto de dentes de tubarão, colocando-se entre os soldados e os convidados da festa. Ele estendeu a mão.

– Parem! – sua voz elevou-se sobre o vozerio. – Esta é uma residência particular! O que significa isso?

O stormtrooper na liderança ergueu seu rifle e apontou para o homem. Ele não hesitou. Simplesmente puxou o gatilho.

Hasadar Shu foi lançado para trás, o pescoço estalando violentamente. Caiu no chão com um buraco de blaster na testa.

Houve um momento silencioso de choque, os convidados paralisados de horror. O único som na sala era a estranha música subaquática que continuava tocando, proveniente de alto-falantes ocultos, e o martelar contínuo das botas dos stormtroopers enquanto se espalhavam pela festa, sinistras figuras brancas deslocando-se através do fundo do mar artificial.

Atrás deles, surgiu um oficial da Primeira Ordem, frio e espectral, sua aparência esquelética de tão espremido em seu uniforme preto.

– Esta é uma reunião ilegal – declarou o homem em voz alta. – Sob a autoridade conjunta da CorSec e da Primeira Ordem, todos os convidados serão detidos e interrogados. Se vocês forem inocentes, não têm nada a temer. – O oficial passou por cima do corpo caído de Hasadar. – No entanto, se resistirem, serão executados.

Houve um estrondo alto quando alguém ou algo fora do campo de visão direto de Poe derrubou uma das altas mesas de banquete. Ele vislumbrou a silhueta de uma enorme torre prateada, cheia de gelo e frutos do mar, caindo no chão fragorosamente. O barulho ensurdecedor reverberou pelo salão, alto e inesperado como uma bomba. Um dos stormtroopers, sem dúvida abalado pelo som, disparou freneticamente contra a multidão.

E foi aí que os gritos começaram.

CAPÍTULO 25

– ONDE ESTÁ TODO MUNDO? – perguntou Wedge quando eles preparavam suas naves para atracar. Os códigos de Nasz funcionaram que foi uma beleza; a mulher do outro lado da transmissão deixou-os passar sem pensar duas vezes.

Snap respondeu primeiro.

– Pelo que entendi, a cidade de Coronet está sob ocupação da Primeira Ordem, mas o governo local ainda está tecnicamente no comando.

– Tecnicamente – disse Karé, rindo baixinho. – Nós sabemos como isso funciona.

– Eles redirecionaram grande parte da construção de naves, mas a CorSec ainda decide quem vai e quem vem.

– Sério? – Norra parecia cética.

O filho dela encolheu os ombros.

– Eles não pareciam interessados em nós.

Snap estava certo. Se realmente houvesse prisioneiros de alto valor ali e construção de caças estelares, destróieres e naves de ataque terrestre, não haveria um pouco mais de segurança?

– Talvez haja outra prioridade hoje à noite – sugeriu Karé.

– Ou – disse Nasz – talvez a população tenha se levantado em rebelião e a Resistência tenha vencido o inimigo em Corellia sem ter de levantar um dedo.

Silêncio, até Snap dizer:

– Você não tem muitos amigos, não é?

– Não tenho amigos. – Nasz sorriu. – E é assim que eu gosto.

– Algum palpite sobre aonde todos eles foram, Wedge? – Karé perguntou, trazendo-os de volta ao tópico. – Você conhece este lugar melhor. Por acaso é algum feriado importante ou algo assim? Algum tipo de evacuação?

A nave pousou sem problemas. Snap realmente se tornara um piloto excepcional. Não que pilotar uma nave de carga estivesse à altura dessa arte, mas pilotar um X-wing e um gigante volumoso como aquele com a mesma habilidade? Bem, isso demonstrava talento. Paciência.

– Não faço ideia – disse Wedge. – Faz muito tempo que saí daqui.

– Bem – disse Nasz, levantando-se. – Vamos ver por nós mesmos.

– Mesmo assim, iremos armados – disse Norra.

– Claro. Nós não somos estúpidos.

A porta externa se abriu e a rampa baixou. Wedge soltou seu cinto e se levantou. Pegou a pistola que Norra lhe entregou e colocou no coldre amarrado à cintura. Verificou seu disfarce, que na verdade nem chegava a ser mesmo um disfarce: calça marrom e uma jaqueta sobre uma camisa num tom mais claro. Algo para fazê-lo se misturar como trabalhador ou mecânico em seu dia de folga. O restante do grupo usava roupas igualmente desinteressantes. Todos, exceto Nasz, que ainda usava sua pele de animal e seu macacão de um ombro só, mas pelo menos havia vestido uma jaqueta de lona por cima para o conjunto se tornar mais discreto para um observador casual e esconder as marcas em seu braço.

Karé optou por ficar na nave, certa de que seria necessária uma fuga rápida, e Nasz insistiu em ir, então os quatro – Wedge, Norra, Snap e Teza Nasz – desembarcaram e atravessaram o enorme hangar.

Era estranho que ninguém estivesse ali. Claro, já era tarde, mas aquela era uma grande cidade intergaláctica. E Charth dissera que a Primeira Ordem estava construindo naves sem parar. Definitivamente, algo estava acontecendo. Eles chegaram até as portas principais que levavam ao centro da instalação antes que alguém os parasse.

– Alto, intrusos! – soou uma voz atrás deles.

– Calma – murmurou Wedge, quando viu Nasz fazer um movimento para pegar o blaster em sua cintura. – Conversamos primeiro.

Seus dedos permaneceram no coldre por um momento antes de ela levantar as mãos como os outros e se virar para encarar o acusador. Era um jovem, trajando o uniforme negro da Primeira Ordem e sem insígnias para indicar sua posição. Wedge supôs que ele não devia ter mais de dezessete anos. Ele lançou a Nasz um olhar de censura e ela deu de ombros.

– Oi – Wedge disse jovialmente. – Estamos um pouco perdidos.

O garoto o fulminou com os olhos.

– Vocês não deveriam estar aqui. Esta é uma área restrita. – Seus olhos se estreitaram. – Mostrem-me os seus crachás de trabalho.

– Crachás de trabalho?

– Vocês são mecânicos, não são?

– Eu não sou – respondeu Nasz.

Snap bufou e Wedge suspirou alto. Os olhos do garoto dispararam entre os dois. A compreensão de que ele estava em perigo enfim lhe ocorreu, e ele deu dois passos para trás, com os olhos arregalados. Procurou apressadamente o transmissor preso ao cinto, mas Nasz estava sobre ele antes que o garoto pudesse soltá-lo. Ela aplicou um gancho de direita bem dado na bochecha do cadete e ele desabou no ato, seu transmissor deslizando pelo chão.

– Sério mesmo? – perguntou Wedge. – Você não poderia apenas dizer que era mecânica?

– Ah, qual é, vovô – ela disse. – Estava demorando muito. Pelo menos, não atirei nele.

– Decididamente, espionagem não é para você – disse Snap, calmamente. Wedge não tinha certeza se estava falando com ele ou Nasz, mas preferiu acreditar que o comentário era para a ex-Imperial.

Norra balançou a cabeça e fez sinal para Snap se aproximar. Juntos, eles ergueram o jovem oficial inconsciente pelos braços e pernas e o carregaram para um canto. Eles o jogaram lá nas sombras e correram de volta para Wedge e Nasz.

– Devíamos ter perguntado a ele onde estão todos – observou Snap.

– Sim – Wedge disse secamente –, e eu teria feito isso. Se alguém não fosse tão rápida em resolver todos os problemas com os punhos.

– Já pedi desculpas – disse Nasz.

– Não, você não pediu.

– Bem, eu pensei em pedir.

– Duvido disso também.

– Ei – interrompeu Norra. – Vocês têm certeza de que não são o casal aqui? Vamos.

Eles entraram no prédio principal sem nenhuma outra interferência. Todo mundo realmente tinha ido embora. O lugar não tinha nada de excepcional, exceto que as paredes de seus longos corredores estavam repletas de esquemas emoldurados de várias marcas e modelos de naves. Entre as fotos emolduradas, dezenas de placas de premiação e vitrines de vidro apresentando partes de naves antigas para os olhos interessados.

– É como um museu – observou Snap, em voz baixa.

– Olhe para isso – disse Norra, animada. – Esse é o esquema original de um cargueiro pesado da classe *Baleen*. Essas coisas são uns monstros de grandes.

Wedge e Snap pararam para olhar, mas Nasz continuou andando.

– Isso não é uma excursão – ela resmungou por cima do ombro.

Desceram por outro corredor, este cheio de janelas que davam para o hangar de onde tinham acabado de chegar. Estavam construindo naves ali, podiam ver bem. E não apenas cargueiros enormes. Wedge avistou um modelo familiar de TIE e mais alguns que pareciam inovações dos caças, mas totalmente desconhecidos. E um que o fez suspirar de admiração: um Tantive IV Corelliano.

– Olhe só para essa coisa – disse ele a ninguém em particular.

– Furador de bloqueios – respondeu Norra por cima de seu ombro. – Um desses em nossas mãos seria bem útil.

– Vamos ver o que podemos fazer na saída – disse Snap.

– Eu realmente gostaria que tivéssemos mais tempo aqui – disse ele, com voz melancólica. – Eu já disse que tinha uma tia que trabalhava na Corporação Corelliana de Engenharia?

Norra sorriu.

– Talvez possamos voltar aqui de férias um dia, quando o local não estiver ocupado pela Primeira Ordem.

O corredor terminava em um elevador e, ao lado, havia uma tela que, quando Nasz pressionava com a mão, exibia os andares e seus respectivos escritórios.

– Para onde? – Snap perguntou.

– Registros – Nasz afirmou confiante. – Se a Primeira Ordem for parecida com o Império, mantém registros meticulosamente arquivados.

– Não podemos acessar os registros que precisamos de qualquer lugar? – perguntou Norra.

– Talvez sim. Talvez não. Mas digo que é sempre melhor começar pelo centro de operações, se possível. – Ela passou o dedo pela tela até encontrar o que estava procurando. – Não fica tão longe. Sete andares acima.

Norra apertou o botão para chamar o elevador e eles esperaram, armas em punho. O indicador dos andares marcava dez, nove, oito... enquanto o elevador descia. Wedge prendeu a respiração, esperando problemas. O elevador parou, emitindo um suave sinal sonoro para avisar que havia atingido o andar do hangar.

– Preparem-se – disse ele, ajeitando a empunhadura do seu blaster.

As portas se abriram. O elevador estava vazio.

Ele exalou aliviado. Snap entrou primeiro, verificando o elevador, até cutucando a grade do teto para confirmar que ninguém estava escondido ali em cima.

– Liberado – disse ele.

O ar no elevador parecia parado, pesado, quase claustrofóbico enquanto eles se aglomeravam.

– Acho que preferia algum conflito físico – disse Snap, sacudindo o braço. – Toda essa aparente tranquilidade está me deixando nervoso.

Norra assentiu.

– É como se o inimigo estivesse se escondendo, esperando para atacar.

– Agradeça por não termos deparado com problemas – disse Nasz. – Muitas coisas ainda podem dar errado.

– Absolutamente nenhum amigo, hein? – O comentário de Snap não era tanto uma pergunta, mas uma declaração de fato.

Eles chegaram ao sétimo andar e Wedge fez sinal para que fizessem silêncio. Sabia que era só conversa fiada para diminuir um pouco o nível de adrenalina, mas estava tentando se concentrar e, por alguma razão, a tagarelice o estava incomodando hoje.

As portas se abriram e eles desembocaram no saguão diante deles. Wedge sinalizou para Norra e Nasz liderarem. Ele e Snap ficaram na retaguarda. Eles se deslocavam lentamente, de anteparo a anteparo, verificando cantos e portas, metódicos e cuidadosos. Haviam quase chegado ao escritório executivo de registros quando ouviram barulho à direita. Norra fez sinal para voltarem e se esconderem no momento em que um oficial da Primeira Ordem saiu do que parecia ser um banheiro. Seu cabelo estava despenteado, e ele puxava o uniforme como se tentasse endireitar o tecido amassado. Parecia exausto, olhos pesados e com olheiras, pele pálida. Sua expressão era de pavor, sua face era macilenta, e um vergão vermelho marcava sua bochecha. Ele seguiu com as pernas fracas até o elevador, e eles o deixaram passar sem ser incomodado.

Ouviram o som das portas do elevador se abrindo e, quando tiveram certeza de que o homem se fora, continuaram pelo corredor. Norra passou primeiro pelas portas do escritório executivo, com o blaster levantado. Esperaram em silêncio por seu sinal de ok. Segundos se passaram e depois um minuto inteiro.

Snap fez um gesto preocupado para Wedge. Wedge apontou o queixo em direção a Nasz e, quando ela estava prestes a entrar, Norra saiu, com uma expressão estranha no rosto.

– Tem uma garota – disse Norra, num tom frio. Wedge reconheceu esse tom. Norra era intensa o tempo todo, uma chama de mulher, exceto quando as coisas estavam realmente ruins. O gelo em sua voz significava que ela estava tentando conter alguma emoção, geralmente assassina. Mas ela colocou o blaster no coldre e deixou pender os braços ao longo do corpo, de modo que o perigo havia passado, fosse o que fosse, deixando apenas sua fúria gelada. – Ela disse que vai nos ajudar.

– Como é? – ele perguntou cautelosamente.

– Entre. Veja por si mesmo.

Wedge e Snap trocaram um olhar. Ele conhecia aquela frieza também. O que quer que fosse, não era bom.

– Vamos lá – disse Norra. Ela se virou e não lhes deixou escolha a não ser segui-la.

As portas do escritório se abriram para uma antessala com duas mesas, uma de cada lado do caminho principal através do escritório que levava a outro conjunto de portas. Essas portas estavam abertas e através delas Wedge viu outra mesa, essa maior que as duas na área de recepção. Além daquela mesa, havia uma janela retangular no nível dos olhos, que dava para o que Wedge imaginou ser o hangar, sete andares abaixo deles.

Mas foi a garota que chamou sua atenção. Ela estava sentada a uma das mesas, com a cabeça baixa. Seus cabelos alaranjados estavam emaranhados de sangue e ela segurava um pano contra o nariz. Estava encharcado de vermelho.

– O que está acontecendo? – perguntou Wedge.

– Esta é Yama Dex – explicou Norra calmamente. – Quantos anos você disse que tinha, Yama?

– Quinze – ela disse morosamente.

– Quinze – confirmou Norra, desviando os olhos para Wedge. – E quem fez isso com você?

A menina suspirou profundamente. Ela disse algo que Wedge não conseguiu ouvir, mas Nasz sim, e assobiou baixo. A mulher deu alguns passos para longe, rindo baixinho, balançando a cabeça, incrédula.

Wedge não tinha certeza do que a reação dela significava, mas ele podia adivinhar. Como uma ex-Imperial, ela experimentara a brutalidade do Império de perto e pessoalmente. A perversidade da Primeira Ordem provavelmente lhe parecera familiar demais, e contra uma deles, nesse caso. Provavelmente, havia muitas histórias que Nasz poderia contar sobre seu tempo como Imperial que a transformou na mulher que era agora, mas Wedge não tinha certeza de que tinha estômago para ouvi-las.

– Quem fez isso? – Wedge perguntou, ecoando Norra.

A garota olhou para cima. Wedge se encolheu. Ela fora espancada. Seu nariz parecia quebrado e a área ao redor do olho estava inchando rapidamente, os vasos sanguíneos esmagados em pequenos afluentes. Na sua época, tinha visto dezenas de espancamentos, recebido a parte que lhe cabia, distribuído outros mais, mas não tinha certeza de ter visto algo tão brutal como aquela garota sentada calmamente atrás de sua mesa, no escritório de registros, seu rosto uma massa disforme de sangue e hematomas.

– O Oficial Executivo de Registros Bratt. – Sua voz era um lamento baixo de dor. Quem quer que Bratt fosse, ele fora importante para ela e quebrara não apenas o seu corpo, mas algo mais profundo.

– O homem saindo do banheiro? – Wedge perguntou a Norra.

– Esse é o meu palpite.

A garota fungou e depois estremeceu com a dor. Ela olhou para Wedge com os olhos vermelhos.

– Ela disse que vocês estão procurando por um dos prisioneiros que chegaram ontem à noite.

– Isso mesmo – disse Wedge.

Nasz andou de volta até eles.

– Você sabe onde eles estão sendo mantidos?

– Eu estava lá quando o Oficial Bratt os designou para suas funções. Eu posso encontrá-los.

Wedge piscou. Coincidência demais? Uma armadilha? Ou um inacreditável golpe de sorte?

– Se lhe dermos o nome de um prisioneiro, acha que consegue achá-lo em seus registros? – perguntou ele.

– O Oficial Bratt guardava a lista em seu datapad pessoal, que está bloqueado.

– Podemos desbloquear – disse Nasz, confiante. – Cadê o datapad?

A garota direcionou o olhar brevemente para a grande mesa na sala adjacente.

– Ali – disse Snap.

Um momento depois, ele voltou com um datapad de mão. Entregou-o a Nasz. Ela empurrou a caixa de fitas do tampo da mesa vazia do outro lado da sala e subiu nela, sentando de pernas cruzadas no topo. Tirou um drive do bolso em seu quadril.

– Isso aqui tem todas as chaves de criptografia que o Império já usou, pelo menos até Jakku. É possível que a Primeira Ordem tenha a sua, mas vamos tentar estas primeiro. Se não funcionarem, tenho outras ideias.

– Quanto tempo vai demorar? – Wedge perguntou.

A ex-Imperial encolheu os ombros.

– Pode demorar alguns minutos, pode demorar uma hora. Pode não funcionar.

Wedge voltou-se para a garota.

– Você sabe aonde o seu chefe foi? E se ele voltar?

Ela deu de ombros e balançou a cabeça negativamente.

– Com certeza há muitos lugares neste prédio em que eles poderiam manter prisioneiros – disse Norra. Ela se virou para Yama. – Existe um lugar onde os trabalhadores moram? Os que eles mantêm no local? Um acampamento ou dormitório ou...

– ... um centro de detenção – Nasz murmurou.

– Provavelmente querem que eles se misturem.

– Não muito. Senão, eles começam a fazer aliados, falando de onde são, o que costumavam fazer para viver, família, animais de estimação, os bons e velhos tempos. Eles não podem ter isso. Estarão isolados juntos, próximos o suficiente para não atrair suspeitas de terceiros, mas podendo ser presos, se necessário.

Snap puxara uma cadeira do escritório atrás deles e se posicionara como vigia, a arma descansando, mas pronta em seu colo.

– Como você sabe dessas coisas?

– Parte do antigo trabalho.

– Existem dormitórios – Yama esclareceu.

Wedge e Norra trocaram um olhar.

– Ransolm pode estar lá – disse ele.

– Ransolm... – Yama murmurou. Todos olharam para ela. Ela os encarou com os olhos arregalados e depois corou.

– Você reconhece o nome? – perguntou Wedge, com a respiração suspensa.

– Prisioneiro 876549C.

– Você tem certeza? – Norra perguntou.

– Eu tenho memória fotográfica. Por isso me colocaram nos registros. O Oficial Bratt nunca se perguntou por que lhe designariam uma cadete de quinze anos, então nunca contei sobre isso a ele. Mas eu lembro de tudo. Sempre fui assim.

– E você está dizendo que o prisioneiro 876549C é Ransolm Casterfo? Ele está aqui com certeza? – Parte de Wedge duvidava que encontrassem o homem, apesar do que Leia acreditava. Ela estava apenas supondo, afinal. Após um palpite baseado em algumas letras. Mas ele já deveria saber que um palpite de Leia era sempre mais do que um palpite, e ali estava a confirmação.

– Eu o vi – a garota confirmou. – Ele foi designado para instalação de canos de esgoto.

– Você sabe onde fica isso? – Norra perguntou.

Ela balançou a cabeça negativamente.

– Mas eu sei – disse Nasz. Ela levantou o datapad. – Essa parte não está criptografada. – Levou alguns instantes para encontrar o que estava procurando, mas ela conseguiu. – Hum...

Wedge se aproximou para olhar a tela.

– O que você descobriu?

– Nenhum Ransolm, obviamente, e nenhum prisioneiro 876549C. Mas há um novo contratado que foi adicionado à instalação de canos de esgoto esta manhã e está alojado... – Ela apertou mais alguns botões. – No dormitório F.

– O dormitório F está fechado para reformas – disse a garota, parecendo intrigada. – Eu passo por ele no caminho para o escritório. Ninguém está alojado lá agora.

Nasz olhou para cima, sorrindo, e Wedge lhe devolveu o sorriso.

– Nós o encontramos.

CAPÍTULO 26

MAIS UMA VEZ, LEIA SE PEGOU olhando pelas janelas da biblioteca de Yendor, que havia se transformado em uma sala de guerra. Tornara-se um local favorito rapidamente. Havia algo de pacífico na vista, a imensidão do deserto que se estendia por quilômetros à sua frente, aparentemente vazia, mas sem dúvida repleta de vida, grande e pequena. Ratos do deserto, pássaros, aranhas, uma miríade de insetos que viviam na paisagem árida. Flores secretas que desabrochavam apenas à noite, suculentas, armazenando umidade, raízes que corriam bem abaixo do solo seco, procurando as águas subterrâneas. Tudo escondido, mas muito vivo.

A metáfora não passara despercebida para ela. Raízes para a Resistência eram exatamente o que ela esperava plantar. Ali ou em outro lugar. Com esses companheiros, antigos e novos, ou talvez outros. Ela não sabia. Mas sabia que, no final, não seria sua escolha. A vida não lhe dera muitas opções além da obrigação de sobreviver. Então, era isso que ela fazia. Sabendo que era seu propósito sobreviver ao que viesse a seguir, e ao que viesse depois e depois disso. Que, contanto que ela acordasse no dia seguinte e fizesse algo para alimentar, regar e nutrir essas raízes, então o dia teria sido bom.

– Leia.

Ela deu as costas para a paisagem e deparou com Yendor esperando pacientemente por sua atenção, com as mãos cruzadas atrás das costas.

– Desculpe – disse ela. – Minha mente estava em outro lugar. Há quanto tempo você está aí?

– Não muito – ele minimizou. – E sempre amei essa vista. Essa é uma das razões pelas quais assumi este posto.

– É adorável – ela concordou. – E pacífica. Pelo menos até eu aparecer. – Ela apontou para o centro da sala, onde estavam a mesa e o holograma. Mesmo agora, um punhado de pessoas circulava, com datapads na mão ou estudando mapas estelares e logística e tudo mais que Rieekan, Orrimaarko e os outros haviam organizado.

Yendor encolheu os ombros.

– Estava ficando chato aqui no deserto. Além do mais, já discutimos isso.

– Eu sei – disse ela, levantando a mão. – Estou ciente do quanto impusemos.

Yendor sorriu.

– Pensei que era isso que a realeza fazia. Impor.

– Generais também – disse ela, provocando.

– Mas eu não faria de outra forma. – Ele apontou para a porta. – Alguém está esperando para falar com você também.

Leia olhou na direção que ele apontou.

– Rey?

Apesar da distância, a garota a ouviu e espiou pela porta. Ela acenou.

Leia balançou a cabeça, achando graça. Ainda estava surpresa que Rey tivesse pedido para ficar para trás em Ryloth. Tinha certeza de que ela gostaria de acompanhar Finn e Poe em sua missão, ou pelo menos se juntar à equipe de resgate de Wedge. Afinal, ela era um recurso formidável. Mas Rey a procurou, após uma conversa com Finn, dizendo que ela tinha a sensação de que seria necessária ali, ao seu lado. Leia deu uma longa olhada em seus olhos e concordou. Não sabia o que Rey sentia, mas sabia respeitar isso, assim como havia aprendido a respeitar suas próprias premonições. No entanto, Rey devia estar ansiosa; toda aquela espera não vinha sendo agradável para nenhum deles.

– Com licença – disse ela a Yendor antes de caminhar em direção à porta. Rey a encontrou no meio do caminho. Elas pararam em frente à mesa do holograma.

– General Organa – disse ela.

Leia pensou em corrigi-la, lembrá-la mais uma vez de chamá-la de Leia, mas já a corrigira meia dúzia de vezes. Então, seria general.

– Há algo errado, Rey?

Ela mordeu o lábio.

– Pode falar – disse Leia.

– Como estão indo as missões? – ela perguntou apressada. – Finn e Poe, a recuperação em Bracca, o resgate de prisioneiros? Está tudo certo?

Leia estreitou os olhos.

– Até onde sei... Por que pergunta? Você está...?

Rey assentiu. Ela respirou fundo antes de continuar.

– Estou com aquela sensação novamente. Pensei que iria embora, mas não foi e... – Ela parecia perdida.

– Rey – disse Leia gentilmente, conduzindo suas palavras com uma atitude compreensiva. – Você e eu temos algo especial. Algo que significa que sensações não são apenas sensações. Você entende?

Rey assentiu.

– A Força – disse ela, a voz quase um sussurro.

– Então, é melhor você me dizer.

– Aí é que está! – disse ela, a frustração transbordando. – Eu não posso! Porque não tenho certeza do que isso significa. É apenas... uma sensação.

Leia estudou o rosto dela. A garota estava perto, tão perto de algo grande. Maior que Leia, talvez até maior que Luke, se isso fosse possível. Mas Leia sabia que não era ela quem a levaria até lá; seria outra pessoa. No entanto, faria o que pudesse por Rey, enquanto pudesse.

– Vamos checar as missões, então? Ver se há notícias.

Rey cedeu, aliviada.

Elas foram até o console de comunicações onde Rose e Connix estavam sentadas. Cada uma delas tinha seus fones de ouvido em volta do pescoço, o olhar concentrado estudando as telas diante delas. R2-D2 também estava lá, e ele soltou um bipe cumprimentando Leia, que retribuiu com um aceno de cabeça. Ela se inclinou por cima do ombro de Rose.

– Alguma novidade?

Rose sobressaltou-se.

– General Organa! – ela se apressou em dizer. Sentou-se ereta, afastando os fones de ouvido e colocando-os sobre o console. – Eu não a vi – confessou. Ela deu um sorrisinho para Rey. – Oi!

– Oi – Rey disse, com um aceno de cabeça.

– Alguma notícia de Bracca ou Corellia? – Leia perguntou.

– Zay se reportou às nove horas. Ela relatou que aterrissaram no planeta e o Esquadrão Refugo já se dirigiu ao ponto de encontro com o contato da guilda.

– Esquadrão Refugo? – Leia perguntou, divertida. – Tenho um palpite de quem sugeriu esse nome. Ela relatou algum problema?

– Não. Quero dizer, negativo. Tudo parecia estar indo bem. Mas ela disse que a equipe em campo estaria fora de contato pelo comlink por um tempo. Algo sobre interferência na superfície do planeta.

– Bom. – Ela se virou para Connix. – E as equipes em Corellia?

– O Time Um chegou e está no leilão – disse ela. – Eles também estão sem contato pelo comlink, mas por razões de segurança. Parece que há uma presença substancial da Primeira Ordem onde eles estão. Mas estou monitorando isso aqui. – Ela apontou para quatro pequenas luzes vermelhas piscando na tela.

– Então, sabemos se o leilão começou?

– Sim – disse Rose. – Tivemos uma comunicação de Maz Kanata.

– Ela relatou algum problema?

– Nada até agora.

– E a outra equipe Corelliana?

– Nenhuma notícia do Time Dois também – disse Connix. – Mas, no momento em que souber de alguma coisa, avisarei.

– Obrigada – disse Leia. Ela se virou para Rey. – Isso ajuda?

– Sim – disse Rey. – Mas ainda sinto algo. Não consigo explicar. – Ela fez uma pausa, a boca aberta como se procurasse as palavras certas, mas afinal balançou a cabeça, desistindo. – Não consigo explicar – repetiu.

– Tudo bem – disse Leia gentilmente. – Quando você souber, venha me encontrar e nós vamos...

Rey levantou a cabeça de repente. Sua voz estava tomada pelo terror.

– Eles estão aqui!

Um alarme de aproximação soou pela sala. Portas de metal maciças desceram estrondosamente sobre as janelas de vidro, tapando velozmente a paisagem do deserto.

– Todos a postos! – Yendor gritou do outro lado da sala. – Toquem o alarme. A Primeira Ordem está aqui. Estamos sob ataque!

CAPÍTULO 27

– ESPALHEM-SE! – SHRIV ORDENOU, mas, para Wesson, era tarde demais. Ele viu a pilota de cabelos índigo cair com um tiro de blaster nas costelas. Raidah gritou. Shriv praguejou e mergulhou para a esquerda, seu próprio blaster disparando quando seu ombro bateu em um grosso poste de metal. Ele estremeceu com a dor, escondendo-se atrás da limitada proteção. Os outros membros de sua equipe fizeram o mesmo, abrigando-se atrás das amplas colunas de aço que ladeavam o corredor. Era um refúgio frágil, e eles ainda estavam muito expostos, mas semelhante era a situação dos stormtroopers. Ambos os lados estavam recebendo tiros de perto, mas os stormtroopers estavam mais expostos na plataforma aberta. O Esquadrão Refugo tinha uma cobertura melhor, por mais exígua que fosse. Uma pequena vantagem, mas Shriv era grato pelas pequenas coisas.

Ele atirou, tirando de cena um trooper. Olhou em volta freneticamente buscando algum tipo de saída. A única esperança deles era avançar ainda mais no desconhecido. Ele estremeceu, lembrando-se da bocarra da criatura devoradora de metal, e se perguntou o que ele preferiria: morrer num tiroteio de blaster ou ser o almoço de um monstro. Tinha certeza de que a resposta era no tiroteio, mas então Stronghammer gritou, e a atenção de Shriv se voltou para o corredor onde os membros restantes do Esquadrão Refugo estavam encurralados. O piloto grandalhão havia sido atingido na perna e estava com um dos joelhos apoiado no chão, visivelmente com dor. Pacer estava tentando tirá-lo do fogo direto, mas não havia lugar seguro. Estavam presos e era apenas uma questão de tempo até que a Primeira Ordem os abatesse, um por um.

– Recuem! – Shriv gritou, embora não tivesse certeza de que bem isso lhes faria. Captou o olhar de Pacer e gritou novamente, mas o jovem piloto balançou a cabeça e apontou freneticamente para os troopers. Shriv virou bem a tempo de ver um stormtrooper cair para a frente, com o capacete trespassado por uma pesada flechada.

– Pelas profundezas de Mustafar, mas o que foi...? – Shriv murmurou quando outro trooper foi derrubado com uma flecha atravessada na cabeça. E então o pelotão inteiro pareceu perceber que estava sendo atacado pela retaguarda e se virou para enfrentar a nova ameaça. O que permitiu que Shriv e os outros os encurralassem e, assim, o jogo virou de impossível para vitória. O Esquadrão Refugo mais seus misteriosos aliados munidos de arcos haviam liquidado as forças da Primeira Ordem.

Pacer foi o primeiro a se aventurar a avançar, muito antes de Shriv poder aconselhá-lo a ter prudência. Um punhado de sucateiros da guilda se materializou através da fumaça, passando por entre os corpos de stormtroopers mortos. Quatro deles estavam segurando bestas modificadas que pareciam projetadas para fixar cabos de tirolesa, não para atirar em pessoas, e Shriv juntou as peças do quebra-cabeça.

A mulher que cumprimentava Pacer era baixa como ele e usava seus cabelos pretos e espessos em um corte reto "tigelinha", que emoldurava o seu rosto da cor de canela como um capuz. Sua expressão era severa, e Shriv supôs que aquela provavelmente era a irmã de Pacer, e que a intensidade devia ser um traço de família.

– Minha irmã, Puwanini – disse Pacer, a título de apresentação, enquanto caminhavam em direção a Shriv.

– Pode me chamar de Puwan – ela se apressou em dizer.

– Pode me chamar de Shriv – respondeu ele. – Mil agradecimentos pela ajuda. Agora, como vamos sair daqui?

Ela guardou a besta nas costas, numa espécie de coldre próprio para a arma.

– Bem, agora a Primeira Ordem sabe que vocês estão aqui. Os reforços devem chegar a qualquer momento. Provavelmente, no próximo trem.

– O que nos dá quanto tempo?

Ela olhou para o céu enquanto fazia as contas de cabeça.

– Eles passam a cada quinze minutos, e um acaba de chegar, então, acho que vocês têm uns doze ou treze minutos, no máximo.

Isso era mais do que ele esperava.

– É o suficiente. Apenas nos mostre o caminho para as naves.

As sobrancelhas grossas e pretas de Puwan se arquearam.

– Você ainda planeja tentar colocar no ar esses lixos da Nova República? – Ela olhou para trás de Shriv.

Shriv olhou por cima do ombro, onde Wesson jazia ofegante no chão, a alguns metros de distância, Raidah curvada sobre ela, as mãos pressionadas contra o lado machucado. Wesson estava em silêncio, mas as lágrimas escorriam por suas bochechas e, entre os dedos de Raidah, ele viu carne queimada. Que diabos, dava para ele sentir o cheiro. Wesson notou Shriv observando-a e levantou o queixo.

– Vamos completar a missão – disse ela com os dentes cerrados.

Shriv suspirou. Ele odiava isso, de verdade. Soldados se machucavam. Às vezes, muitas vezes, eles morriam. Era isso que acontecia. Especialmente quando os soldados em questão estavam lutando do lado em que ele estava. Então, disse a única coisa que poderia dizer.

– Vamos completar a missão.

Puwan apoiou as mãos enluvadas nos quadris.

– Ok, mas agora não adianta tentar pegar escondido as naves. A melhor maneira é cruzar a entrada mais próxima. Vocês podem acessar pelo alto uma plataforma de sucata aberta. Tentei escolher uma que achei que vários pilotos da Resistência iam gostar, mas não tinha certeza.

Isso foi atencioso da parte dela e Shriv lhe disse isso.

Ela deu de ombros.

– Qualquer coisa para o meu irmãozinho.

– E Wesson? – perguntou Stronghammer quando se juntou a eles. Estava mancando muito. Shriv conteve um estremecimento. A perna do grandalhão era uma confusão estraçalhada abaixo do joelho. O fato de ele estar de pé era um milagre.

– Não se preocupe com ela – disse Raidah. – Eu a carrego.

– Se conseguirmos essas naves, tudo valerá a pena – disse Pacer. – O sacrifício de Wesson valerá a pena.

– Ela não está morta, seu idiota – Raidah rosnou.

Shriv deu uns tapinhas no ombro de Pacer, apontando-lhe o corredor.

– Vá!

Pacer encolheu os ombros e se juntou à irmã, que estava explorando a rota deles pelo corredor.

– Crianças... – disse Shriv a Raidah, tentando minimizar a tolice que Pacer falara, enquanto a ajudava a colocar Wesson de pé. A partir daquele momento, o Esquadrão Refugo tinha dois combatentes, dois feridos e um garoto estouvado. Não era o melhor que poderia desejar, mas ele daria um jeito.

O progresso deles era lento. Muito vagaroso. Shriv se ofereceu para aliviar Raidah e carregar o peso de Wesson, mas a mulher o dispensou.

– É minha culpa que fomos pegos – disse ela, com a voz abalada. – É minha culpa que Wesson e Stronghammer estão feridos. Então, eu faço isso.

Shriv não discutiu. Ele sabia como eram essas coisas, o que elas significavam para um soldado. O que significava para Raidah. Mas isso estava diminuindo a velocidade deles, e Shriv tinha certeza de que a qualquer momento as explosões de blasters espocariam atrás deles.

Felizmente, chegaram ao fim do corredor mais rápido que o esperado. Ele desembocava num espaço a céu aberto. Puwan foi direto para uma fileira de armários abrigados num nicho à direita, e Shriv, contrariando seu bom senso, foi até a beirada da plataforma para espiar. Ele imediatamente desejou não ter feito isso.

Abaixo dele, abriam-se as mandíbulas gigantescas de Ibdis Maw. Essa boca era ainda maior que a que ele vislumbrara anteriormente, e ocorreu-lhe que havia várias criaturas ou várias bocas em uma única criatura do tamanho de um continente, e nenhuma das opções era reconfortante.

Ele observou com horrível fascínio quando, a distância, a uns oitocentos metros, uma grande nave foi despejada na boca da criatura. Houve um rangido estridente e, em seguida, o ruído de esmagamento e mastigação e toda a plataforma roncou sob seus pés. Ele rapidamente se afastou, sentindo-se muito perto da borda.

– Como fazemos para atravessar? – ele perguntou, juntando-se apressadamente aos outros nos armários. Eles estavam colocando e prendendo o que desconfiava serem jetpacks. Shriv sentiu um frio na barriga. – Não me diga que vamos atravessar voando.

– Não exatamente – disse Puwan. Ela havia puxado a besta novamente e bateu com a mão no cano. – Vou ancorar uma linha e você pode prender o seu equipamento ao cabo. Os propulsores são apenas para impulso e direção. Eles provavelmente retardarão sua queda, mas eu não recomendaria tentar. E, se você sair do cabo... – Ela encolheu os ombros. – Você viu o que a queda faz com você.

Joga você na boca de um monstro, pensou Shriv.

– Ótimo! – ele disse alegremente. – Estou tão feliz de ter pensado nesse plano!

Pacer bufou e Shriv quase sorriu. O garoto tinha senso de humor, afinal de contas.

Puwan bateu a mão no ouvido e Shriv notou pela primeira vez que ela estava usando um dispositivo de comunicação.

– Hora de ir – disse ela com ar soturno. – Stormtroopers estão a caminho.

Shriv meteu os ombros no pesado e reforçado colete que a sucateira lhe entregou e observou enquanto ela prendia impulsores no cinto dele. Ela lhe mostrou como controlá-los por meio das luvas que ele deslizou nas mãos e depois fez o mesmo por Raidah. Esta prendeu o cinto e os propulsores em Wesson, que mordeu de dor o lábio de tal forma que ele sangrou. Pacer já estava preparado. Mas, quando ela chegou a Stronghammer, ela se deteve. O grandalhão não vestira o equipamento.

– Vão sem mim! – ele gritou por entre os dentes cerrados de dor. – Não vou sair escorregando por esse aramezinho de nada, e esses pequenos propulsores não sustentarão um homem tão forte quanto eu. Prefiro morrer aqui em terra firme, lutando, do que na boca de um monstro.

– Você não me ouviu dizer que os stormtroopers estão a caminho? – disse Puwan.

– Deixe-os vir! – ele rugiu. – Dê-me uma arma e eu os farei pagar antes de partir.

Puwan levantou as mãos e se afastou.

– Ele é seu problema – ela resmungou. – Você fala com ele. Vou colocar os cabos. – Shriv observou-a caminhar pisando firme até a borda da plataforma, mirar sobre o trecho que ele havia começado a chamar mentalmente de Abismo da Morte Gulosa e se preparar para atirar.

Raidah estava abaixada, cochichando furiosamente com Stronghammer, e Shriv a deixou por um momento, correndo para Puwan.

– Onde você está mirando? – ele perguntou.

– Plataforma 33 G. Essa foi a que pensei que vocês gostariam.

Ele examinou as dezenas de plataformas visíveis do local. A 33 G era indiscutivelmente a mais distante deles. Ele conseguia distinguir o formato de asa cruciforme de duas naves lá, esperando pacientemente serem consumidas pelo Ibdis Maw, e outra que ele tinha certeza de que era um A-wing.

– Você consegue nos levar lá?

– É longe – ela admitiu –, mas tenho o cabo. Não o suficiente para um segundo tiro, então, teremos de encarar o cabo único, sem reforço; mas, como diz o ditado, quem não arrisca não petisca, certo?

– É um ditado terrível – ele murmurou.

Ela sorriu e depois se virou para o alvo. Apontou a besta, prendendo a respiração, e, ao expirar, deixou a flecha voar. Eles observaram o cabo arrastar-se como uma fita na ponta de uma pipa. Navegou pelo Abismo da Morte Gulosa e, finalmente, depois do que pareceu uma vida inteira para Shriv, a flecha acertou o alvo.

Puwan sorriu de orelha a orelha e soltou um grito.

– Viu só! Eu sabia que ia conseguir.

– Tudo bem, seu burro teimoso! – soou a voz frustrada de Raidah atrás dele. – Fique aqui e morra.

Shriv voltou a seu outro problema.

– O que está acontecendo, Stronghammer? – ele perguntou, mas não precisava. Já imaginava que não havia como o homem atravessar o Ibdis Maw preso àquele cabo, com a perna arruinada ou não.

– Um homem deve escolher como morrer – disse ele, e Shriv podia ver o suor escorrendo por seu rosto como uma chuva de primavera. – É assim que eu escolho morrer.

– Nada de mártires – disse Wesson, angustiada. – Não foi isso que você disse na nave, Shriv? Nada de mártires nesta missão.

Shriv assentiu. Ele dissera isso.

Stronghammer se levantou com um esforço tremendo. Shriv pôde perceber que havia um buraco na carne de sua panturrilha. Ele engoliu em seco.

– Isso dói?

– Como se os incêndios do meu planeta natal estivessem tentando me consumir – disse Stronghammer. – Mas não tenho medo.

– Sanrech – ele começou, mas o tempo das palavras acabara. – Eu sinto muito.

Stronghammer riu, sua alegria sendo interrompida por uma inspiração aguda.

– Você não é um grande líder, Shriv Suurgav – disse o grandalhão com uma careta. – Apenas medíocre. Mas talvez com o tempo você seja ótimo. – Ele deu de ombros.

Shriv não podia argumentar com isso.

– Eu disse para você não esperar muito quando isso começou.

– O Comandante Dameron disse que uma pessoa deve fazer escolhas para melhorar. Não me arrependo da minha escolha de segui-lo. – Ele moderou as palavras com um meio-sorriso, mas isso não fez com que Shriv sentisse menos o fracasso. Ele não devia ter deixado que o colocassem nessa posição. Duas baixas no Esquadrão Refugo, e nada para mostrar até agora além de mãos vazias.

A distância, puderam ouvir gritos, o som de dezenas de pés vindo em sua direção.

– Estamos sem tempo – disse Puwan. – É agora ou nunca, se todos nós queremos passar.

– Vá – disse Shriv. – Você e Pacer primeiro. Depois, Wesson e Raidah. Sigo vocês na retaguarda.

A sucateira não discutiu. Apenas prendeu o mosquetão do arnês ao arame que ela havia posicionado antes e pulou da borda da plataforma. Pacer a seguiu. Raidah prendeu Wesson e apertou os botões das luvas dela para enviar a parceira pelo cabo estendido por cima do abismo; então, com um último olhar para Stronghammer, Raidah fez o mesmo.

– Queria voar uma última vez – disse o grandalhão a Shriv, com a voz pesada. – Mas acho que não era para ser. Leve essas naves de volta à Resistência – acrescentou Stronghammer. – E, quando você estiver pilotando aquele grande pássaro através da atmosfera e alcançar o espaço, olhe aqui para trás e pense em mim, está bem?

– Eu posso fazer isso.

– Lá! – soou um grito vindo do corredor, e Stronghammer já estava berrando e disparando o rifle que ele pegara de um stormtrooper morto, enquanto Shriv corria para o arame. Ele se enganchou, sentindo as mãos desajeitadas nas luvas de navegação, e se lançou para fora da borda. Tiros de blaster ecoavam pelo corredor que ele deixou para trás.

Ele flexionou os dedos nas luvas e ativou os propulsores presos ao equipamento, acelerando sobre o abismo. Manteve os olhos focados no destino, a plataforma com X-wings quase um quilômetro à frente. Não olhou para o oceano de dentes abaixo dele. Nem se mijou de medo, como achou que poderia.

Mas, quando o cabo acima dele de repente ficou frouxo, afundando como se tivesse se soltado da amarração, e Shriv começou a deslizar para trás e para baixo, acelerando rapidamente em queda livre, ele gritou.

CAPÍTULO 28

QUANDO SHRIV ERA CRIANÇA, entrou em um ninho de vespas bluebarb. Foi picado tantas vezes que seu rosto inchou, ficando grande e redondo como um queijo cardekkia. O médico administrou-lhe uma dose tão cavalar de soro antiveneno que ele sentiu como se estivesse derretendo, a carne escorrendo dos ossos e acumulando-se como cera aos seus pés. Não era exatamente a esmagadora sensação de entrar desavisado em um planeta de alta gravidade pela primeira vez, mas a pressão e a dor... elas eram iguais.

Foi assim que se sentiu naquele momento, quando sua queda livre para Ibdis Maw foi abruptamente interrompida por alguém ou alguma coisa que colidiu contra ele com força, arremessando-o contra as vigas sólidas da torre de metal abaixo da borda da plataforma que era seu destino original. Sua cabeça bateu primeiro, um golpe sólido em sua têmpora, e ele grunhiu com o impacto. Seu corpo se chocou logo em seguida e, não fosse o tecido reforçado do colete que Puwan o fizera usar, suas entranhas seriam esmigalhadas. O ar de seus pulmões foi expelido com força, acompanhado de um grunhido agonizante.

– Peguei você – gritou uma voz ao longe. Ele sentiu a vibração do som, perdigotos e respiração na sua orelha, mas a voz parecia tão distante.

Concussão, ele pensou consigo mesmo. *Ferimento na cabeça. E não estou escutando direito.*

A voz continuava gritando coisas como "cortaram o cabo" e "foi por um triz" e "almoço do monstro", mas ele não tinha certeza. Mãos rudes o sacudiram e ele finalmente se forçou a abrir os olhos.

Pacer Agoyo estava próximo ao seu rosto, parecendo preocupado.

– Você está bem? – perguntou o garoto.

Shriv não tinha certeza, mas sabia que não estava morto porque a dor em sua cabeça era pior do que qualquer vida após a morte que poderia conceber, mesmo em sua imaginação distorcida.

– Acho que quebrei alguma coisa – ele finalmente conseguiu dizer.

Pacer tocou sua cabeça, de forma surpreendentemente gentil, movendo-a de um lado para o outro.

– Não, você está bem. Mas levou uma bela porrada na cabeça!

– Não consigo ouvir. – O que não era totalmente verdade. Só parecia que o som vinha da extremidade oposta de um poço profundo.

Uma brisa repentina atingiu o topo da cabeça de Shriv, causando-lhe um calafrio. Outro cabo como o que eles usaram para a tirolesa caiu de um painel aberto acima dele. Ele olhou para o alto e, através de uma abertura no piso da plataforma, viu Raidah e Puwan. Puwan acenou.

– Vamos levá-lo lá para cima, chefe – disse Pacer, já prendendo o novo cabo ao mosquetão de Shriv. Em poucos segundos, ele estava sendo içado sem cerimônia através do buraco. Mãos o puxaram pelos últimos poucos metros, e ele se viu deitado de costas contra a plataforma de metal quente.

– Você está bem? – Puwan perguntou, sorrindo loucamente. – Porque aquilo foi demais. Quando os troopers na estação de trem cortaram sua corda tive certeza de que você ia morrer. Mas Pacer se lançou da borda e pegou você. Nunca vi nada parecido. – Ela estava radiante. – Meu irmão é um peceiro nato.

– Isso é ótimo – disse Shriv. Seu ouvido ainda estava latejando e ele ainda não conseguia escutar, mas pelo menos estava vivo. E devia tudo isso ao garoto. – Ótimo – ele repetiu.

– Eles estão preparando alguma coisa do outro lado – Raidah os alertou, com a mão sobre os olhos enquanto os espremia na direção de onde tinham vindo. – Parece que estão montando algum tipo de arma. Um canhão de repetição ou algo assim.

A cabeça de Pacer emergiu do buraco ao lado de Shriv. Ele alçou o restante de seu corpo para cima, sorrindo. Puwan abraçou o irmão, comentando atropeladamente seu destemido resgate.

– Me empresta aquela mira, Puwan? – Raidah perguntou, com voz apreensiva.

Ela entregou a Raidah o que parecia ser uma luneta. A pilota encostou-a em um dos olhos. Respirou fundo.

– Canhão – ela confirmou. – Se vamos embora, é melhor irmos logo.

A mulher estendeu a mão e puxou Shriv para cima, colocando-o de pé. Ele olhou ao redor. A carga útil da plataforma era ainda mais espetacular do que ele poderia esperar. Uma plataforma inteira de X-wings. Quatro T-70 iguais àquele que costumava pilotar, um modelo mais antigo, o T-65B, e um T-85 parecendo novo demais para desmanche.

– Pelos sequilhos da vovó! – murmurou Shriv. – O Esquadrão Refugo conseguiu caças estelares.

– Mas somente dois deles podem voar – esclareceu Raidah. – Todos os T-70 estão sem os abafadores aluviais. Mas consegui ligar o T-85. – Ela caminhou decidida na direção da nave em questão, conversando com Shriv por cima do ombro. – Teria sido mais fácil com um astromecânico, mas acho que podemos pelo menos colocá-los no ar. Não tenho certeza quanto aos sistemas de armas ou hiperpropulsores, mas eles não foram completamente sucateados.

– Podemos rebocá-los?

– Como?

– Recolhemos todos esses cabos e conectamos uma nave na outra. Vamos pilotar aquelas com as quais conseguirmos decolar e rebocar o restante.

Puwan, que estava ouvindo, coçou pensativamente o queixo.

– O cabo é forte – reconheceu ela –, mas não sei se é tão forte assim.

– Só tem uma forma de descobrir.

Os olhos de Shriv se voltaram para os T-70. Ele se dirigiu até aquele que parecia estar em melhores condições.

– Você tentou ligar este? – ele perguntou por cima do ombro.

– Parece que está faltando o abafador aluvial, assim como os outros. Nem me dei ao trabalho.

Shriv passou a mão pelo casco de metal, pensando. Ele já havia feito ligação direta na própria nave várias vezes no passado para saber como fazê-la funcionar sem um abafador aluvial. Claro, naquela época ele tinha ferramentas e um astromecânico para ajudá-lo, mas não devia ser impossível.

– Comece a improvisar os rebocadores – ele ordenou. – Vou ver se consigo ligar essa belezinha. – Ele olhou através do abismo. – Como está indo o canhão da Primeira Ordem?

Raidah levou novamente ao olho a mira de Puwan.

– Ainda estão preparando – disse ela, depois de um minuto. – Acho que estamos longe demais ou algo assim. Parece que estão tentando montar alguma coisa para compensar a distância.

– Bem, vamos fazer o que conseguirmos aqui antes que eles encontrem um jeito.

Assim fizeram, arrastando cabos e produzindo engates. Estavam quase terminando quando o chão sob seus pés começou a adernar.

A princípio, Shriv pensou que fosse consequência da pancada na cabeça, mas, quando os outros gritaram e se inclinaram para a frente, percebeu o que era. Ele vira como a plataforma com as grandes naves se inclinava quase totalmente na vertical para despejar sua carga no Ibdis Maw.

– Levou mais tempo do que eu pensava para eles encontrarem o comando de inclinação – disse Puwan, com os joelhos flexionados e os braços ao redor do trem de pouso de um dos X-wings. – Mas era inevitável.

Shriv teve vontade de perguntar à garota por que cargas d'água ela não se dera ao trabalho de mencionar isso, que era inevitável, mas imaginou que agora já não importava mais.

– Essa é a nossa deixa para partirmos – ele disse entredentes. – Nas pontas dos cascos.

Wesson, que estava sentada à sombra de um X-wing, suando e pálida, com uma aparência terrível, deu-lhe um amplo sorriso. Ela tinha sangue entre os dentes.

Shriv retribuiu o sorriso.

– Como está se sentindo? – ele perguntou enquanto se aproximava. Ela estendeu a mão e ele a levantou.

– Pode ser um pouco difícil pilotar uma dessas naves, mas vou conseguir.

– Vou colocá-la em uma das naves rebocadas – disse Raidah quando se juntou a ele. – Dessa forma, tudo o que ela precisa fazer é aguentar firme.

– Acha que consegue fazer isso?

Os olhos de Wesson estavam embaçados.

– Com certeza, Líder Refugo.

– Ok. – Ele gesticulou para Raidah se apressar.

Raidah ajudou Wesson a entrar na cabine de um dos T-70 rebocados, conectado ao T-85, do qual ela assumiu o comando. Pacer já estava aguardando em um T-65B. Balançando a cabeça, Shriv pulou no T-70 em que estivera trabalhando. A plataforma prosseguia com sua lenta inclinação, e Shriv deu o comando para os outros partirem. Pacer e Raidah levantaram-se verticalmente da plataforma sem problemas. Seus rebocadores haviam sido presos no nariz e na traseira, de modo que, uma vez que a nave principal tivesse sustentação suficiente, a nave secundária a acompanharia como se estivessem empilhadas uma em cima da outra. Shriv assistiu nervosamente enquanto os cabos atingiam sua distensão máxima e ficavam bem esticados. Puwan não tinha certeza se eram fortes o bastante, mas eles aguentaram. Bem lentamente, aos poucos, elas levantaram voo da plataforma.

Com os dois liberados, Shriv se preparou para a decolagem.

O espaço à frente do caça de Shriv explodiu. Destroços da plataforma choveram sobre o transparisteel da cabine e ele se abaixou involuntariamente. O canopi aguentou.

– De onde veio isso? – ele gritou em seu comunicador.

– Tiro de canhão – respondeu a voz de Pacer. – Parece que encontraram uma forma de compensar a distância. Quer que eu os destrua... Espere... – Um xingamento e o que pareceu um murro contra metal chegaram pelo fone de ouvido de Shriv. – Sistema de armas inoperante.

– Está tudo bem – disse Shriv. – Seu trabalho é tirar essas naves daqui. Além disso, está transportando uma segunda nave e sua capacidade de manobra estaria comprometida. Eu vou ficar bem. Você e Raidah, levem esses X-wings de volta e completem a missão.

Silêncio do outro lado, e Shriv sentiu uma centelha de frustração acender.

– Siga as ordens, Agoyo! – ele gritou. – Saia daqui.

Depois de um momento, Pacer respondeu.

– Entendido. Refugo Dois e Refugo Três partindo.

Shriv sorriu.

– Líder Refugo, entendido.

Houve outra explosão, esta praticamente abaixo dele, e ele percebeu que a plataforma basculante devia estar aproximando-o do canhão da Primeira Ordem. O panorama do lado de fora de sua cabine também estava cada vez mais inclinado na direção das fileiras de dentes mastigadores de metal, e o peso da nave extra rebocada na traseira o deixou na dúvida se o T-70 responderia a tempo de liberá-lo. Ele esperara demais e agora estava preso. A única saída seria tentar uma manobra complicada, um voo rasante sobre a bocarra do Ibdis Maw para evitar o canhão; se ele tentasse uma decolagem vertical, entraria diretamente na linha de fogo. Besta salivante das profundezas ou canhão da Primeira Ordem? Esse cenário lhe parecia um tanto familiar, mas, como antes, Shriv prontamente decidiu que preferia se arriscar com o canhão. Ele acionou os escudos defletores dianteiros, ligou os propulsores do X-wing e fez uma oração para quem ou o que quer que o estivesse ouvindo.

Enquanto decolava, o mundo ao seu redor explodiu. A nave sacudiu violentamente. Sua cabeça já machucada bateu contra o transparisteel, e por um momento ele viu estrelas. A luz indicadora do escudo piscou e depois diminuiu, e o motor gemeu sob a pressão da lenta decolagem. Ele aumentou a potência, mas a nave não respondeu. Precisava de um astromecânico para consertar os escudos, impulsionar os propulsores, mas era apenas ele ali. Estava sem opções e cometera um erro terrível. A luz do escudo apagou. Os escudos não estavam mais funcionando.

– Eu deveria ter tentado a sorte com a besta – ele murmurou. Preparou-se para o impacto do tiro de canhão.

Mais explosões, só que a distância. Uma sombra se abateu sobre a cabine e ele olhou para cima. A nave de transporte que haviam levado para Bracca pairava acima dele, cobrindo de disparos a estação de trem repleta de tropas da Primeira Ordem. Ele riu. O transporte não tinha um grande sistema de armas, já que se destinava apenas à defesa contra piratas e afins, mas era suficiente para destruir a plataforma de trem e o canhão dos stormtroopers.

– Zay! – ele gritou no comunicador. – De onde você surgiu?

– Você está em todos os noticiários. Sucateiros desonestos da guilda roubando naves. A guilda está negando que você pertença à associação, mas a Primeira Ordem não tem dúvida! Você está começando um incidente galáctico!

– Ótimo!

A nave de transporte se afastou e Shriv deixou a plataforma.

– Onde estão os outros?

– Já estão longe. Voltei para verificar como você estava. Ainda bem que fiz isso.

– Com certeza – disse, tonto de alívio.

Eles atravessaram a densa atmosfera e Shriv nunca ficou tão feliz em ver o breu do espaço. Ele pensou em Sanrech Stronghammer, como disse que faria.

– De volta a Ryloth? – Zay perguntou.

– Pode crer, filha do espaço.

E, dessa vez, ela riu.

CAPÍTULO 29

O CAOS IRROMPEU AO REDOR DELES, numa sobrecarga surreal dos sentidos quando os convidados da festa entraram em pânico e começaram a correr para salvar suas vidas. O som do estilhaçar de taças de cristal e móveis luxuosos encheu o ar. Apesar da revista na entrada para não permitir a entrada de armas, alguém, ou melhor – pelo volume sonoro –, vários convidados deviam ter entrado furtivamente com blasters, porque logo o ambiente encheu-se de tiros laser e mesas e cadeiras tombadas, transformadas em abrigos improvisados, enquanto as pessoas revidavam.

Quando a Primeira Ordem invadiu o lugar, as grandes portas foram escancaradas e um vento direto do mar varreu o salão, deixando o chão de pedra branca escorregadio e o ar tão carregado de sal e maresia que Poe quase podia sentir o gosto do mar sob a fumaça acre. Tudo acompanhado pelo som contínuo de tiros e pelas estranhas projeções de peixes e outras criaturas marinhas nadando. A cena era um pesadelo que misturava o surreal e o real demais, pois as pessoas estavam morrendo dos dois lados.

Tentando ser ouvido, o esquelético oficial da Primeira Ordem gritava por calma, mas o estrago já havia sido feito. Ninguém estava ouvindo.

Poe aproveitou a oportunidade para se mover pelo salão, mantendo-se abaixado, Finn ao seu lado.

– Precisamos encontrar Suralinda e Charth – disse ele por cima do ombro.

– Precisamos é encontrar um par de blasters – respondeu Finn.

– As duas coisas – disse Poe. – Ambas seriam boas.

– Veja!

Poe seguiu a indicação de Finn e lá, atrás das rochas artificiais de uma cachoeira, estava Suralinda, respondendo aos tiros com o rifle blaster de um stormtrooper caído. Os dois foram até ela, escondendo-se atrás de colunas e evitando a multidão assustada.

– Onde está Charth? – Poe perguntou quando chegou ao lado de Suralinda, respirando com dificuldade.

Ela olhou em sua direção, e todos se abaixaram quando outro tiro de blaster estraçalhou as pedras logo acima da cabeça dela.

– Ele foi para a nave. O que aconteceu?

– Eles devem ter descoberto sobre o leilão. – Poe apontou para o blaster dela com o queixo. – Por acaso você teria outro desse?

Ela sorriu, mostrando as presas.

– Vá pegar o seu. Foi o que eu fiz.

– Me dá uma ajuda, então?

Ela se inclinou, demorando-se na mira, apesar dos tiros em sua direção, e derrubou o stormtrooper mais próximo a ela. Finn se adiantou para pegar a arma dele, com Suralinda lhe dando cobertura. Ele pegou o blaster e correu para uma grande coluna a uns doze metros de distância.

– Vamos? – ela perguntou.

– Ainda não podemos sair – disse Poe. – Temos que conseguir aquela lista.

Suralinda franziu a testa.

– A lista já era – disse ela. – Temos que sair daqui vivos.

De repente, as luzes se apagaram, mergulhando o salão na escuridão.

– E agora? – Poe murmurou. Pequenos iluminadores de piso piscaram ao redor da sala, oferecendo luz suficiente para evitar tropeçar em seus próprios pés, mas não o suficiente para ver quem estava vindo atrás de você.

– Pelo menos aquele maldito holograma do oceano está desligado – disse Suralinda.

Ela estava certa. Pela primeira vez desde que haviam chegado, o salão de grandes dimensões estava desprovido de sua estranha paisagem subaquática artificial.

Algo chamou a atenção de Poe, um vislumbre de branco nacarado subindo um lance de escada logo atrás do ombro de Finn. Era Nifera Shu, ainda viva e provavelmente fugindo para salvar sua vida. Seu vestido de conchas brancas brilhava mesmo na escuridão. E algo mais brilhava também. A serpente em volta de seu pescoço.

É claro.

– Você e Finn encontrem Charth e cheguem à nave – disse Poe, com uma ideia se formando em sua mente.

– O quê? Onde você estará?

– Vou pegar aquela lista.

Ele alcançou Nifera Shu no parapeito de uma varanda do segundo andar, tentando freneticamente contatar alguém com o transmissor que tinha nas mãos.

– Nifera! – ele gritou.

Ela girou para encará-lo, o pânico arregalando os seus olhos. A enguia albina deslizou ao redor de seu pescoço, parecendo tão perturbada quanto a sua dona. Poe olhou-a cautelosamente.

– Eles mataram o meu marido – ela sussurrou sem fôlego. – Hasadar foi assassinado na minha frente. Na frente de todos.

– Eu sei – disse Poe. Ele abriu os braços para mostrar que não estava armado, que não queria lhe fazer mal. – Por causa da lista. – Ele olhou para a enguia. Ele podia ver agora que a criatura tinha pontas minúsculas semelhantes a chifres saindo de sua cabeça. Era tão parecida com a criatura que ele vira no holograma do leilão que não podia ser mera coincidência. – Por causa do Coletivo.

Algo no rosto dela desmoronou.

– Por minha causa! – disse ela baixinho, num lamento.

– E estão vindo atrás de você – disse ele. Como se para reforçar suas palavras, algo abaixo deles no salão principal desabou com força suficiente para sacudir a varanda em que estavam. Poe bateu de ombro na parede. Nifera agarrou-se à grade do parapeito para não cair.

– Tenho que sair daqui – disse ela. Ergueu o transmissor novamente, pressionando os botões. Nada aconteceu.

– Eles bloquearam o seu sinal – disse Poe, fazendo uma suposição com propriedade. Ela o olhou, indefesa. – E a lista? – ele perguntou, com o coração batendo forte.

Ela pôs a mão na cabeça da serpente com chifres.

– Aqui. – Ela levantou a cabeça da criatura e pressionou-a suavemente em ambos os lados de sua mandíbula. Obedientemente, o animal abriu a boca. Poe pôde ver um minúsculo datachip descansando em sua língua.

– Posso tirar você daqui – assegurou ele. – Temos uma nave.

– A Resistência? – ela perguntou com ar de quem entendia. – É com quem você está, Lorell?

Ele assentiu. Agora não havia razão para esconder.

– E quanto isso vai me custar?

Ele apontou o queixo na direção da serpente.

Ela pareceu hesitar.

Passos soaram nos degraus atrás deles, e os olhos de Nifera se arregalaram com o que ela viu por cima do ombro de Poe.

– É agora ou nunca – disse Poe com urgência, os olhos focados em Nifera, as costas coçando por não olhar para trás. – Entregue essa lista à Resistência ou arrisque-se com a Primeira Ordem. Acordo fechado?

Ela assentiu firmemente.

– Fechado.

– Ótimo. – Poe estendeu a mão e agarrou a dela, puxando-a para o parapeito da varanda. Vinte metros abaixo deles, havia um escuro espelho d'água, um daqueles que enfeitavam os jardins ornamentais pelos quais haviam passado a caminho da festa.

– Qual a profundidade da água? – ele perguntou.

– E-eu não tenho ideia.

Ele transpôs o parapeito e ajudou-a a fazer o mesmo, atrapalhada em seu vestido de concha.

– Vamos descobrir – disse ele.

E eles pularam.

Os dois atingiram a água juntos.

O frio envolveu Poe imediatamente, a água ensopando os seus membros através das roupas e cobrindo a sua cabeça. Ele sentiu a mão de Nifera começar a deslizar da dele, o peso de seu vestido arrastando-a para baixo, e ele intensificou o aperto, puxando-a para mais perto. Ele lutou para manter a boca fechada, prender a respiração até conseguir se orientar. Olhou em volta freneticamente, seu mundo uma ondulação de águas salgadas e escuras pontuadas por raios azuis de luz.

Foram esses raios de luz que o ajudaram a se orientar. As lâmpadas estavam no fundo da piscina. O que significava que nadar para longe delas seria subir à tona.

Então, ele bateu os pés em direção ao alto, arrastando Nifera com ele.

Finalmente, sua cabeça rompeu a superfície e ele engasgou, engolindo ar sofregamente.

Mãos rudes mergulharam na água gelada, arrastando-o para a terra seca pelas costas do terno. Ele olhou para cima, meio que esperando ver as tropas da Primeira Ordem, mas era Finn, com um largo sorriso de alívio no rosto.

– Não acredito que você pulou – disse ele, rindo.

Ao lado de Poe, Suralinda içava Nifera para a margem inclinada, verde e viçosa.

– Seu colar! – disse Poe, alarmado. Ela perdera a enguia em algum lugar na água.

Calmamente, a mulher mergulhou a mão na água e, segundos depois, a serpente deslizava por seu braço até o seu lugar seguro, em volta do pescoço de Nifera.

– Truque fofo – observou Suralinda.

– Um truque melhor seria vocês me dizerem que temos como sair daqui – disse Poe quando Finn o levantou. – Onde está Charth?

– Está voltando para cá – respondeu Suralinda. – Não teve sorte com a nave. Está inacessível, todo o cais de desembarque foi cercado por stormtroopers.

– Pensei que você ia me tirar daqui, Lorell – reclamou Nifera.

– Eu vou. Nós vamos. Nós apenas... precisamos pensar em outro plano.

– Bem, sugiro que façamos isso rápido – disse Suralinda. – Acho que só nos restam alguns minutos antes de termos um contingente de troopers para lidar.

Suralinda tinha razão. Estavam muito expostos ali. Havia sombras no jardim, árvores com copas arqueadas e arbustos de dois metros de altura que ajudariam a escondê-los, mas, assim que o caos lá dentro fosse controlado, a Primeira Ordem começaria a vasculhar o terreno. Antes disso, se percebessem que Nifera havia escapado.

– Que tal Wedge? – perguntou Finn.

Poe se virou.

– Prossiga.

– Ele também está em Corellia, certo? E ele tem uma nave. Se chegarmos até ele, também teremos.

– Brilhante – disse Poe, falando sério. – Agora, tudo o que precisamos saber é onde ele está.

– Vou contatar Connix em Ryloth – ofereceu Suralinda. – Talvez ela possa identificar a posição de Wedge.

Ela se virou, com o comlink na mão, e Poe podia ouvi-la falar, relatando a situação deles.

– O que está acontecendo? – Nifera perguntou, desconfiada. Ela estreitou os olhos para eles. – Quem é Wedge? E quem são vocês... realmente?

Finn se aproximou.

– Estamos com a Resistência, senhora. E estamos aqui para ajudar.

A mulher franziu a testa, com uma das mãos subindo para o animal de estimação em sua garganta.

– Lorell me disse isso na varanda, e você com seu alfinete de gravata com o pássaro estelar... Mas, se pensam que sou uma de vocês, estão enganados. O Coletivo não apoia nenhum governo.

– Nós não somos um governo – rebateu Poe. – Estamos mais para... – O olhar dele se deslocou para Suralinda, que ainda estava absorta em sua conversa – ... os heróis que sobraram.

Nifera contraiu os lábios, duvidando.

– Heróis? Suponho que isso ainda esteja para acontecer.

– Tudo bem – disse Suralinda, encerrando a transmissão enquanto se virava para encará-los. – Tenho as coordenadas da equipe de Wedge, mas precisamos nos apressar. Eles estão se deslocando.

– E Charth? – Poe perguntou.

– Ele nos encontrará no caminho.

– Para onde estamos indo?

– Corporação Corelliana de Engenharia.

– Você sabe onde fica?

– Sim – Nifera confirmou.

– Então, vamos.

Todos seguiram Nifera pelo jardim, mantendo-se próximos às sombras da vegetação. Suralinda ficou para trás, tocando Poe no braço para chamar sua atenção.

– Algo errado? – ele perguntou.

– Eu não queria dizer mais na frente de Nifera, mas há problemas em Ryloth – contou ela, em voz baixa.

– Que tipo de problema? – ele quis saber, preocupado. – Leia está bem?

– Connix não entrou em detalhes, mas disse que estão organizando a evacuação.

– Temos que voltar.

– E nós vamos. Estamos tentando. Precisamos de uma nave para isso. Então, seguimos o plano, saímos deste planeta e vamos resgatar nossa gente.

Não havia muito mais que eles pudessem fazer. Uma onda de desamparo invadiu Poe. Ele deveria estar lá para proteger Leia, para ajudar seus amigos em Ryloth. Mas não podia estar em todos os lugares ao mesmo tempo. Agora ele estava ali, e tinha de completar aquela missão. Em Ryloth ou não, Leia precisava daquela lista.

Poe acelerou o passo, assustado com o fracasso que o perseguira até então. Mas ele não decepcionaria Leia novamente. Não falharia. Consertaria as coisas, mesmo que isso o matasse.

CAPÍTULO 30

WINSHUR ARRASTAVA-SE ATRÁS do Coronel Genial colocando o máximo de distância entre eles que ousava. Haviam se deslocado consideravelmente, o suficiente para que, se olhasse para o caminho por onde vieram, pudesse ver os distritos do governo e o de negócios encolhendo atrás deles. Por que não pegaram um transporte para ir tão longe? Talvez Genial houvesse pensado que a caminhada faria bem a eles. Talvez odiasse o transporte público, ou talvez não houvesse transporte disponível àquela hora da noite. Talvez caminhar simplesmente lhe desse mais tempo para gritar com Winshur.

O homem mantivera recriminações constantes enquanto seguiam pelas ruas de Coronet até o rico bairro onde Hasadar Shu residia. A princípio, Winshur se encolhia toda vez que Genial esbravejava outro insulto a ele. Suas palavras, como chicotadas mentais, haviam cortado linhas amargas de vergonha na consciência de Winshur, como se fossem golpes de verdade, e Winshur viu-se de volta à escola religiosa, humilhado e merecedor de sua humilhação.

Sentia-se esgotado. Liquidado. E ali estava ele marchando de bom grado para o seu inevitável fim, com a fraca promessa de uma morte misericordiosa concedida por um homem em cuja piedade Winshur não acreditava.

Mas, após a décima quinta observação mordaz sobre a traição de Winshur, algo se rompeu. Ele começou a ver a mentira daquilo. Ele não era um traidor da Primeira Ordem. Não poderia ser. Ele amava tudo o que ela representava. Dera tudo de si à causa, sustentava seus valores e crenças.

Olhou em volta. A ponte que estavam atravessando era um arco que se estendia por uma vasta massa d'água; um canal interior do mar que a cidade de Coronet costeava corria bem abaixo deles, com águas frias como o próprio mar. Normalmente, o canal estava cheio de barcos transportando mercadorias ou pequenas embarcações de passeio que escapavam da cidade. Mas àquela hora da noite a água estava vazia. De fato, as ruas ao redor deles estavam vazias. Tudo quieto. A não ser pelos insultos irritantes de Genial.

À frente deles, logo acima da colina, Winshur podia ver a casa bem iluminada de Hasadar Shu. Só podia ser ela. Mesmo a tal distância, dava para ouvir o zumbido da música alta e as vozes elevadas tentando ser ouvidas por cima da música. Estavam quase lá, e depois… o quê?

No momento, ainda estavam encobertos pela generosa obscuridade. Sombras aglomeravam-se ao redor deles, criando uma escuridão com a qual Winshur sentia agora uma profunda identificação, embora jamais houvesse se importado com ela antes. Sua mente vagou e ele pensou em como se sentira quando atacara Yama – e, agora, em vez de aversão, sentiu outra coisa.

Alegria. Poder. Genial estava certo sobre uma coisa, pelo menos. A garota não importava, nunca importara, exceto como veículo, um mecanismo para liberar algo escuro em Winshur que ele não desconfiava que espreitava dentro de si.

Sentiu-se flutuando, bem acima da ponte, do coronel também. Dele próprio. Como se pudesse olhar de uma grande altura e ver os dois homens minúsculos na pequena ponte com o vasto oceano abaixo e ao redor deles. No começo, não gostou do que viu. O homem alto e autoritário, o outro, pequeno e alquebrado. Mas, quando examinou melhor, pôde ver que o homem menor estava crescendo. Crescendo. Espraiando-se como o mar.

– Quem é Winshur Bratt agora? – ele se perguntou. – E quem ele será?

O Coronel Genial virou-se bruscamente.

– Você disse alguma coisa?

Sua voz era um desafio do qual um Winshur mais tímido, um Winshur de dez minutos antes, teria se esquivado, fugido. Mas aquele estranho Winshur flutuante, aquele outro ele, o que estava crescendo, aquele que sentira as possibilidades de violência pela primeira vez, esse simplesmente sorriu.

Os olhos de Genial se estreitaram.

– Isso é uma piada para você?

Winshur balançou a cabeça negativamente.

– Então, acelere o seu ritmo. Queremos estar lá quando o criminoso for detido. – A boca de Genial se curvou para baixo cruelmente. – E você deparar com o seu fracasso.

Gritos cortaram o ar, pequenos, mas distintos e crescentes. Em seguida, disparos de blaster. Tudo vindo da casa na colina.

– Droga, estamos atrasados! – Genial rosnou. – Apresse-se, Bratt.

Winshur fez seus pés se moverem. Estavam como concreto a princípio, pesados e difíceis de deslocar. Mas, quando sua decisão se solidificou, seus pés ficaram mais leves, assim como sua consciência, e logo ele estava correndo. Leve como uma pena. Leve como o luar.

Winshur não diminuiu a velocidade ao se aproximar do coronel. Ele foi mais rápido, cada vez mais rápido, e atacou Genial abaixo da cintura. Genial bateu contra o gradil com um grunhido, seu corpo inclinado para trás sobre o vazio. Winshur agarrou e levantou o homem mais alto, derrubando-o por sobre o gradil da ponte. Fez isso rapidamente, sem parar para pensar. Antes que pudesse mudar de ideia.

Os olhos de Genial se arregalaram primeiro por perplexidade e depois por choque. Seus braços giraram para tentar se equilibrar, mas era tarde demais. Ele estava caindo.

Ele caiu na noite da Cidade de Coronet, longe de Winshur, longe da ponte. Atingiu as águas geladas abaixo sem emitir um som sequer.

Winshur se apoiou no gradil, ofegante. Observando com terrível atenção para ver se o homem de olhos azuis ressurgiria.

Esperou alguns minutos.

Nada.

Esperou um pouco mais.

Ainda nada, e ele se viu rindo. Mais alto, ofegando, histérico e selvagem.

Ele sabia que se alguém o ouvisse agora o acharia louco. Mas ele estava mais são do que jamais havia sido.

Era tão fácil assim vencer seus pesadelos? Por que nunca soubera disso? Por que nunca lhe disseram?

Ele examinou as ruas ao seu redor, mas não viu ninguém.

Fácil de explicar, ele pensou consigo mesmo. Genial escorregou e caiu. Ou os verdadeiros traidores o pegaram e Winshur fez o possível para combatê-los. Veja o golpe em seu rosto que ele havia recebido em defesa do coronel. Ou talvez ele nunca tivesse visto Genial naquela noite.

Sim, era isso. Ele apenas fingiria que aquilo nunca aconteceu.

Não. Esse era o velho Winshur falando. O novo Winshur poderia fazer melhor. Poderia encontrar Monti Callas e arrastar o traidor para a justiça da Primeira Ordem. Então, o que diria o alto comando? Teriam de absolvê-lo, dar-lhe até mesmo uma promoção, torná-lo um herói. Tudo de que precisava era o arquivo pessoal de Monti Callas que estava nos registros em seu escritório, com o endereço do assistente.

Um sorriso sombrio apareceu em seu rosto.

Parara de ter medo, parara de se encolher.

A escuridão caiu como um cobertor ao seu redor e, a princípio, achou que havia sido por obra dele próprio. Olhou em volta, surpreso. De alguma forma, as luzes da mansão na colina haviam se apagado.

Ele ficou boquiaberto por um momento, radiante.

E depois correu o mais rápido que podia de volta ao seu escritório.

CAPÍTULO 31

WEDGE E O RESTANTE da equipe seguiram Yama Dex pelo amplo terreno da Corporação Corelliana de Engenharia. Ele consistia em três gigantescas torres idênticas e todos os jardins adjacentes e lagos e fontes d'água que ligavam os edifícios em uma espécie de parque industrial. Wedge lembrou que a cidade de Coronet, e o próprio planeta Corellia, sempre foram uma mistura única de ambientalismo consciente e industrialização desenfreada. A cidade combinava sua flora e as fábricas com uma espécie de arrogância que Wedge sempre admirara. Ele nunca viu outro planeta fazer isso tão bem. Claro, talvez ele fosse tendencioso. Afinal, crescera ali.

Chegaram ao edifício do dormitório, que se parecia com todos os outros edifícios ao redor. Apesar dos jardins exuberantes, havia algo decididamente frio no design daqueles edifícios em particular, algo que privilegiava utilidade, mas nenhum aconchego. Ele comentou isso com Norra, mas ela deu de ombros.

– Construído por engenheiros – ela sugeriu. – Talvez estivessem mais preocupados com funcionalidade.

Isso o fez sentir falta de sua fazenda, com sua cozinha eclética e pratos coloridos. Wedge tinha certeza de que ali todos os pratos eram uniformemente cinzentos e monótonos.

Yama parou de repente, olhando por cima do ombro.

Teza espiou por trás da quina da parede.

– Guardas na entrada – ela sussurrou. – Precisamos tirá-los de lá.

Wedge disse:

– Vamos tentar reduzir o ruído ao mínimo.

– Eu consigo fazer isso. Me dê cinco minutos. – Nasz colocou o rifle no ombro e esgueirou-se pelas sombras.

Esperaram os cinco minutos, tensos como tauntauns.

Teza voltou pontualmente ao final do prazo. Fez sinal para que a seguissem. Eles passaram por cima dos corpos dos guardas. Um tinha o lado da cabeça esmagado e o outro fora estrangulado. Wedge tentou não estremecer, mas Teza o pegou olhando e sorriu, mostrando os dentes azuis.

– Um dia vou lhe perguntar sobre Rattatak – disse ele.

– Por favor, faça isso.

– O dormitório F fica no sexto andar – disse Yama. – Vamos de elevador?

– Pelas escadas – decidiu Wedge. Evitariam elevadores dali em diante, se pudessem. Era muito fácil sofrerem uma emboscada todos juntos numa pequena gaiola de metal.

O andar F era um deserto industrial sem alma que fazia o terreno do lado de fora, que Wedge achara frio, parecer totalmente acolhedor. Depararam apenas com fileiras de portas uniformes, nas quais pequenas janelas gradeadas ao nível dos olhos eram o único detalhe.

– Uma prisão – disse Teza, estendendo a mão para tentar girar uma maçaneta. – O que foi que eu disse?

– Como descobrir onde está Ransolm?

– O prisioneiro 876549C? – Snap perguntou. – Acho que vamos de porta em porta.

– Não, deve haver um escritório em algum lugar – disse Teza. – E, nesse escritório, há uma lista. Estou dizendo, é o jeito Imperial, o que significa que é o jeito da Primeira Ordem também. Autoritários não vivem sem uma papelada. Em algum lugar, há uma lista.

Wedge não estava convencido, mas Teza havia descoberto onde procurar nos registros para chegarem até ali, por isso, não discutiu.

– Vá procurar a lista – disse ele. – Vamos começar a bater nas portas.

Eles se separaram, Snap indo por um lado e Norra por outro. Wedge e Yama começaram pelas extremidades opostas. A maioria das batidas não obteve resposta. Ou os quartos estavam vazios ou os ocupantes dormiam. Uma batida produziu um grito de arrepiar que os fez estremecer, e então mais respostas vieram depois disso. Alguns chorando, outros implorando. Mas nenhuma resposta ao nome Ransolm, que cada um deles sussurrava enquanto se deslocava metodicamente pelos corredores.

– Não podemos deixá-los – disse Norra, quando se encontraram no centro do corredor. – Isso é horrível. E essas pessoas são nossas aliadas. Não podemos abandoná-las.

Wedge sentia o mesmo.

– Então, libertamos todas elas.

– Será que cabem todas no ônibus espacial? – Snap perguntou.

– Não na nave em que viemos, mas há um hangar inteiro cheio de naves lá atrás. Nós vamos dar um jeito.

– E se não quiserem ir? – perguntou Yama.

– Por que não haveriam de querer? – Snap perguntou, com uma expressão perplexa. – Acha que essas pessoas querem ficar em uma prisão da Primeira Ordem?

– Não, mas nem todo mundo quer se juntar à Resistência.

– Elas não terão de se juntar – disse Wedge. – Não é assim que funciona.

– Nós as libertamos e as deixamos decidir – complementou Norra. – Podem vir conosco e tentar sair do planeta às pressas, ou podem seguir seu próprio caminho. De qualquer maneira, é melhor do que essas jaulas. – Ela estremeceu.

– Concordo – disse Wedge. – Agora, como abrimos as portas?

Um alarme soou no meio da noite, três rajadas agudas de aviso e, em seguida, as portas se abriram de uma só vez. Eles ficaram parados ali, admirados.

Teza dobrou a esquina correndo.

– Encontrei o escritório – disse ela. – Havia um grande botão indicado para emergências, então eu o apertei. – Ela colocou as mãos nos quadris. – Olhem só isso.

Lentamente, as pessoas estavam emergindo de suas celas. A maioria parecia confusa, receosa.

– Você encontrou o prisioneiro 876549C?

– Cela 8.

A cela 8 ficava a certa distância no corredor. Wedge foi até lá, sem saber o que encontraria. Podia ouvir Norra e Snap atrás dele, explicando aos prisioneiros que eles estavam livres.

Um homem estava saindo da cela 8. Era alto e magro como os outros, mas tinha presença, mesmo naquela situação. Seus cabelos cor de areia eram grisalhos. Ele havia sido lavado e barbeado recentemente, embora de maneira nada delicada, como atestavam os cortes em seu rosto. Ele olhou para Wedge com olhos azuis inteligentes, mas cautelosos.

– Ransolm? – Wedge perguntou. – Ransolm Casterfo?

O homem não reconheceu o nome, mas seus olhos ficaram fixos em Wedge.

– Você é Ransolm Casterfo? – Wedge tentou novamente, procurando manter um tom gentil, como faria com um cadete assustado na academia.

– Eu fui um dia – o homem finalmente disse, sua voz um sussurro seco e doloroso. – Mas ninguém me chama por esse nome há muito tempo.

Os ombros de Wedge desabaram de alívio. Eles o haviam encontrado.

– Uma amiga me enviou para libertar você.

Ransolm franziu a testa, rugas profundas se formando na boca.

– Eu não tenho amigos. Meu nome é uma maldição, um mau presságio. Estou abandonado.

Wedge sacudiu a cabeça.

– Não, Senador.

Ransolm se encolheu ao ouvir o título e Wedge desejou poder retirar o que disse.

Tentou uma abordagem diferente:

– Fomos enviados por Leia Organa para encontrá-lo.

– Leia… – ele murmurou o nome como uma oração. E então: – Eles me disseram que ela estava morta.

– Ela está bem viva – tranquilizou-o Wedge. – E quer que você venha conosco. Não pretendo pressioná-lo, mas a Primeira Ordem deve aparecer a qualquer momento, então seria melhor discutirmos os detalhes no caminho.

Ransolm piscou, atônito.

– Sim – ele disse baixinho. – Melhor não deixarmos a realeza esperando.

– Wedge. – Era Snap. – Acabei de receber uma comunicação de Karé no ônibus espacial. Ela disse que uma mensagem chegou de Ryloth. A equipe de Poe perdeu a nave.

– Perdeu?

– Karé contou que havia algum tipo de comoção ao fundo. Ela não conseguiu entender os detalhes. Resumindo, eles estão presos.

– Diga para nos encontrarem aqui. Vamos tirá-los do planeta.

– Como? – Os olhos de Snap percorreram os prisioneiros parados no corredor. – Já vai ser difícil com as pessoas que temos agora.

Wedge pensou naquele furador de bloqueios, o Tantive IV, que ele ficara admirando quando chegaram.

– Vamos pensar em algo. Quantos estão vindo conosco?

– Onze. Os outros quatro preferem ficar por conta própria.

– E a lista de subversivos? Dameron conseguiu a lista?

– Não ficou claro.

Wedge coçou a bochecha, preocupado.

Ao som de passos apressados, Wedge se virou e viu Norra correndo pelo corredor.

– Alguém está vindo – disse ela, sem fôlego, com o blaster na mão.

Wedge assentiu.

– Diga a Karé que direcione a equipe de Poe para cá, passando nossas coordenadas agora. Vamos aguentar o máximo que pudermos, mas precisamos tirar esses prisioneiros do planeta. Eles não estão em condições de lutar.

– E se ele não conseguir?

– Diga a Dameron que não há opção. Ele tem que vir para cá. Agora.

CAPÍTULO 32

WINSHUR QUASE NÃO VIU os traidores.

Estava tão decidido a voltar ao seu escritório e se apoderar do arquivo pessoal de Monti Callas que sua mente estava em outro lugar. Ele captou um lampejo de cabelo alaranjado e parou.

Yama. Ela estava viva. Bem ali, na frente dele. E isso tudo era culpa dela.

Se Yama não tivesse ido procurar Genial. Se ela não o tivesse provocado.

Por que ela se empenhava constantemente em irritá-lo?

Uma nuvem de raiva obscureceu sua visão. Ele devia tê-la matado, esmagado sua cabeça quando teve chance. Não era tarde demais.

A amplitude de sua audácia o surpreendeu e, por um momento, surgiu um fiapo de dúvida, uma mínima sugestão de que ele era um assassino contemplando mais um assassinato e que isso era errado.

E então Winshur olhou para Yama, esgueirando-se pelos jardins, obviamente fazendo algo que não deveria estar fazendo, e a dúvida se evaporou. Ela havia sido colocada outra vez em seu caminho por um motivo.

Ele a observou movendo-se furtivamente na calada da noite. Seu ritmo era hesitante, e ela se detinha nos cantos e nas sombras para sondar seu caminho. De vez em quando, olhava por cima do ombro, para o que quer que fosse que estivesse atrás dela, e depois para a frente novamente.

Ela desceu por uma passagem subterrânea que ele sabia que passava sob o terreno principal e dava na entrada mais distante do estaleiro. Por que ela iria ao estaleiro àquela hora da noite? O motivo não lhe importava, mas parecia ainda mais fortuito. Havia muitas maneiras de se ferir em um estaleiro.

Winshur deslizou de suas próprias sombras e a seguiu.

No subterrâneo, os dois percorriam a longa e estreita passagem. As luzes ali zumbiam baixo e díspares no alto, piscando incertas para iluminar o concreto frio sob os pés em impulsos esporádicos. Winshur olhou através da luz fraca procurando por Yama, mas ela havia desaparecido.

Impossível.

Ele apressou o passo, entrando e saindo da escuridão, procurando freneticamente por uma cabeça de cachos rebeldes alaranjados. Mas não viu nada. Apenas um longo túnel vazio diante de si.

Winshur estava prestes a se virar para voltar e considerar o episódio como uma espécie de estranha ilusão provocada pelas revelações da noite, quando a garota saiu de um nicho de manutenção que de alguma forma lhe passara despercebido. Ela segurava um longo pedaço de cano de metal na mão e seu rosto, um rosto machucado pela bota dele, tinha um ar de determinação.

Winshur sorriu. Aquilo era melhor do que ele poderia ter esperado. Matar um inocente era uma coisa, mas uma luta, uma luta de verdade – bem, ninguém poderia culpá-lo por se defender.

Ele avançou com as mãos estendidas.

– Você deve estar com raiva de mim – disse ele, esperando atraí-la para mais perto. – Mas você se lembra do que eu lhe disse, Yama, sobre o poder que vem da disciplina? Eu estava disciplinando você. – Era mentira, é claro. Ele só queria machucá-la, fazê-la sofrer, como sempre. Mas o discurso parecia bom, e Winshur se agarrou a ele.

Yama apertou o cano com mais força. A lembrança da garota parada do mesmo jeito, com um estilete de caixa na mão, passou pela mente de Winshur. E aí ele compreendeu. Ela devia estar confrontando Monti em seu escritório, devia estar ameaçando-o com aquela lâmina quando Winshur os interrompeu. Ela tentara lhe dizer alguma coisa, ele se lembrava agora, mas supôs que haveriam de ser mais desculpas para o fato de ela não estar trabalhando. Talvez, se ele a tivesse ouvido, as coisas seriam muito diferentes agora. Ou talvez a garota tivesse contado mentiras para ele.

– Você me disse que disciplina significa controlar seus instintos básicos – disse ela.

Ele hesitou.

– Eu disse...

– Mas não foi o que você fez!

Sua voz era um lamento, uma vontade de compreender. *Ela ainda me admira*, ele pensou. *Ela ainda quer que eu a guie*. Algo mudou dentro dele, algo vergonhoso que pensara ter suprimido. A náusea subiu como uma onda em suas entranhas.

– Você me surrou – continuou ela –, sem razão nenhuma, a não ser por estar com raiva de si mesmo, de sua própria fraqueza, e você descontou isso em mim!

– Eu... – Winshur piscou de perplexidade, sentindo-se sem chão. Onde estava a escuridão que o sustentara momentos antes? A ousadia? – Não – ele disse, recuperando a sua firmeza. – Eu fiz isso para o seu próprio bem. – Mas ele se lembrava do horror que sentira, do ódio. – Para o seu próprio bem – ele repetiu, como se quisesse convencer a si próprio.

Winshur agora já estava perto o suficiente de Yama para perceber que havia quebrado o nariz da garota e a deixado com o olho roxo. Ela também tinha um corte no lábio inferior. Engoliu em seco nervosamente ao ver sua própria obra.

– Não chegue mais perto – alertou Yama. Ela ajustou seus dedos em torno do cano, as mãos suando.

Winshur deu um passo à frente.

– Yama – ele sussurrou, o nome dela ecoando no túnel. Ele não tinha certeza do que queria fazer quando a alcançasse. Bater nela? Arrancar o cano das mãos dela e golpeá-la com ele? Ou...

Ela o atacou com o cano.

Winshur se desviou de sua tentativa, mas ela recuou, elevando o cano para um ataque descendente e ele não foi rápido o bastante para evitá-lo. Levou o golpe no ombro. A dor irradiava do local atingido, e sua raiva aflorou novamente. Winshur agarrou o cano, interrompendo outro golpe desferido pela garota. Ele o arrancou das mãos dela. O cano foi rolando pelo chão. Yama, puxada para a frente pelo impulso, caiu de joelhos.

Ele parou diante dela, ofegante. A tosca arma era dele agora, e, embora Winshur dissesse a si mesmo que não sentia prazer em derrotar uma criança, uma estranha alegria inundou seu corpo. Esse sentimento lutava com suas outras emoções, a vergonha, a confusão.

Yama estava chorando. Dava para Winshur ouvir seus soluços suaves. A garota olhou para ele, com a expressão carregada de emoção.

– Fiz tudo o que você me mandava – disse ela. – Mas nunca conseguia agradá-lo.

– Agradar a mim? – ele perguntou, confuso. – Você tentou me destruir!

Ela piscou, perplexa.

– A reunião com Shu, os sorrisinhos pelas minhas costas, a sabotagem do meu trabalho. Você procurou Genial!

– Quando você não quis ouvir. Eu... eu fiz isso para o seu próprio bem!

As palavras saíram de sua boca como um eco do próprio Winshur, e os dois congelaram de horror.

– Não – ele sussurrou enquanto recuava para golpear a cabeça dela com o cano.

– Eu não faria isso se fosse você – soou uma voz atrás dele.

Winshur se deteve abruptamente. Ainda segurando o cano, ele se virou, incrédulo, para ver quem o havia interrompido.

Uma mulher, alta e musculosa, vestindo uma jaqueta de lona e macacão de pele e metal. Tinha um blaster na cintura, ainda no coldre, e um rifle pendurado no ombro. Ela o olhou de cima a baixo, como se o julgasse. Então balançou a cabeça, desapontada.

– Então você é o merdinha que espancou uma garota indefesa de quinze anos?

Winshur empalideceu. Ele apertou mais o cano. A mulher notou e ergueu uma sobrancelha pintada de ocre.

– Sério mesmo? – ela perguntou.

– Vá embora, bárbara – Winshur gritou, a frustração transparecendo em sua voz. – Você não entende. Isso não é da sua conta.

– Meu nome é Teza Nasz, ex-oficial do Império Galáctico, mas você pode me chamar de senhora da guerra, Bratt.

Winshur balançou. A mulher sabia o nome dele e era uma ex-Imperial. Ele se sentiu fraco.

– Agora, podemos resolver isso de duas maneiras – disse ela, num tom casual. – Você poderia devolver esse belo pedaço de metal à minha amiga Yama, e ela bateria com ele em você até que o estrago em seu rosto correspondesse aproximadamente ao do dela. É pegar ou largar.

Ele a olhou fixo, sem dizer nada.

– Ou – disse ela, tirando o rifle do ombro –, eu poderia simplesmente atirar em você.

Os lábios de Winshur torceram-se em um sorriso de escárnio. Aquela mulher idiota não sabia de nada, mesmo que afirmasse ser Imperial. Como ela ousava ameaçá-lo... Ele recorreu a algumas de suas antigas bravatas e zombou:

– Eu nunca me dignaria a permitir que essa garota tola...

Winshur foi interrompido pelo som de um disparo de blaster

atordoando os seus ouvidos e um calor na barriga como nunca havia sentido antes. Ele caiu, sua cabeça batendo no concreto frio. Sua boca ficou aberta em choque.

– Ótimo – Nasz disse alegremente. – Estamos com pressa, então, obrigada por facilitar isso.

Winshur estava lá, atordoado, com um buraco no estômago.

Passos se aproximaram correndo, mas Winshur só pôde ficar ali parado e ouvir. Seu corpo não estava mais funcionando e sua mente seguia rapidamente para o esquecimento.

– Está tudo bem? – uma voz perguntou. Winshur viu que um homem mais velho, de cabelos grisalhos e jaqueta marrom, havia dito aquilo. Estaria falando com ele? Não podia ser...

– Está tudo bem – respondeu a mulher que atirara nele. – Só um probleminha. Nós cuidamos disso. – A mulher passou por Winshur como se ele já estivesse morto e estendeu a mão para a garota, puxando Yama para pô-la de pé.

– Por que você e Snap não vão na frente? – disse a mulher. – Yama vai ficar perto de mim até sairmos daqui.

– Sem problema. – O homem mal olhou para ele antes de ir.

O tempo parecia se esticar e encolher sem ordem ou razão específica. Winshur tinha certeza de que havia outras pessoas passando por ele. O som dos pés ressoava alto em sua cabeça. Sua visão estava escurecendo, o mundo ao seu redor desaparecendo, reduzido a ecos e vibrações. Ele fechou os olhos.

Algo o cutucou. Um pé. Ele ignorou.

Outra cutucada e ele relutantemente abriu uma pálpebra. Reconheceu o rosto que o olhava. Prisioneiro 876549C.

Winshur pensou em rir. Estava morrendo, sangrando no chão frio, e o destino pensou em lhe preparar uma última humilhação? Mas o que aquele homem poderia fazer com ele que ainda não havia sido feito?

O prisioneiro estendeu a mão.

A vergonha o inundou. Winshur reprimiu um soluço na garganta. Ele fechou os olhos.

Outra cutucada, mas Winshur se recusou a olhar. Ele se forçou a rolar, uma lenta agonia, pegajosa e molhada de sangue, até encarar a parede e não poder mais ver o homem nem o vislumbre de piedade, de perdão, que viu em seus olhos.

O homem era tolo. Winshur estava morrendo. Não havia como salvá-lo agora.

– Deixe-me – ele balbuciou, mas a fala saiu embaralhada, ininteligível até para seus próprios ouvidos.

Ele esperou por outro cutucão, mas ele não veio, e Winshur soltou o soluço que havia reprimido, um som de derrota e lamento, mais animal do que qualquer outra coisa.

Os passos se foram e ele ficou sozinho novamente.

Doía por dentro e por fora, mas a dor estava diminuindo. Traição. Era tudo o que conseguia sentir agora. Fora traído não por Monti, nem mesmo por Yama. Fora a violência que mentira para ele. Fizera-lhe promessas de poder, mas, no final, não o salvara. Ao contrário, condenara-o.

Ele exalou um último suspiro e então se foi.

CAPÍTULO 33

LEIA VIU HAHNEE CAIR PRIMEIRO.

Quando o ataque começou, a filha de Yendor foi a primeira a passar pela porta da biblioteca, gritando um aviso sobre traição na capital. Agora, ela era a primeira a cair, com um tiro no peito.

Yendor estava segurando as pontas na extremidade sul do hangar, então, ele não soube quando isso aconteceu. Ele e um punhado de combatentes da DSR mantinham as forças da Primeira Ordem afastadas para que Leia, Orrimaarko, Rieekan, os droides e o restante da base de comando pudessem escapar. Mas, quando Hahnee caiu, uma parte do coração de Leia se foi com a guerreira Twi'lek. Então, a general fez o que lhe pareceu mais natural: ela pegou o rifle caído de Hahnee e tomou seu lugar.

Ela apertou o gatilho da grande arma e disparou, abrindo fogo contra o avanço do inimigo. Eles recuaram, abrigando-se. Mas o rifle estava quente em suas mãos, já quase sem munição, e Leia reconheceu imediatamente a loucura de sua posição. Não havia como uma só pessoa, com poder de fogo limitado, aguentar por muito tempo. Ainda assim, ela só tinha que aguentar tempo suficiente para que todos pudessem chegar às suas respectivas naves.

– Rey! – Leia gritou por cima do ombro, esperando que a garota pudesse ouvi-la mesmo com todo o barulho do tiroteio. E, então, Rey estava lá com um blaster em punho, sem perguntas. Elas lutaram lado a lado como se tivessem feito isso uma centena de vezes antes. Gradualmente, o ataque à sua posição diminuiu.

– Eles estão recuando! – Rey gritou.

Leia assentiu sombriamente. Por enquanto, pelo menos. Ou, mais provavelmente, procurando uma forma de avançar mais fácil. Ou, simplesmente, fazendo a opção inteligente de esperar para pegá-los quando eles saíssem da caverna. Isso é o que ela teria feito.

Chewbacca estava rugindo um "liberado", que também significava "Mova o seu traseiro para a *Millennium Falcon* agora", e, com Rey cobrindo a retaguarda, Leia correu pelo hangar e subiu a rampa.

Rose estava lá para recebê-la, com os olhos arregalados de preocupação.

– Situação? – perguntou Leia, a voz entrecortada pela exaustão.

– Todo o pessoal foi contabilizado e embarcado em suas respectivas naves. Estamos prontos para dar o fora daqui, assim que soubermos que está tudo limpo lá fora.

– Tudo limpo lá fora... – Leia ecoou. – O que isso significa?

– Que eles não estejam esperando para nos pegar assim que deixarmos a caverna, senhora.

Leia riu e o som de seu riso era amargo.

– Sim, eu sei. E acho que isso não vai acontecer. Teremos que arriscar. É isso ou ficar aqui e deixar que eles se reagrupem para virem nos atacar novamente.

A raiva que ela vinha escondendo aflorou momentaneamente. Leia desconfiava que alguém em Lessu havia traído a Resistência. Afinal, não morriam de amores por eles ali em Ryloth, e os contatos de Yendor haviam deixado claro que a tolerância à presença da Resistência no planeta estava se esgotando. Eles haviam acabado ficando por lá mais tempo do que o aceitável e agora pagavam o preço. Mas chegarem a ponto de trair Yendor? Depois de tantos anos de serviço, seu patriotismo? Isso deixava Leia furiosa.

E agora Hahnee. Teria que ser Leia a contar a ele. Afinal, a culpa era dela.

Como se essa fosse a deixa, o comunicador de Leia apitou furiosamente.

Ela atendeu o chamado.

– Prossiga.

– Leia! – A voz de Yendor foi um grito rouco, e ela podia ouvir o tiroteio em andamento ao fundo. – Qual é a sua posição?

– Estamos todos a postos e contabilizados – Leia disse-lhe. – Exceto... – Ela fez uma pausa, tentando encontrar as palavras certas para contar ao amigo que a filha dele estava morta. Mas, antes que pudesse descobrir como lhe dizer, Yendor estava falando novamente, mas desta vez não com ela.

– ... pegue dois homens e vá para o canhão.

– Canhão? – Leia perguntou surpresa.

Ela pensou ter ouvido Yendor rir.

– Cobertura superfície-ar. Uma pequena surpresa da DSR que os canalhas de Lessu não conhecem e que pegará de surpresa a Primeira Ordem. Não é muito, mas deve lhe dar uma certa cobertura.

– Você é cheio de surpresas – disse ela, sentindo-se um tanto admirada. Ela respirou fundo, exalou. Não havia maneira fácil de dizer o que precisava ser dito. Ela esperava que houvesse, mas sabia por experiência que não havia.

– Hahnee... Ela não conseguiu. Ela está morta, Yendor.

Silêncio do outro lado, e Leia pensou que ele talvez não a tivesse ouvido. Mas ela ainda podia ouvir o som dos blasters através do transmissor, então, tentou novamente.

– Yendor...? Você me ouviu?

– Entendido, General – respondeu ele, sua voz soando firme. Mas, por trás da aparente força, dava para Leia perceber quão abalado o homem estava.

– Eu sinto muito. Ela morreu nos defendendo. Foi uma boa morte.

Outra pausa silenciosa antes de ele dizer:

– Não há boas mortes, minha velha amiga. Apenas morte.

E com isso ela não discutiu.

– E as crianças? – ele perguntou baixinho.

– Os filhos de Charth? – Leia olhou ao redor da sala em busca de uma resposta. Rose Tico lhe fez um sinal de positivo, erguendo o polegar. – As crianças foram localizadas e estão seguras.

Uma respiração pesada e depois:

– Ok, então. Leve-as para o pai delas.

Ela hesitou, porque pensou que sabia a resposta para a pergunta antes de fazê-la, mas perguntou assim mesmo.

– E quanto ao avô delas?

– Diga-lhes que ele morreu operando o canhão. Diga-lhes que ele morreu defendendo um planeta Ryloth livre, assim como a tia deles.

Leia reconheceu que era a dor falando. Luto pela perda da filha, luto pela perda de seu planeta, pela traição de Lessu. O pior pesadelo de Yendor estava acontecendo ao seu redor, todas as coisas que ele prevenira Leia que poderiam acontecer, todas as coisas que ela havia concordado que eram possibilidades. A Resistência era o beijo da morte, para amigos e aliados.

– Yendor...

– Com licença, General Organa. – Era C-3PO.

– O que foi? – ela perguntou, distraída.

– Chewbacca me pediu para lhe dizer que eles estão com menos um piloto de X-wing. Parece que um dos pilotos do Esquadrão Fantasma não sobreviveu ao ataque inicial da Primeira Ordem.

Leia fez uma careta. Eles não poderiam se dar ao luxo de perder um piloto ou uma nave. Pensou em dizer a C-3PO para resolver isso sozinho, mas, então, uma ideia ocorreu-lhe.

– Yendor – disse ela. – O que me diz de voltar a voar?

– O quê?

– Perdemos um piloto, mas a nave dele está preparada e aguardando. Se você conseguir chegar lá, poderíamos usá-lo.

Silêncio e, por um momento, Leia pensou que ele diria não. Que cederia à sua dor. Mas, então:

– Estou a caminho.

– Obrigada – respondeu ela, uma onda de alívio inundando-a.

– Não, Leia. Eu que agradeço.

A comunicação terminou e Leia virou-se para Rose.

– Diga a Connix e Nien Nunb para operarem as torres. Nós vamos precisar de poder de fogo. E quero ficar em comunicação com a nave de Rieekan e Orrimaarko o tempo todo. Você pode cuidar disso?

– É pra já – tranquilizou-a Rose.

Leia a dispensou com um aceno de cabeça e caminhou até o cockpit. Acomodou-se em sua velha poltrona, ajustando o cinto de segurança, enquanto Rey e o Wookiee acionavam os propulsores. A *Falcon* levantou-se lentamente.

– Nós sairemos em disparada, como Yendor propôs – Rey explicou por cima do ombro. – Os X-wings liderarão, e as outras naves os seguirão.

Seguirão para onde?, Leia pensou. De volta à correria, à busca de um lar, perdendo amigos e familiares? Mas tudo o que ela disse foi:

– Ok.

– Leia.

Ela ergueu a vista. Rey estava olhando para ela, com uma expressão intensa.

– Temos que lutar – disse ela simplesmente. – Eu sei que é difícil, mas qual é a alternativa? Deixar a Primeira Ordem vencer? Eles não poupariam nossos amigos e familiares. Pelo menos, dessa forma lutamos pelo que amamos. Enquanto lutarmos – continuou Rey – há esperança.

Esperança. Uma palavra pequena, mas tão preciosa. Tão difícil de manter e fácil de perder. Mas Leia não se permitiria perdê-la. Tinha que fazer isso. Por Han e Luke, por Hahnee e o piloto do Esquadrão Fantasma, cujo nome ela não sabia. Pelos vivos também. Todos eles. Por Rey, por Rose, por Poe, por Finn e pelos que ainda se juntariam à causa – o futuro da Resistência –, que ela ainda nem conhecera.

– Sempre há esperança – concordou Leia. – Gotas, certo?

O aceno de cabeça de Rey em confirmação foi solene.

– Com as quais teremos um oceano.

E, então, eles estavam no ar, com os escudos levantados e esquivando-se de tiros de canhão. Deixando Ryloth para trás.

CAPÍTULO 34

OS ALARMES DISPARARAM AO REDOR DELES, um som de arrebentar os tímpanos. Wedge tentou ignorar o barulho horrível, mas era ensurdecedor. Deixou-o com os nervos à flor da pele, era esse o objetivo, sem dúvida, e ele esperava que a equipe dobrasse uma esquina e desse de cara a qualquer momento com um batalhão de stormtroopers.

Alguém à sua frente praguejou ferozmente, capturando sua atenção. Era Nasz. Ela havia parado para mirar um alto-falante nas vigas do prédio mais próximo, obviamente também farta do barulho.

– Isso não vai... – Wedge começou a falar, mas não teve chance de terminar antes que ela puxasse o gatilho. Silêncio. O misericordioso silêncio e o grupo de prisioneiros e pilotos detiveram-se para agradecer.

Mas o alívio durou pouco quando outro alarme disparou, este ainda mais alto, Wedge poderia jurar, como se indignado com o destino de seu antecessor.

Ele cruzou o olhar com Teza. Ela deu de ombros. *Eu tentei*, ela articulou com os lábios.

Snap se aproximou, correndo abaixado.

– Estamos chegando perto – disse ele. – Estou vendo algumas patrulhas agora. O que quer que tenha afastado os stormtroopers antes deve ter terminado. Todo mundo está voltando para cá.

Wedge franziu a testa, preocupado.

– Teve notícias de Poe?

– Karé transmitiu-lhe nossas coordenadas. Devemos esperar por ele e sua equipe em breve. Caso contrário... – Ele abriu as mãos.

– Está todo mundo bem, certo? Finn, os outros? Não há relatos de feridos.

– Parece que sim. Mas eles pegaram um passageiro extra.

– Ele disse quem?

Snap balançou a cabeça.

– Suralinda falou que eles explicariam quando chegassem aqui.

– Tudo bem – disse Wedge. Ele mordeu o lábio, pensando. A janela de fuga deles estava se fechando, podia sentir isso, mas não podiam partir sem Poe e sua equipe.

– Alguma ideia? – perguntou Snap, parecendo tenso. Também sabia que o tempo deles estava se esgotando.

Ficar? Partir?

– Wedge?

– Nós vamos ficar – decidiu ele. – Não vamos embora sem Poe.

– Aí talvez não consigamos mais partir. – Era Nasz.

Wedge se virou.

– O que quer dizer?

– Veja.

Um pequeno grupo de indivíduos trajando uniformes da Primeira Ordem estava correndo na direção deles, empunhando blasters.

– Eu contei cinco – disse Snap, sério. – Está fácil.

– Eu fico com os dois da direita e você, com os da esquerda – instruiu Nasz, tirando o rifle do ombro. – Wedge, você pega o do centro.

– Esperem! – Era Norra, arrastando-se atrás deles. – Eles não são da Primeira Ordem. Olhem com mais atenção.

Wedge espiou pelo terreno através da escuridão. As figuras tornaram-se distintas, duas de branco, três no que parecia ser preto, ou cores próximas o bastante para passarem por preto no escuro da noite. Mas duas delas trajavam vestidos e uma outra usava uma túnica. E uma delas era um Twi'lek.

– É o Poe – ele respirou aliviado. Ele se levantou e acenou. O grupo o viu e mudou de direção para juntar-se a eles. Momentos depois, Poe estava lá, envolvendo Wedge em um abraço amigo.

– Não sabe como estamos felizes em vê-los – disse Poe. – Por um momento, achamos que tínhamos perdido nossa chance de voltar.

– O que aconteceu? – perguntou Wedge.

– A Primeira Ordem ficou sabendo do leilão e fez uma batida na festa. Bloqueou o abrigo das naves e não deixava ninguém decolar. Perdemos a nave de Charth.

– Não é nada de mais – assegurou Charth. – Temos o que viemos buscar.

– A lista? – Norra perguntou.

Poe apontou para uma mulher que se mantivera afastada do grupo, como se estivesse assimilando a cena. Ela usava um vestido de conchas brancas encharcado que lhe pesava no corpo e uma espécie de serpente enrolada em volta da garganta.

– Esta é Nifera Shu. Está com ela. Se a tirarmos do planeta, ela nos entrega a lista.

Ela assentiu, confirmando.

– Você reparou que há uma serpente d'água no seu pescoço? – Nasz perguntou, a sobrancelha levantada.

Nifera sorriu.

– Sim.

– Ok. – A ex-Imperial levantou as mãos na inocência. – Só estou checando.

– Estão todos aqui – comunicou Norra. – Hora de dar o fora deste planeta.

– Alguém tem alguma sugestão de como fazer isso? – Poe perguntou.

– Stormtroopers à frente – Snap lhes disse.

– Quantos?

– Sessenta. Talvez mais. Eles estão guardando a entrada do estaleiro.

Poe fez uma careta.

– Como se fôssemos aguardados?

– Nossa sorte acabaria mais cedo ou mais tarde. – Wedge disse. – Yama – ele chamou por cima do ombro. Yama avançou. Parou ao lado de Nasz, mantendo-se próxima da mulher alta. – Tem algum outro caminho? – Wedge perguntou à garota.

– Podemos ir por dentro do prédio – disse ela, apontando o polegar para trás, para o arranha-céu por onde haviam passado. – Mas os corredores são estreitos e há um elevador e um posto de controle.

– Então, a nossa melhor aposta é entrar por aqui – disse ele a Poe, tirando a óbvia conclusão –, só precisamos de uma maneira de passar pelos troopers...

– Podemos criar uma distração – sugeriu Norra. – Wedge e eu podemos atraí-los para longe enquanto o restante de vocês passa.

– Não há garantia de que eles sigam vocês – observou Snap, já olhando preocupado para a mãe.

– Vamos fazer valer a pena – disse Norra. – Iremos na direção que Yama disse. Faremos bastante barulho para fazê-los pensar que estamos levando os prisioneiros naquela direção.

– Mãe...

– Nós só precisamos dividi-los. Se conseguirmos fazer com que metade deles nos siga...

– Ainda assim, serão dois contra trinta – contestou Snap.

– Snap – interveio Poe, a voz baixa. – A ideia não é ruim.

– Então eu vou – decidiu ele.

– Filho. – Wedge ainda não havia se pronunciado, permitindo que a discussão fluísse. Mas agora o fazia, escolhendo suas palavras com cuidado. – Nós podemos fazer isso, Norra e eu. Tire os prisioneiros daqui. Encontre um transporte grande o suficiente para todos.

O rosto de Snap se iluminou.

– Talvez aquele furador de bloqueio?

– Eu estava pensando exatamente a mesma coisa. Você acha que consegue pilotar?

– Oh, sim. – E então sua expressão mudou, como se lembrando do plano. – Mas e quanto a você e mamãe?

– Nós ficaremos bem – assegurou Wedge.

Snap encarou Wedge, as emoções percorrendo seu rosto tão rapidamente quanto o tempo mudava em Akiva. Wedge sabia que ele queria protestar, mas não o fez. Ele apertou os lábios até ficarem brancos e assentiu uma vez antes de se virar.

Norra suspirou, olhando demoradamente para o filho.

– Tudo bem – disse Poe, quebrando a tensão. – Vão. Avançaremos quando virmos os troopers se dividirem. – Ele bateu no ombro de Wedge. – Vejo vocês do outro lado.

O plano funcionou muito bem. Wedge tinha certeza de que quase todos os sessenta stormtroopers que Snap vira guardando a entrada do estaleiro, com exceção de uns poucos, estavam agora atirando contra eles. Os dois estavam em um terreno um pouco mais alto e, de sua posição de vantagem no topo de uma rampa sinuosa, Wedge podia ver o hangar inteiro. E lá adiante, no canto oposto, o ônibus espacial deles.

Uma rajada de laser passou perigosamente de raspão por ele, e Wedge se escondeu atrás das mesas pesadas de metal que ele e Norra haviam empilhado para servir de barricada.

– Por quanto tempo você acha que conseguimos segurá-los? – ele perguntou. Seu blaster estava superaquecendo em sua mão e, embora tivesse um sobressalente na cintura, quando esse também se esgotasse, era o fim deles.

– O quanto for preciso – disse Norra, dentes cerrados. Ela se inclinou para efetuar mais alguns disparos.

– E depois? – ele perguntou.

Ela o encarou.

Ele riu.

– Acho que é isso que eu ganho por querer ser herói.

– Desde quando você quis ser herói? – ela zombou.

Norra tinha razão. Tudo o que Wedge sempre quis foi ser piloto. Ser um herói era secundário, e outras pessoas se adequavam melhor a esse perfil. Wedge só queria dar o melhor de si, o reconhecimento que se danasse.

– Olhe lá! – disse Norra.

Wedge espiou por cima da borda de seu abrigo improvisado para ver Snap e o restante de sua equipe correndo pelo hangar liderando os prisioneiros. O grupo se dividiu em dois, Tasz e Charth guiando os fracos e feridos para a nave Imperial, onde Karé os conduzia para dentro, e o restante da equipe, incluindo Finn, Nifera e Snap, dirigindo-se para o grande furador de bloqueio. Estavam todos lá, exceto...

– Onde está Poe? – ele perguntou. – E Suralinda?

– Eles podem cuidar de si mesmos – disse Norra. – Continue atirando. Estamos quase sem energia, mas ainda não chegamos lá.

Wedge mirou em um stormtrooper que havia avançado novamente. Apertou o gatilho, mas o blaster não respondeu. Estava gasto.

Ele praguejou baixinho e o descartou, pegando a arma sobressalente. Mas era tarde demais. Um tiro de blaster atingiu o seu braço, iluminando-o dolorosamente como se estivesse pegando fogo. Ele gritou e recuou, instintivamente levando a mão ao ponto onde recebera o disparo.

– Wedge! – Norra gritou. Ela rastejou até ele, tomando cuidado para manter-se abaixada. Ela olhou além da barricada apenas por tempo suficiente para derrubar o trooper que o havia atingido. Então, ela estava ao seu lado.

– Você está bem?

Ele balançou a cabeça, as lágrimas surgindo espontaneamente em seus olhos.

– Dói pra caramba.

– Posso imaginar. – Ela examinou delicadamente o material chamuscado e a carne queimada. Uma careta cruzou seu rosto, mas desapareceu tão rápido quanto surgiu.

– Está feio assim?

Ele não precisava perguntar. Podia sentir o cheiro. Tinha um vislumbre de osso branco através da camisa.

– E é o braço com que eu atiro – disse ele gentilmente.

– Bem, já estava na hora de você se tornar ambidestro, querido – disse Norra, deslizando do coldre o blaster sobressalente de Wedge e colocando-o em sua mão boa. Ela o virou, tomando cuidado para não movimentar seu braço, até que ele estivesse apoiado, inclinando-se um pouco sobre a borda das mesas. Ele pressionou o gatilho, hesitante, e em seguida com mais confiança. Sua mira estava péssima, mas era melhor do que nada.

Norra deu-lhe um meio-sorriso e se arrastou de volta à sua posição.

A próxima vez que ele conseguiu olhar para o piso do hangar viu que estava livre, o que significava que todos haviam chegado às suas respectivas naves. Como se fosse uma confirmação, o enorme motor do furador de bloqueio roncou. Isso chamou a atenção de alguns troopers e eles se viraram para olhar para trás. A nave Imperial, menor, já estava se levantando, sob o comando de Karé. Um punhado de stormtroopers se apartou e correu na direção do ônibus espacial, mas obviamente eles não conseguiram chegar antes que Karé decolasse. Ainda assim, Wedge aproveitou a oportunidade para efetuar mais disparos, mas ele já estava se sentindo tonto, seu braço bom perdendo as forças.

– Wedge... – A voz de Norra carregava uma advertência. – Nada de desmaiar.

– Nem pensar – assegurou ele. – Mas, Norra, se eu não puder ficar de pé, eu quero que você... – Ele engoliu em seco. – Eu quero que você...

– Nem ouse dizer isso – ela rosnou. – Estamos nisso juntos. Se você ficar, eu fico. Ou fugimos correndo juntos ou simplesmente não vamos.

– Mas...

– Estamos conversados.

Ele sorriu.

– Eu te amo.

– Ótimo. Agora fique vivo.

Mas era tudo bravata. Ainda havia duas dúzias de stormtroopers entre eles e o ônibus espacial. Não havia esperança.

Wedge pensou na última vez que havia sido capturado pelas forças inimigas. Ele foi torturado e seu corpo nunca se recuperou completamente. Ele era mais jovem na época e ainda assim mal conseguiu sair vivo. Se fosse capturado agora, não tinha dúvida de que a Primeira Ordem iria torturá-lo alegremente para tentar descobrir o paradeiro da Resistência. Ele também não tinha dúvida de que não sobreviveria dessa vez. Não, era o fim, seu confronto final. Ele preferiria morrer aqui com um blaster na mão e Norra ao seu lado a esperar para sobreviver à "misericórdia" da Primeira Ordem. Só que... ele olhou para Norra. E ela? Ele também a condenaria à morte? Talvez se ele se rendesse, isso lhe desse uma chance de fugir. Ele hesitou...

E a parede à sua esquerda explodiu.

Houve uma saraivada de entulho proveniente da parede interna do edifício. A poeira pairava ao redor deles, tornando o mundo cinzento. Wedge tossiu quando essa nuvem espessa infiltrou-se em seus pulmões. Sem visão, lutando para respirar, e com o braço inutilizado.

O som dos disparos continuou, mas agora tratava-se de uma arma grande, não um rifle de stormtrooper, e Wedge percebeu, incrédulo, que alguém estava atirando de um dos caças estelares no hangar.

– Mas o que...? – Ele se arrastou a tempo de ver a nave derrubando os stormtroopers remanescentes como cereais no campo.

– É melhor que Poe pare com isso ou vai derrubar também esse prédio em cima de nós – disse Norra quando se aproximou dele e, embora tivesse razão, ele não pôde deixar de rir.

– Acha que consegue andar?

Wedge assentiu e Norra o levantou.

– Eu não esperava por isso – ele admitiu.

– Fale sobre isso quando estivermos a bordo – disse ela, enquanto desciam pela rampa que agora estava vazia. Eles correram pelo hangar aberto, esperando encontrar problemas, mas o caça pairava próximo, oferecendo cobertura.

Snap estava lá para recebê-los quando chegaram à rampa do furador de bloqueios. Sua expressão ficou séria quando ele viu o ferimento de Wedge.

– A culpa foi minha – Wedge apressou-se em dizer, cerrando os dentes.

Snap assentiu.

– Estou feliz que você esteja bem, pai.

Algo no peito de Wedge foi profundamente tocado. Seu coração, ele supôs. *Pai.*

– Estou ótimo, filho. Simplesmente ótimo. – E falava sério.

CAPÍTULO 35

A NAVE DE POE, NA FRENTE do ônibus espacial, deixou a atmosfera Corelliana, com Suralinda voando na retaguarda. Ele sorriu enquanto se inclinava e entrava no espaço. O caça estelar da Primeira Ordem que ele pegara voava que era uma maravilha. Leve, ágil. Dava de dez a zero na nave emprestada que vinha pilotando. Mas, ainda assim, jamais trocaria seu X-wing por essa belezinha.

Seu comunicador piscou. Não o da nave, mas o portátil. Ele respondeu.

– Parece que estão vindo atrás de nós – disse Suralinda, radiante.

– Você parece feliz com isso – observou ele.

Ela riu.

– Você não? Eu quero ver o que esta nave consegue fazer.

A Squamatana tinha razão.

– Nosso objetivo é tirar daqui o ônibus espacial e o Tantive IV. Não perca o foco de sua missão, Suralinda.

– Entendido, Líder Negro – disse ela, a voz levemente zombeteira. – Separando-me para atacar.

Ele pensou em discutir com ela, mas de que adiantaria? Era Suralinda.

Outra comunicação chegou. Era do ônibus espacial.

– Você viu que temos companhia? – Karé perguntou com a voz tensa.

– Suralinda está cuidando disso. Ela vai despistá-los e mantê-los ocupados até que possamos saltar para a velocidade da luz.

– Há um problema. Recebemos uma comunicação da *Falcon*.

Poe ficou apreensivo. No calor da fuga deles de Corellia, embora não houvesse esquecido de que havia problemas em Ryloth, ele tentara não pensar nisso, já que não havia muito que pudesse fazer para ajudar. Agora sua preocupação retornava rapidamente, e ele perguntou, com medo na voz:

– Está tudo bem?

– Parece que a Primeira Ordem os encontrou.

Sentiu seu estômago gelar.

– Leia está bem – Karé apressou-se em acrescentar. – Todo mundo na *Falcon* escapou ileso. Mas perdemos alguns, incluindo a irmã de Charth e pelo menos um membro do Esquadrão Fantasma.

O pânico inicial que sentira dissipou-se um pouco. Leia estava bem. Mas no mínimo duas vidas foram perdidas e uma delas era a irmã de Charth. A outra, provavelmente um amigo de Wedge e Norra.

– Não podemos voltar para Ryloth, Poe – informou Karé. – Para onde saltaremos?

– Escolha um lugar – disse ele. – Contanto que seja longe daqui e que tenhamos certeza de que a Primeira Ordem não estará lá.

– Ela pode estar em qualquer lugar – observou ela. – Como saberemos?

Não tinham como saber. De uma hora para outra, já estavam fugindo de novo. Não havia um local seguro. Nenhum lugar onde não pudessem ser encontrados. Exceto...

– Karé, deixe-me falar com Nifera.

Houve uma pausa e então:

– Aguarde.

Alguns segundos se passaram antes que a voz de Nifera aparecesse.

– Olá, Lorell.

– Meu nome é Poe. Poe Dameron.

Ele quase podia ouvi-la sorrir.

– Eu sei.

– Precisamos de um lugar seguro para pousarmos e descansarmos durante um tempo. Não muito. Apenas um ponto de encontro para nos reagruparmos, divulgarmos a lista. Um dia no máximo.

Silêncio a princípio, e depois:

– E você acha que eu posso ajudá-lo?

– Eu acho que o Coletivo pode nos ajudar.

– E por que eles fariam isso?

– Porque nós acabamos de ajudar a benfeitora deles a escapar da morte certa.

Uma risada suave que ele definitivamente ouviu desta vez.

– Muito bem, Poe Dameron. Vou ajudá-lo. Depois que você fizer uma generosa doação à nossa causa.

– Por falar nisso... você já não recebeu metade dos nossos créditos?

– E agora pretendo pegar a outra metade.

Se ele concordasse, estaria praticamente levando a Resistência à falência. Mas, se não o fizesse, eles não teriam uma chance de gastar esses créditos, pois todos poderiam estar mortos.

– Pegue o dinheiro, madame – disse ele, cerrando os dentes.

Houve outra pausa, e, quando Poe estava prestes a perder a paciência novamente, Nifera estava de volta.

– Passei para a sua piloto as coordenadas de um esconderijo. Ela as transmitirá a você e a seus outros amigos. Vou avisar ao Coletivo para nos aguardarem.

Os ombros dele relaxaram de alívio.

– Obrigado.

– É um prazer fazer negócios com você – ela disse, e Karé retornou.

– Ela lhe passou as coordenadas? – ele perguntou.

– Sim. Estou enviando para os canais da Resistência agora.

Quando também já estava de posse das coordenadas, Poe cortou a comunicação. Ele fez a volta e aguardou até que o ônibus espacial e, depois, o furador de bloqueios desaparecessem no salto para o hiperespaço.

Ele perguntou para Suralinda:

– Está pronta?

– Vamos ver quem chega primeiro!

Ela acelerou e em segundos havia sumido.

Poe a seguiu.

Poe abriu caminho pela multidão com os ombros, a cabeça baixa e o capuz puxado sobre o rosto para escondê-lo. Ele encontrou a porta exatamente onde Nifera havia dito que estaria, o lintel marcado com a sinuosa serpente branca com chifres, agora já conhecida.

Espiou por cima do ombro para ver se alguém estava olhando para ele, mas, se estivessem, não teria como identificá-los. Ele havia feito essa mesma viagem três vezes antes, trazendo prisioneiros em pequenos grupos para que não atraíssem tanta atenção.

Ele fez um aceno de cabeça para Finn, que vigiava de um beco do outro lado da rua cheia de gente. Finn devolveu o aceno. Liberado.

Poe abriu a porta marcada com o sinal do Coletivo e conduziu seu último grupo de prisioneiros. Ele levara os mais fracos primeiro, os que mais precisavam de cuidados médicos. Esse grupo final era relativamente funcional fisicamente, se não totalmente inteiro de outras maneiras.

Ransolm Casterfo, o velho amigo de Leia, foi o último a passar pela porta. Segundos depois, Finn se juntou a Poe, e eles entraram juntos.

A porta se abriu para um depósito vazio, mas Poe já sabia que se tratava de um disfarce. Ele percorreu as enormes caixas empilhadas até o teto, vislumbrando os membros do Coletivo – todos trajando branco – que se escondiam em cima dos caixotes, acompanhando o seu trajeto, com blasters na mão.

Finalmente, chegaram a uma pequena porta lateral onde Zay, a jovem piloto do Esquadrão do Inferno, estava conduzindo o último dos prisioneiros para dentro. Ela sorriu quando o viu.

– É a última leva? – ela perguntou.

– Pelo que me consta, sim.

Ela deixou Poe e Finn seguirem na frente, abaixando-se para passar pela porta baixa. Quando ela a fechou, Poe viu que dois membros do Coletivo apareceram empurrando caixas na frente da porta, escondendo-a como se nunca tivesse estado lá.

Eles entraram em uma sala maior, de teto baixo, e toda escura, a não ser por luzes amarelas espalhadas no alto das paredes nuas. Alguém dispusera longas mesas com comida e bebida. Nada luxuoso, mas a sala tinha um ar de celebração. Silenciosa, cautelosa, mas esperançosa.

Poe e os outros pararam no topo de um pequeno patamar. Logo abaixo dele, um punhado de degraus largos descia até a sala principal, esta cheia de rostos familiares e conversas abafadas. Ele observou quando Ransolm parou alguns metros à sua frente no topo da escada e olhou em volta, perplexo.

Leia se aproximou de Ransolm com um sorriso no rosto, enquanto subia os degraus.

O homem parecia tremer, os braços ainda pendendo ao lado do corpo, até que Leia, muito delicadamente, como se estivesse ciente de que ele poderia quebrar, o abraçou.

– Eu pensei que você estivesse morto – Poe a ouviu sussurrar no ombro de Ransolm.

– Mas você veio atrás de mim, mesmo assim, minha amiga.

– Eu tinha esperança – ela respondeu simplesmente. Eles ficaram assim por mais um instante, juntos, antes que ela se separasse. Leia pousou a mão no ombro dele. – Venha conhecer todos – disse ela, levando-o para a sala. Rose estava lá, e ela o pegou pela mão, com um sorriso caloroso de saudação no rosto, e o conduziu mais para o fundo da sala.

Leia os observou ir antes de se virar para Poe.

– General – disse ele.

– Comandante.

Poe olhou em volta. Ele viu que Leia e Rieekan já haviam transformado o espaço em uma espécie de sala de guerra, um holomapa da galáxia espalhado numa parede.

– Nifera entregou a lista a você? – ele perguntou.

– Sim e a lista já foi difundida – confirmou Leia. – Yendor e Orrimaarko estão tomando providências necessárias agora. Vamos encontrar todos eles. Avisar aqueles que estão na mira da Primeira Ordem, salvar os que estão em perigo e recrutar quem pudermos.

– Sim – ele disse, distraidamente. Uma repentina onda de dúvida o invadiu, e Poe sentiu-se assustado com a tarefa que tinham pela frente, mas a voz de Leia o trouxe de volta, firmando-o.

– Um passo de cada vez – disse ela, sem dúvida percebendo sua ansiedade. – Não enfrentaremos a Primeira Ordem amanhã. Não temos condições de fazê-lo. Mas podemos dar um primeiro passo, e com isso ganharmos outro dia para darmos mais um passo.

– Não podemos fazer isso sozinhos.

– E não faremos. Vamos encontrar pessoas, vamos inspirá-las. Mostrar-lhes que não estão sozinhas, mostrar que vale a pena lutar. E vamos nos preparar e recompor. Isso – ela disse, gesticulando para abarcar a sala – é um começo.

Poe observou todos aqueles rostos, todas as pessoas que agora eram a Resistência. Nasz estava parada junto ao mapa, de braços cruzados, discutindo algo com Shriv. Yama pairava nas proximidades, nunca longe da senhora da guerra. O Esquadrão Negro estava espalhado pela sala, sem baixas, assim como Wedge e seu heterogêneo Esquadrão Fantasma, e C-3PO, R2-D2 e BB-8.

Seu coração se encheu de emoção. Ele adorava aquilo, adorava vê-los todos juntos. Mas Leia estava certa. Ainda não era suficiente. E agora ele precisava separá-los.

Poe se afastou de Leia, pousando brevemente a mão no braço

dela enquanto passava. Plantou-se no degrau mais alto, inspecionando a sala.

– Não podemos ficar aqui – disse ele, projetando a voz sobre a assembleia. As conversas desapareceram quando todos se viraram para escutá-lo, com expressões desconfiadas. Ele limpou a garganta, afastando qualquer nervosismo persistente. – Se Ryloth nos mostrou alguma coisa, foi que qualquer lugar em que a Resistência se reúna não estará a salvo da Primeira Ordem.

O silêncio era tão denso que Poe tinha certeza de que podia ouvir seu próprio batimento cardíaco. Ele respirou fundo, exalou e continuou.

– Podemos nos alegrar com esta vitória – garantiu. – Nós criamos oportunidades onde não havia – ele olhou brevemente para Shriv –, libertamos aqueles que foram injustamente presos e encontramos aqueles que moldarão o futuro da Resistência. Nós podemos nos orgulhar.

Uma salva de palmas explodiu, mas rapidamente desapareceu quando ele levantou a mão.

– Mas este é apenas um primeiro passo – disse ele, com um aceno de reconhecimento a Leia –, e não podemos descansar.

– O que faremos a seguir? Para onde vamos? – alguém gritou. Cabeças se viraram. Era o jovem piloto Agoyo.

– Para qualquer lugar – disse Poe. – Para toda parte. Todos os cantos da galáxia onde alguém estiver lutando contra a tirania, onde alguém estiver enfrentando a injustiça. Porque a Resistência não está apenas nesta sala. Não são apenas as pessoas dessa lista. De fato, não é uma pessoa ou um lugar. São milhões de pessoas, mil lugares, cada um da Resistência.

– Então, o que fazemos agora? Nós nos espalhamos por todos os cantos da galáxia, levando nossa mensagem conosco. Ajudamos aqueles que já lutam contra a Primeira Ordem, fazemos aliados, semeamos a centelha de resistência. E, quando chegar a hora, estaremos prontos. Vamos nos levantar e lutaremos. E todos nós, juntos, reduziremos a Primeira Ordem a cinzas.

Mais gritos e aplausos, e então Poe foi cercado, pessoas dando tapas nas costas dele, rindo e chamando o seu nome em comemoração. Ele absorveu tudo, deixando que aquilo lavasse o passado, permitindo que aquilo o levasse a um lugar melhor. Um futuro.

– Poe.

Era Wedge, com o braço numa tipoia e ao lado de Norra.

– Nós vamos embarcar, Poe – disse ele. – Eu sei que você e Leia estavam esperando que ficássemos por perto e liderássemos ou algo do gênero, mas... – Ele balançou a cabeça. – O meu... o nosso... lugar é lá fora. Nas estrelas. Eu sei disso agora.

– Sabemos disso agora – acrescentou Norra, deslizando a mão na do marido. – E podemos fazer diferença lá fora, como você disse. Deixar as pessoas saberem que uma revolução está chegando.

– Somos pilotos, não generais – acrescentou Wedge. – Você entende?

Poe assentiu. Ele entendia. E não foi uma completa surpresa.

– Vocês contaram ao Snap?

– Me contaram o quê? – Snap perguntou enquanto subia os degraus dois de cada vez para se juntar a eles.

– Estamos indo embora, filho – disse Norra, num tom suave, paciente.

O rosto do Snap se anuviou.

– O quê? Mas vocês acabaram de chegar aqui.

– Eu sei – disse Wedge –, e agora precisamos ir.

– Eu vou com vocês – Snap apressou-se em dizer.

– Eu preciso de você aqui, no Esquadrão Negro – interferiu Poe, gentilmente.

– Mas... – Snap olhou para cada um deles, impotente, procurando por pistas em suas faces. E seja lá o que viu nelas, fez seu corpo estremecer com aceitação. – Vocês sempre fazem isso comigo – ele murmurou antes de perguntar: – Vocês têm certeza de que precisam ir?

– Vamos nos ver de novo – assegurou Wedge.

– Prometemos – acrescentou Norra. Ela deu um passo à frente e envolveu o filho em um abraço, seus braços apertados em torno do corpanzil do rapaz, antes que ele pudesse dizer não. Mas Poe não achou que ele teria dito não, de qualquer forma, isso ficou claro pela maneira como ele se derreteu nos braços da mãe. Então, Wedge se juntou a eles, abrangendo mãe e filho em seus braços, e Poe se afastou para deixar a família se despedir.

– Ótimo discurso – disse Finn, subindo os degraus, um copo em cada mão. Ele entregou uma bebida a Poe, algo escuro e repugnantemente espesso. – Você está ficando muito bom nisso.

– Obrigado. – Poe tomou um gole hesitante. Horrível. Ele colocou a caneca de lado.

– Então, quando partimos? – Finn perguntou, os olhos arregalados sobre a borda do copo enquanto bebia.

Poe levantou uma sobrancelha.

– Você vem conosco?

– Acho que você não pode me impedir.

– Para onde estamos indo? – perguntou uma voz familiar. Os dois homens se viraram e depararam com Rey, cheia de expectativa.

Finn sorriu.

– Eu não queria perguntar.

Rey sorriu de volta.

– Você não precisou.

Os dois amigos riram, inclinando-se para tocar os ombros em camaradagem. Rey olhou para Poe, estreitando os olhos como se não tivesse certeza.

– Você não se importa?

Poe pressionou a mão no coração, fazendo uma pequena reverência para Rey.

– De piloto para piloto, sinto-me honrado.

Ela corou, contente, como Poe esperava.

Quando ele se endireitou, pegou Leia observando-os com uma expressão indecifrável no rosto. Ele também a encarou, com a sobrancelha levantada. Ah, ele reconhecia aquela expressão agora. Satisfação.

– Ela sabe – disse Rey, chamando de volta a atenção de Poe.

– Sabe o quê? – perguntou Finn.

– Que a Resistência está em boas mãos – disse Poe, baixinho. – Que não vamos falhar com ela.

– Por causa da Força? – Finn perguntou, parecendo um pouco admirado.

– Acho que Leia não precisa que a Força lhe diga isso – disse Rey.

– Ah! Certo! Ela sabe porque tem a nós.

Poe passou um braço em volta dos ombros de Finn e puxou Rey para perto, do outro lado.

– Está certo – disse ele. – Ela tem a nós.

AGRADECIMENTOS

Mãe, olha! Eu escrevi um *Star Wars!*

Mas eu não fiz isso sozinha. Sou grata à maravilhosa equipe que me trouxe até aqui.

A Tom, meu paciente e compreensivo editor, que sempre tinha uma solução para os meus furos na trama, palavras gentis para minhas ideias mesmo quando eram questionáveis (escrever no céu com fumaça!), e aprovou quando eu disse que queria tentar reunir toda a turma novamente.

A Jen, Matt e Pablo, da Lucasfilm Publishing, que me mantiveram no caminho certo e generosamente compartilharam comigo seu vasto e absolutamente intimidador conhecimento sobre tudo relacionado a *Star Wars*.

A Elizabeth e todos na Del Rey, que leram rascunhos, deram sugestões e fizeram com que eu sentisse que talvez tudo daria certo.

Ao meu marido, Mike, e à minha filha, Maya, que assistiram comigo aos filmes, jogos, animações e tudo mais vezes sem conta, que toleraram os últimos seis meses de loucura e eu constantemente gritando: "Não consigo fazer mais nada porque estou escrevendo um *Star Wars*", e que nunca hesitaram em me levar café às três da manhã, como se isso fosse um pedido perfeitamente razoável.

A Sara, minha agente superstar. Esqueça a dominação mundial. Estamos visando a galáxia agora.

E obrigada a todos, especialmente os Indigenerds, que comemoraram essa coisa fenomenal comigo. A gente se vê, amo todos vocês.

TIPOGRAFIA Electra LH e Burbank Big C.
IMPRESSÃO Gráfica Eskenazi